QUAND VIENT LE TEMPS DE L'AMOUR

SÉRIE L'ÎLE DE GANSETT, TOME 9

MARIE FORCE

Quand Vient le Temps de l'Amour
Série L'île de Gansett, Tome 9
Par : Marie Force
Publié par HTJB inc.

ISBN: 978-1952793059

marieforce.com

La meilleure façon de rester en contact est de vous abonner à ma newsletter. Allez sur marieforce.com et abonnez-vous dans la case en haut de l'écran qui vous demande votre nom et votre e-mail. Si vous n'avez pas de mes nouvelles régulièrement, veuillez vérifier votre filtre antispam et configurer votre e-mail pour que mes messages vous parviennent afin de ne jamais manquer un nouveau livre, une chance de gagner de superbes prix ou une éventuelle apparition dans votre région.

L'île de Gansett

Livre 1: Quand on est fait pour l'amour
(Maddie & Mac)
Livre 2: Quand on est fou d'amour
(Joe & Janey)
Livre 3: Quand on est prêt pour l'amour
(Luke & Sydney)
Livre 4: Quand on rencontre l'amour
(Grant & Stephanie)
Livre 5: Quand on espère l'amour
(Evan & Grace)
Livre 6: Quand vient la saison de l'amour
(Owen & Laura)
Livre 7: Quand on aspire à l'amour
(Tiffany & Blaine)
Livre 8: Quand on attend l'amour
(Adam & Abby)
Livre 9: Quand Vient le Temps de l'Amour
(Daisy & David)

NOTE DE L'AUTEUR

Nous voici à nouveau sur l'île de Gansett pour une histoire qu'il me tardait d'écrire depuis un certain temps maintenant. Nous avons rencontré le Dr David Lawrence pour la première fois dans le tome 2, Quand on est fou d'amour, après qu'il ait trompé Janey McCarthy, la belle fille de l'île. Je me demandais s'il était possible de racheter le personnage de David au point que les lecteurs aient envie de le voir obtenir son bonheur pour toujours. Au fil du temps, je me suis attaché à David — les lecteurs aussi — et il a prouvé qu'il valait mieux que l'unique erreur de jugement qui a mis fin à sa longue relation avec Janey. Il a même été héroïque à plusieurs reprises.

Mais pour donner à David sa fin heureuse, il fallait une héroïne très spéciale, alors j'ai attendu que la bonne arrive. Daisy Babson, qui a elle aussi connu sa part de chagrin d'amour — et à peine sortie d'une relation tumultueuse qui s'est terminée violemment — s'est avérée l'élue pour David, comme vous le verrez dans Quand Vient le Temps de l'Amour.

Réunir David et Daisy était très amusant, et j'espère que vous les encouragerez comme je l'ai fait lors de l'écriture de leur histoire. Lorsque vous aurez fini de lire, rejoignez le groupe

Time for Love Reader. Étant donné que les spoilers y sont autorisés (et encouragés), nous vous demandons d'attendre de terminer le livre avant de rejoindre le groupe.

En écrivant le tome 9, j'ai finalement admis que je ne pouvais pas continuer à insérer des histoires centrées sur d'anciens couples tout en présentant le nouveau couple du livre actuel. Je vais donc choisir parmi les plus plébiscités et vous raconter leurs nouvelles aventures, tout en vous tenant au courant de tous les autres habitués de l'île de Gansett. Cependant, je pense que Mac et Maddie continueront d'apparaître dans chaque tome, car je ne manque jamais d'imagination en ce qui les concerne.

Un merci très spécial à Sarah Spate Morrison, infirmière praticienne de famille, pour avoir répondu à nombre de mes questions, ainsi qu'à mon équipe en coulisses Julie Cupp, Holly Sullivan, Nikki Colquhoun, Kristina Brinton et Ashley Joswick ; la rédactrice en chef Linda Ingmanson ; et les lecteurs Beta Ronlyn Howe, Kara Conrad et Anne Woodall. Vous m'aidez tous tellement à chaque livre que je ne pourrais pas faire ce que je fais sans vous.

Et à vous, mes fidèles lecteurs, merci comme toujours d'avoir réalisé tous mes rêves ! Vous êtes les meilleurs !

Je vous embrasse

Marie

CHAPITRE 1

Daisy s'activa dans le salon spacieux, ramassant des jouets, pliant des couvertures, tapotant des oreillers et faisant tout ce qu'elle pouvait pour rester occupée. Il avait fallu une éternité pour mettre Thomas au lit, le fils de trois ans de son amie Maddie. Il était ravi que Daisy les garde, lui et sa sœur Hailey, et Daisy priait pour ne plus les entendre pendant qu'elle se préparait pour son invité spécial.

En pensant à lui, son estomac flottait d'excitation. Pourquoi diable l'avait-elle invité à venir pour lui tenir compagnie après le coucher des enfants ? Pourquoi diable mettait-elle de l'ordre dans la maison de Mac et Maddie comme si c'était sa propre maison ? Comme si elle avait déjà vécu dans un endroit aussi agréable.

Maddie était tombée sur une mine d'or en rencontrant et épousant Mac McCarthy. Non pas que Daisy ait envié le bonheur de son amie. Plutôt l'inverse, en fait. Maddie était l'une des meilleures amies que Daisy ait jamais eues, et personne ne méritait d'être plus heureux que Maddie.

C'était juste que parfois Daisy se demandait si elle trouverait un jour le genre de bonheur que Maddie avait aux côtés de son mari dévoué. La relation la plus récente de Daisy avec Truck Henry s'était terminée en catastrophe quand il était devenu violent avec elle — et plus d'une fois. C'était fini maintenant, et pour de bon.

Elle avait appris sa leçon sur le fait de donner une deuxième chance à des gens qui ne les méritaient pas. Dommage qu'elle ait récolté des côtes gravement meurtries et de nombreuses autres blessures avant de se réveiller. Elle ferait mieux de ne pas penser à ces souvenirs malheureux quand son nouvel ami David Lawrence viendrait passer du temps avec elle.

Pourquoi l'avait-elle invité ?

À cause d'un moment de faiblesse la veille. Il l'avait emmenée pour un délicieux dîner au Stéphanie's Bistro et lui avait demandé ce qu'elle faisait la nuit suivante. C'est ainsi qu'elle avait fini par l'inviter à sa soirée de baby-sitting.

À présent, elle se sentait comme une adolescente idiote en train d'attendre que le capitaine de l'équipe de football apparaisse. Il avait sans doute bien mieux à faire que de venir la voir lors d'une de ses rares nuits de congé. Il avait dû se sentir obligé d'accepter son invitation, et la soirée n'en serait que franchement embarrassante.

En fin de compte, ils n'avaient absolument rien en commun. Elle était femme de ménage — travaillant dur, quoique perpétuellement pauvre — à l'hôtel McCarthy, et il était le seul médecin de l'île. Elle venait d'une famille qui avait inventé le terme dysfonctionnel, alors qu'il avait grandi sur l'île avec ses sœurs et fréquenté une université et une école de médecine de premier plan à Boston.

Elle était sortie avec un perdant après l'autre alors qu'il était fiancé à la sœur de Mac, Janey McCarthy Cantrell. Janey était maintenant mariée à Joe Cantrell et attendait leur premier enfant pour la fin de l'été.

Daisy n'avait jamais su ce qui s'était mal passé entre David et Janey, mais leur longue relation s'était soudainement terminée il y a deux étés. Elle aurait pu demander à Maddie, et elle l'avait presque fait à plusieurs reprises, mais elle n'avait finalement pas pu se résoudre à poser la question.

Entre-temps, David s'était montré extrêmement gentil en venant vérifier l'état de ses blessures durant sa convalescence. Ils s'étaient liés d'une amitié improbable qui s'était poursuivie parce qu'elle était passée à la clinique à plusieurs reprises pour partager l'afflux de nourriture que ses amis lui avaient apporté. David travaillait si dur qu'il sautait souvent des repas, et il avait semblé approprié de partager avec lui étant donné qu'il avait été si bon avec elle.

C'était stupide, elle le savait, de laisser son cœur s'emporter sur un gars qui n'était gentil avec elle que parce que c'était son travail. Il était doublement stupide, elle le savait aussi, de nourrir le béguin de classe mondiale qui était né de ses nombreuses bontés. Il était donc triplement insensé d'espérer que quelque chose pourrait survenir grâce au temps qu'ils avaient passé ensemble.

La romance, pensa Daisy, *est si lourde de périls*. En tout cas, ça l'avait toujours été pour elle. Elle ne faisait que choisir les mauvais hommes. Cette habitude remontait à l'époque du lycée lorsqu'elle avait eu envie d'un garçon qui s'est avéré n'être qu'un cochon tricheur. Vint ensuite un mec charmant qui était devenu un ivrogne méchant, puis un autre avec une dépendance au jeu dont elle ne s'était rendu compte que le jour où il avait vidé son maigre compte d'épargne.

Puis vint Truck avec sa dépendance à la méthamphétamine et ses poings charnus.

Daisy frissonna en repensant à la nuit affreuse où Truck l'aurait probablement violée et tuée si le chef de la police de l'île, Blaine Taylor, n'avait pas cassé sa porte pour l'empêcher de terminer le travail.

Un coup à la porte en verre coulissante la fit sursauter. Avait-elle vraiment perdu tout ce temps précieux à ruminer sur des choses qui ne pouvaient pas être changées ? Et maintenant, David était là et elle avait sûrement l'air d'une épave qui a fait du catch avec des bébés toute la nuit. Elle passa ses doigts dans ses longs cheveux blonds, espérant en rétablir l'ordre tout en se dirigeant vers la porte pour la déverrouiller.

« Salut, » dit-il, apportant une odeur d'air frais et un soupçon d'eau de Cologne qui lui donna envie de se blottir contre lui. Il portait une chemise boutonnée bleu marine de l'île de Gansett et un short kaki.

Daisy ne l'avait jamais vu habillé avec autant de désinvolture. « Salut. »

« Ils se sont endormis ? »

« Je crois. On m'a prévenu que ça pouvait changer d'une minute à l'autre. »

Il sourit, révélant un éclair de dents droites et blanches qui lui donna envie de soupirer de plaisir. Elle aimait les beaux sourires, et celui de David Lawrence était l'un des plus séduisants qu'elle n'ait jamais vu. Accompagné de cheveux épais et foncés et d'yeux bruns sérieux, ce sourire était carrément puissant. Même la légère bosse sur son nez par ailleurs parfait était attrayante.

« Est-ce que c'est ? » Il effleura quelque chose sur l'épaule de Daisy, ce geste faisant frémir ses terminaisons nerveuses. « De la bave ? »

« Oh merde, » dit Daisy, mortifiée. La chaleur brûlait ses joues et irritait son cuir chevelu. « J'ai oublié que Hailey m'a coincée en allant au lit. Je file emprunter quelque chose à Maddie. Ça ne la dérangera pas. »

« Pas la peine. » Il lui prit la main avant de la conduire à la cuisine où il humidifia une serviette en papier puis s'employa à nettoyer un point précis sur son épaule.

Daisy n'avait jamais été autant consciente de sa propre respiration qu'elle ne l'était à ce moment-là, de ce visage masculin à quelques centimètres du sien tandis qu'il effaçait la tache de son haut fin. Tout en se concentrant sur la brillance de ses cheveux noirs, elle inhala suffisamment d'air pour rester consciente sans toutefois prendre les respirations profondes dont elle avait désespérément besoin.

« Voilà », dit-il après quelques minutes interminables. Alors qu'il s'éloignait d'elle, ses doigts effleurèrent son cou. Et putain, elle haletait à présent. « Pardon. »

« Oh non, ne sois pas désolé. Je… euh… »

« Qu'est-ce qui ne va pas, Daisy ? » Il l'observa de cette manière profonde, sombre et sérieuse qui lui allait si bien.

« Rien, » dit-elle d'un ton joyeux qui semblait forcé, même pour elle. « Tu veux une bière ou du vin, ou autre chose ? »

« Je préférerais savoir pourquoi tu as l'air si mal à l'aise. On a pourtant passé un bon moment hier. Il me tardait de te voir ce soir, mais si ce n'est pas le bon moment, je peux m'en aller. »

« Non, je ne veux pas que tu partes. » Daisy se couvrit le visage de ses mains. « Je gâche tout ce qui m'arrive. »

« Dis-moi ce qui ne va pas. » Il couvrit ses mains des siennes et les tira légèrement pour révéler ses yeux.

« Je suis nerveuse, et ça me fait me sentir stupide. »

« Pourquoi es-tu nerveuse ? »

« Parce que tu es là. Parce que je t'ai invité, et je n'étais pas sûre que tu veuilles vraiment venir. J'ai pensé que tu avais accepté juste parce que je te l'avais demandé, mais que tu ne voulais pas vraiment ... »

Et puis il l'embrassa, et les cellules cérébrales de Daisy se mirent à pétiller à la seconde où il posa ses lèvres sur les siennes.

C'était un très bon baiser, mais était-ce vraiment une grosse surprise ? Ses lèvres étaient fermes, mais douces et se déplaçaient sur les siennes en une caresse légère qui n'était ni trop ni trop peu. C'était juste comme il fallait, et tout simplement l'un des meilleurs baisers qu'elle n'ait jamais reçue. Au moment où elle commença à se détendre et à l'embrasser, il s'écarta.

« Désolé, » dit-il, son front appuyé contre le sien. « Je ne voulais pas faire ça. »

« Je suis contente que tu l'aies fait. »

« Ah, bon ? »

Elle sourit, car vraiment, comment faire autrement ? Il était tellement mignon. « Peut-être que tu recommenceras un jour ? »

« C'est tout à fait envisageable. »

Daisy découvrit qu'elle n'était plus nerveuse en sa présence. À présent, elle était nerveuse pour une tout autre raison, bien meilleure celle-là. « Tu veux regarder un film ? »

Il recula d'un pas. « Bien sûr. »

« Maddie en a laissé sur la table basse, regarde si l'un d'eux t'intéresse. Tu veux du pop-corn ? »

« Je ne dis pas non. »

« Et une bière ? »

« Tu vas en prendre une aussi ? »

« Je vais m'en tenir à un coca. »

« Hé bien, moi aussi. »

Alors qu'elle se mettait à faire du pop-corn dans un appareil à huile qui, selon Maddie, remontait à ses années de lycée, mais fonctionnait toujours parfaitement, il partit dans le salon jeter un œil aux films. Revivant le baiser, Daisy était on ne peut plus consciente de sa présence dans la pièce voisine.

Qu'est-ce que tout cela voulait dire ? À quoi pensait-il ? Cherchait-il une aventure estivale ou quelque chose de plus durable ? Que cherchait-elle ? Rien de sérieux. C'était certain. Après ce qui s'était passé avec Truck, elle s'était juré de ne plus jamais sortir avec un homme. Puis David n'avait pas cessé de venir la voir, ébranlant ses défenses à chacune de ses visites.

« Ce sont tous des films de nanas », a-t-il déclaré.

« Au cas où tu ne l'aurais pas remarqué, je suis une nana. »

« Oh, je l'ai remarqué. »

Daisy manqua d'en avaler sa langue.

« Est-ce que tu as vu 'Love, et autres drogues' ? », demanda-t-il comme si sa remarque n'avait pas secoué Daisy. « Ça a l'air plutôt bien. Une fille atteinte de Parkinson tombe amoureuse d'un représentant en produits pharmaceutiques. »

« Laisse le soin au médecin de choisir un film médical. »

« Hum, je crois que c'est une histoire sentimentale où quelqu'un est malade. Il doit bien y avoir quelque chose qui me plaira. »

« Qui joue dedans ? »

« Jake Gyllenhaal et Anne Hathaway. »

« Je devrais sans doute te dire tout de suite que j'ai un énorme béguin pour Jake Gyllenhaal. Je détesterais que tu sentes menacé par ma tocade. »

« Pas de souci. Je saurais gérer ton béguin. »

Tout en apportant le bol de pop-corn et deux Coca-Cola dans le salon, elle essaya de se souvenir de la dernière fois qu'elle avait eu une conversation avec un homme aussi plaisante que celles qu'elle avait avec lui. Il ne la rabaissait jamais et ne lui donnait pas non plus l'impression qu'elle n'était pas aussi intelligente que lui, bien qu'elle soit de l'être.

Une fois qu'elle eut posé le bol et les sodas sur la table basse, il lui tendit le film et elle le glissa dans le lecteur DVD. Elle s'assit sur le canapé, prenant soin de laisser au moins un mètre entre eux, puis avança une main vers le bol de pop-corn.

David ouvrit les deux sodas avant de les mettre sur des sous-verres.

À l'instant où elle plongeait dans le bol, leurs mains se frôlèrent. Daisy retira la sienne et se sentit idiote. Leurs mains s'étaient touchées, et alors ? Pourquoi réagissait-elle comme une adolescente lors d'un premier rendez-vous ?

Le générique de début du film venait de commencer lorsque Daisy entendit un bruit en haut des escaliers. Elle passa le bol à David, se leva pour aller voir ce qui se passait et trouva Thomas assis derrière la barrière de sécurité pour enfants qui serrait sa couverture et son ours en peluche.

« Qu'est-ce que tu fais, chéri ? »

« Je veux maman. »

« Maman et papa sont sortis avec leurs amis, mais ils rentreront bientôt. »

« À qui tu parlais ? » Thomas regarda derrière elle pour voir qui était là.

« Tu connais le Dr David, il me semble ? »

« Il m'a fait une piqûre », dit Thomas en levant ses petits sourcils qui lui donnaient un adorable air renfrogné. « Ça fait momo. »

« Viens là, mon cœur. » Daisy tendit les bras, le souleva pardessus de la porte en même temps que la couverture et l'ours et le porta en bas. « Nous avons un invité », dit-elle à David.

« Salut, Thomas, » dit David.

Thomas enfouit son visage dans le cou de Daisy.

« Il paraît que Thomas t'en veut. C'est à propos d'une piqûre. »

« Ah, oui. Désolé pour ça, mon pote. J'essaie juste de te garder en bonne santé. »

« Ça fait momo », déclara Daisy, gagnant ainsi un sourire de David.

« Tu sais quoi d'autre est vraiment important pour rester en bonne santé », demanda David.

Thomas se tourna vers David.

« Qu'est-ce que c'est ? », demanda Daisy.

« Dormir. Nous avons besoin de beaucoup de sommeil, surtout à trois ans, lorsque notre corps utilise tellement d'énergie pour grandir. »

« J'ai grandissé », dit Thomas. « Maman m'a mesuré sur le mur. »

« Si tu veux continuer à grandir pour être un jour grand et fort comme papa », dit Daisy, « il faut que tu dormes ». Elle rabattit la couverture par-dessus les épaules du petit et lui frotta le dos. Il mit son pouce dans sa bouche et se blottit contre son ours.

Alors que Daisy posait un baiser sur les cheveux de Thomas, ses propres cheveux glissèrent sur son visage.

Avant qu'elle ne puisse s'en occuper, David était déjà en train de coincer une mèche derrière son oreille. Le frottement des doigts masculins contre sa joue et son oreille lui donna la chair de poule. Elle lui jeta un coup d'œil et vit qu'il observait le moindre de ses mouvements d'un regard sexy.

Oh, mince.

CHAPITRE 2

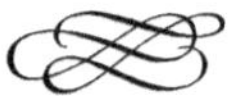

Lorsque Daisy ramena Thomas à l'étage, David les suivit pour ouvrir la barrière. Elle le mit dans son lit et remonta la couverture sur ses épaules avant de le quitter non sans un baiser sur le front. C'était un petit garçon tellement mignon — des cheveux blonds, de grands yeux bleus, et doté d'une nature douce et agréable.

Maddie l'avait eu seule après que le père du garçonnet ait quitté l'île sans savoir qu'elle était enceinte. Après leur mariage, Mac avait adopté Thomas et lui avait donné le nom de McCarthy. Ce petit a eu beaucoup de chance, pensa Daisy en quittant la chambre, laissant la porte ouverte pour pouvoir l'entendre s'il s'éveillait à nouveau.

David l'attendait dans le couloir.

« Tant qu'à faire, je vais voir Hailey, » chuchota Daisy.

« Ça te dérange si je t'accompagne ? J'ai un faible pour elle depuis que j'ai assisté à sa naissance pendant la grosse tempête. »

« Pas du tout. Viens. »

La lumière du couloir illuminant la chambre d'enfant, ils

entrèrent sur la pointe des pieds. Hailey dormait, les fesses en l'air et les lèvres pincées.

Daisy lissa sa couverture et sourit à David avant de continuer à laisser dormir le bébé.

« Tu es très attaché à Thomas », dit David en descendant l'escalier.

« Il est adorable. Je l'ai tenu dans mes bras le jour de sa naissance et je lui ai donné mon cœur. Je suis comme une tante supplémentaire pour lui. »

« Il a de la chance d'avoir autant de gens qui l'aiment. »

« Et maintenant, il a aussi les McCarthys. C'est une famille spéciale. »

« Ouais. Je suis d'accord. »

Détectait-elle un soupçon de sarcasme dans sa voix ? Cela la rendait encore plus curieuse de découvrir ce qui s'était passé entre lui et Janey, mais elle n'avait pas le cran de lui poser directement la question.

« Tu as sauvé la vie d'Hailey la nuit où elle est née. J'en ai entendu parler. Maddie et Mac te sont tellement reconnaissants. »

Il haussa les épaules en dépit de l'éloge. « J'ai fait ce pour quoi je suis formé. »

« Pourtant, si tu n'avais pas été là ... je ne veux même pas penser à ce qui aurait pu arriver. »

« J'étais content d'être là et d'avoir pu aider. C'est une magnifique petite fille. »

« Oui. »

Ils retournèrent à leurs places sur le canapé. Daisy attrapa le bol de pop-corn et la télécommande pour redémarrer le film. « Ce coup-ci, on le regarde. »

Était-ce son imagination ou était-il soudain assis plus près d'elle ? Sa jambe effleura la sienne. Non, pas son imagination. Dieu merci, elle pouvait se concentrer sur le pop-corn pendant que le film sur un commercial agressif commençait. Au bout de même pas cinq minutes, il s'attrapait déjà sa collègue de travail dans la remise du magasin.

Daisy sentit son corps tout entier s'enflammer d'embarras. À côté d'elle, David était assis, parfaitement immobile. Elle se demanda s'il était aussi gêné qu'elle. Elle poussa un soupir de soulagement lorsque la scène de la réserve s'acheva par le licenciement du personnage de Jake. Quelques minutes plus tard, il avait déjà trouvé un emploi de représentant pharmaceutique.

Cherchant à dissiper une partie de la tension, Daisy essaya de penser à quelque chose d'intelligent qu'elle pourrait dire sur le film. « C'est un drôle de zigoto, hein ? »

« On peut le dire. »

Elle lui offrit le bol de pop-corn dont il prit une poignée. « Tu veux toujours regarder le film ? » demanda-t-elle.

« J'y suis rentré, là. Je tiens à savoir si ce zigoto obtient ce qu'il mérite. »

Daisy lui sourit et tenta de se détendre, mais c'était difficile entre son béguin de classe mondiale assis tout près d'elle et le sexy Jake en train d'observer un médecin soigner une jeune femme atteinte de la maladie de Parkinson. Les hormones de Daisy étaient en surcharge.

« C'est pourri », dit David. « Avoir Parkinson à vingt-six ans. La pauvre. »

« Ah, elle est trop jeune pour cette maladie ? »

« Bien trop. »

Ils se turent alors que le personnage d'Anne Hathaway montrait son sein à son médecin et posait des questions sur une marque s'avérant être une piqûre d'araignée tandis que Jake regardait, lorgnant manifestement le sein nu.

« C'est un âne », déclara Daisy. « Si j'étais chez moi, je jetterais du pop-corn sur la télé. »

« Dommage qu'ils n'aient pas de chien », répondit David. « Il nettoierait tout ça. »

« Thomas en veut un, mais Maddie le tempère tant que Hailey n'est pas plus âgée. J'en ferais autant à sa place. »

« Maddie et toi êtes vraiment proches, non ? »

Daisy fut soulagée de parler d'autre chose que de la poitrine nue à l'écran. « Ouais, c'est une amie fantastique. Elle me manque à l'hôtel, mais je suis tellement contente qu'elle ait réalisé son rêve. Personne ne le mérite davantage. Dis donc, comment on est passé de lui en train de la mater à lui en train de boire un café avec elle ? »

« C'est Hollywood », dit sèchement David. « Les choses se passent à la vitesse du film. »

« Oh ! » s'écria Daisy à l'instant où la scène changea et que les deux personnages fictifs déchirèrent leurs vêtements pour se choper debout dans l'appartement d'Anne.

À côté d'elle, David fut secoué d'un rire silencieux pendant qu'elle dévorait le couple des yeux, happée par l'intense scène érotique qui se termina avec les personnages affalés par terre et haletants d'effort.

« J'ai besoin d'une cigarette », dit Daisy, ce qui le fit rire plus fort. « C'est franchement mal venu de ma part de mater son cul alors que tu es assis à dix centimètres de moi, non ? »

« Uniquement si c'est impoli de ma part de reluquer ses seins nus. »

« Tu dois voir des tas de seins chaque jour au «boulot ». » Elle traça des guillemets en l'air avec ses doigts.

« Pour ton information, il est très stressant de regarder des poitrines inconnues au travail. »

« N'importe quoi. » Elle attrapa un coussin et le frappa avec.

Il saisit l'oreiller en même temps que sa main et tira, ce qui fit tomber le bol de pop-corn de ses genoux. « Zut », dit-il sans toutefois lâcher prise. Au contraire, il s'approcha d'elle, si près que leurs nez se touchaient presque et que Daisy n'osait même plus respirer. Toute notion concernant l'arrière-train dévoilé de

Jake Gyllenhaal s'enfuit de son esprit sous le regard intense de David.

Puis les bruitages sexuels venant de la télé les firent tous deux éclater de rire. À son avis, David était tout aussi beau que Jake, mais lorsqu'il riait, ouah, il devenait hyper sexy. Elle ne l'avait jamais vu rire autant que ce soir, et l'envie de l'embrasser la consumait. C'était la seule pensée qui habitait son cerveau. Elle se pencha vers lui à la seconde où il se pencha vers elle en un instant d'harmonie parfaite qui resterait à jamais comme l'un des plus doux de sa vie.

Cependant, le baiser n'avait rien de doux. Le seul mot pour le décrire était torride. Super torride. En même pas deux secondes, la langue de David s'était ruée dans sa bouche. Et aussi vite que cela s'était produit, voilà, c'était fini. Il se détacha d'elle en respirant fort, les yeux écarquillés. « Je suis désolé. Je ne voulais pas… »

Une main sur l'arrière de sa tête, elle le ramena vers elle, reprenant le baiser. Elle était aux commandes cette fois-ci.

Il la prit dans ses bras tandis que le baiser la transportait loin de tout ce qu'elle avait connu auparavant. Elle avait du mal à se souvenir de respirer pendant que leurs langues se frôlaient. À travers le tissu fin de son haut, ses mamelons durcissaient à chaque frottement sur la chemise de David.

Elle se tordit entre ses bras, essayant de se rapprocher encore de lui alors que le baiser devenait frénétique.

Il se déplaça pour qu'elle se retrouve sous lui, son grand corps lourd sur elle. Un semblant de panique pénétra sa conscience, lui rappelant ce qui s'était passé la dernière fois qu'un homme l'avait coincée sous lui. Elle tourna son visage, interrompant le baiser et inspirant profondément. « Je ... je ... » Elle le repoussa.

Il comprit immédiatement compris et se redressa, la libérant si brusquement qu'elle faillit pousser un cri sous la sensation de manque qui la saisit.

« Daisy, je suis sincèrement désolé. Je me suis laissé emporter. » L'air affligé de David lui fit mal. Il avait jusque-là été si gentil, si correct et si patient avec elle — tout ce que Truck n'avait jamais été.

« Non, c'est ma faute. » Ses mains tremblaient et son cœur battait si vite qu'elle craignait de s'évanouir, ou de faire un truc dans le genre tout aussi embarrassant. « Je n'avais pas l'intention de t'affoler. Je suis vraiment désolée. »

« Ne le sois pas. Je n'aurais pas dû insister comme ça. »

« Tu ne l'as pas fait », dit-elle au bord des larmes. « Tu étais merveilleux comme tu l'es toujours, et je ne voulais pas arrêter. C'était juste ce sentiment d'étouffement… »

« Je comprends, et je suis navré de ne pas avoir pensé à la façon dont tu pourrais réagir. Cela ne fait que quelques semaines. » Il prit son visage en coupe, son pouce caressant sa joue si délicatement qu'elle ferma les yeux sous la vague d'émotion. « Tu es si douce, Daisy. Je meurs d'envie de t'embrasser depuis des jours. Des semaines. » Sa voix bourrue et sexy accentua son béguin, sur le point de devenir incontrôlable.

Elle ouvrit les yeux pour le regarder. « Vraiment ? »

Hochant la tête, il continua de caresser son visage avec un doux mouvement du pouce. « J'avais tellement peur de te toucher. Je ne voulais pas t'effaroucher. »

« Tu ne l'as pas fait. Ce n'était pas de ta faute. C'était de la mienne. »

« Tu as vécu une épreuve traumatisante. Ça va te prendre du temps pour être à l'aise dans une situation comme celle-là. »

« J'étais à l'aise. J'étais tellement à l'aise. Et puis… »

« Tu n'as pas apprécié que je sois sur toi. »

Elle secoua la tête tandis qu'une larme coulait sur sa joue. « Je ne veux pas te faire fuir. Tu me plais tellement. Il me tardait de passer du temps avec toi… » Elle s'interrompit en réalisant qu'elle allait peut-être en dire trop.

« Ce n'est pas ça qui va me faire fuir. Tu me plais aussi,

autant que le temps que nous avons passé ensemble. J'attends ça toute la journée quand je travaille. »

« Moi aussi. Chaque jour, je me demande si je vais te voir, et la seule idée d'être avec toi me grise. »

Il essuya la larme sur sa joue et passa son pouce le long de la lèvre inférieure de Daisy. Elle avança sa langue sur le passage de son doigt, touchant le bout de son pouce.

Les yeux de David se plissèrent d'un désir à peine retenu qui lui fit se demander ce qui aurait pu se passer si elle n'avait pas paniqué.

« On peut… »

« Quoi ? »

Elle se força à le regarder. « On peut réessayer ? S'il te plaît ? »

« Je ne veux pas te faire peur. »

« Ça n'arrivera pas du moment que tu ne te remets pas. Sur moi »

Il écarta sa main du visage de Daisy avant de poser sa tête sur le dossier du canapé. « Fais ce que tu as envie de faire. C'est toi la patronne. »

Elle cala sa lèvre inférieure entre ses dents tout en contemplant les hors-d'œuvre sexy disposés devant elle. Elle ouvrit deux boutons de la chemise de David et glissa sa main à l'intérieur pour la poser juste en dessous de sa clavicule.

Il inspira et elle sentit son cœur se mettre à battre plus rapidement sous sa main.

Cette réaction lui donna assez de courage pour se pencher et placer une série de baisers le long de sa mâchoire. L'ombre de sa barbe qui repoussait depuis le matin effleura et picota ses lèvres. Baissant les yeux, elle le vit agripper ses propres cuisses. Le fait de savoir que ses tentatives maladroites de séduction l'affectaient lui donna du baume au cœur.

Elle approcha ses lèvres de sa bouche, le taquinant par de légères touches de lèvre à lèvre avant de descendre vers son cou.

Le pouls de David battait sous ses lèvres, à l'unisson des pulsations entre ses jambes. Cela faisait si longtemps qu'elle n'avait pas éprouvé un tel désir.

« Daisy », dit-il, d'une voix torturée. « Je veux te toucher. Je peux ? »

« Oui, je t'en prie. »

« Approche-toi. » Il lui tendit les bras et elle s'assit sur ses genoux, sentant la pression de son excitation entre ses jambes alors qu'il l'attirait plus près de lui. « Ça va ? »

Elle hocha la tête, émue par son inquiétude.

Il lui massa le dos en petits cercles qui lui donnèrent envie de pleurer d'un plaisir indéniable.

« Ça fait du bien », murmura-t-elle.

Il abaissa la main qu'il avait posée sur l'arrière de sa tête vers son épaule, l'encourageant sans parler à se détendre contre lui.

Elle se coula dans son étreinte, ce qui aurait été un mouvement innocent si ses mamelons n'avaient pas frotté contre la poitrine masculine, si les pulsations entre ses jambes ne l'avaient pas poussée à se tortiller contre son érection.

Il haleta tout en resserrant son étreinte.

« Pardon, je t'ai fait mal ? »

« Non, » dit-il avec un petit rire. « Pas du tout. »

Se rendre compte qu'il était excité la remplit d'une sorte de pouvoir féminin tout nouveau pour elle, ainsi que d'une envie de s'amuser. Elle se trémoussa à nouveau contre lui, son geste le faisant gémir.

« Petite coquine, » chuchota-t-il. « Tu sais que tu me rends fou ? »

« Vraiment ? » Quel bonheur de pouvoir plaisanter avec un homme, de savoir qu'elle était totalement en sécurité dans ses bras, de savoir qu'il la voulait autant qu'elle le voulait, même si le moment pour assouvir de tels désirs n'était pas idéal.

Il continua son massage, traçant des cercles lents et sensuels dans son dos. Lorsqu'il atteint la ceinture de son jean, elle se dit qu'il allait remonter, mais il continua sa descente, saisissant puis enserrant ses fesses. « Tout va toujours bien ? » demanda-t-il d'un ton prévenant.

« Mieux que bien. » Il lui semblait qu'elle ne pourrait jamais être assez près de lui tandis que les pulsations entre ses jambes s'intensifiaient. « David ... »

« Quoi, chérie ? Dis-moi ce que tu veux. »

Elle n'avait jamais été très douée pour dire aux hommes ce qu'elle voulait, et cet instant précis ne faisait pas exception à la règle. « Je ne sais pas. » En gémissant, elle posa son front contre l'épaule. Ferme. « Je ne sais pas. »

« Bouge sur moi. » Il attrapa ses hanches et l'incita à se frotter contre la dure colonne de son érection.

« Tu prends du plaisir aussi ? », demanda-t-elle en essayant de ne pas haleter comme une coquine effrontée, ce qui correspondait exactement aux sensations qu'elle ressentait. Mais elle était trop excitée pour s'en soucier.

« C'est tellement bon. Je peux te toucher ? »

« Oui. Oh, oui. »

Il trouva l'ourlet de son haut et plongea ses doigts pardessous, la faisant haleter lorsqu'il entra en contact avec son dos. Il remonta, libérant au passage le fermoir de son soutien-gorge. « Toujours d'accord ? »

« Mmm. » En appuyant sa tête contre l'épaule de David, elle respira son odeur propre et fraîche tandis qu'il déplaçait ses mains le long de ses côtes, ses pouces taquinant le dessous de ses seins. Elle était sur le point de le supplier, mais les mots se figèrent sur sa langue lorsqu'il prit ses seins dans ses paumes. « *Oh.* »

« Je te fais du bien ? »

« Tellement. Ne t'arrête pas. »

« Embrasse-moi. »

Daisy leva la tête et posa ses lèvres sur les siennes tandis que les doigts de David trouvaient ses mamelons. Il les fit rouler et les serra très doucement. Le mouvement combiné déclencha en elle un orgasme puissant. Heureusement, le baiser étouffa le son sinon elle aurait peut-être réveillé les enfants.

Complètement terrassée par l'expérience, elle s'effondra contre lui, ses seins toujours pressés contre ses mains chaudes.

« Tu te sens mieux ? » murmura-t-il, ce qui la fit sourire.

« Beaucoup mieux », souffla-t-elle. « Dès que ma tête aura cessé de tourner, je serais heureuse de te rendre la pareille. »

« Tu n'y es pas obligée. »

Elle trouva la force de lever les yeux et de croiser son regard. « Je sais que je n'ai pas à le faire. Mais si j'en avais envie ? »

Des bruits de pas lourds sur les marches menant à la terrasse de Maddie la firent se lever d'un bond, rajuster sa tenue et lisser ses cheveux avant de se faire surprendre en train de batifoler sur le canapé de son amie.

La façon dont David rabattit un coussin sur son entrejambes la fit rire.

Il se mit à rougir. « Content de voir que tu trouves ça super drôle. J'ai l'impression d'avoir quinze ans. »

Le temps que Mac et Maddie franchissent le seuil, Daisy et David étaient assis sur le canapé d'un air innocent alors que Jake et Anne continuaient leurs ébats sexuels à la télé.

« Déjà à la maison ? » leur demanda Daisy en remarquant les yeux vitreux de Maddie. « Et ensemble en plus ? » Pour autant qu'elle le sache, ils étaient sortis séparément avec des amis différents.

Mac observa David assis à côté d'elle, mais ne dit rien.

« Ils nous ont pourris la soirée », dit Maddie en bafouillant légèrement. « Ils nous pourrissent toujours nos soirées entre filles. »

« Et on a bien fait. » Mac serra sa femme contre lui, sans nul doute pour l'aider à tenir debout. « *Quelqu'un* a bu un peu trop de champagne. »

« J'ai bu juste ce qu'il fallait de champagne », dit Maddie avec un sourire niais. « Ça m'a mise de très bonne humeur. »

« Chut, » dit Mac. « Daisy, laisse-moi aller la coucher, puis je te ramènerai chez toi. »

« Je serais ravi de la raccompagner », dit David.

Mac le regarda pendant si longtemps que Daisy se demanda ce qu'il pensait. « Tu es sûr que ça ne te dérange pas ? »

« Pas du tout. Je vais dans la même direction de toute façon. »

« Et toi, Daisy, tu es d'accord ? », demanda Mac.

« Bien sûr. »

« Comment vont mes bébés ? » demanda Maddie en émettant des bruits de hoquet.

« Très bien. Thomas n'avait pas trop envie de dormir à un moment donné, mais là il devrait faire sa nuit entière. »

« Merci d'être restée avec eux. Je te dois un service. »

Daisy agita la main en signe de protestation. « Mais non. Allez plutôt au lit tous les deux. Je sais où est la sortie. » Tandis que Mac conduisait sa femme à l'étage, Daisy se sentit les jambes faibles. Elle fut reconnaissante envers David lorsqu'il attrapa son coude pour la maintenir debout.

« J'ai juste besoin d'une minute », dit-elle. « Je reviens tout de suite. » Elle alla dans la salle de bain du rez-de-chaussée pour rattacher son soutien-gorge et se rafraîchir un peu. Debout devant le miroir, elle fut surprise de voir l'éclat rosé et satisfait de son visage. Elle posa ses mains sur ses joues, comme si cela pouvait en effacer la teinte empourprée. Mais ça ne marcha pas.

Résignée au fait que son visage trahissant ses émotions accrues, elle retourna dans le salon. David avait ramassé le popcorn et était en train de laver le bol.

« Tu n'avais pas à faire ça. »

« Il fallait bien que l'un de nous deux le fasse. Pourquoi pas moi ? »

« Merci. » Daisy essuya le bol avant de le ranger, astiqua l'appareil à pop-corn et nettoya la cuisine.

David lui tendit sa veste en jean puis alla éteindre la télévision en pouffant de rire à la vue d'une autre scène sexuelle du film. « Ils devaient être épuisés après le tournage », dit-il, faisant rire Daisy. Il ouvrit la porte coulissante donnant sur la terrasse et lui fit signe de passer devant lui.

La lumière extérieure s'alluma automatiquement alors qu'elle descendait les marches. Il lui ouvrit la portière de sa Sedan couleur argent, et elle s'enfonça dans le cuir aussi doux que du beurre avec un soupir de plaisir. Cette soirée n'avait été que plaisir, du début à la fin. Mis à part son moment de panique, et tout bien considéré, elle se sortait indemne de sa première expérience amoureuse depuis la tentative de viol.

Elle faisait tout ce qu'elle pouvait pour ne pas penser à cette horrible nuit où Truck, en plein délire de rage mêlée de méthamphétamine avait failli la tuer. Il l'avait coincée sous lui et avait tenté de la violer. Il était trop shooté pour terminer ce qu'il avait commencé, mais il l'avait abandonnée meurtrie, endolorie et traumatisée par l'événement.

Assis au volant, David étendit un bras pour lui prendre la main. « À quoi tu penses ? »

« À des souvenirs désagréables qui sont revenus me hanter ce soir. »

« Mais pas longtemps. Et on les a chassés, non ? »

« Oui. » Alors que sa gorge se rétrécissait d'émotion, elle serra sa main avec gratitude. « Merci de me supporter. »

« Ce n'est pas du tout une épreuve. J'aime être avec toi. »

Elle se tourna pour regarder son profil éclairé par les lampadaires de la rue pendant qu'ils quittaient l'allée de Mac et Maddie et se dirigeaient vers la ville. Trop rapidement, il gara sa voiture devant chez elle.

« Tu veux venir un moment ? », demanda-t-elle, sans savoir

ce qui se passerait à présent qu'ils s'étaient embrassés et avaient fait autres choses très agréables.

« J'adorerais passer plus de temps avec toi ce soir, mais je crains que les choses n'aillent trop loin, trop vite. » Il tendit la main pour faire le truc qu'il faisait avec ses cheveux et son oreille. « Tu n'es pas prêt pour trop loin, trop vite. Et… »

« Et quoi ? » demanda Daisy.

Son sourire s'estompa. « Il y a des choses à mon sujet que tu dois connaître avant que nous n'allions plus loin. »

« Quel genre de choses ? »

« Le genre qui pourrait éteindre cette lumière dans tes yeux quand tu me regardes. »

« Mes yeux brillent quand je te regarde ? »

Il acquiesça, une aura de tristesse accrochée à lui. « Tu ne me regarderas plus comme ça quand je te raconterai ce que tu dois savoir sur moi. »

Daisy y réfléchit un instant. « Je voudrais entendre tout ce que tu as à me dire, mais quoi qu'il en soit, je n'oublierai ni ton extraordinaire gentillesse ni la compassion que tu m'as manifestée depuis l'une des pires nuits de ma vie. Je n'oublierai jamais les conversations que nous avons eues ni ta réaction compréhensive tout à l'heure quand je me suis un peu effondrée. Non, je n'oublierai rien de tout ça. »

« Tu es très gentille, Daisy, et tu es probablement beaucoup trop bonne pour moi. »

« Ce n'est pas vrai. »

« Je n'ai pas toujours été une personne honorable. J'ai fait des erreurs qui ont blessé des gens. »

Réagissant d'instinct à ce stade, elle tendit la main vers lui, prenant son visage en coupe et le tournant pour qu'il la regarde. « Comment peux-tu dire que tu n'es pas assez bon pour moi ? Merde, mais tu es médecin. »

« Toutes ces années d'école n'ont pas forcément fait de moi quelqu'un de bien. »

« Est-ce que tu as tiré des leçons de ces erreurs ? »

« Ouais, » dit-il, libérant un rire amer. « On peut dire que j'ai franchement appris ma leçon. »

« Et ces choses blessantes que tu as faites, tu les referais ? »

« Jamais. »

« Dans ce cas, il y avait une raison pour que tu fasses ces choses qui te font honte aujourd'hui. C'est arrivé pour tu apprennes quelle sorte d'homme tu veux être — et quelle sorte tu ne veux pas être. »

En faisant tourner une mèche de cheveux de Daisy autour de son doigt, il dit : « Comment fais-tu pour être si pleine de sagesse ? »

« Beaucoup de coups durs, au propre comme au figuré. »

« Je ne veux pas être un autre de tes coups durs. »

« Alors, ne le sois pas. »

« Il faut que nous discutions de tout ça. Je veux que tu saches dans quelle galère tu t'embarques. »

« Est-ce qu'on peut en parler un de ces jours ? J'ai passé une très bonne soirée, et ce n'est pas une nuit pour des confessions profondes. »

Il sourit en se penchant pour l'embrasser. « C'était charmant. Merci de m'avoir invité. »

« Merci de me tenir compagnie. »

« Je ne serais pas sur l'île jusqu'à mardi. Je peux t'appeler pendant mon absence ? »

Daisy détesta la subite consternation qu'elle ressentit en sachant qu'elle ne le verrait pas pendant au moins deux jours. « Bien sûr que tu peux m'appeler. »

Il sortit son téléphone et y entra le numéro qu'elle lui donna. « Je l'ai mis dans mes favoris. Tiens, regarde. »

« Je me sens très flattée. » Et curieusement, c'était vrai. Tout en luttant contre la légère angoisse liée à ce qu'il devait lui avouer, elle refusa de laisser quoi que ce soit gâcher ce qui avait été une soirée plutôt parfaite.

« Viens, je t'accompagne jusqu'à la porte. »

Alors qu'ils montaient l'escalier jusqu'à sa porte d'entrée, elle fut contente d'avoir oublié d'allumer le porche en partant. Elle n'avait pas envie que ses voisins curieux lorgnent l'homme qui la ramenait à la maison.

Daisy se servit de sa clé pour déverrouiller la nouvelle porte que Mac avait installée après que Truck ait détruit l'ancienne d'un coup de pied. Elle était solide et la faisait se sentir en sécurité, même en sachant qu'il n'y avait rien à craindre. Debout dans l'embrasure de la porte, elle fut frappée par une soudaine crise de timidité alors qu'elle se demandait si David l'embrasserait à nouveau. Elle l'espérait de tout cœur.

« Je t'appellerai », dit-il.

« Il me tarde déjà. »

Il commença à se détourner, son geste anéantissant les espoirs de Daisy, jusqu'à ce qu'il se retourne à nouveau vers elle et l'enlace. Il pencha la tête et s'approcha lentement d'elle, sans doute pour lui laisser le temps de dire non. Mais ce n'était pas le mot qu'elle avait envie de dire. Ce qu'elle voulait dire, c'était *oui*.

Ce qui commença comme un doux baiser prit rapidement une tournure beaucoup plus profonde et charnelle. Lorsqu'il s'écarta d'elle, Daisy le serrait très fort dans ses bras. Les mains de David étaient sur ses fesses, la maintenant fermement contre son érection. Elle avait envie de ronronner de plaisir.

« Je devrais y aller, » murmura-t-il contre ses lèvres.

« Je devrais te dire de partir. »

Elle ressentit son sourire plus qu'elle ne vit quand il fit un pas en arrière avec un soupir de regret.

« Tu me réserves mardi soir ? »

« Il est tout à toi. »

Il lui prit la main et la porta à ses lèvres. « À mardi. »

Elle entra chez elle et le regarda monter dans sa voiture puis lui faire signe avant de s'enfoncer dans la nuit. La solide porte se referma, et elle tourna le verrou que Mac avait également installé pour elle. Appuyée contre la porte, elle passa le bout de ses doigts sur ses lèvres qui picotaient encore des baisers passionnés de David.

Comment, se demanda-t-elle, allait-elle vivre jusqu'à mardi ? Cette pensée fut suivie d'une autre, beaucoup plus sombre celle-là. Qu'est-ce qu'il avait à lui dire, et est-ce que ça changerait ce qu'elle ressentait pour lui ?

MADDIE S'ÉTAIT ASSISE sur le bord du lit et tentait de rester en position verticale pendant que Mac l'aidait à retirer son haut.

« David et Daisy, hein ? »

« On dirait. Il a été très sympa avec elle depuis cette histoire avec Truck. »

« Elle est au courant de ce qu'il a fait ? », demanda-t-il d'un ton amer. Mac ne pardonnerait jamais à David d'avoir trompé sa sœur, mais il n'oublierait jamais non plus que David avait sauvé Hailey qui, sans lui, serait morte à la naissance. Maddie savait que les sentiments de son mari envers David étaient compliqués. C'était le moins qu'on puisse dire.

« Je ne sais pas. Nous n'en avons pas parlé. »

« Peut-être que tu devrais avertir Daisy. »

« C'est possible. » Le ventre de Mac se trouvant juste en face d'elle, que pouvait-elle faire d'autre que de plonger ses mains sous sa chemise et toucher ses abdos préférés ?

« Qu'est-ce que tu fais, Madeline ? » demanda-t-il avec un soupçon d'amusement dans la voix.

« Le champagne m'excite. Je n'ai pas fait exprès ! »

En riant, il dit : « Tu ne vas même pas t'en souvenir demain matin. »

« Mais que si ! » Elle le saisit à travers son jean. « Comment oublier ça ? » Sous sa main, il palpitait de vitalité. « Mmm, regarde ça. Tu n'es pas farouche, Mac McCarthy. »

« Maddie ... »

« *Mac*... je veux être nue. Allez, dépêche-toi. »

« Tu ferais mieux de dormir. »

« Je dormirais quand tu m'auras fait du bien. Hop, au boulot. »

Il la regarda fixement, l'air stupéfait par ce discours cru qui ne lui ressemblait pas du tout. Apparemment, ce discours cru fit son effet vu qu'il durcit dans sa main.

« Tu ne bosses pas des masses, là. »

Semblant résigné à son sort, il fit passer sa chemise par-dessus sa tête, révélant la poitrine et le ventre magnifiques qui l'avaient captivée depuis la première fois qu'elle l'avait vu torse nu. Son mari était un bel homme, et elle l'aimait farouchement. « Dépêche-toi. » Elle tira sur le bouton de son jean, ses mains ne fonctionnant pas aussi bien que d'habitude.

« Ho, » dit-il en lui saisissant la main. « Attention à la fermeture éclair, bébé. »

« Fais-le, alors. Et active un peu ! »

« Tu es autoritaire quand tu es ivre. »

« Tu es autoritaire tout le temps, alors maintenant c'est mon tour. » Elle retira son jean et sa culotte, dégrafa son soutien-gorge et le jeta à travers la pièce. Il ne lui vint même pas à l'esprit d'hésiter à dévoiler à son mari ses super gros seins. Il aimait chaque centimètre d'elle et ne manquait jamais une occasion de le lui dire.

Elle s'affala sur le lit, levant les bras au-dessus de sa tête et laissant ses jambes s'entrouvrir. Il y avait beaucoup à dire sur le courage insufflé par l'alcool, pensa-t-elle, en voyant les yeux de son mari s'obscurcir de désir. Elle aimait avoir ce pouvoir sur lui. « Tu ne te dépêches pas, là », ronronna-t-elle.

« J'essaie de comprendre qui tu es et où est passée ma femme timide et sage. »

« Tu t'en plains ? »

Il s'installa sur elle, se calant dans le V formé par ses jambes. « Même pas un peu. »

« Tant mieux, » dit-elle en souriant avant de l'entraîner dans un baiser conçu pour lui montrer à quel point elle avait envie de lui.

« Je devrais faire le plein de champagne », dit-il, la faisant s'étouffer d'un rire inélégant.

« Le champagne n'est pas le seul en cause. »

« Quoi d'autre est en cause ? » demanda-t-il en la regardant avec amour et désir.

« Toi. » Elle leva la main pour passer ses doigts dans les cheveux noirs. « Je te regarde et je te veux. Tu es entré dans le restaurant ce soir, et mon cœur a raté un battement de joie parce que tu étais là. Mon homme qui vient me chercher parce qu'il ne supporte pas de passer une seule soirée sans moi. »

« Maddie… »

« J'aime faire semblant de m'énerver quand tu débarques dans nos soirées entre filles, mais je ne le suis jamais. Je suis toujours ravie de te voir, car il n'y a jamais un moment de ma vie où je ne préfère pas être avec toi plutôt qu'avec quelqu'un d'autre. »

« Tu me rends humble, Madeline. » Ses mots résonnèrent contre son oreille alors qu'il se glissait en elle, dur, chaud et délicieusement parfait. Toujours aussi parfait.

Dans les tréfonds de son esprit, quelque chose la taraudait, mais elle était trop prise par l'action pour s'arrêter et réfléchir à ce que ça pouvait être. Elle avait oublié quelque chose. Quoi que ce soit, elle s'en inquiéterait plus tard. Pour l'instant, elle avait des préoccupations beaucoup plus pressantes vu qu'il perdit le contrôle et l'emporta sur les montagnes russes du plaisir.

Elle agrippa son cul pour le garder au plus profond d'elle tandis qu'elle atteignait le premier sommet, gémissant tout en sachant qu'elle ne devait pas réveiller les enfants endormis.

« Chut, » chuchota-t-il, ses lèvres courbées d'amusement alors qu'il continuait à la pilonner.

« C'est si bon, » dit-elle en fermant les yeux. Elle laissa ses mains tomber sur le matelas et aima le fait qu'il les rattrape et les serre tout en continuant de l'amener jusqu'à la jouissance avant de se lâcher lui-même.

Il s'écroula sur elle, haletant, serrant toujours ses mains. Maddie ouvrit les yeux et laissa échapper un cri en apercevant Thomas debout au pied du lit, son ours en peluche à la main, en train de la regarder, ses yeux bleus luisant de larmes.

« Pourquoi papa te fait mal, maman ? »

« Oh, mon Dieu, » marmonna Mac contre son cou tout en libérant ses mains.

L'ivresse de Maddie, insufflée par le champagne, se transforma en horreur. Elle n'osa pas bouger de peur qu'il n'en voie encore plus, et aggraver ainsi la situation, comme si elle pouvait empirer. « Papa ne me fait pas mal, mon chéri. Il me serre dans ses bras. » Elle enlaça Mac. « Tu vois ? »

« Mais tu pleurais. Je t'ai entendu. »

Mac fut secoué d'un rire silencieux.

Maddie lui pinça la fesse, ce qui l'envoya plus profondément en elle. Fabuleux. « Retourne au lit, maman arrive dans une minute pour te border. »

« Pas avant que papa ne se relève. »

« J'aime maman » finit par dire Mac. « Tu sais bien que je ne lui ferai jamais de mal. »

« Vas-y, Thomas, » dit Maddie d'un ton sévère. « J'arrive. »

Quand le petit garçon finit par se détourner puis repartir dans sa chambre à petits pas, ses parents éclatèrent de rire.

« Oh, mon Dieu ! » dit Maddie en repoussant son mari. « Relève-toi ! Il faut que je m'assure qu'il n'est pas traumatisé à vie. »

« Je t'avais dit de ne pas faire de bruit. »

« C'est de ta faute ! »

Il se retira d'elle et bascula sur le côté. « Et par quel miracle c'est de ma faute ? Je voulais juste te mettre au lit et tu t'es transformée en sirène délurée. »

Maddie se mit sur ses jambes tremblantes et alla chercher un peignoir dans le placard. « C'est toi qui m'as fait crier. »

« Évidemment. C'est moi qui t'ai fait crier. »

« Hé, oui. »

Il leva les yeux au ciel, de toute évidence en désaccord avec la logique de sa femme. « Tu veux que je vienne avec toi ? »

« Non, je m'en occupe. »

« Ça me bouleverse qu'il pense que je te faisais du mal. »

Elle vint jusqu'à lui et se pencha pour l'embrasser tout en caressant son visage. « Je m'en occupe. » En se préparant à une conversation gênante avec son fils, Maddie alla dans sa chambre et le découvrit assis sur son lit, étreignant son ours en peluche. « Tu es toujours réveillé ? demanda Maddie en s'asseyant sur le lit.

« Je t'ai entendue pleurer. »

« Je ne pleurais pas, mon chéri. Je rigolais parce que papa faisait le clown. »

« Ça ressemblait à quand tu pleures. »

« Je te promets que non. Papa ne me faisait pas mal, on s'amusait, c'est tout. »

« Pourquoi tu t'amusais sans tes habits ? »

Maddie eut envie de mourir sur place. « Heu, on jouait à se blottir l'un contre l'autre. Parfois, les mamans et les papas jouent à ce jeu sans leurs habits. »

Son petit nez se plissa de dégoût. « Beurk. »

« Si tu veux, oui », dit-elle en réprimant une envie de glousser. « À partir de maintenant, on y jouera avec nos pyjamas. » Elle remonta la couverture. « Il est temps de dormir. » Après avoir calé le drap sous son menton, elle se pencha pour embrasser son front. « Mon cœur, tu sais que papa ne me fera jamais de mal. »

Il acquiesça d'un air très sérieux.

« Je ne veux pas que tu t'inquiètes pour ça. Papa m'aime tellement. Il nous aime tous, toi, moi et Hailey. Il ne nous fera jamais de mal. Je te le promets. »

« C'est un bon papa. »

« C'est le meilleur des papas. » Elle lui fit une autre bise. « Fais de beaux rêves. »

Il se positionna sur le côté et aspira son pouce dans sa bouche – C'était toujours un signe certain qu'il allait s'endormir.

Soulagée d'avoir survécu à cette crise, elle se mit debout et sentit une décharge mouillée entre ses jambes. C'est là qu'elle se rappela ce qu'elle avait oublié tout à l'heure. Elle parvint à garder son sang-froid le temps de s'assurer qu'Hailey dormait puis repartit dans sa chambre où Mac l'attendait sous les couvertures.

« Tout va bien ? »

« On a oublié de mettre une capote. »

Son visage s'affaissa sous le choc. « Merde. Je n'y ai pas pensé. »

« Et c'est toi qui n'avais pas bu ! Tu aurais dû y penser ! »

« Donc c'est de ma faute aussi ? »

« Oui ! »

Secouant la tête tout en souriant, il tendit sa main vers elle. « Viens te coucher. »

« Dans une minute. » Elle alla aux toilettes puis se brossa les dents. Pendant tout ce temps, son cœur battit à un rythme anormal, car l'idée de retomber enceinte la terrifiait. Les mains appuyées sur le rebord du lavabo, un nœud lui serrant le ventre, elle baissa la tête en réalisant les conséquences de leur oubli.

Mac arriva derrière elle et l'entoura de ses bras, son visage réchauffant son dos. « Je suis désolée, chérie. Tu m'as tellement excité que je n'ai pensé à rien. »

« Je savais que tu trouverais un moyen de me rejeter la faute dessus, » dit-elle d'un ton taquin.

Il la fit pivoter vers lui. « On a fait la bourde ce soir, mais ça ne veut pas dire que tu vas tomber enceinte.

« J'ai eu mes règles il y a deux semaines, » dit-elle en l'observant tandis qu'il enregistrait l'information.

« Ça ne veut quand même pas dire que ça va arriver. »

« Je l'espère. Je ne suis pas prête à me retrouver enceinte. »

« Je n'y suis pas prêt non plus. Je ne me suis pas encore remis de la dernière fois. »

Sa réflexion arracha un sourire à Maddie. « Quelles sont les probabilités que ça se passe comme la dernière fois ? demanda-t-elle en se remémorant la naissance tumultueuse de sa fille pendant la tempête tropicale Hailey.

« Je n'ai aucune intention de le savoir. » Il la serra dans ses bras en posant un baiser sur le haut de sa tête. « Quoiqu'il arrive, on est ensemble, toi et moi, jusqu'au bout. »

Ses mots calmèrent aussitôt la panique qui l'avait saisie en se rendant compte qu'ils avaient oublié le préservatif. Pourtant cette panique la rongerait jusqu'à ce qu'elle soit certaine de ne pas être enceinte. Les dix jours à venir allaient être très longs.

CHAPITRE 3

Daisy se leva tôt le lendemain matin afin de se préparer pour aller au travail. Depuis que madame McCarthy l'avait nommée responsable à l'essai du service d'entretien ménager au début du mois ; elle faisait de son mieux pour y arriver tôt chaque jour pour être prête quand les autres arrivaient. Elle n'avait eu ce boulot que parce que Maddie l'avait recommandée auprès de sa belle-mère, mais Daisy était bien décidée à donner toute son énergie pour mériter et obtenir un poste permanent.

En sortant de chez elle, la pluie assombrit son humeur. En général, elle faisait à pied les deux kilomètres qui la séparaient de son lieu de travail et profitait autant de l'exercice que du paysage. Mais étant donné que la pluie tombait dru, elle retourna chercher son parapluie à l'intérieur puis se dirigea vers le terminal du ferry pour prendre un taxi.

Ned Saunders lui fit signe depuis son taxi tout en faisant le tour pour lui ouvrir la portière du passager.

« Merci beaucoup, Ned, » dit Daisy en s'asseyant et secouant son parapluie avant que Ned ne referme la portière.

« C'est pas un' belle journée pour s' balader, poupée, » dit

Ned en démarrant son vieux break et avançant vers le port Nord sans demander à Daisy où elle se rendait.

La vie s'écoulait ainsi dans les petites villes. Tout le monde savait tout sur tout le monde, ce qui n'était pas forcément une bonne chose. Cependant, depuis la nuit affreuse avec Truck, les habitants de l'île s'étaient montrés super sympas avec elle. Elle n'avait pas entendu une seule rumeur désobligeante sur elle, ce qui ne voulait pas dire pour autant qu'il n'en circulait pas.

« Comment ça va ? »

« Mieux. Remercie encore Francine pour le ragoût et les brownies. C'est très cool de votre part. »

« C'ma nana qu'a tout fait. J'n'étais qu' le livreur. »

Daisy lui sourit. Il était si mignon et fou amoureux de la mère de Maddie. Ces deux-là donnaient de l'espoir à des ratés de la romance comme elle. Il existait peut-être quelqu'un pour chaque être humain. « Ça m'a fait plaisir quand même. »

« Pas d'souci, poupée. J'suis content d'voir que t'es d'retour au boulot. J'espère qu' tu laisses pas Linda t'en faire voir d'toutes les couleurs à l'hôtel. Elle maintient la discipline, mais elle est pas méchante."

Daisy s'en était aperçue depuis sa promotion. « Elle a été très bien avec moi, surtout quand je n'ai pas pu venir travailler pendant toute une semaine juste après avoir obtenu ce nouveau boulot. Et elle m'a apporté à dîner. »

« Ça ressemble à la Linda que j'connais et qu'j'aime. »

Il se tut pendant un moment, mais la regarda en coin à deux reprises.

« Qu'est-ce que tu meurs d'envie de me dire, Ned ? »

« J'ai pas à m'en mêler. »

Daisy lui sourit, car elle connaissait bien sa gentille propension à se mêler de beaucoup de choses. « Et pourtant... »

« J'me fais du souci au sujet d' ton nouvel ami, l' docteur David. »

« Pourquoi ? » demanda Daisy qui ne voulait pas entendre quoique ce soit sur David qui puisse la faire changer d'avis.

« Ses antécédents sont pas top. J'détesterais t' voir encore souffrir, surtout après c' qu'il vient d' se passer. »

« C'est cool de ta part, Ned, et je sais qu'il y a des choses de son passé dont il n'est pas fier. En fait, il va m'en parler lui-même la prochaine fois qu'on se verra. Si ça ne te dérange pas, je préférerais l'entendre de la bouche de David. »

« Bon, du moment qu' tu sais qu'il doit t' le raconter. D'ailleurs, c'est bien qu'il ait abordé l'sujet avec toi. Ça montre son caractère. »

« Je suis d'accord. »

« Pardon d' fourrer mon nez dans c' qui me regarde pas. »

« Tu t'inquiètes pour moi, et c'est très gentil. »

« Bah, te prends pas le chou. Y a rien que j' ferais pas pour mes chéries. »

Daisy pensa qu'il était encore plus bienveillant qu'elle ne le croyait s'il considérait Maddie et sa sœur Tiffany comme ses « chéries », surtout vu que leur père n'avait été qu'un bon à rien jusqu'à récemment. Désireuse de changer de sujet tandis qu'ils approchaient de la dernière intersection avant l'hôtel, Daisy chercha un terrain de conversation différent. Puis elle sut ce qu'elle voulait lui demander.

« Comment te paraît Maddie depuis que son père est revenu ? Elle m'a dit qu'il comptait payer les études des enfants. »

« Ouais. C'est un peu tard à mon avis, mais personne me l'demande. »

« C'est déjà un pas en avant. Cela dit, je vois ce que tu veux dire. Je me demande s'il fait ça pour qu'ils se sentent coupables et donc obligés de passer du temps avec lui. »

« Exactement c'que j'me suis dit. »

« Hum, bon, on ferait mieux de la surveiller pour être sûrs qu'il ne la fera pas souffrir à nouveau. »

« On est d'accord là-dessus. » Il arrêta la voiture en bas de la colline herbeuse qui menait à l'hôtel. « S'il pleut toujours cet après-midi, j'viendrais t'chercher à 16 h. »

« Tu n'y es pas obligé. »

« Mais j'en ai envie, alors fais pas ton effrontée. »

Daisy rigola et secoua la tête tout en récupérant son porte-monnaie.

Il mit sa main sur la sienne. « Garde ton fric, poupée. J'en veux pas. »

Charmée par sa bonne humeur, Daisy se pencha pour poser un baiser sur sa joue. « Tu es le meilleur. Merci. »

Daisy grimpa la colline sous la protection du parapluie en repensant à sa discussion avec Ned, et plus inquiète qu'avant à propos de ce que David devait lui dire.

Elle tenta de repousser ses soucis en s'affairant à préparer les horaires de la semaine suivante et en organisant les commandes du jour pour que les livraisons puissent se faire par le ferry de vendredi prochain.

À 9 h 30, elle réunit « son » équipe de femmes de ménage, ce qui la faisait encore se sentir comme un imposteur. De quel droit gérait-elle Sylvia, Betty, Sarah et Maude qui, autant que Maddie, lui avaient enseigné tout ce qu'elle savait sur l'entretien de l'hôtel ? Quand leur ancienne responsable Ethel était partie à la retraite, Maddie avait été promue. Après la naissance de Hailey, elle avait décidé de rester à la maison avec ses enfants et avait recommandé Daisy pour le poste, ce que Daisy n'arrivait toujours pas à croire.

Elle avait pleuré comme un bébé lorsque Maddie lui avait annoncé qu'elle incitait madame McCarthy à la nommer responsable. Et elle comprenait tout à fait que madame McCarthy la mette à l'essai pendant tout l'été. Elles pourraient ainsi s'assurer toutes les deux que tout se passait bien pour chacune avant de la promouvoir officiellement. Daisy n'avait jamais eu d'emploi incluant tous les avantages de la sécurité sociale, les congés payés et le salaire qu'elle gagnait. Mais en dépit de la hausse de salaire, le coût de la vie sur l'île augmentait sans arrêt, et elle était toujours à court d'argent.

Cependant, elle était assurée en ce qui concernait ses frais médicaux pour la première fois depuis qu'elle avait quitté la maison de ses parents à dix-huit ans, et elle avait la ferme intention d'exceller dans son travail même si cela devait la tuer. Certains jours, elle se demandait si le boulot la tuerait vraiment parce qu'elle bossait très dur, même si cet emploi n'était pas aussi physique qu'auparavant. En tant que responsable, elle continuait de monter et descendre les trois étages toute la journée et elle était épuisée à la fin de son service — encore plus depuis qu'elle avait reçu ses blessures.

Elle ne voulait pas que madame McCarthy pense qu'elle n'était pas capable d'occuper son poste, du coup elle s'était usée à la tâche depuis son retour au travail. En revenant à son bureau à midi, tout son corps était endolori et il lui tardait de prendre un comprimé antidouleur pour arriver à passer l'après-midi. Le mieux serait deux cachets, sauf que le second allait l'endormir. Un cachet parviendrait à diminuer la douleur dans ses côtes.

Daisy avala la pilule avec un verre d'eau.

Maddie passa la porte, la mine défaite, ce qui était logique après sa soirée arrosée.

« Tu as la gueule de bois ? » demanda Daisy pour taquiner son amie.

« Peut-être un peu. »

« Je suis surprise que tu arrives à avancer aujourd'hui », dit Daisy en lui faisant signe d'entrer dans le bureau.

Maddie s'affala sur une chaise puis regarda Daisy avec plus d'attention. « Tu vas bien ? Tu es un peu pâle. »

« J'ai mal, mais je viens de prendre un cachet. Ça va passer bientôt. »

« J'espère que tu ne t'exténues pas, Daisy. Tu as été sérieusement blessée et tu n'as pris qu'une semaine de convalescence. »

« Je vais bien. Je te le promets. J'adore ce boulot, et je veux être ici. »

« Je suis contente qu'il te plaise. »

« J'ai recruté deux nouvelles filles pour l'été. Elles seront là le week-end prochain. Mes premières embauches. Je croise les doigts. »

« Il me tarde de les rencontrer. »

« Je ne sais pas comment te remercier de m'avoir donné cette opportunité. Tu ne sais pas combien ça compte pour moi. »

« Mais, si. Ça ne fait pas si longtemps que je n'ai plus de mal à boucler les fins de mois. Je sais qu'une occasion comme celle-ci peut changer une vie. Et tu n'as pas à me remercier tout le temps, Daisy. Je n'ai fait que recommander celle qui serait la meilleure pour ce poste. »

« Par moments, ça me fait bizarre de commander Betty, Sarah, Maude et les autres. Elles sont ici depuis toujours. »

« Et elles ne veulent pas du poste de responsable. Je m'en inquiétais aussi, mais Linda m'a dit que ce boulot ne les intéressait pas. Elles m'ont toujours soutenue quand j'étais à ta place. »

« Elles sont super cool avec moi aussi. Elles m'ont sacrément aidée pendant ma convalescence. »

« C'est une bonne équipe, et elles vont bien s'occuper de toi. »

« Continue à me parler comme ça. J'ai besoin qu'on me rassure. »

« Tu ne vas pas croire ce qui m'est arrivé hier soir après ton départ. »

« Quoi ? »

« Thomas nous a surpris en train de… enfin, tu vois... »

« Non, tu déconnes. Daisy se mit à rire en voyant l'air torturé de Maddie. « Qu'est-ce qu'il a dit ? Qu'est-ce que *tu* as dit ? »

« C'était affreux. Il voulait savoir pourquoi son papa me faisait mal. »

Daisy rigola tellement que de grosses larmes coulèrent sur ses joues.

Maddie froissa un kleenex qu'elle avait pris dans la boîte sur le bureau de Daisy et le lui lança dessus. « Ce n'est pas marrant ! »

« Oh, si. Daisy s'essuya le visage avec le mouchoir. Tu devais être mortifiée. »

« Je le suis encore. Il ne comprend pas pourquoi les mamans et les papas aiment se blottir l'un contre l'autre sans leurs vêtements. »

Cette réflexion fit redémarrer l'hilarité de Daisy. Même l'entrée de Linda McCarthy dans la pièce ne suffit pas à l'empêcher de rire.

« Qu'y a-t-il de si drôle ? » demanda Linda tout en embrassant sa belle-fille sur la joue.

« Je ne peux pas te le dire, » dit Maddie. « C'est trop gênant. »

« Et moi, je peux lui dire ? » demanda Daisy en finissant de s'essuyer le visage.

Maddie posa ses mains sur ses oreilles. « Si tu t'y sens obligée. »

« Thomas les a surpris... » Daisy fit des signes de la main pour encourager Linda à lire entre les lignes.

« Daisy a raison. Voilà qui est drôle. »

« Je suis ravie que tout le monde soit d'accord, » grommela Maddie.

« Raconte-lui le passage sur les mamans et les papas qui se pelotonnent sans leurs habits, » dit Daisy en recommençant à se marrer.

Linda se joint à la partie de rigolade, visiblement enchantée de la consternation de Maddie.

« Mac nous a surpris une fois quand il avait l'âge de Thomas, » dit Linda. « On se la donnait sur le canapé, et tout à coup il était là. J'ai poussé un cri de crécelle qui lui a autant fait peur qu'à mon mari. »

« Il n'en a pas parlé hier soir. Je parie qu'il ne s'en souvient plus. »

« Alors, ne le lui remettons pas en mémoire, » dit Linda.

Maddie fit la grimace, ce qui relança Daisy. « J'aimerais oublier cet épisode malheureux, alors arrête de te marrer. »

Daisy tapota ses joues avec le mouchoir. « Je ne fais pas exprès. »

« Je ne boirai plus jamais de champagne, » dit Maddie.

« Tu veux bien nous mettre ça par écrit ? » dit Linda en serrant affectueusement l'épaule de Maddie. « Bon, j'ai rendez-vous chez le coiffeur. À tout à l'heure, les filles. »

« Merci de m'avoir divertie, » dit Daisy à Maddie une fois qu'elles furent seules.

« Je suis contente de voir que ma consternation t'amuse, mais ce n'est pas pour cette raison que je suis venue te voir. »

« Ah, qu'est-ce qu'il se passe ? »

« Je voulais te parler de David. »

« Mais encore ? »

« Même à moitié bourrée, j'ai vu qu'on interrompait quelque chose quand on est rentrés à la maison hier soir. »

« C'est possible. »

« J'espère juste que tu es prudente en ce qui le concerne. Il y a des choses sur lui que tu devrais savoir — »

Daisy leva brusquement les mains pour empêcher son amie d'aller trop loin. « On m'a déjà avertie à ce sujet. »

« Tu es au courant de quoi au juste ? »

« Qu'il doit me raconter certaines choses. »

« Et comment tu le sais ? »

« Parce qu'*il* me l'a dit, et je veux l'entendre de sa bouche. »

« Tu sais que Mac et moi lui sommes reconnaissants chaque jour de notre vie pour ce qu'il a fait quand Hailey est née. »

« Oui, et je sais qu'il n'est pas fier de certaines choses de son passé. On a prévu d'en discuter mardi quand il rentrera. »

« Il est parti où ? »

« Il a dû aller deux jours à Boston. »

« Pour quoi faire ? »

« Il ne l'a pas dit, et je n'ai pas demandé. Écoute, Maddie, j'apprécie vraiment que tu t'occupes de moi, et je sais que je vous ai donné à tous beaucoup trop de raisons de vous inquiéter pour moi. Mais je vais bien. Et j'aime être avec David. »

« Fais attention quand même. Tu as subi des traumatismes et je ne voudrais pas que quelqu'un d'autre te blesse. »

Daisy se leva avant de faire le tour du bureau pour prendre son amie dans ses bras. « C'est gentil à toi de te faire du souci pour moi, mais je suis tout à fait consciente qu'il a des secrets dont il a besoin de me parler. »

Maddie, qui s'était levée pour étreindre Daisy, lui tapota le dos. « Assure-toi qu'il le fait rapidement. C'est quelque chose que tu dois savoir. »

L'avertissement plomba Daisy d'anxiété. Elle ne voulait rien entendre sur David qui puisse changer ce qu'elle commençait à ressentir pour lui. D'un autre côté, elle ne comptait pas ignorer des signes de danger éventuel. Elle ne l'avait que trop fait par le passé, plus récemment avec Truck, et elle avait failli se faire tuer. Plus jamais ça.

Maddie la laissa pour aller faire ses courses pendant que Mac s'occupait des enfants à la maison, et Daisy se remit au travail, les avertissements de Maddie et de Ned pesant sur son esprit.

Il lui tardait encore plus que David revienne.

Janey était assise sur la table d'examen, enveloppée dans un peignoir en papier qui arrivait à peine à se fermer sur son ventre distendu. Espérant se relaxer avant son rendez-vous, elle feuilletait un magazine de mode sans s'occuper de ce qui l'entourait. Sa concentration n'était plus du tout au top au fur et à mesure que sa grossesse avançait. Il lui semblait parfois qu'elle sacrifiait ses neurones en faveur du bébé.

Joe faisait les cent pas d'un côté à l'autre de l'étroite salle d'examen. « Combien de temps elle va mettre ? » Il jeta un coup d'œil à sa montre. « Je dois prendre le bateau de 16 h. »

« Je sais, bébé. C'est pour ça que j'ai pris rendez-vous à 14 h. Tu as le temps, alors arrête de me faire stresser.

« Pardon. » Il se laissa tomber sur une chaise, mais se mit à marteler du bout des doigts le plan de travail près de l'évier.

Janey regarda son visage, puis ses doigts.

« Pardon, » grommela-t-il en croisant les bras. Il résista quatre minutes entières avant de se remettre à faire les cent pas.

Janey reposa le magazine et essaya de trouver une position confortable sur la table. Son dos lui faisait hyper mal, comme toujours, et d'être assise sans dossier pour se caler contre empirait les choses.

« Qu'est-ce que tu as ? » demanda-t-il en l'observant. « Tu as mal ? »

« C'est mon dos. Comme d'hab. »

« Tu aurais dû me le dire. » Il s'approcha et vint s'asseoir derrière elle, l'entourant de ses bras pour qu'elle puisse se reposer contre son torse.

Le soulagement fut instantané et intense. « C'est beaucoup mieux et en plus, ça t'empêche de faire les cent pas. »

« Pardon, bébé. J'ai l'impression que mes nerfs sont si tendus qu'ils vont péter. Et dire que ce n'est même pas moi qui vais accoucher. »

« Joe — »

« À chaque fois que je quitte l'île, même pour deux heures à peine, j'ai peur que tu aies besoin de moi et que je ne sois pas là. J'aurais dû demander à Seamus de me sortir du planning — ».

« Joe ! Stop ! Écoute-moi. Il ne me reste que huit semaines. Tout va bien. Tu as entendu ce que Victoria a dit la dernière fois — la plupart des bébés sont en retard de toute façon. On emménagera dans la maison du continent dans quatre semaines comme on l'a prévu, et on sera là où on doit être quand le bébé arrivera. Il faut que tu te calmes ou tu vas me rendre chèvre. »

Elle détestait le fait qu'ils rateraient le mariage de sa cousine Laura avec Owen Lawry au début du mois d'août. Cela étant, elle n'arriverait pas à convaincre Joe de rester sur l'île plus tard que fin juillet — la naissance du bébé étant prévue pour le quinze août — surtout vu la phobie de Joe envers les accouchements catastrophiques. Parce qu'il était tellement anxieux, elle n'avait même pas tenté de lui suggérer de venir sur l'île le jour du mariage et de retourner sur le continent aussitôt après.

Il appuya son front contre son épaule, son haleine tiède lui réchauffant le dos. « Je suis désolé. Je ne voulais pas te rendre chèvre. C'est juste que je n'arrête pas de penser à la nuit où Hailey est née et à tout ce qui aurait pu mal se passer. Et si David n'avait pas été là — ».

Elle recouvrit de ses doigts la main qu'il avait posée sur son ventre. « Il était là. Hailey allait bien. Moi aussi j'irais bien et notre bébé aussi. Arrête de te faire des films d'horreur. Tu me fais penser à Mac. »

« Et il avait raison. Si Maddie l'avait écouté — ».

Janey lui pinça les lèvres pour le faire taire. « *Ça suffit.* »

Un coup retentit sur la porte avant que Victoria n'entre dans la pièce. « Je suis désolée de vous avoir fait attendre. On est surbooké aujourd'hui, et David est sur le continent, et… et ça vous est égal où se trouve David. »

Janey sourit en voyant l'expression chagrinée de Victoria, puis se souvint qu'elle était l'ex-fiancée de David. « Pas de souci, Vic. C'est de l'histoire ancienne. » Tout en parlant, elle agrippa la main de Joe pour lui éviter de mettre son grain de sel au sujet de David. Joe s'était plus ou moins calmé depuis que David avait sauvé la vie du bébé de leur nièce, pourtant il ne le comptait pas parmi ses personnes préférées.

« Quoi qu'il en soit, » dit Victoria en consultant le dossier de Janey, « nous en sommes à la trente-deuxième semaine. On continuera de se voir une semaine sur deux jusqu'à la trente-sixième, ensuite on passera à un rendez-vous par semaine. »

« C'est là qu'on déménagera sur le continent, » lui rappela Joe. « L'accouchement se passera à *Femmes et Enfants* à Providence. »

« C'est vrai, » dit Victoria. « J'ai vu ça dans le dossier. Vous avez suivi les cours de préparation à l'accouchement là-bas ? »

« On est allé la semaine dernière pour faire le stage d'une journée, » dit Janey, « cet endroit est magnifique. »

« Je suis d'accord. » Elle enfila ses gants. « Voyons voir si tout va bien. »

Janey ne pensait pas s'habituer un jour à placer ses pieds dans les étriers alors que son mari se trouvait dans la pièce, mais Maddie lui avait dit qu'elle aurait à supporter bien pire avant que tout se termine. Elle tressaillit en sentant le gel froid appliqué par Victoria et retint une envie de faire pipi durant l'examen interne.

Victoria se montrait toujours minutieuse et aujourd'hui ne faisait pas exception à la règle. « Je ne sens pas la tête du bébé descendre. On va faire une rapide échographie tant qu'on y est. »

« Ça arrive souvent ? » demanda aussitôt Joe.

« Pas vraiment, mais à ce stade, on préfère que le bébé commence à se mettre en position. Il ou elle peut avoir pris un peu de retard, mais j'aimerais mieux m'en assurer. » Elle sortit les pieds de Janey des étriers et redressa la table. « Je reviens tout de suite. »

« C'est quoi ce trafic ? » demanda Joe à la seconde où elle referma la porte.

« Tu devais déstresser, non ? »

Il grogna, les traits tendus d'appréhension.

« Joe, parlons d'autre chose que du bébé. »

« Genre ? »

« J'ai papoté avec ta mère ce matin. Entre le ménage, la cuisine et les préparations pour l'arrivée de la mère de Seamus, elle n'en peut plus. J'ai proposé de lui donner un coup de main, mais elle ne veut rien me laisser faire. »

« Elle a bien raison de ne rien te laisser faire. »

« Joseph… toi et moi allons avoir la première grosse dispute de notre mariage si tu *ne te calmes pas.* »

« Mais je suis calme ! Tu vois bien là que je suis calme ! »

Elle plissa les yeux en lui lançant son plus efficace regard noir tandis que Victoria faisait rouler dans la pièce l'appareil d'échographie, rabattait le drap et remontait le peignoir pour exposer le ventre de Janey. « Inspire normalement et ne bouge plus. »

Il fallut plusieurs minutes de positionnement de l'appareil avant que l'image du bébé n'apparaisse sur l'écran.

Joe émit un son rauque en étreignant la main de Janey. « Oh, le voilà. Regarde. »

L'émerveillement qui perçait dans sa voix compensa le comportement anxieux qui le caractérisait depuis quelques semaines. « Je croyais que tu avais décidé que ce serait une fille. »

« Fille, garçon, ça m'est égal. »

« C'est ce qu'il me semblait, » dit Victoria en scrutant l'écran. « Le bébé est en position de siège, ce qui n'est pas dangereux, mais il — ou elle — va devoir se retourner avant l'accouchement. Sinon, ce sera une césarienne. » Elle désigna l'écran. « Vous voyez ses pieds, là ? »

« Oui. » Fascinée par l'image nette des orteils de son bébé, Janey ne voyait pas grand-chose d'autre.

« Ils devraient déjà être là-haut. Tout le reste est absolument normal, cela dit. Vous êtes certains de ne pas vouloir connaître le sexe de l'enfant ? »

« On en est sûrs, » dit Janey, se dépêchant de répondre à la question avant que Joe ne change d'avis.

Victoria essuya le gel du ventre de Janey et l'aida à se redresser. « On va surveiller tout ça et prendre une décision sur la manière d'accoucher quand on approchera de la trente-sixième semaine. En attendant, je veux qu'on se revoie la semaine prochaine pour vérifier ta tension. Elle était un tout petit peu élevée aujourd'hui, donc il faudra y faire attention aussi. Tu ne travailles plus, c'est bien ça ? »

« Non, j'ai terminé vendredi dernier. Joe voulait que je me détente pendant plusieurs semaines avant l'arrivée du bébé, et je suis tellement épuisée qu'il n'a pas eu à me le dire deux fois. » Doc et le personnel de la clinique vétérinaire avaient organisé une fête pour elle où beaucoup de leurs patients avaient été conviés, ce que Janey avait adoré.

« Bien. Pas de stress, ne fais pas d'effort, reste assise au maximum et relaxe-toi. C'est ça ton boulot de maman pour l'instant. Celui du père est de contrôler que tu ne fais rien de trop fatiguant et que rien ne vienne te stresser. Tu mettras ainsi toutes les chances de ton côté. »

« Tu as entendu ? » dit Janey à son mari. « Que rien ne vienne me stresser. »

Il se renfrogna. « J'ai entendu. »

« Courage, Janey, » Victoria lui tapota le bras. « Tu es dans la dernière ligne droite. »

La *ligne* qu'elle avait perdue et qui lui faisait se demander par moments jusqu'à quel point sa peau pouvait encore s'étirer sans qu'elle explose. Le fait que sa mère ait passé cette épreuve cinq fois était incompréhensible. Ce bébé serait chanceux s'il avait un jour un frère ou une sœur, mais certainement pas quatre.

Tandis que Joe l'aidait à passer sa robe d'été, Janey s'avoua à elle-même ce dont elle n'avait osé parler à personne, même pas

Joe. Elle détestait être enceinte. Elle détestait se sentir grosse, enflée et endolorie de partout. Elle détestait ne pas pouvoir aller travailler ni faire l'amour confortablement ni même enlacer son mari sans que ce ventre bouffi lui barre la route. Ce bébé ne sortirait-il donc jamais ?

Quand elle fut habillée, Joe la souleva de la table d'examen comme si elle ne pesait pas une tonne, et la déposa doucement sur ses pieds, lui laissant une minute pour se remettre. Son équilibre, tout autant que le reste, était déphasé.

« Ça va ? »

« Ça a l'air. »

« Tu veux t'asseoir un peu ? »

« Non, on y va. Il faut que tu ailles bosser. »

Janey se dandina dans les couloirs de la clinique, reconnaissante du fait qu'elle ne croiserait pas son ex-fiancé alors qu'elle ressemblait à une baleine échouée. Non pas qu'elle s'inquiète de ce qu'il pensait d'elle, mais quand même. La principale raison pour laquelle ils avaient décidé que l'accouchement se passerait sur le continent était que ni l'un ni l'autre ne désirait que David soit là. Ils n'en avaient pas discuté, ils le savaient tacitement.

Lorsque Joe se gara devant la maison qu'ils venaient d'acquérir près de celle de Mac et Maddie, les paupières de Janey tombaient. Le rendez-vous avait tant puisé dans ses ressources qu'elle avait besoin d'une sieste. Sans délai.

Joe l'escorta à l'intérieur et attendit patiemment pendant qu'elle disait bonjour à sa ménagerie puis allait aux toilettes. Il la borda dans leur lit et s'assit au bord du matelas pour la regarder. « Je suis désolé de me conduire comme un âne à propos de cette naissance. Je deviens fou à l'idée que tu puisses souffrir ou être en danger, ou quoi que ce soit d'autre qui affecte ta santé. »

« Je suis en pleine forme, et je vais le rester. »

« Promets-le-moi. »

L'expression et la moue puérile qu'il afficha la firent sourire.

« Je te le promets, » dit-elle, en lui faisant signe du doigt pour qu'il se penche et l'embrasse.

« Ne te soucie pas du dîner, » dit-il. « J'achèterai un truc avant de rentrer. Qu'est-ce qui te ferait plaisir ? »

« N'importe, ça m'est égal. »

Il l'embrassa encore. « Fais de beaux rêves. Je t'aime. »

« Je t'aime aussi. Et sois prudent dehors. »

« Évidemment que oui. J'ai ma superbe femme qui m'attend à la maison. »

Janey gloussa de rire. « Elle est siiiiii belle. Comme un bel éléphant. »

Il se pencha au-dessus d'elle, la contemplant avec chaleur et intensité. « Tu es aussi belle que tu ne l'as jamais été, et je ne t'en aime que plus. En fait, si tu es bien sage et que tu te reposes pendant mon absence, ce soir je te montrerai combien je t'aime. » Son haussement de sourcils indiqua la nature de ses intentions. Ils étaient devenus très créatifs en ce qui concernait leurs relations sexuelles, et il lui avait déjà montré l'étendue de son imagination.

« Mmm, je vais être super, super sage. »

En souriant, il l'embrassa à nouveau puis la laissa se reposer. Alors qu'elle s'assoupissait sans avoir à penser ni à l'école, ni au travail, ni au dîner, elle se dit qu'être enceinte n'était pas si mal après tout.

Sarah Lawry appela Daisy au moment où elle quittait son lieu de travail et lui demanda si elle avait prévu quelque chose pour le dîner. Vu que Daisy était libre pour la soirée, elle accepta l'invitation de Sarah avec plaisir. Sarah l'avait assisté de son mieux depuis l'incident avec Truck. Malheureusement, Sarah était restée enfermée pendant des années dans une relation violente avec celui qui ne tarderait pas à devenir son ex-mari et contre qui elle témoignerait au tribunal cet été. Elle connaissait donc bien les épreuves que Daisy avait traversées.

Sachant que la date où elle devrait se rendre au tribunal pesait lourdement sur Sarah, Daisy se faisait une joie de pouvoir donner du courage à celle qui avait été si bienveillante avec elle.

Après une longue journée enfermée dans l'hôtel, Daisy profita de sa balade au soleil jusqu'au centre-ville. La pluie de la matinée avait laissé derrière elle une odeur douce et la chaleur de cette fin d'après-midi avait asséché les flaques.

En rentrant chez elle, elle s'arrêta vite fait à la pharmacie « Ryan » pour récupérer son traitement contre les allergies, qui n'était pas tout à fait prêt. À présent qu'elle était correctement assurée, elle pouvait se payer les médicaments de qualité plutôt que les pilules sans ordonnances qu'elle avait utilisées pendant des années.

« Je suis désolée pour ce retard, » dit Grace Ryan, la pharmacienne de l'île. Elle était seule à travailler derrière le comptoir situé au fond du magasin. « On a été débordés, c'est incroyable. J'en jurerais presque que tous les habitants de l'île ont décidé de faire renouveler leur ordonnance aujourd'hui. »

« Zut. Et moi qui te rajoute encore plus de boulot. »

« Pas de souci. L'hôtel tourne bien ? »

« Ça commence. On est plein ce week-end, alors c'est bien. »

« J'ai officiellement survécu à mon premier hiver sur Gansett, » dit Grace. « Et j'en suis très fière. »

« C'est normal. L'hiver à Gansett n'est pas pour les mauviettes. »

« C'est aussi ce que dit Evan. »

« Son studio marche ? »

« Très bien. Ils ont des réservations jusqu'à fin juillet et de plus en plus de gens les appellent chaque jour. »

« Je trouve que c'est trop cool d'avoir un studio d'enregistrement sur l'île. »

« Je trouve que c'est trop cool qu'il ait trouvé quelque chose qu'il adore faire et qui le fait rester ici avec moi, » dit Grace en clignant de l'œil, ce qui fit rire Daisy.

« C'est effectivement ce genre des choses qui rend heureuse. Je suis contente que ça marche bien entre vous deux. » Daisy ne put s'empêcher de remarquer la superbe bague au doigt de Grace. « Est-ce que les cloches du mariage vont bientôt sonner ? »

« Pas encore. Mais on pense à aller dans un pays chaud cet hiver en emmenant tout le monde avec nous. »

« Ça devrait être amusant. »

« Sinon, comment tu vas maintenant que la convalescence est finie ? »

La question de Grace ne contenait aucune trace de pitié, ce que Daisy apprécia. « Je me sens de plus en plus forte chaque jour et de plus en plus déterminée à avancer dans la vie. Tout le monde m'a tellement soutenue et réconfortée. »

« C'est ce qui me plaît ici. J'ai l'impression d'être entourée par une grande famille, même si je ne suis parente qu'avec très peu de personnes. »

« Voilà, c'est tout à fait ça. J'ai débarqué à l'hôtel un été et je suis toujours là, six ans plus tard, pour la même raison. Les gens de l'île ont quelque chose de spécial. »

« Je suis totalement d'accord. » Debout devant son ordinateur, Grace dit, « Ah, je vois une commande non reçue pour des antidouleurs. Qu'est-ce qu'on fait ? »

« On oublie. Je ne peux pas prendre de narcotiques. Ils me font tourner la tête. Je m'en sors bien avec l'ordonnance de base. »

« Tant mieux. » Grace mit les médicaments dans un petit sac avant de le tendre à Daisy. « Tu devrais venir à l'une de nos soirées entre filles. On s'amuse beaucoup. »

« J'ai entendu Maddie parler de vos aventures. Oui, ça me plairait de venir. »

« Super. Elle te dira quand se déroulera la prochaine. En

général, ça vire à la soirée classique dès que les mecs débarquent, mais on s'amuse quand même. »

« On dirait, oui. Merci pour les médicaments et la conversation. Ça m'a fait plaisir de te voir. »

« Moi aussi. Prends soin de toi, Daisy. »

CHAPITRE 4

Pendant que Daisy rentrait chez elle à pied, David l'appela. En voyant son nom sur l'écran, elle fut si excitée qu'elle faillit laisser échapper son téléphone portable. « Allô ? »

« Salut. » Ce simple mot énoncé de sa voix grave fit remonter à la surface les sentiments qu'il lui avait inspirés la veille. « Daisy ? Tu es là ? »

« Oui, pardon, je suis là. Comment vas-tu ? »

« Bien, un peu fatigué après une longue journée. Et toi ? »

« Pas mal. Je rentre à la maison et puis je vais dîner avec Sarah Lawry. Oh ! Il faut que je te dise un truc marrant. » Elle lui raconta l'histoire de Maddie et de Thomas qui avait surpris ses parents en plein acte sexuel. Elle se remit à rire en relatant l'anecdote comme si elle l'entendait pour la première fois.

« Dis donc, ça a dû lui faire tout drôle. »

« Je crois aussi. »

« Ça me fait plaisir de t'entendre rire, et ça te va bien. »

Quand il lui parlait sur ce ton intime, elle sentait ses genoux faiblir et sa tête se mettre à tourner. « Tu trouves ? »

« Oui. »

« Je n'ai pas beaucoup rigolé ces dernières semaines et ça m'a fait du bien de me lâcher avec Maddie tout à l'heure. Enfin, moi, je me suis marré. Elle était mortifiée. »

« Je ne veux pas penser à ce qu'ils ont dû ressentir. Pauvre petit. »

« Pauvres parents ! »

« C'est vrai, » dit-il d'un ton amusé. « Ça a dû leur couper la chique. »

« C'est le moins qu'on puisse dire. Cela dit, j'ai l'impression que c'était le crescendo qui a retenu l'attention de Thomas, donc... »

Son rire tranquille la réchauffa.

« J'aimerais que tu ne sois pas à Boston ce soir, » dit-elle, avant de faire la grimace en réalisant que ses paroles révélaient beaucoup de choses.

« Moi aussi, crois-moi. »

« Qu'est-ce que tu fais là-bas ? »

« J'avais des rendez-vous. Je devrais être de retour demain en fin d'après-midi. On passe toujours la soirée ensemble demain ? »

« Bien sûr, » dit-elle en essayant d'ignorer le fait qu'il n'avait donné aucun détail sur ses rendez-vous. Des réunions de boulot ou des rencontres plus personnelles ? Elle adorerait le savoir sans toutefois oser le demander.

« Bon. Je réserverais une table chez *Domenic.* »

« Cool. C'est une occasion spéciale ? »

« Oui. Une soirée avec toi. »

« C'est adorable de ta part. »

Il sembla chagriné lorsqu'il lui dit, « Il faut vraiment qu'on parle, Daisy. »

« Je sais. »

« En fait... J'espère juste que... »

« Quoi ? Qu'est-ce que tu espères ? »

« Je tiens à être honnête avec toi, mais je ne veux pas que tu me détestes après. »

« Je ne pourrais jamais te détester. »

« Tu dis ça maintenant... »

« Remettons cette conversation à demain, et ne te fais aucun souci. Tu te rappelles ce que je t'ai dit hier soir à propos de ta gentillesse envers moi depuis tout ce qui m'est arrivé avec Truck, et la façon dont je n'oublierais jamais ton comportement ? »

« Ça me dit quelque chose, oui. »

« Tu as accumulé un tas de bons points, » dit-elle tout en entrant chez elle. Même si les avertissements de Ned et Maddie l'inquiétaient, elle ne voulait pas que quelque chose vienne gâcher le souvenir de la charmante soirée qu'ils avaient passé. « Quoi que tu aies à me dire, on en discutera et on mettra les choses au clair. C'est le mieux, non ? »

« Je suppose. »

« J'ai fait des trucs moi aussi, tu sais. »

« Je parie qu'aucun de ces trucs n'est mauvais. »

« Tu pourrais être surpris, » dit-elle.

« Il me tarde que tu me surprennes. »

Le sourire de Daisy étira son visage tandis qu'elle se lovait sur le canapé, le téléphone coincé entre son cou et son épaule.

« Tu vas te dire que je te baratine, » dit-il, « mais tu me manques. J'aimerais que tu sois ici avec moi. »

Elle eut du mal à ne pas soupirer distinctement d'affection. « Tu me manques aussi. Je me suis habituée à te voir tous les jours à cette heure-ci. Ça me fait bizarre de savoir que tu n'es pas sur l'île. »

« Ça me fait bizarre aussi. À un moment donné durant ces derniers mois, Gansett est redevenu mon chez-moi. »

« Tu prends le bateau de quelle heure demain ? »

« Celui de 17 h normalement, donc je serai là à 18 h 30, okay ? »

« Je serai prête. »

« Alors, à plus. »

Daisy avait envie de rester assise et de revivre chaque seconde de cette conversation, mais il serait bientôt l'heure où Sarah viendrait la chercher, et elle avait besoin d'une douche après sa longue journée à l'hôtel. Quand Sarah arriva, Daisy s'était repassé le film de tout l'appel téléphonique une bonne centaine de fois, et se demandait comment elle arriverait à tenir jusqu'au lendemain soir, lorsqu'elle pourrait enfin apprendre ce qui pesait sur le cœur de David.

Sarah conduisait la Ford bleue, esquintée, et âgée de vingt ans, qu'elle venait de se payer — la première qu'elle ait jamais achetée. Elle était hyper fière de sa voiture, et Daisy était fière d'elle d'avoir survécu à un mari violent aussi bien que d'avoir réussi à se construire une nouvelle vie sur l'île.

Blaine Taylor avait présenté Daisy à Sarah en se disant que les deux femmes pourraient se soutenir mutuellement en raison des violences domestiques qu'elles avaient vécu. Elles s'étaient liées, un peu comme une mère et sa fille. Tout du moins, c'était ce qu'il semblait à Daisy qui n'avait pas vu sa propre mère depuis si longtemps qu'elle affectionnait tout particulièrement sa nouvelle amitié avec Sarah, mère de sept enfants.

Lorsqu'elle vit la voiture de Sarah s'arrêter dans l'allée, Daisy attrapa un chandail et se précipita vers la porte.

« Sarah se pencha pour déverrouiller la portière passager puis serra Daisy dans ses bras une fois qu'elle fut installée sur le siège. Daisy avait été très étonnée d'apprendre que Sarah avait cinquante-huit ans parce qu'elle paraissait bien plus jeune.

« Tu es si jolie, » dit Sarah.

Sarah avait toujours quelque chose d'agréable à dire, ce que Daisy appréciait. « Toi aussi. L'amour te convient. »

En riant, Sarah s'empourpra tout en sortant de l'allée. « Je ne sais pas si c'est de l'amour, mais en tout cas je m'amuse bien. »

Sarah sortait avec Charlie Grandchamp depuis un bon

moment maintenant, et ses yeux pétillaient à chaque fois qu'elle parlait de lui.

« Je suis contente que tu t'éclates. »

« Et toi ? Tu vois toujours le Docteur David ? »

« Toujours, » dit Daisy, pensant sans le dire qu'en plus elle l'embrassait.

« Tu t'amuses ? »

« À chaque fois. C'est sympa d'être avec quelqu'un dont je n'ai pas à avoir peur — en tout cas, pas physiquement. » Sauf qu'il devenait une menace pour son cœur fragile à chaque jour qui passait.

« Je comprends ce que tu veux dire ? » Sarah les amena jusqu'à la pizzeria Chez Marco parce que ni l'une ni l'autre n'avait jamais roulé sur l'or, et elles s'étaient toujours contentées de soirées peu coûteuses. « Quoique je me demande parfois combien de temps Charlie va me supporter. »

« Pourquoi tu dis ça ? »

« À chaque fois qu'il me touche, je sursaute. À chaque fois qu'il fait un mouvement brusque, je sursaute. À chaque fois qu'il essaie de m'embrasser, je me détourne. Je sens bien que mon attitude commence à le frustrer, et je ne peux pas l'en blâmer. »

« Tu ne lui as toujours pas parlé de Mark ? »

Sarah fit un signe de tête négatif. « J'ai horreur de penser à lui, et encore plus parler de lui avec quelqu'un comme Charlie qui est si gentil et patient. »

« Peut-être que s'il savait ce qui t'est arrivé, il comprendrait pourquoi tu réagis comme tu le fais. »

« Il doit se demander pourquoi je suis nerveuse. »

« Et comment tu vas justifier ton absence auprès de lui quand tu devras partir pour le tribunal ? »

« Owen m'a posé la même question. » Sarah vivait avec son fils aîné et sa fiancée, Laura McCarthy, à l'hôtel Sand & Surf depuis l'automne. « Il pense que je devrais dire la vérité à Charlie sur ce qui s'est passé, mais j'aimerais mieux attendre que tout soit terminé pour de bon avant de lui en parler. Après ce qu'il a subi lui-même, pourquoi voudrait-il s'embarrasser de moi et de mon lourd passé ? »

« Il t'a raconté la prison ? »

« Oui, » dit-elle doucement tout en trouvant une place de parking et en coupant le moteur. « Il m'a dit qu'il avait sauvé Stéphanie des griffes de sa mère qui abusait d'elle, et qu'il s'était retrouvé en taule pour la peine. »

« Ça n'a pas dû être facile pour lui de t'en parler — à personne d'autre d'ailleurs. »

« Je m'en doute. J'ai bien vu qu'il était gêné d'avoir été en prison, même s'il a été faussement accusé d'être l'agresseur. »

Daisy attrapa la main de Sarah. « Tu devrais lui raconter ton histoire, Sarah. S'il tient à toi, et je le pense, il voudra te soutenir pendant le procès. »

« Je ne sais pas si je veux qu'il soit présent. J'aurais trop honte quand il entendra ce que j'ai supporté pendant si longtemps, sans parler de ce que j'ai laissé ce monstre faire à mes enfants. »

« Ce n'était pas comme si tu l'avais «laissé » faire. Je ne crois pas que Charlie soit quelqu'un qui juge les gens. Il t'a déjà prouvé qu'il ne ressemblait en rien à Mark, non ? »

« Il n'est *pas du tout* comme Mark, » Dit Sarah avec un rire amer. « Heureusement, la plupart des hommes ne sont pas comme Mark.

Elles sortirent de la voiture et entrèrent dans la pizzeria, ravies que leur table habituelle au fond du restaurant bondé soit libre. Quand les sodas furent devant elles et qu'elles eurent commandé une pizza et une salade maison pour deux, Sarah posa son menton sur les paumes de ses mains et détailla Daisy. «Alors, dis-moi tout sur le beau docteur. »

Daisy se remémora aussitôt son séduisant visage lorsqu'il s'était mis à rire la veille au soir. «Il est beau. »

«Oui, il l'est. Il s'est montré très attentionné avec moi quand j'ai débarqué ici en petits morceaux, et je ne suis pas près d'oublier sa gentillesse. »

«Il a été merveilleux avec moi aussi. Peut-être qu'il devrait se spécialiser dans le secours des demoiselles en détresse. »

Sarah rigola en levant son verre. «Bonne idée. »

«Mais il y a autre chose, quelque chose qu'il doit me dire. Un truc pas net, d'après ce que j'en ai déduit. Quelques personnes ont voulu m'en parler, mais je voulais que ce soit lui qui le fasse. Tu comprends ? »

Sarah acquiesça. «Ce n'est que justice. »

«J'ai un peu peur qu'il ne me déballe quelque chose de si affreux que je ne voudrais plus le revoir. »

«Si c'est si affreux que ça, il vaut qu'il te le dise maintenant, avant que vous n'alliez plus loin. Si tu veux mon avis, il est honnête en voulant te l'avouer lui-même alors qu'il sait qu'il suffirait que tu creuses un peu auprès des gens d'ici pour le découvrir. »

«Deux personnes ont déjà voulu me le dire aujourd'hui. »

«Hum, dans ce cas, c'est assez important pour que les gens soient au courant. »

«Je suppose que ça a un rapport avec sa rupture avec Janey McCarthy, ce qui me fait tourner la cervelle dans un grand nombre de directions qui ne me plaisent pas. »

N'oublie pas que les gens font parfois de graves erreurs qu'ils regrettent profondément ensuite. On peut aussi tirer des leçons de ces erreurs pour ne plus jamais les refaire. »

« Je sais. Tu crois que Mark peut tirer des leçons de ses erreurs ? »

« Absolument pas. Mark est un monstre violent et tyrannique qui ne changera jamais. Je ne pense pas qu'on puisse comparer un dominateur malfaisant tel que lui aux fautes qu'a pu commettre David Lawrence, mais tu es la seule à pouvoir en être juge. Quelque chose me dit qu'un homme qui est capable d'autant de gentillesse et de compassion — et il nous l'a prouvé à toutes les deux — est quelqu'un qui en vaut la peine. »

« C'est ce que me disent mes tripes, mais elles se sont trompées par le passé. Et plus d'une fois. »

« Je suis prête à parier que tes tripes ont acquis de la sagesse avec les années et que tu peux t'y fier plus qu'avant. » La main de Daisy étant posée sur la table, elle la recouvrit avec la sienne. « C'est à toi seule de décider si tu peux vivre avec ce qu'il va te révéler. Si c'est impossible, il n'y a aucune honte à le quitter, à partir du moment où c'est le mieux pour toi. »

Daisy savait que Sarah avait tout à fait raison, mais l'idée de quitter David l'emplissait d'une tristesse douloureuse.

PIÈCE PAR PIÈCE, Carolina Cantrell sortit la porcelaine du vaisselier de la salle à manger, dépoussiérant et nettoyant chaque objet avant de l'ajouter à la pile grandissante sur la table de la salle à manger. Comment autant de saleté pouvait se faufiler à l'intérieur du meuble la dépassait complètement. Ce fut terrible de constater à quel point sa maison s'était encrassée pendant sa liaison avec un Irlandais assez jeune pour être son fils.

L'irlandais en question débarqua chez elle après le boulot, avec dans les pattes une longue journée en tant que capitaine de ferrys. Bien que Joe et Janey soient de retour sur l'île pour l'été, Seamus continuait de diriger la compagnie de ferry de l'île de Gansett que Carolina, ainsi que son fils Joe, avait hérité de ses parents. Le bébé étant prévu pour le mois d'août, Joe voulait travailler le moins possible cet été pour pouvoir passer autant de temps que possible auprès de sa femme.

Ce qui laissait Seamus trimer de l'aube au crépuscule, sept jours par semaine, alors que les touristes commençaient à arriver sur l'île en masse.

« Mais qu'est-ce que tu fabriques ? » demanda-t-il en contemplant le désordre dans la salle à manger.

« À ton avis ? Je nettoie. »

« J'ai plutôt l'impression que tu as perdu les pédales, mon amour. Pourquoi tu récures la porcelaine de ta mère ? »

« Parce qu'elle est dégoûtante, et que se passera-t-il si *ta* mère décide de boire un thé et prend une des tasses du meuble et découvre que non seulement je suis trop vieille pour lui donner des petits-enfants, mais en plus je suis incapable de tenir ma maison ? Tu m'entends, hein ? Il se passera quoi ? »

« Caro, mon amour. » La lueur d'amusement qui dansait dans ses yeux verts l'irrita, encore plus quand il posa ses mains sur ses épaules et embrassa son front. « Je te dis que tu es en train de te perdre les chèvres. »

« Pourquoi ? Parce que je tiens à ce que la maison soit propre quand ta mère arrivera ? »

« La maison *est* propre. Tellement propre que mon nez me pique de l'odeur de Javel et d'ammoniaque. Si tu continues à cette allure, il nous faudra des appareils respiratoires pour vivre ici. »

Elle attrapa une autre assiette poussiéreuse. « Mais regarde cette crasse ! Ce n'est pas assez propre ! »

Il lui prit l'assiette des mains et la reposa sur la table. « C'est bien assez propre pour moi. »

« Pas pour moi. Tu n'es pas une femme. Tu ne peux pas comprendre. » Elle s'empara de l'assiette qu'il lui avait enlevée. Elle n'avait pas été époussetée. « Je n'ai plus beaucoup de temps alors s'il te plaît, pousse-toi. Il faut que je finisse. »

« Non, je ne me pousserai pas, et oui, tu as fini. Je ne supporte pas de te voir faire tout ce trafic juste parce que ma mère nous rend visite. Je n'aurais jamais accepté de l'inviter si j'avais su que ça te rendrait dingo du ménage. »

« Je ne suis pas dingo. » Il commençait à lui taper sérieusement sur les nerfs. « Je fais ce qu'il faut faire. »

« Et tu en deviens folle. »

« Pas du tout ! »

« Bien sûr que si ! Et tu m'arrêtes tout ça maintenant. »

« Tu n'as pas à me dire — » Avant qu'elle ne puisse deviner ses intentions, il la bascula par-dessus son épaule et la transporta hors de la pièce pendant qu'elle lui tapait dans le dos. « Pose-moi par terre ! Merde, Seamus, ce n'est pas drôle ! »

La claque qu'il lui posa sur l'arrière-train la fit voir rouge. Il lui avait vraiment mis une fessée ? Oh, il allait payer pour ça ! Dès qu'elle se retrouverait debout, elle l'assommerait. En ne pensant qu'à rétablir sa position verticale, elle commença à lutter contre son étreinte, qui ne s'en resserra que davantage. Et là, il lui mit une tape sur l'autre fesse. « Arrête de gigoter sinon tu vas tomber. »

« Tu te fous de moi, là ? Tu veux que *j'arrête* de gigoter ? » S'il voulait se la jouer comme ça, alors elle aussi. Vu que sa position était idéale, elle enfourna une main dans son short kaki et tira fort sur son slip.

Il émit un son entre le rire et le grognement lorsqu'elle tira encore plus fort avec son autre main. « Si tu abîmes mes bijoux, ils ne pourront plus te servir, mon amour. »

« Si tu ne me poses pas par terre *tout de suite,* tes bijoux ne reverront jamais ma boîte. »

« Pas de menace en l'air. Ta boîte adore mes bijoux. »

« Plus maintenant. »

« Je parie que mes bijoux feraient changer d'avis ta boîte en un rien de temps. »

« C'est ça, rêve. Pose-moi, s'il te plaît. Le sang m'est monté à la tête, et je vais te vomir dessus. »

« Vu que tu as dit s'il te plaît, je ne peux que te reposer. »

Aussi rapidement qu'il l'avait basculé sur son épaule, il la fit redescendre et la maintint contre son torse le temps qu'elle reprenne son équilibre. À la seconde où sa tête cessa de tourner, elle lui décocha un grand coup dans le ventre. Son poing atterrit sur des abdos si durs qu'elle cria de douleur.

« Ça, mon amour », dit-il du même ton condescendant qui lui avait donné envie de le frapper un instant plus tôt, « ce n'était pas très intelligent. » Il lui prit la main et posa des baisers sur l'endroit où ses doigts chauffaient.

« C'est toi qui me rends chèvre. Tu te prends pour qui pour — . »

Il l'embrassa brusquement, sans faire de quartier. « Je me prends pour l'homme qui t'aime et qui refuse de te regarder faire n'importe quoi. »

« Tu ne comprends pas. » Tout d'un coup, elle réalisa qu'il l'avait portée jusqu'à l'orée des bois au fond de leur domaine. « Qu'est-ce qu'on fait ici ? »

En soutenant ses épaules, il la retourna pour la mettre face à une petite aire de camping avec une tente et une pile de bois entourée de pierres. « Voilà ce qu'on fait ici. »

« Du camping ? Pourquoi ? »

« Il fallait que je te sorte de cette maison et que je t'éloigne de ces produits nettoyants. Aux grands maux, les grands remèdes. »

« Mais ta mère arrive d*emain* ! Et j'ai encore tant à faire ! »

« Si ce n'est pas fait, ce n'est pas fait. Durant les quatorze prochaines nuits, nous aurons une invitée sous notre toit. Alors, ce soir, » dit-il en l'enlaçant, « ce soir est à nous. »

Elle le repoussa, essayant vainement de se libérer du cercle de ses bras. « Je n'ai pas de temps pour ça ! Tu ne piges donc pas que — . »

Une fois de plus, les lèvres de Seamus s'abattirent sur les siennes et en prirent possession. Il caressa sa langue du bout de la sienne, de la façon sensuelle qui lui faisait oublier pourquoi il l'irritait tellement.

Puis elle se souvint de la fessée et elle le repoussa encore plus fort. « Tu ne t'en tireras pas si facilement. »

Il câlina son cou. « Mais si, je te tirerai, mon amour. Ne t'inquiète pas. »

« *Seamus* ! Tu n'es pas marrant ! »

« Oh, que si, et tu en as terminé avec le ménage, la cuisine et les préparations. Ce qui doit arriver arrivera. Elle n'est qu'une personne comme toi et moi. »

« Elle est ta *mère.* »

« J'en suis douloureusement conscient, et si tu te souviens, je t'ai dit que c'était une mauvaise idée de l'inviter ici, parce que je craignais exactement ce qui se passe en ce moment. »

« C'est-à-dire ? »

« Que tu te transformes à cause d'elle en quelqu'un que je ne reconnais même pas. »

« Donc tu ne m'aimes plus ? Tant mieux, au moins comme ça on va pouvoir tout annuler, et je ne — . »

Il l'embrassa à nouveau, la faisant reculer jusqu'à la tente et la poussant à l'intérieur sans cesser de la taquiner de sa bouche et de ses lèvres. Sans savoir comment elle se retrouva sur le dos, étendue sur un matelas gonflable qui absorba leur poids quand il s'allongea sur elle en continuant de l'embrasser.

« Ne dis jamais, jamais, jamais que je ne t'aime plus, » dit-il en ponctuant ses mots de baisers. « Jamais, jamais. »

« Tu m'as donné la fessée. »

« Et ça m'a plu. Voyons si ça t'a plu aussi. » Il passa une main sous sa jupe, écarta sa culotte et pressa ses doigts sur sa chair humide. « Mmm, on dirait que tu n'étais pas aussi vexée que tu voulais me le faire croire. »

« Je l'étais. Et si tu le refais un jour, terminé les galipettes. » Tout en parlant, elle écarta les jambes, facilitant la douce caresse.

Il glissa son autre main sous elle pour saisir ses fesses. « Je vais devoir prendre le risque parce que j'ai bien aimé claquer ton popotin. »

« Seamus ! Tu ne peux faire des trucs comme ça et penser que tu vas t'en sortir. »

« J'ai l'impression, » dit-il en insérant ses doigts en elle et effleurant l'endroit précis qui la rendait déchaînée à chaque fois, « que je m'en suis déjà sorti. »

Elle lui tira les cheveux — fort — et le salaud éclata de rire tout en l'amenant à un orgasme rapide et puissant.

« Je t'aime plus que ma vie, Carolina. C'est ce que verra ma mère quand elle arrivera ici. Elle ne remarquera ni la poussière ni tes soi-disant objets crasseux. La seule chose qu'elle verra, c'est l'amour. »

Le cerveau de Carolina s'embrouillait à cause de l'orgasme et de la pression des doigts masculins entre ses cuisses. « Tu crois vraiment qu'elle ne remarquera pas que je suis assez âgée pour être ta mère ? »

« Non. Elle saura au premier coup d'œil pourquoi je t'aime. »

« Ben, tiens. »

« Je vais encore devoir te fesser encore, mon amour ?

« Peut-être, parce que je ne suis pas du tout convaincue que tout va se passer aussi idéalement que tu l'imagines. »

Il lui pinça doucement l'arrière-train de sa grande main durcie par le travail. « Si je te vois te comporter comme une dingo pendant son séjour, je te traînerai ici et je mettrai des claques sur ton joli cul jusqu'à ce qu'il devienne rose, et puis je te baise — ».

« *Seamus* ! »

Un rire silencieux le secoua. « Mon amour, je t'aurais avertie. »

JANEY ET JOE profitèrent de son jour de repos pour inviter les parents de Janey à déjeuner. Il fallait aborder un sujet qu'ils différaient depuis pas mal de temps. Elle voulait leur annoncer de vive voix son envie de prendre une année sabbatique — donc pas d'école vétérinaire — pour se dévouer à son rôle de mère. Comme ce souci la plombait, Joe l'avait encouragée à les inviter pour tout leur déballer.

Ses parents avaient été très enthousiastes de la voir poursuivre son rêve longtemps reporté de devenir vétérinaire. Ils avaient même insisté pour payer ses cours. Janey avait l'impression d'être une poule mouillée, car elle avait évité de leur en parler depuis qu'elle s'était décidée à passer l'année à venir sur Gansett, à la maison avec le bébé.

L'idée de repartir dans l'Ohio, et de rempiler pour une année entière d'école, une semaine après l'accouchement l'avait assez déprimée pour que les autres finissent par le remarquer. Quand Joe finit par la pousser à révéler ce qui lui prenait la tête, elle lui avoua qu'elle se sentait torturée entre l'école et son rôle de mère. Tout ce qu'elle voulait, avait-elle dit à son mari, c'était de passer du temps avec lui et leur enfant, entourés de leur famille et des amis de l'île.

Comme toujours, Joe avait réagi de manière fantastique en lui proposant de prendre une année sabbatique en ce qui concernait l'Ohio. Il s'était donné énormément de mal pour qu'elle puisse suivre les cours de l'école vétérinaire, allant même jusqu'à embaucher Seamus pour gérer la Ferry Compagnie de l'île de Gansett pendant son absence. Janey ne voulait pas que tous ses efforts soient gâchés, mais elle ne voulait pas non plus passer de longues journées loin de son bébé ni de longues nuits à étudier.

Joe sortit sur la véranda, l'air très séduisant dans un polo bleu et un short à carreaux. Après l'avoir acheté pour lui, elle avait dû insister pour qu'il le porte. Son mari était si sexy que Janey se lécha les lèvres tout en le contemplant.

« Qu'est-ce qu'il y a ? J'ai un truc sur le visage, ou quoi ? »

Elle fit non de la tête. « J'aime te regarder. Depuis quand c'est un crime ? »

« Depuis que tu ne peux plus assurer ce qui se passe après ces regards torrides aussi souvent qu'avant. »

Janey fit semblant de s'offusquer. « J'assure bien quand même malgré mes formes disgracieuses. » Elle n'avait jamais autant aimé le sexe que depuis qu'elle était tombée enceinte. Heureusement, son adorable mari était toujours content de lui faire plaisir.

« Ne m'allume pas. Tes parents seront là dans une minute. »

« Je n'ai fait que te regarder. »

« Et il ne m'en faut pas plus. » Il s'assit sur la chaise à côté d'elle avant de lui prendre la main. « Tu veux toujours leur en parler ? »

« Je me sentirais mieux une fois que ce sera fait. Éviter ce sujet me fait sentir comme un bébé, même si je suis sûre qu'ils ont déjà dû l'apprendre par mes forts en gueule de frères ou par celles avec qui ils sont. »

« Peut-être pas, » dit Joe. « Tes frères savent que l'école vétérinaire est une sujet sensible pour toi. Ils n'ont peut-être rien dit pour une fois. »

« Ce serait un miracle. »

« Oui. » De sa main libre, il caressa le visage de sa femme puis l'embrassa. « C'est *notre* vie, ma chérie. C'est nous qui décidons. Je sais que tu aimes tes parents, je les aime aussi d'ailleurs, mais quoi qu'ils aient à dire, ne les laisse pas te culpabiliser. »

« Je vais essayer. Merci d'être aussi compréhensif. »

« Je t'aime. Je veux que tu sois heureuse. Peu importe ce qu'il m'en coûte. Et tes parents seront ravis que le bébé et toi restiez ici cette année. »

Dans des moments comme celui-ci, Janey était secrètement reconnaissante envers David de l'avoir trompée. Si elle l'avait épousé, leur mariage aurait été bien différent de la vie qu'elle avait avec Joe. Elle n'avait pas le moindre doute que Joe soit l'homme qui lui était destiné. « Et toi aussi. »

Il posa sa main sur son ventre distendu. « Je n'arrive qu'en troisième position par rapport à vous deux. »

« Tu es en premier pour moi, » dit-elle en enroulant son bras autour du cou de Joe et en le ramenant vers elle pour l'embrasser.

« Pendant encore deux mois, en tout cas. »

« Pour toujours. »

« Ne fais pas de promesse que tu ne tiendras pas, chérie. Je m'attends à ce que tu aimes à la folie la petite personne qui va arriver. »

« Oui, mais je serai toujours folle amoureuse du papa de mon bébé. »

Il ferma les yeux et posa son front contre le sien. « Je ne me lasse jamais de t'entendre dire ça. Je suis tellement content que tu m'aies appelé la nuit où tout s'est passé avec David. Je remercie cet appel téléphonique chaque jour de ma vie. »

La sonnette retentit et il poussa un profond soupir haché avant de lâcher sa main et de se lever.

« Joe ? »

« Quoi, mon cœur ? »

« Je remercie le ciel chaque jour que tu aies répondu à mon appel cette nuit-là. »

En lui offrant un sourire affectueux, il partit ouvrir la porte avec les chiens sur ses talons.

« Où est ma petite fille ? »

La voix de stentor de son père fit sourire Janey. « Par ici, papa. »

Grand Mac s'avança sur la véranda, vêtu d'un T-shirt délavé portant l'inscription de la Marina McCarthy de l'île de Gansett, un short, des mocassins et une paire de lunettes de soleil Ray Ban nichée dans ses cheveux gris. Il était déjà bien bronzé à force de passer des heures sur les quais tous les jours. « Là voilà, » dit-il en se penchant pour faire la bise à Janey. « Comment va le tout-petit aujourd'hui ? »

« Agité. Tu veux sentir ? »

« Heu, non, je ne crois pas. »

« Oh, allez. » Janey plaça la main de son père sur son ventre mouvant. « Ne fais pas l'idiot. »

« Je n'en suis encore qu'au stade où je dois intégrer le fait que tu es enceinte, » dit-il en fronçant les sourcils vers Joe.

« Je n'y suis pour rien, » dit Joe, levant les mains d'un geste défensif.

« Et qui d'autre alors ? »

« Papa, arrête. » Le bébé donna un coup de pied qui fit sourire son père.

« Oh, tu as senti ? Ça va être un bagarreur. »

« Ou une bagarreuse. »

« Peu importe à partir du moment où tout le monde est en bonne santé. »

« Me voici, » dit Linda en entrant. « Je me suis permis d'entrer. »

« Tu as bien fait, maman. »

« Lin, viens sentir ses mouvements » dit Grand Mac en incluant sa femme dans le cercle qu'ils formaient pour qu'elle expérimente à son tour la gymnastique quotidienne du bébé.

« Ouah, » dit Linda. « Il me tarde de le ou la rencontrer. »

« À nous aussi, » dit Janey.

« Et si on déjeunait ? » dit Joe.

« Je ne dis pas non, » répondit Grand Mac. « Je suis affamé. »

« Est-ce que Stéfanie ne t'a laissé prendre que trois beignets ce matin ? » demanda Linda à son mari.

« Elle m'a empêché de manger le cinquième, » dit-il en faisant une telle grimace que sa fille et sa femme se mirent à rire.

« C'est bien que Grant l'épouse, » dit Janey. « Il faut qu'on la garde dans la famille pour qu'elle gère ton cholestérol. »

« Absolument, » dit Linda.

Joe apporta un plateau de sandwiches qu'il avait fait plus tôt et prit la commande des boissons. Janey lui décocha un sourire reconnaissant.

« Tu te sens vraiment bien ? » demanda Linda en mordant dans un sandwich.

« La plupart du temps. Comme ma tension était un peu élevée, Victoria veut que je me relaxe le plus possible. »

« Mais tu n'es pas obligée de rester au lit tout le temps ? »

« Pas officiellement. Je suis surveillée, ne t'inquiète pas. Raconte-moi plutôt tout ce qui se passe. Je me sens si déconnectée. »

« Voyons voir, » dit Linda. « Grant a presque terminé son scénario, Evan enregistre dans son studio cette semaine pour la première fois, et Adam emménage officiellement dans ton ancienne maison avec Abby. »

« Super, » dit Janey. « Je suis contente qu'ils tentent le coup. Ils vont trop bien ensemble. »

« Je suis d'accord, maintenant que Grant le sait et qu'il n'a pas l'air de s'en soucier. »

« Pourquoi ça le dérangerait puisqu'il est fou amoureux de Stéphanie ? » demanda Grand Mac.

« Les gens réagissent de manières diverses quand il s'agit de leurs ex, » dit Linda. « Même quand ils sont heureux avec quelqu'un d'autre. Je suis soulagé qu'il n'y ait pas eu de dispute quand Adam a craqué pour Abby, et je suis enchantée que tout ce petit monde soit de retour à la maison. »

« Il faut que j'appelle Abby et tous les autres, » dit Janey. « Est-ce que la mère de Seamus est déjà arrivée ? »

« Un peu plus tard dans la journée, » dit Linda.

« J'aimerais être une mouche pour les espionner ce soir, » dit Janey.

« Pas moi, » dit Joe par-dessus les rires des autres.

« On ne peut pas t'en blâmer, fiston, » dit Grand Mac.

Joe lança un coup d'œil à Janey et lui fit signe d'aborder le sujet dont elle voulait débattre avec ses parents.

« Il y a une raison pour laquelle je voulais vous voir aujourd'hui, » dit Janey avec précaution.

« Je le savais ! dit Linda. «Il y a un truc qui cloche avec le bébé, et tu n'osais pas nous le dire. »

« Maman, je te jure que le bébé va bien. Sérieux, tu es pire que mon mari ! »

« Qui est dans cette pièce, » dit Joe.

Janey lui sourit avec gentillesse. « Je veux vous parler de l'école. »

« Qu'est-ce qui se passe ? » demanda Grand Mac en fronçant les sourcils. Il était toujours chatouilleux quand il s'agissait de l'école vétérinaire parce que personne ne tenait plus que lui à la voir devenir vétérinaire. Sa question indiquait que ses frères, en fait, avaient tenu leur langue.

« J'ai décidé de ne pas aller à l'école cette année, » dit Janey, l'estomac noué de nervosité en annonçant la nouvelle.

« Oh, merci, mon Dieu ! » dit Linda.

« Comment ? » dit Janey, choquée par la réaction de sa mère.

« Nous nous faisions tellement de souci à l'idée de vous savoir si loin de la maison le bébé et toi, en particulier pendant la première année de sa vie », dit Linda.

Janey regarda Joe qui parut aussi surpris qu'elle. « C'est vrai ? Pourquoi vous ne m'en avez pas parlé ? »

« Pour te dire quoi, chérie ? » demanda Grand Mac. « Tu poursuis ce rêve depuis tellement longtemps. On ne voulait pas se mettre en travers de ta route, comme David l'a fait il y a des années. »

Ses parents n'avaient jamais digéré le fait que David la décourage d'aller à l'école vétérinaire pendant qu'il suivait les cours de l'école de médecine pour ne pas qu'ils se retrouvent criblés de dettes ensuite. Son père surtout ne décolérait pas, alors de l'entendre dire qu'il était ravi qu'elle reste à la maison était pour le moins étonnant.

« J'y ai beaucoup réfléchi, » dit Janey, en choisissant ses mots avec précaution. « Ce n'était pas entièrement la faute de David. Si je l'avais vraiment voulu, j'aurais soulevé des montagnes pour y arriver. C'est vrai qu'il ne m'a pas soutenue dans mon projet, mais je me suis laissée facilement décourager. »

« Il n'empêche, » dit Grand Mac. « Ce n'était pas son moment le plus glorieux. »

« Ne parlons pas de lui, » dit Linda. « J'ai une autre question. »

« Laquelle ? »

« Est-ce que tu penses retourner à l'école l'année prochaine ? »

Avec les yeux des trois personnes les plus importantes braqués sur elle, Janey réalisa qu'elle ne pouvait pas mentir — ni à elle-même, encore moins à eux. « Je ne crois pas. »

« Quoi ? » dit Joe. « Tu m'as dit que tu y retournerais au bout d'un an. »

Consternée par sa réaction, Janey dit, « Je sais. Je l'ai dit et je le pensais à l'époque, mais plus j'y réfléchis, plus je me rends compte que ce que je veux est ici. » Elle désigna la maison et la véranda ensoleillée. « Je veux être ici, avec ma famille. Je veux que mon bébé grandisse près ses cousins, de ses grands-parents et de tous les gens qui l'aiment, pas à un millier de kilomètres. » La gorge de Janey se serra d'émotion. « Vous avez tous fait d'énormes sacrifices pour m'aider à réaliser mon rêve, mais mon rêve a changé. Papa, je n'oublierais jamais que tu as insisté pour payer mes cours, alors même que tu n'y étais pas obligé. »

« Oh, chérie, j'étais heureux de faire ça pour toi. »

« Et toi, Joe, tu as remué ciel et terre pour faire en sorte que tu puisses venir avec moi. Je sais que tu ne dois pas comprendre — ».

Il se leva pour venir s'asseoir près d'elle sur la chaise longue, et mit un bras autour d'elle. « Si, je comprends. Peu importe où nous allions dans ce vaste monde, notre «chez nous » est ici. C'est notre endroit à nous. »

Janey posa sa tête sur son torse. « Mais je n'arrive pas à me sortir de la tête que nous avons financièrement perdu deux années d'école.

« Oublie ça, » dit Grand Mac. « Les choses changent. »

Janey libéra un profond soupir tandis qu'un intense soulagement la balayait, lui donnant envie de pleurer. « Ces saletés d'hormones, » dit-elle en clignant des yeux pour dissiper ses larmes. « Je veux être avec mon bébé. Je ne peux pas tout faire, et je viens de le réaliser. »

« Bienvenue au club des mamans, » dit Linda. « Les sacrifices ne cessent jamais, mais ce seront les meilleurs sacrifices de ta vie. Rien ne compte plus que tes enfants. »

« C'est de ta faute, tu sais », dit Janey en souriant à travers ses larmes. « Tu m'as éduquée avec des standards si élevés que je ne serai jamais à la hauteur. »

« Oh, tais-toi. Tu vas être une merveilleuse mère. »

« Merci. »

« Tu te sens mieux ? » demanda Joe.

« Bien mieux. »

« Tu sais que tu pourras changer d'avis quand tu ne seras plus enceinte et que tes hormones ne te travailleront plus. »

« C'est bon à savoir, mais je ne crois pas que je changerais d'avis. Maintenant je vais devoir trouver la manière d'annoncer à Doc qu'il doit céder son cabinet à quelqu'un d'autre. »

« Il comprendra, chéri. » Grand Mac s'éclaircit la gorge de façon théâtrale. « Au fait, il se trouve que j'ai entendu quelque chose qui *devrait* tous vous intéresser. »

« Tiens donc, » dit Linda d'un ton acerbe. « Et il te faut une carte d'invitation pour nous le raconter ? »

« Non. »

« Les hommes ne savent pas cancaner correctement, » dit Linda à sa fille.

« Je crois que papa est l'exception à la règle, » dit Janey, ce qui fit rire les autres.

« Merci, ma princesse, » dit Grand Mac. « Alors, il se peut que j'aie discuté avec oncle Frank ce matin, et il se peut qu'il m'ait demandé si ça nous dérangeait qu'il vienne ce week-end, et il se peut qu'il m'ait également demandé si Betsy vit toujours avec nous. »

« Mac ! » dit Linda. « C'est énorme comme nouvelle ! Pourquoi tu n'as rien dit ? »

« Je viens de le dire. »

« Comment va Betsy ? » demanda Joe, sachant qu'elle vivait avec eux depuis deux semaines. Son fils Steve avait péri dans l'accident de bateau qui avait failli tuer Mac, Evan et Grant, et qui avait gravement blessé Dan Torrington, l'ami de Grant.

« On dirait qu'elle va un peu mieux chaque jour, » dit Linda.

« C'est sympa de votre part de l'avoir recueillie, » dit Janey.

« On adore l'avoir avec nous, » dit Linda. « C'est un ange et elle nous est très reconnaissante de lui changer les idées. Dieu sait que nous avons assez de chambres vides ces temps-ci. »

« Donc oncle Frank et Betsy ? » dit Janey, intriguée par les possibilités offertes.

« Ça, ce serait vraiment quelque chose, » dit Grand Mac. « J'espérais pour lui qu'il finirait par trouver quelqu'un depuis le temps que Joann est décédée, mais il n'a jamais eu, à ma connaissance, de relations sérieuses. »

« Je ne sais ce que vous en pensez, » dit Janey, « mais tout d'un coup, il me tarde d'être à ce week-end. »

CHAPITRE 5

Daisy n'avait souvenance d'aucun jour aussi interminable que ce mardi. À chaque fois qu'elle lançait un coup d'œil à la pendule, on dirait que quelques minutes à peine s'étaient écoulées. Bien qu'elle soit occupée à l'hôtel, la journée n'en finissait pas de se traîner. Elle n'avait qu'une envie — voir David — pourtant la conversation qu'ils avaient planifiée l'angoissait.

Le poids de ce qu'il pouvait lui dire et la façon dont elle pouvait réagir lui comprimait le crâne tandis qu'elle rentrait à pied de l'hôtel. Cette sensation resta avec elle sous la douche et pendant qu'elle se séchait les cheveux. Debout devant son placard à tenter de choisir une tenue, elle ne pensait toujours qu'à ça et à la façon dont la nuit se déroulerait.

Elle voulait tellement qu'il soit différent des hommes qu'elle avait connus. Il y avait quelque chose chez lui qui l'attirait profondément, qui allait bien au-delà de son beau visage et de son charme. En fait, elle ressentait en lui la même solitude qu'elle avait connue.

Durant les soirées qu'ils avaient passé ensemble, elle avait découvert ce que pouvait être une relation normale, une dans laquelle elle n'avait pas à être constamment sur ses gardes dans l'éventualité d'une agression émotionnelle ou physique. Elle avait de mauvais choix par le passé. Il n'en restait pas moins ses choix, même si elle ne voulait plus en faire de mauvais. Après sa sale histoire avec Truck, elle s'était promis d'user de plus de bon sens et de discernement en ce qui concernait ceux avec qui elle passerait du temps dans l'avenir.

David avait semblé être un choix sensé, elle espérait ne pas s'être trompée.

Tout à fait au fond du placard, elle repéra une robe dont elle avait oublié l'existence. Elle était simple, noire, décolletée, cintrée à la taille et tombant juste au-dessus du genou. Elle l'avait depuis toujours, mais ne l'avait pas porté depuis longtemps — sans doute parce qu'elle n'en avait pas eu l'occasion.

Tout de même hésitante, elle la suspendit sur le haut de la porte du placard et la prit en photo avec son téléphone qu'elle envoya à Maddie.

Pas un peu trop pour un dîner chez Domenic ?

En attendant la réponse de Maddie, Daisy emporta la robe dans la cuisine pour la repasser sur le comptoir.

Pas du tout, répondit Maddie. *Elle est parfaite.*

Je me sens nerveuse. On va discuter avant le dîner, et j'ai peur de ce qu'il va dire.

À ta place, ce serait important pour moi qu'il me le dise lui-même plutôt que de l'apprendre par le bouche-à-oreille.

Je sais... Mais, bon. Je l'aime plus que bien.

Écoute-le et ensuite vois comment tu te sens. Tu n'as rien à décider tout de suite.

C'est vrai. Merci du conseil.

De rien. Bonne soirée !

Merci ! Je t'appelle demain matin.

J'y compte bien. Et Daisy, c'est normal d'avoir peur de tomber amoureuse de quelqu'un de nouveau après ce que tu as vécu. N'aie pas peur par contre de prendre le risque.

Je vais essayer... Merci. Bisous.

La tchatche avec Maddie l'apaisa un peu, et Daisy essaya de se focaliser sur les aspects positifs de sa relation avec David tout en s'habillant. Elle dénicha une paire de boucles d'oreille et un bracelet pour accompagner la robe. Elle enfila des chaussures noires à talons hauts puis posa un regard critique sur l'ensemble devant son miroir.

« Ça ira, » dit-elle en se tordant le cou pour examiner le dos de la robe. Elle avait perdu des kilos qu'elle ne pouvait pas se permettre de perdre depuis l'agression et était plus chétive que jamais à cause du coup de poing que lui avait collé Truck en pleine mâchoire et qui l'avait empêché de manger pendant des semaines.

En se remémorant cette terrible nuit, Daisy se dit que quoi que lui raconte David, ça ne pouvait pas être pire que ce qu'elle avait enduré. Et elle avait survécu. Pas seulement par rapport à Truck, mais aussi en ce qui concernait les hommes qu'elle avait connus. Ils aimaient contrôler les femmes de leur vie et ils n'avaient pas hésité à user de leurs muscles pour la plier à leur volonté.

Peu importait ce que David avait fait, il ne lui ferait jamais de mal physiquement. Ça, elle en était déjà sûre. Non, avec lui il lui faudrait être beaucoup plus vigilante émotionnellement. Il ne lui avait pas fallu longtemps pour devenir essentiel à sa vie de tous les jours. Le lien qu'elle ressentait entre eux ne lui était pas familier, et ce simple fait suffisait à l'effrayer.

« Tu vas être forte, tu vas écouter ce qu'il a à dire, et tu vas prendre la meilleure décision pour toi, » dit-elle à son reflet.

Satisfaite de sa propre réprimande, elle descendit et se rendit compte qu'il n'était même pas 18 h. Elle avait plus d'une demi-heure à tuer avant que David n'arrive, donc elle s'assit pour feuilleter un magazine et siroter un verre de limonade en l'attendant.

Quelques minutes plus tard, des bruits à l'extérieur la

firent se précipiter à la fenêtre pour voir si David était en avance. À l'idée de le revoir, son cœur battait plus vite, chargé d'adrénaline et d'excitation. Elle fut surprise de découvrir une femme d'un certain âge assise sur le rocking-chair de son porche.

« Mais qu'est-ce que... » Prudente, en particulier depuis quelque temps, elle ouvrit lentement la porte.

Les cheveux hérissés de la femme donnaient l'impression de ne pas avoir été brossés depuis des jours. Elle portait un sweat-shirt et un bas de pyjama en flanelle. Ses pieds nus étaient recouverts de terre. Quelque chose clochait, pensa Daisy en passant le seuil. « Puis-je vous être utile ? » demanda-t-elle doucement, en faisant de son mieux pour ne pas effrayer la femme.

« Non. »

« Vous êtes perdue ? »

« Je ne sais pas. »

Daisy jeta un coup d'œil aux coupures et aux meurtrissures des pieds de la femme, et se demanda combien de temps elle avait marché avant d'atterrir ici.

« Je m'appelle Daisy. Et vous ? »

« Marion. » Ses yeux bleus regardaient dans le vague. Entre ça et l'état de ses pieds, il était logique de penser que cette femme pouvait être en danger.

« Est-ce que je peux téléphoner à quelqu'un qui vous connaît, Marion ? »

« Mon mari est déjà en route. Il s'appelle George Martinez. Il ne va pas tarder. »

« Je peux vous offrir à boire pendant que vous patientez ? »

« De l'eau, je vous prie. »

« Je reviens tout de suite. » Une fois à l'intérieur, elle se demanda quoi faire puis décida finalement d'appeler Blaine Taylor. Suite à l'agression de Truck, Blaine avait enregistré son numéro de téléphone au cas où elle aurait besoin d'aide.

« Salut Daisy, » dit Blaine après avoir décroché. « Tout va bien ? »

« Salut. Oui, ça va, mais une femme du nom de Marion est assise sous mon porche. »

« Marion Martinez ? »

À travers le rideau, Daisy vérifia que Marion n'était pas partie. « Oui, c'est bien elle. Elle a l'air un peu désorientée, et elle s'est coupé les pieds. On dirait qu'elle a marché longtemps sans chaussures. »

« Heureusement que tu l'as trouvée. Ses fils sont fous d'inquiétude, ils la cherchent partout. Ça t'ennuie de rester avec elle jusqu'à ce que j'arrive ? »

« Pas du tout. Elle m'a dit que son mari George était en route pour la récupérer. »

« George Martinez est mort il y a dix ans. »

« Oh, » dit Daisy, attristée pour Marion.

« Je me dépêche. »

Daisy raccrocha et repartit dehors porter un verre d'eau glacée à Marion qui l'accepta avec gratitude.

« Vous êtes très jolie, » dit Marion.

« Vous trouvez ? J'ai un rendez-vous ce soir. »

Le sourire de Marion n'était que douceur et innocence. « J'espère que c'est un gentil garçon. »

« Je pense, oui. »

« J'ai deux garçons — Alex et Paul. Vous devriez les rencontrer. Ils sont très beaux, mais sans doute un peu trop jeunes pour vous. Alex est en seconde et Paul en terminale. Les autres gamins les appellent A.M. et P.M., » dit Marion en souriant. « George et moi sommes très fiers d'eux. »

Approchant des soixante-dix ans, selon l'estimation de Daisy, Marion paraissait trop âgée pour avoir des enfants si jeunes. « Je n'en doute pas. »

« Comment s'appelle votre fiancé ? »

« David. »

« Un de mes frères s'appelle David. C'est un joli prénom. »

« Je suis d'accord. »

« Vous allez vous marier avec votre David ? »

Daisy rit nerveusement. « On ne discute pas encore de mariage. »

« Mon George et moi, nous avons su tout de suite que nous allions nous marier. Après notre premier rendez-vous, j'ai dit à ma mère qu'il serait mon mari. »

« Quelle belle histoire ! Vous avez eu de la chance de savoir si vite. »

« Oui, nous étions chanceux. » Elle croisa le regard de Daisy pour la première fois. « Je crois que l'on sait immédiatement si quelqu'un est la bonne personne pour nous. Moi, oui, en tout cas. Je me demande ce qui retarde George. Il est toujours ponctuel. »

Daisy tapota la main de Marion, son cœur saignant pour ce que cette femme avait perdu. « Je suis sûre qu'il ne va pas tarder. »

« C'est très gentil à vous de me tenir compagnie. Comment vous vous appelez, déjà ? »

« Daisy. »

« Un très joli prénom. »

Daisy le considérait comme un prénom ridicule, mignon pour une enfant, mais pas terrible pour une adulte. Mais sa fantaisiste de mère n'avait pas réfléchi qu'une adulte prénommée Daisy aurait du mal à convaincre les gens de la prendre au sérieux.

Ses réflexions furent interrompues par l'arrivée de Blaine dans son SUV de police qu'il gara le long du trottoir. Grand, beau et intense, Blaine était un autre de ses héros depuis que Truck l'avait agressée. Il lui avait sauvé la vie, et elle lui en serait toujours reconnaissante.

Marion le dévisagea avec suspicion. « Qui est-ce ? »

« Bonjour, Madame Martinez. Je suis Blaine Taylor. Vous vous souvenez de moi ? »

« Je ne vous connais pas. » Elle dit à Daisy, « je ne le connais pas. »

Daisy prit sa main. « C'est le chef de la police, et il est là pour vous aider. »

« Je n'ai pas besoin de son aide. Mon George vient me chercher. »

« J'ai parlé à Paul et Alex, » dit Blaine, son regard acéré détaillant les cheveux hirsutes et les pieds blessés. « Ils m'ont demandé de vous emmener à la clinique pour faire soigner vos pieds. »

« Mes pieds vont bien. »

« Ils saignent, » dit Daisy gentiment.

L'air étonné d'apprendre que ses pieds étaient entaillés, Marion les regarda. « C'est arrivé comment ? Où sont mes chaussures ? Est-ce que quelqu'un a dit à George de me les apporter ? »

« On le lui fera savoir, » dit Blaine. « Vos fils vont nous retrouver à la clinique. Vous ne voulez pas les faire attendre, si ? »

Marion lança un coup d'œil nerveux à Daisy. « Je dois aller avec lui ? »

« Je pense que oui. Vos enfants se font du souci pour vous, et ils vous attendent. »

Marion agrippa la main de Daisy. « Vous viendriez avec moi ? S'il vous plaît. »

Daisy regarda Blaine qui acquiesça. Elle essaya de ne pas penser au fait que David n'allait pas tarder à arriver. « Bien sûr. J'attrape mon sac et je reviens, okay ? »

Marion n'avait pas l'air de vouloir lâcher la main de Daisy, mais elle finit par desserrer son étreinte.

Daisy fila à l'intérieur, prit son sac, un pull et une paire de tongs pour que Marion puisse les porter à la clinique. Elle commença à écrire un texto à David quand elle vit qu'il lui avait laissé un message.

Sorti du bateau, mais appelé à la clinique pour voir un patient. Serai un peu en retard, mais serai là.

Elle répondit, *On se voit à la clinique.*

Une fois de retour sur le porche, elle vit que Marion avait la tête baissée, ignorant Blaine délibérément.

« Vous êtes prête, Marion ? demanda Daisy.

« Prête pour quoi ? »

Le cœur de Daisy se brisa pour cette pauvre femme. « Le Chef Taylor va nous amener voir vos fils, Alex et Paul. »

« Mais George arrive. On ne peut pas partir tant qu'il n'est pas là. »

Blaine fléchit les genoux et posa ses mains dessus. « Paul vous attend, et il est bouleversé parce qu'il n'a pas pu vous trouver. Il vaut mieux ne pas le faire attendre, vous ne croyez pas ? »

Il fallut encore l'amadouer avant de parvenir à la convaincre d'accepter de prendre les tongs de Daisy et d'avancer en traînant les pieds jusqu'au véhicule de Blaine. Daisy s'installa à côté de Marion et l'aida à boucler sa ceinture de sécurité.

Durant le court trajet jusqu'à la clinique, Marion demanda au moins vingt fois où était George et comment il allait la trouver vu qu'elle avait quitté la maison.

« Paul et Alex vous aideront à le trouver, » répondit Daisy à chaque fois. Elle croisa le regard reconnaissant de Blaine dans le rétro et ils se sourirent.

Lorsqu'ils se garèrent devant les urgences de la clinique, deux jeunes hommes aux cheveux noirs et aux yeux marron se mirent à courir vers la voiture. Ils avaient une trentaine d'années, et étaient si bronzés qu'on aurait pu penser qu'on était en août plutôt qu'en juin.

« Maman ! Tu nous as fait peur ! Où es-tu partie ? »

« J'ai été faire un tour, Paul, c'est tout. Il n'y a pas de quoi s'énerver. »

Alex se tenait plus en arrière d'un air nerveux.

David apparut à la porte. Leurs regards se croisèrent, celui de David empli de surprise. Il était vêtu d'un polo blanc qui atténuait son léger bronzage et un pantalon kaki. Une mèche de cheveux tombait sur ses yeux, ce qui donna envie à Daisy de la repousser en arrière.

« Bonjour Marion, » dit-il. « Comment allez-vous ? »

« Qui êtes-vous ? »

« Je suis le docteur Lawrence. Vous vous rappelez que je suis venu vous voir chez vous ? »

Évidemment qu'il lui avait rendu visite chez elle, pensa Daisy, parce qu'il faisait partie de ce genre de docteur. Elle était si heureuse de le voir.

« Je ne vous connais pas. »

« Tout va bien, maman, » dit Paul. « Le docteur David doit regarder tes pieds, ensuite on rentrera à la maison pour dîner. »

« Et papa sera là-bas quand on rentrera ? » demanda-t-elle, une lueur d'espoir brillant dans ses yeux.

« Non, maman, » dit Alex. « Papa est mort. Tu t'en souviens ? »

Le visage de Marion s'affaissa, et elle poussa un geignement de souffrance. « Pourquoi tu dis des choses affreuses ? Il n'est pas mort ! Il est au travail ! Il travaille dur pour nous tous. Tu crois que c'est facile de gérer sa propre affaire ? Tant que tu ne l'as pas fait, tu n'as pas le droit de parler mal de lui. »

Alex se retourna et partit en direction de la porte de la clinique, les mains dans les poches, les épaules voûtées.

Le cœur de Daisy se serra pour la famille entière.

« Il ne parlait pas mal de lui, » dit Paul pour défendre son frère. « Plus vite tu laisseras le docteur David te soigner, plus vite nous rentrerons à la maison. »

« Oui, parce que papa m'attend là-bas. » Elle dit à Daisy, « Mon George m'attend à la maison. »

« Je sais, » dit Daisy.

« Voici mon amie Daisy, » dit-elle d'un ton incroyablement lucide, « et lui, c'est mon fils Paul. »

« Enchanté de vous rencontrer, » dit Paul. « Merci d'avoir aidé maman. »

« Je vous en prie. Elle est très gentille. »

Marion lui fit un large sourire tandis que David et Paul la sortaient du SUV pour l'installer sur un fauteuil roulant que David avait amené. « Daisy ! Où est Daisy ? »

« Je suis là, Marion. »

« Je veux que vous restiez avec moi. »

Daisy prit la main tendue de la femme. « J'en serais ravie. »

« Avez-vous rencontré mes fils ? Ne sont-ils pas beaux ? Vous avez un petit ami ? »

Daisy capta l'éclair d'amusement mêlé à de la tristesse dans les yeux de David. Il lui fit signe de dire oui, ce qui fit palpiter son cœur.

« J'en ai un, » dit Daisy en souriant affectueusement à David qui poussa le fauteuil roulant jusqu'à la salle d'examen.

« J'espère que c'est un gentil garçon. »

Daisy regarda à nouveau David. « C'est un très gentil garçon. »

« Paul, tu trouves que Daisy est jolie ? »

« Très jolie, maman, » dit-il d'un air aussi gêné que Daisy se sentait.

« Si ça ne marche pas avec votre petit ami, je vous arrangerai un rendez-vous avec mon Paul. Il est très beau. »

« Maman... »

« Quoi ? Tu es beau. Vous n'êtes pas d'accord, Daisy ? »

« Si, Marion, » dit Daisy en se retenant de rire du ridicule de la situation.

Paul fit la grimace et chuchota « pardon. »

« Alex est beau aussi, mais il peut être ronchon parfois. »

« Maman… Arrête. »

« Pourquoi ? Ce n'est pas la vérité peut-être ? »

Heureusement, Victoria, l'infirmière praticienne qui avait été si charmante avec Daisy après l'agression, entra dans la salle d'examen et proposa d'aider Marion à se déshabiller.

« Pourquoi je dois enlever mes habits ? Non, je ne les enlèverai pas ! »

« Il faut que je vous examine pour m'assurer que vous n'êtes pas blessée ailleurs, » dit David d'une voix douce. « Ça ne prendra que quelques minutes. »

« Tout va bien, Marion, » dit Victoria. « Nous allons vous aider. »

« Je vais attendre dehors, » dit Daisy.

« Moi aussi, » ajouta Paul.

En dépit des protestations de Marion, ils quittèrent la salle d'examen pour aller dans la salle d'attente, où Alex faisait les cent pas. Les deux frères portaient des vêtements sales et des bottes épaisses. Daisy se demanda ce qu'ils faisaient comme boulot.

« Comment elle va ? » demanda Alex.

Paul passa ses doigts dans ses cheveux à plusieurs reprises. « Désorientée, agacée. Comme d'habitude. »

« Il faut qu'on fasse quelque chose, » dit Alex. « On ne peut pas continuer comme ça. »

« Je sais. » Paul dit à Daisy, « Comment vous vous êtes retrouvée avec elle ? »

« Je l'ai trouvée sous mon porche, assise sur le rocking-chair. »

« Vous habitez où ? »

« En ville, » dit Daisy. « Dans la rue Harbor. »

« Mais comment elle a fait pour aller jusqu'à là-bas ? » demanda Alex.

« Vu l'état de ses pieds nus, » dit Daisy, « elle a marché. »

« Mon Dieu, » dit Alex en soupirant. « Elle aurait pu se faire renverser par une voiture ou par n'importe quoi d'autre. » Il remua la tête en soufflant longuement. « Je ne peux plus vivre comme ça. Je ne peux plus. » Sa voix se brisa sur le dernier mot, et il sortit en courant de la pièce pour se réfugier sur le parking.

Paul se laissa tomber sur une chaise d'un mouvement épuisé.

Daisy ne savait pas ce qu'elle devait faire en attendant David. Elle savait que ça ne le dérangerait sans doute pas si elle patientait dans son bureau, mais elle n'arrivait pas à abandonner Paul. Il était assis, seul, et la mine déprimée, alors elle s'installa en face de lui. « Je suis navrée que vous ayez à traverser cette épreuve. »

« Merci. Je n'ai jamais eu affaire à quoi que ce soit de ce genre auparavant. Mon frère et moi, nous essayons de gérer la société et de prendre soin d'elle… C'est… C'est beaucoup. »

« Vous travaillez dans quoi ? »

« Nous possédons une entreprise d'aménagement paysager. Martinez Pelouse et Jardin. »

« Ah, oui. Je vois vos camions de temps en temps. C'est vous qui vous occupez de l'hôtel McCarthy. J'y travaille. »

Il acquiesça. « Jusqu'il y a un an, ma mère dirigeait tout. C'est dur à croire, non ? Mais son état a décliné si vite. » La regardant droit dans les yeux, il dit, « Je suis désolé que vous ayez été entraînée dans cette histoire. On dirait que vous alliez quelque part. »

« J'allais dîner avec David Lawrence, du coup on ira plus tard, une fois qu'on sera rassurés sur l'état de votre mère. »

« Je ne sais pas ce que nous aurions fait sans lui. Il a été incroyable avec maman, et d'une grande aide pour nous. »

« Il fait très bien son travail. »

« Oui. »

« Si je peux faire quoi que ce soit pour vous et votre frère, j'espère que vous m'appellerez. Si elle a besoin de compagnie, je serai heureuse de vous aider. Je pourrais vous donner mon numéro. »

« C'est très gentil à vous. »

Ils échangèrent leurs numéros, les enregistrant directement sur leurs téléphones portables.

Alex revint, semblant mieux contrôler ses émotions. « Pardon d'avoir foutu le camp comme ça. »

Paul agita la main. « Pas de souci. »

« On sait quelque chose ? »

« Pas encore. »

« Qu'est-ce qu'on va faire, Paul ? »

« Je n'en sais rien. »

Brusquement, Daisy eut l'impression d'être une étrangère en plein drame familial et d'assister à un moment intime entre les deux frères. « Je vais attendre David dans son bureau. S'il vous plaît, appelez-moi si je peux aider votre maman. »

« On le fera, » dit Paul. « Merci encore pour ce que vous avez fait pour elle. »

« J'ai apprécié cette rencontre. » Elle les laissa là et passa les doubles portes qui menaient aux bureaux, espérant que David ne lui en voudrait pas d'attendre là-bas. Faisant attention de respecter la confidentialité qu'il avait envers ses patients, elle resta loin du bureau et s'assit sur un petit canapé en ramenant ses jambes sous elle.

Le temps passé avec Marion avait fait penser Daisy à sa propre mère pour la première fois depuis des années. Elle n'était plus en contact avec sa famille depuis longtemps maintenant, assez longtemps pour qu'elle ne pense à eux que rarement. Elle n'oublierait jamais la façon dont ses parents lui avaient tourné le dos parce qu'elle voulait se marier avec un homme qui ne leur convenait pas. Elle avait dix-huit ans et elle était amoureuse pour la première fois de sa vie.

L'évocation de cet affreux printemps d'il y a dix ans lui évoqua des sentiments et des souvenirs qu'elle n'avait aucune envie de revivre. Donc elle décida de penser plutôt à David et à la manière dont il avait observé la robe qu'elle portait pour lui, et comment il l'avait incité à dire à Marion qu'ils étaient ensemble.

C'était quand la dernière fois qu'elle avait eu un « petit

ami » ? Cette question amenant un sourire sur son visage, Daisy bascula la tête contre le dossier du canapé et ferma les yeux.

~

DAVID LA TROUVA là une heure plus tard, un sourire accroché à ses douces lèvres. Lorsqu'il l'avait aperçue dans la robe noire qui la moulait, son admiration n'eut plus de limite après deux jours passés à penser à Daisy. Il ne savait pas s'il devait la réveiller ou la laisser dormir. Elle se remettait encore de graves blessures tout en travaillant beaucoup trop dur à son goût.

« Qu'est-ce que tu regardes ? » demanda Victoria derrière lui.

David se retourna vers elle. « Rien. »

Elle jeta un coup d'œil par-dessus son épaule et lui offrit un sourire entendu. « Ah, je vois. Ton amie spéciale t'attend. »

David sortit du bureau et ferma la porte. « Merci de m'avoir assisté avec Marion. »

« Elle décline rapidement. »

David soupira en hochant la tête. « Alex et Paul sont dans une situation difficile. Ils vivent sur une île sans structure d'accueil pour elle, et leur entreprise les oblige à rester ici. Ils vont bientôt devoir prendre des décisions délicates. Ils ne veulent pas la faire interner dans un établissement approprié sur le continent sans possibilité de la voir régulièrement parce qu'ils sont ici et elle serait là-bas. »

« Quelquefois, ce n'est pas cool de vivre sur une île. »

« Oui. Il s'est passé autre chose pendant mon absence ? »

Victoria le mit au courant de l'état de plusieurs patients. « Je devrais aussi te dire que Janey Cantrell est venue pour sa visite de la trente-deuxième semaine, et sa tension était un peu élevée. Je vais la faire venir chaque semaine pour surveiller ça. »

David n'apprécia pas la sensation d'inquiétude qui s'empara

de son cœur en entendant cette nouvelle. Il n'avait plus à se soucier de Janey, et il ne fallait pas qu'il l'oublie. « Bonne idée. »

« Même si tu m'as demandé d'éviter au maximum de te parler d'elle, il faut que tu sois au courant. Juste au cas où. »

« Je sais. »

« Alors, quoi de neuf au sujet de ton amie spéciale ? »

« Rien. »

« Elle est en tenue de soirée. »

« Et ? »

« Tu l'emmènes où ? »

« Ça ne te regarde pas. »

« Donc tu l'emmènes bien quelque part. » Elle lui donna un léger coup de coude. « Allez, sois sympa. Je vis ma vie à travers la tienne ces derniers temps. »

« Tu devrais sortir plus souvent. »

« C'est vrai. Donc, tu ne vas rien me dire *du tout* ? »

« Non. Rentre chez toi. Reviens demain. »

« Ouais, ouais, ouais. À demain. »

Une fois que Victoria fut arrivée au fond du couloir et qu'elle eut franchi les doubles portes, David entra dans son bureau et referma la porte. Il s'assit près de Daisy, la regardant dormir une minute avant de se risquer à l'embrasser pour la réveiller.

Elle ouvrit lentement les yeux, son visage s'éclairant dès qu'elle le vit. « Salut. Comment va Marion ? »

« Bien, à part ses pieds. Ils vont lui faire mal quelques jours. »

« Tant mieux qu'elle aille bien. »

« J'ai vu Blaine au moment où il partait, et il m'a dit que tu avais été très sympa avec elle. Je te remercie. »

« C'est une gentille dame. Son désarroi et sa perte de repères m'ont attristée. »

Il fit signe qu'il était d'accord sans pour autant avoir envie de continuer à discuter du cas de Marion. Il voulait parler de Daisy, et d'eux. Depuis des jours maintenant, il se répétait ce qu'il lui dirait la prochaine fois qu'ils seraient ensemble, mais à présent que l'instant était là, les mots lui échappaient.

Elle le sauva en glissant ses doigts le long de son visage. « Tu m'as manqué. »

Il détourna un peu son visage pour embrasser la paume de sa main. « Tu m'as manquée aussi. »

« C'est drôle, non ? »

« Quoi ? »

« Que tu me manques tellement alors que je ne te connais que depuis quelques semaines. »

« Ce n'est pas drôle. C'est gentil. Et ça me plaît. »

Leurs regards se croisèrent, et il ne pouvait pas détourner le sien. Le calme et la sérénité intérieurs qu'il ressentait en sa présence l'apaisèrent comme à chaque fois. Mais en dessous, il ressentait aussi une attention et un désir qui le firent se pencher vers elle pour lui donner un autre baiser, plus long celui-là.

« Est-ce que je t'ai dit combien tu es belle ? »

« Il ne me semble pas, » dit-elle avec un sourire qui illumina ses yeux.

Il aimait la voir sourire. Il aimait en être la cause, jusqu'à ce qu'il se souvienne des choses dont il devait lui parler, ce qui le fit regretter encore plus ses erreurs passées. « Il faut qu'on discute. »

« Alors, vas-y. Dis-moi ce que tu penses que je dois savoir, et on trouvera une solution. »

Il eut mal à l'idée de ne plus jamais contempler ce pétillement spécial dans ses yeux qu'elle semblait réserver uniquement pour lui. Mais continuer à différer cette conversation ne changerait rien, du coup il prit une profonde inspiration et se força à la regarder droit dans les yeux. « Tu sais que je suis resté avec Janey McCarthy pendant longtemps. Treize ans. »

Elle hocha la tête.

« Nous étions fiancés durant les deux dernières années pendant que je finissais mon internat à Boston. » Il détourna son regard pour fixer des yeux la fenêtre au-dessus du canapé, se focalisant sur les buissons qui poussaient le long du bâtiment. Il aurait donné tout ce qu'il avait, tout ce qu'il avait jamais eu, pour ne pas avoir à prononcer les mots qu'il allait dire. Mais sachant que tout reposait sur la réaction de Daisy en les entendant, il s'obligea à la regarder tout en parlant. « Je l'ai trompée. »

Elle cligna des yeux. À part ça, son expression ne changea pas. « Oh. »

« J'ai fait une très grave erreur au cours d'un moment de ma vie particulièrement stressant que j'ai amèrement regrettée depuis. » En dépit du martèlement de son cœur et de la sécheresse de sa bouche, il se força à continuer. « Le pire de tout, c'est que... elle... Janey... Elle est venue à Boston me faire une surprise pour mon anniversaire et... et elle m'a vu. Dans le lit avec quelqu'un d'autre. »

Daisy ferma les yeux, et souffla.

« Je comprendrais tout à fait si, après avoir entendu ça, tu décides que tu n'as plus envie de passer du temps avec moi. » Tout en disant les mots, il souhaita de toutes les fibres de son corps être un homme meilleur, un homme digne d'elle.

Elle garda les yeux fermés, les doigts de sa main droite pressés contre ses jolies lèvres. Il se demanda si elle se retenait de pleurer.

« Daisy ? »

Elle ouvrit des yeux brillants de larmes.

Ces larmes le tuèrent, et lui donnèrent honte.

Elle cligna à nouveau des yeux pour contenir son émotion. « Tu as dit que tu étais stressé à ce moment-là. C'était à cause de ton internat ? »

« Pas entièrement. Je ne me sentais pas bien depuis deux mois. Je n'arrivais pas à enrayer un mal à la gorge et une fatigue que je n'avais jamais connue avant. Mais j'étais interne. On était tous épuisés, donc j'ai tiré sur la corde pendant des mois. Quand est arrivé le moment où je n'en pouvais vraiment plus, je suis allé voir le docteur qui a diagnostiqué un lymphome non hodgkinien. Tu sais ce que c'est ? »

« Un cancer ? » demanda-t-elle en chuchotant.

Il fit signe que oui. « C'était la chose la plus choquante que j'ai jamais entendue. Je n'avais même pas trente ans, j'étais fort comme un bœuf — en tout cas je le croyais — et le docteur m'annonce que j'ai un cancer. Cette nouvelle m'a complètement fait disjoncter. »

« Qu'a dit Janey ? »

« Je ne lui en ai pas parlé. »

« Tu n'as pas dit à ta fiancée que tu avais le *cancer* ? »

« Janey et moi ne vivions plus ensemble depuis déjà longtemps. Une fois que notre couple a éclaté, on a fini par se rendre compte que notre relation était terminée depuis bien avant ce moment, mais aucun de nous deux ne l'avait admis. »

« C'est pour ça que tu l'as trompée ? »

« Mon Dieu, non. Je ne l'aurais jamais fait souffrir volontairement. Malgré tout, je l'aimais encore. Tout ce que je peux dire pour ma défense c'était que j'étais très mal durant les semaines qui ont suivi le diagnostic. Je ne faisais que me dire, encore et encore, que j'avais passé toutes ces années à la fac et pour quel résultat ? J'allais mourir avant d'avoir trente ans, et je n'avais même pas encore vécu. J'ai fait des choses stupides, réellement stupides. Je me suis bourré la gueule, je ne me suis pas présenté au travail, je n'ai pas parlé à Janey du diagnostic, ce que j'aurais dû absolument faire, et j'ai couché avec une des infirmières de chimio — dans le lit que Janey m'avait aidé à acheter pour mon appartement. J'ai fait tout foirer. Le temps que j'émerge enfin de ma torpeur, mes fiançailles étaient annulées, mon internat était très compromis et j'avais le nez cassé. »

« C'est arrivé comment ? »

« Après m'être fait choper avec l'infirmière par Janey, je suppose qu'elle est allée se réfugier chez Joe parce qu'il était sur le continent alors que tout le monde était ici. Je ne savais pas qu'elle était venue à Boston ni qu'elle m'avait surpris avec quelqu'un d'autre. Je n'ai même pas su qu'elle était entrée dans l'appartement ce soir-là. » La scène dont elle avait été le témoin lui retournait toujours l'estomac tant de temps après. « J'ai essayé de l'appeler pendant des jours, et elle ne me répondait pas. Je ne comprenais pas ce qui se passait. Quand j'ai fini par revenir jusqu'ici à sa recherche, tout le monde était déjà au courant de ce qui était arrivé. Je suis descendu du ferry et j'ai fait l'erreur de dire bonjour à Joe. Il m'a donné un coup de poing en plein visage. » David passa un doigt sur la bosse de son nez. « Il m'a pété le nez. »

« Je n'arrive pas à croire qu'il t'ait frappé juste comme ça. »

« Ce n'était pas le pire de tout, Daisy. Ne lui donne pas le mauvais rôle s'il te plaît. Il protégeait Janey, ce que j'avais eu l'occasion de faire et que j'ai laissé filer. Je ne lui en veux pas. Ça m'a pris énormément de temps d'arriver à dire ces mots-là. J'ai empiré les choses en rejetant la faute sur tout le monde, sauf moi, pour la vie catastrophique que j'ai mené pendant des mois après l'histoire. »

« Le lymphome… Tu as fait de la chimio ? »

« Oui, et je suis en rémission. C'est pour ça que je suis allé à Boston cette semaine. On me fait des examens tous les six mois. Tout va bien. » Il étendit un bras pour montrer les bleus au creux de son coude dus aux nombreuses prises de sang qu'on lui faisait depuis deux jours.

Daisy passa un doigt léger sur les bleus de son bras. « Tant mieux. »

« Oui. »

« Tu ne m'as pas dit pourquoi tu allais à Boston. »

« Je ne voulais pas que tu t'inquiètes. »

« J'aurais aimé le savoir. »

« Ce qui se passe entre nous est si nouveau. Je n'étais pas sûr d'être prêt pour la conversation sur le lymphome. »

« Je suppose que tu as raison. »

« Je t'ai donné matière à réfléchir. Je comprendrais si c'était trop pour toi et si tu décidais de ne plus me revoir. »

Elle ne répondit rien pendant un temps infini, durant lequel David n'avait aucune idée de ce qu'elle pensait. « Mon père a trompé ma mère quand j'étais au lycée, » finit-elle par dire, comme si elle se trouvait à un million de kilomètres de là plutôt qu'assise près de lui sur le canapé. « Notre famille entière était dévastée, surtout parce qu'il a trompé ma mère avec sa meilleure amie. »

« Merde. » David remua la tête, à nouveau furieux envers lui-même pour les erreurs qu'il avait faites et pour les gens qu'il avait fait souffrir. En particulier Janey qui n'avait strictement rien fait pour mériter un tel traitement de sa part. Il se frotta la joue, se sentant impuissant à réécrire le passé.

« Je veux que tu saches que j'apprécie le fait que tu m'as tout raconté toi-même alors que ça aurait été plus simple de me laisser écouter les rumeurs — et crois-moi, la rumeur a essayé de me le dire. »

« Je me doute qu'un tas de monde a tenté de te mettre en garde contre moi, » dit-il d'un ton amer, même s'il savait qu'il ne méritait pas mieux.

« Il était hors de question que je les laisse me mettre en garde contre toi, et il est également hors de question que je te laisse le faire. »

« Ah, non ? » dit David, sidéré.

Elle secoua la tête. « Ce que tu m'as confié est bouleversant, je ne le nie pas. Je ne peux même pas imaginer ce qu'a dû ressentir Janey. »

« Je n'aime pas y penser non plus. J'ai tellement honte. Plus que tu ne le croiras jamais. »

« Et si... »

« Quoi, Daisy ? Parle. Quoique tu veuilles me demander, je t'écoute. »

« Et s'il t'arrive un jour quelque chose de difficile ou de stressant ? Tu vas réagir de la même façon ? »

« Je ne peux pas te promettre que je me comporterais bien en tout point, mais je peux promettre que je ne tromperai plus jamais ma partenaire. C'est horrible ce que je lui ai fait. Je ne l'ai pas du tout respectée, ni elle ni les années que nous avons passées ensemble, et je l'ai fait affreusement souffrir. C'est ça que je regrette le plus. »

« Il est très important pour moi que tu te sentes honteux et contrit. Mon père n'a jamais ressenti ces émotions. Il ne voyait que son droit au bonheur, et il se foutait de qui il blessait au passage. Il ne s'est jamais excusé auprès de ma mère ni auprès d'aucun de nous d'ailleurs, pour ce qu'il avait fait. Et là-dessus, il s'est permis en plus de me tourner le dos quand j'ai choisi d'être avec quelqu'un qui ne lui plaisait pas. C'est ironique, non ? »

« Plutôt, oui. »

Elle le regarda de ses grands yeux de biche qui l'avaient ému dès la première fois que les poings de Truck Henry avaient fait atterrir Daisy dans la clinique. « Nous avons tous des choses anciennes dont nous ne sommes pas fiers, David. Même moi. » L'ombre de ses cils tomba sur ses joues tandis qu'elle parût puiser le courage de dire ce qu'elle avait sur le cœur. « J'ai été mariée, peu de temps, quand j'avais dix-huit ans. Ce fut ma première mauvaise décision de la liste des hommes que j'ai connus. »

« Raconte-moi, » dit-il. « Je veux te connaître, Daisy. »

Bien que ce soit la dernière chose au monde dont elle voulait parler, il lui avait décrit son passé, alors comment faire autrement que de lui rendre la pareille ? « Il s'appelait Curt, et il était tout ce que je n'étais pas — courageux, sans peur et audacieux. Le loubard typique, incluant la moto sans pot d'échappement, les piercings, les tatouages, le cuir déchiré et les cheveux longs et sales. J'en ai perdu la tête, entre autres choses, pendant ma dernière année de lycée. Mes parents étaient divorcés à ce moment-là, mais la haine qu'ils avaient envers Curt les a rapprochés. »

« Ça n'a pas dû être simple pour toi. »

« C'était atroce. Plus il le détestait, plus je m'entêtais. En y réfléchissant aujourd'hui, je ne suis pas sûre de l'avoir épousé pour lui ou à cause d'eux, pour les défier. »

« Comment tu as fini par te retrouver mariée ? »

« J'ai refusé d'arrêter de le voir, alors ils m'ont foutue dehors, hors de la maison où j'avais grandi. Ils m'ont dit que j'étais seule à présent. Je suis allé chez lui, si on peut appeler un coin du garage de sa grand-mère «chez lui ». On est restés là jusqu'à ce que sa grand-mère décide qu'elle en avait assez de nous, et là on est partis sur la route en moto. On n'avait pas un sou, mais on s'est quand même débrouillés pour survivre un été entier en faisant de petits jobs ici et là. C'était ridicule quand j'y repense. Un soir, on a picolé avec des collègues de boulot qui ont eu l'idée géniale de nous marier. J'étais tellement déchirée que je n'ai aucun souvenir de la soi-disant cérémonie, mais il avait le certificat de mariage comme preuve. »

David remarqua que les mains de Daisy s'étaient mises à trembler, donc il les prit dans les siennes.

« Quand je me suis réveillée le lendemain matin, je ne me souvenais de rien, mais j'étais endolorie... entre les jambes. Et les gars, ils se comportaient bizarrement. Il me regardait différemment... Je ne peux pas en être sûre, mais je pense qu'il les a laissé me passer dessus chacun à leur tour. »

Une onde de choc se réverbéra en lui. « Mon Dieu, Daisy, » murmura-t-il.

Elle prit une goulée d'air en frissonnant. « Ça ne m'a pas pris longtemps pour me rendre compte que j'avais épousé le genre de mecs qui refile sa femme à d'autres types. À partir de là, notre mariage est passé de mauvais à bien pire. »

« Tu es retournée chez tes parents ? »

Elle fit non de la tête. « Ils ne m'auraient pas reprise. Ils m'avaient dit que «comme on fait son lit on se couche» et que j'étais seule.»

« Tu avais quel âge, là ? »

« Vingt ans — et j'étais enceinte. »

« Oh, non. Le bébé... »

« Je l'ai perdu à la dix-neuvième semaine. Il m'a fallu longtemps pour m'en remettre physiquement et émotionnellement. J'ai roulé ma bosse quelque temps en vivant de la charité de mes amis jusqu'à ce que je décroche un emploi dans un hôtel de Boston et que je cohabite avec des filles du boulot. C'était un an après que j'ai quitté Curt. »

Il la prit dans ses bras et cala la tête de Daisy sous son menton. « Je suis désolé que tu aies dû subir ces choses affreuses. »

Elle posa une main sur son ventre, ce qui l'obligea à se répéter mentalement qu'elle avait besoin de réconfort, pas de sexe.

« Et comment tu t'es retrouvée ici ? »

« J'ai répondu à une annonce dans le journal. J'en avais marre de travailler dans une grande ville, en partie à cause de tous ces trajets. Il me semblait que ce serait le paradis ici, et ce n'est pas faux la plupart du temps. Pour les saisonniers comme moi, c'est moins facile hors-saison. »

« Je croyais que tu étais à l'année à l'hôtel maintenant ? »

« Je suis à l'essai tout l'été. Si je n'obtiens pas ce poste, il faudra peut-être que je reparte sur le continent pour pouvoir travailler pendant l'hiver. Mon loyer a augmenté, et je n'ai plus vraiment les moyens de m'en sortir sauf si je réussis à avoir ce nouvel emploi. Même dans ces conditions, ce sera difficile.

« Tu l'obtiendras. »

« Merci de ta confiance. »

David resserra son étreinte en laissant ses lèvres effleurer la douceur soyeuse de ses cheveux qui embaumait, soulagé qu'elle connaisse ses secrets et qu'elle ne se soit pas enfuie. Il ne l'aurait pas blâmée si elle l'avait fait.

« À quelle heure tu as réservé chez *Domenic* ? » demanda-t-elle.

« On aurait dû y être il y a une demi-heure. »

« Quelle heure est-il ? »

« Presque 20 h. »

« Comment est-il déjà si tard ? »

L'estomac de David gargouilla fort, ce qui les fit rire.

« On dirait que quelqu'un a besoin de manger. »

« Tu veux aller voir s'ils nous ont gardé la table. »

« Avec grand plaisir. »

Tout en se levant ensemble, il garda sa main dans la sienne pour la porter à ses lèvres. « Merci. »

« De quoi ? »

« Pour ne pas t'être enfuie quand je t'ai avoué le pire de ce que j'ai fait et pour m'avoir fait confiance en me racontant ton histoire. »

Elle posa ses mains sur ses épaules en le regardant. « Je veux pouvoir te faire confiance, David. C'est très important pour moi. »

« Tu peux me faire confiance. Je te le jure. Je me déteste d'avoir fait ça à Janey. Je ne veux plus jamais faire souffrir quelqu'un. » Il passa ses bras autour de la taille de Daisy. « Surtout pas toi. Tu as eu assez de peine pour une vie entière. »

« Je ne vais pas te dire le contraire. » Elle se hissa sur la pointe des pieds pour l'embrasser, ses lèvres douces et sucrées sur les siennes.

Le désir le traversa comme un feu de savane incontrôlable. Il se recula un peu pour qu'elle ne sente pas la preuve de la force avec laquelle il la voulait, en tout cas pas avant qu'elle ne soit prête à le savoir.

« Ça t'ennuie si on fait un arrêt chez moi avant d'aller dîner. J'avais l'intention de me changer avant de venir te chercher. »

« Pas du tout. J'aimerais beaucoup voir où tu vis. »

« Ce n'est rien d'extraordinaire, » dit-il tout en l'escortant hors de son bureau.

« Mais si, puisque c'est là où tu vis. »

David se demanda par quel heureux hasard il s'était débrouillé pour tomber sur cette femme charmante avec un cœur en or, mais à présent qu'il l'avait, il était de plus en plus déterminé à la garder dans sa vie.

CHAPITRE 6

Carolina se tenait à côté de Seamus sur le quai des ferrys alors que le dernier bateau de la journée qui venait du continent avait dépassé la digue et était entré dans le port Sud. Le soleil se levait à peine sur les dunes, illuminant l'eau d'un rouge vif, reflétant des teintes jaunes et orangées, et éclairant la ville. Au moins, l'île resplendissait de beauté pour l'arrivée de madame O'Grady, pensa Carolina, en touchant ses cheveux pour vérifier que chaque mèche était en place.

« Cesse de gigoter, mon amour. Tu es magnifique. »

« J'ai l'air vieille. »

Il passa un bras autour de sa taille, la rapprocha de lui et lui parla directement dans l'oreille. « Je vais commencer une nouvelle liste de lamentations à propos de laquelle ma main s'expliquera avec tes fesses dès que j'en aurais l'occasion. »

Carolina frémit de la chaleur de son haleine contre son oreille autant que de la promesse qu'elle entendit dans sa voix. Elle n'était pas encore tout à fait remise de leur nuit de luxure sous la tente.

« Tu n'as pas l'air vieille. Toi, mon amour, tu es sexy, délicieuse, à croquer et — ».

Elle plaqua une main sur sa bouche. « Arrête. Maintenant. »

Évidemment, il se servit de sa langue pour lécher sa paume. « Toi, tu arrêtes. »

« Toi d'abord. »

Ses yeux pétillèrent d'amusement et espièglerie. « Non, *toi.* » Il l'empêcha de répondre en l'embrassant passionnément, là, en plein milieu du quai où n'importe qui pouvait les voir, y compris sa mère, qui se trouvait quelque part sur le bateau qui allait accoster.

Oh mon dieu ! Il me rend folle ! Jamais, dans ses rêves les plus fous, Carolina n'avait envisagé d'avoir une relation comme celle-ci. Sa vie d'avant lui, tranquille et satisfaisante — quoiqu'un peu solitaire — semblait dater d'une centaine d'années alors que douze mois ne s'étaient même pas écoulés. Par moments, son ancienne vie simple lui manquait franchement. Mais reprendrait-elle réellement le cours d'une vie sans Seamus ?

Non, pensa-t-elle, acceptant son sort. Elle voulait ce grand Irlandais robuste et extravagant qui accélérait les battements de son cœur et qui l'aimait avec tant d'abandon qu'elle n'arrivait plus à imaginer sa vie sans lui. Elle n'avait jamais su avant qu'un tel amour pouvait exister. Alors oui, elle l'avait vu représenté dans des films et des romans d'amour, mais le vivre pour de vrai était une expérience qui lui avait ouvert les yeux.

Parfois, elle se sentait encore coupable de devoir admettre que son mariage avec Pete Cantrell n'avait rien à voir avec sa relation avec Seamus. Bien qu'elle ait aimé Pete de tout son cœur et de toute son âme, et qu'elle l'avait pleuré en le perdant si jeune, l'amour tranquille et respectueux qu'ils avaient partagé était très différent de la passion fougueuse et dévorante que lui faisait connaître Seamus.

« Pourquoi ce profond soupir ? » demanda Seamus, aussi réceptif que d'habitude.

« Pour rien. »

« Ça ne me plaît pas que cette visite te rende si énervée, Caro. Je n'aurais jamais dû te laisser me convaincre. »

Être aussi abattu ne lui ressemblait tellement pas que Carolina décida qu'il était grand temps de lâcher prise. Elle aimait cet homme. Elle voulait vivre avec lui, et si sa mère n'approuvait pas, hé bien, tant pis pour elle.

« Pardon d'avoir tout gâché. » Elle leva les yeux vers lui, comme toujours impressionnée par sa façon intense de la contempler. Chacun de ses regards, chacun de ses sourires, chacune de ses caresses lui disaient qu'elle était devenue son univers. « Je t'aime. Je nous aime, et si ça ne lui convient, hé bien, ça ne lui convient pas. »

Il posa une main sur son propre cœur en remuant la tête comme s'il n'avait pas bien entendu. « Ne me taquine pas, mon amour. Si tu ne le penses pas vraiment — ».

« Je le pense. » Elle l'embrassa. « Je t'aime. N'en doute jamais même si je me mets à faire n'importe quoi. »

Il se mit à inspirer de manière dramatique. « Je crois que je fais de l'hyperventilation. »

Carolina lui mit un coup de coude dans les côtes. « Ça suffit. »

En riant, Seamus enroula son bras autour de ses épaules tandis qu'ils regardaient le bateau se retourner pour entrer en marche arrière dans le port. « Regarde qui est à la barre, » dit Seamus.

« Je ne savais pas que Joe était sur ce bateau. »

« Moi non plus. Il a dû échanger avec quelqu'un. »

Alors qu'ils regardaient Joe aligner le ferry au quai de façon experte puis le faire entrer aisément dans le port, Caroline se sentit emplie de fierté. « Il est tellement doué. »

« C'est vrai. Je me souviens de la première fois où j'ai tenté le coup. J'ai failli me pisser dessus de peur en faisant ce demi-tour dans le plus petit des ports que j'avais jamais vu. Mais Joe était à côté de moi et il m'a conseillé du début à la fin. Il m'a montré toutes les astuces de l'île de Gansett en une seule leçon. »

« Je me rappelle tellement bien la première fois où mon père les lui a enseignées. Quand ils sont rentrés à la maison ce soir-là, mon père bouillait d'enthousiasme, et il a dit : « Ce petit a un don. »

« J'aurais aimé connaître tes parents. »

« Oui. Tu aurais plu à mon père. »

« Il aurait été d'accord pour nous deux ? »

« Oh, mon dieu, oui. Après la mort de Pete, ils m'ont suppliée pendant des années de sortir avec quelqu'un d'autre. Ils t'auraient adoré, toi et ta façon de me commander. »

« Je ne te *commande* pas. »

Elle lui décocha son regard le plus cinglant.

« Je t'encourage à agrandir ton horizon, Caro. Mais je ne t'ordonne rien. »

« Si tu le dis. »

Les voitures et les camions sortirent en premier du ferry, suivis par un flot de gens avec des valises, des vélos et des chiens en laisse.

Comme le bras de Seamus était toujours sur son épaule, Carolina le sentit se raidir.

« Bordel. Mais qu'est-ce qu'il fout là, lui ? »

« Qui ça ? » Carolina suivit son regard jusqu'à une femme aux cheveux gris accompagnée d'un jeune homme — d'un magnifique jeune homme.

« Mon cousin Shannon. »

Oh, super, pensa Carolina. *Un invité surprise !*

Seamus la relâcha puis se dirigea vers la rampe pour aller les saluer.

Les yeux bleus de Nora O'Grady s'éclairèrent à la vue de son fils à l'instant où la brise du soir souleva une mèche de ses cheveux gris.

Seamus la prit dans ses bras et la fit virevolter. Alors qu'il étreignait sa mère, la joie pure que Carolina vit sur le visage de Seamus lui fit comprendre à quel point elle lui avait manqué. Son superbe cousin se tenait près d'eux, détaillant la ville d'un air dédaigneux. Fabuleux. Ses cheveux roux étaient d'une teinte plus sombre que ceux de Seamus, et plus longs, observa Carolina tandis que Seamus prenait son cousin dans ses bras.

Il était un peu plus grand que Seamus, au moins de cinq ans plus jeune, et il était mince, mais musclé. Les femmes devaient se jeter à ses pieds, pensa Carolina lorsqu'ils s'approchèrent tous les trois d'elle. Shannon portait un sac de sport et Seamus souriait de toutes ses dents tout en tirant une valise avec des roues.

Carolina ne l'avait jamais vu si heureux. Il lui prit la main et la serra.

« Maman, Shannon, voici Carolina Cantrell, l'amour de ma vie. Carolina, je te présente ma mère Nora O'Grady, et mon cousin, Shannon. »

Tout en leur serrant la main, Carolina sentit le regard perçant de Nora sur elle. Que ressentait-on, se demanda-t-elle, en rencontrant l'amour de la vie de son fils et en découvrant qu'elle avait presque vingt ans de plus que lui ? Au vu du choc que Nora essayait soigneusement de cacher, son fils avait oublié de parler à sa mère de la différence d'âge. Tout allait de mieux en mieux.

Joe descendit du bateau, et les rejoint. « Salut, maman, Seamus. »

Carolina sourit à son fils quand il posa une bise sur sa joue. « Bonjour, mon chéri. Viens que je te présente la mère de Seamus, Nora O'Grady, et son cousin, Shannon. Voici mon fils, Joe. »

« Qui est aussi mon extraordinaire patron. »

« Oh, bonjour, enchanté de vous rencontrer, » dit Joe en leur serrant la main.

Le regard acéré de Nora passa plusieurs fois de Joe à Seamus avant de finir par atterrir sur Carolina. « Bien, » dit-elle avec un fort accent irlandais, « tout ceci promet d'être une visite intéressante. »

Alors que la date du terme de Janey approchait, Maddie prit l'habitude de leur amener, à elle et Joe, de quoi dîner au moins une fois par semaine. Elle ne se souvenait que trop bien de sa maladresse et de sa lourdeur vers la fin de sa grossesse, surtout avec Thomas.

Elle était seule à cette époque-là, paniquée à l'idée de devoir accoucher sans l'aide du père de l'enfant. Ces jours incertains et effrayants lui semblaient bien loin à présent qu'elle nageait dans le bonheur avec Mac et leurs enfants, pourtant ce n'était pas si vieux.

Elle tapa doucement à la porte d'entrée de Janey, en espérant ne pas déranger sa belle-sœur.

« Entre, » dit Janey.

Maddie se retrouva dans l'entrée de la maison contemporaine que Joe et Janey avaient achetée à environ un kilomètre et demi de l'endroit où Mac et elle vivaient. Elle adorait les savoir près d'elle. Les chiens de Janey se précipitèrent pour voir qui venait rendre visite. « Ce n'est que moi, les gars », leur dit Maddie tandis qu'ils la reniflaient copieusement.

« Je suis échouée dans la véranda, » dit Janey.

Maddie rangea le poulet, les patates rôties, la salade et les brownies dans la cuisine puis alla trouver Janey qui était allongée sur une chaise longue dans la véranda arrière fermée par une moustiquaire. « Quel endroit agréable, » dit Maddie en observant la végétation qui grandissait dans la cour et les pots de fleurs colorés que Janey avait mis dehors dans le patio.

« On l'aime beaucoup et les chiens aussi, » dit Janey. « Est-ce que je peux t'offrir une boisson que tu devras aller te chercher toi-même ? »

Maddie rigola en s'affalant sur une chaise. « Non, merci. Du moment que je peux rester assise ici pendant que Mac met les enfants au lit, je suis contente. La journée a été *longue* au ranch. »

« Qu'est-ce qu'il se passe ? »

« Hailey fait ses dents, et commence à se balader partout, ce qui veut dire qu'elle arrive à tripoter les affaires de Thomas, ce qui veut dire que je dois être hyper vigilante avec ses jouets pour qu'elle ne puisse pas en attraper un et s'étouffer avec. Et puis elle finit par s'emparer d'un des jouets du petit et tout d'un coup, elle ne veut plus jouer qu'avec ça. C'est là qu'il oublie totalement combien il aime sa sœur. Ah, qu'est-ce qu'on s'amuse. »

Janey éclata de rire. « On dirait, oui. Au fait, maman m'a dit que Mac et toi vous êtes donnés en spectacle devant Thomas l'autre soir... »

« Aïe ! Ne m'en parle pas. J'en suis encore traumatisée ! »

« Et comment va-t-il ? »

« Il n'en a pas reparlé, du coup on espère pouvoir enterrer ce moment spécial. »

« Allez, raconte-moi tout, à part les détails sur mon frère qui pourrait me laisser des cicatrices à vie. »

Maddie relata l'histoire avec le moins de détails possible ce qui fit hurler Janey de rire.

« Je vais me faire pipi dessus si je n'arrête pas de rire, » dit-elle quand elle eut récupéré son souffle. « Non, mais c'est trop drôle. »

« Je suis ravie que tu le penses. Nous, on est mortifiés. »

« J'espère qu'un truc de ce genre ne nous arrivera pas dans quelques années. »

« Le pire c'est que j'étais tellement imbibée de champagne qu'on s'est laissé emporter, sans même penser à nous protéger, donc... »

Les yeux bleus de Janey s'écarquillèrent de surprise. « Tu pourrais être enceinte ? »

« J'espère bien que non, mais on a choisi le pire moment du mois pour oublier le préservatif. Je n'ose même pas en imaginer l'éventualité. C'est beaucoup trop tôt après la naissance mémorable de Hailey. D'ailleurs, en parlant de la naissance mémorable de Hailey, tu es au courant pour Daisy et David ? »

« J'ai entendu des trucs à leur sujet. Qu'est-ce que tu en penses ? »

« Il a été formidable avec elle depuis que Truck l'a agressée. »

« Mis à part l'énorme erreur qu'il a commise envers moi, il a toujours été un mec bien. Ce n'était pas l'homme qu'il me fallait, mais ça ne veut pas dire qu'il ne l'est pas pour quelqu'un d'autre. »

« Cette énorme erreur m'inquiète quand je pense à Daisy. Elle a subi tellement d'épreuves. Je ne suis pas au courant de tout, mais je sens qu'elle a un lourd passé — même avant qu'elle ne rencontre Truck Henry. »

« J'espère sincèrement que David a retenu la leçon en ce qui concerne l'infidélité. Il se peut qu'il soit le mec idéal pour Daisy. Il a quelque chose à prouver — envers lui-même et envers les autres. »

« Je suppose. S'il la fait souffrir… »

« Tu as ma permission de le tuer. »

« Merci. » Maddie hésita, ne sachant pas comment aborder l'autre sujet dont elle voulait discuter avec Janey. « À propos du barbecue ce week-end, j'ai parlé à Mac, et je lui ai dit que je comptais inviter Daisy. Si je l'invite… »

« Tu devras aussi inviter David. »

« C'est ça. Mac veut connaître ton opinion là-dessus avant qu'on ne les invite. On ne voudrait pas que tu te sentes mal à l'aise dans notre maison. »

« Franchement, ça m'est égal qu'il soit là. Je l'ai aimé pendant longtemps, mais je ne l'aime plus et je ne pense plus à lui. Joe, par contre… Il se peut que ça lui pose un problème. »

« Que quoi me pose un problème ? » dit Joe en entrant dans la cuisine et en se dirigeant droit sur sa femme. Il se pencha par-dessus la chaise pour l'embrasser.

« Maddie pense inviter Daisy Babson au barbecue dimanche. »

« Pourquoi ça me dérangerait ? » demanda Joe en s'asseyant sur la chaise longue tout en prenant la main de Janey. « Daisy est sympa. »

« Oui, et c'est aussi la fille sympa qui sort avec David Lawrence. »

« Ah. Hum. Effectivement, ça pourrait être bizarre. »

« Trop bizarre pour toi ? » demanda Maddie.

Joe lança un coup d'œil à Janey. « Qu'est-ce que tu en dis ? »

Elle haussa les épaules. « Je m'en fiche complètement. Il n'est rien pour moi, à part mon ex. Il n'est certainement pas une menace pour nous. »

« Dans ce cas, invite-les, » dit Joe en offrant un doux sourire intime à sa femme.

« Et tu te tiendras bien ? » demanda Janey, un sourcil dressé.

Avec un sourire de mange-merde, il lui embrassa la main. « Aussi bien que d'habitude. »

« Je ne veux pas de nez cassés chez moi, » dit Maddie.

« Je suis devenu adulte depuis, » dit Joe.

Maddie et Janey rigolèrent.

« Bien sûr que tu es devenu adulte, » dit Janey.

« En parlant de ma récente maturité, devinez ce qui vient de se passer à l'arrivée du ferry. La mère et le cousin de Seamus ont débarqué. J'y étais quand ma mère les a rencontrés, et vu la façon dont madame O'Grady a observé maman, je ne crois pas que Seamus l'avait avertie de la différence d'âge. »

« Oups, » dit Janey. « Ce devait être gênant. »

« Elle nous regardait à Seamus et à moi tout en faisant son

calcul mental. Hyper gênant. Maman avait l'air d'avoir envie de tuer quelqu'un. Juste au moment où je m'habituais à leur couple, il se passe quelque chose qui me fait douter. »

« Ne cherche pas la petite bête, » dit Janey. « Ça fonctionne pour eux et tu n'as rien à dire. »

« Mon petit doigt me dit que ça ne va pas fonctionner super bien pour eux ce soir, » dit Joe.

« Est-ce que je suis ici depuis assez longtemps pour que Mac ait mis les enfants au lit et qu'il s'en soit vu suffisamment sans moi ? » demanda Maddie.

« Trente minutes de plus et un verre de vin te permettraient de mieux t'assurer du niveau de sa souffrance, » dit Janey.

« Bonne idée, sauf que j'ai juré de ne plus boire d'alcool après l'autre soir. »

« Tu as juré de ne plus boire de champagne. Pas du vin. »

« Le champagne est un genre de vin, non ? »

« Pas dans ma maison. Joseph, tu peux verser un verre de vin à Maddie s'il te plaît ? »

« Si ça aide à faire souffrir Mac, avec grand plaisir. »

« Je vous apporte de quoi dîner, » dit Maddie.

Janey remua la tête. « Il faut que tu arrêtes de nous cuisiner des plats. »

« Tu ne peux pas m'y obliger. »

« Je ne vais pas essayer longtemps, ne t'inquiète pas. » Janey posa ses mains sur son ventre distendu et fit la grimace. « Le bébé aime donner des coups de pied. » Elle tenta de trouver une position plus confortable. « Tu as eu des nouvelles de Syd et de l'opération ? »

« Ça s'est bien passé. Elle est endolorie, mais elle est sortie de l'hôpital. Ils restent dans un hôtel de Boston ce soir et peut-être demain soir pour être près de l'hôpital au cas où il y aurait des complications. »

« Dans combien de temps elle saura si ça a marché ? »

« Il faut trois ou quatre mois. »

« J'espère qu'elle tombera enceinte tout de suite. »

« Moi aussi. » Maddie accepta le verre de vin rouge que lui tendit Joe. « Merci, monsieur. »

« J'ai lu un article dans un magazine sur le nombre croissant de personnes qui choisissent la fécondation in vitro plutôt que l'inversion de la ligature des trompes, » dit Janey.

« Ils y ont réfléchi, mais en vivant ici, c'est tout un bazar pour aller se faire soigner chez le docteur. Alors ils essaient ça en premier. Si ça ne marche pas, ils changeront sans doute de méthode. »

« J'aimerais claquer des doigts et leur faire apparaître des jumeaux, » dit Janey.

En riant, Maddie dit, « Si elle tombe enceinte de jumeaux, je lui dirais que c'est de ta faute, et tant qu'on discute de jumeaux, est-ce que vous avez des nouvelles de Laura ? »

« Elle ne se sent pas bien du tout. Elle vomit beaucoup. Owen a dit qu'il l'emmènerait voir un spécialiste sur le continent si les nausées ne s'arrêtent pas rapidement. »

« Elle doit se sentir tellement mal, et en plus ça tombe pile pendant qu'elle prépare son mariage. »

« Je ne suis pas sûre qu'elle prépare grand-chose dans ces conditions. Elle m'a parlé d'un apéritif sur la terrasse du Surf et un buffet chez Stéphanie. C'est tout ce dont elle est capable en ce moment. »

« Elle a raison de faire simple. Je remercie le ciel de n'avoir jamais eu envie de vomir quand j'attendais mes enfants. » Le téléphone de Maddie sonna, et elle grommela. « Je t'avertis, si c'est ton frère, je vais être tentée de ne pas répondre. »

« Tu as ma permission de ne pas répondre. »

« Oh, c'est Tiffany. Tu m'excuses ? »

« Bien sûr, » dit Janey. « Dis-lui que je lui envoie le bonjour. »

Maddie répondit à l'appel de sa sœur. « Salut, Tiff, qu'est-ce qu'il se passe ? »

Tiffany se mit à parler si vite que Maddie ne la comprenait pas.

« Ho, attends. Ralentis. »

Tiffany poussa un long soupir qui laissait entendre qu'elle avait pleuré. « Jim a appris que Blaine emménageait avec moi, et il me menace de me poursuivre en justice pour la garde exclusive d'Ashleigh. »

« Quoi ? Tu es sérieuse ? Il n'a pas le droit de faire ça. »

« Mais il le fait, » dit Tiffany en reniflant. « Il m'a envoyé un courrier pour m'avertir que si Blaine venait vivre avec moi, il demandera la garde. Il ne *veut* même pas d'elle, Maddie. Pourquoi il fait ça ? »

« Parce que c'est un enfant de salaud qui ne veut pas te voir heureuse avec quelqu'un d'autre. »

« Je ne sais pas quoi faire. Qu'est-ce que je dois faire ? »

« Tu as appelé Dan ? » demanda Maddie, faisant référence à l'autre avocat de l'île, Dan Torrington.

« Je lui ai laissé un message, mais il ne m'a pas encore rappelée. »

« Je vais demander à Mac de téléphoner à Kara. Il a son numéro. Elle sait peut-être où est Dan. Je te rappelle tout de suite. »

« Okay. »

« Incroyable, » dit Maddie à Joe et Janey, « Jim a appris que Blaine s'installe chez Tiffany, et il va demander la garde exclusive d'Ashleigh. »

« Juste quand on croit qu'on a vu les limites de la connerie de ce type, voilà qu'il en rajoute une couche, » dit Joe d'un air dégoûté.

Maddie appuya sur la première touche de sa liste de favoris pour appeler son mari. « Mac, j'ai besoin que tu appelles Kara pour moi. Tiffany essaie de contacter Dan, et il ne répond pas à ses appels. »

« Tout va bien ? »

Maddie lui expliqua ce qu'il se passait.

« Quelqu'un devrait avoir une discussion avec ce trou du cul, » dit Mac.

« Pas toi. »

« Je ne répondrais pas de mes actions si nos chemins se croisaient. »

« Tu veux bien appeler Kara ? »

« Immédiatement. »

« Merci. Je rentre bientôt. » Maddie remit le téléphone dans sa poche. « Je n'y crois pas. C'est *lui* qui a demandé le divorce et maintenant il fout la merde parce qu'elle refait sa vie avec quelqu'un d'autre ? »

« C'est une réaction typique de la part de Jim Sturgil, » dit Janey.

« Il ne peut pas lui faire ça, » dit Maddie. « Pas après tout ce qu'il lui a fait subir. »

« Je suis certain que Blaine va s'en charger, » leur assura Joe. « Et Dan aussi. »

« Je veux que Dan Torrington *démolisse* Jim, » dit Maddie en se mettant debout. Elle rappellerait Tiffany une fois dans la voiture. « Ça me plairait énormément. »

« Ça plairait à beaucoup de monde, » dit Joe. « Je te raccompagne. »

Maddie se pencha pour faire la bise à Janey. « Tiens le coup, petite, et appelle-moi si tu as besoin de quoi que ce soit. »

« Je le ferai. Merci pour le dîner. »

« Avec plaisir. »

Rien au monde ne pouvait empêcher Dan de continuer ce qu'il était en train de faire, même pas le téléphone qui ne cessait pas de sonner. Et puis celui de Kara se mit également à retentir, le ramenant aussitôt à la réalité.

« Bordel, » grogna-t-il, ce qui la fit rire. Il la relâcha et fit la grimace quand ses côtes meurtries se rebellèrent contre ce léger mouvement. Ils avaient attendu pendant des semaines pour se retrouver là où ils en étaient avant l'accident, et à présent qu'ils y étaient enfin, le monde venait s'immiscer dans leurs affaires.

« Bon, on répond, on voit ce qu'il se passe, et on reprend là où on en était, » dit-elle avec cette voix rauque et sexy qui était devenue le centre de son monde.

« D'accord, » ronchonna-t-il, sachant qu'il ne pourrait pas la remettre d'humeur après une telle interruption. Sa trique d'enfer, en revanche, n'avait pas encore compris que le temps de s'amuser était terminé.

Elle sortit du lit pour attraper leurs téléphones.

Dan se redressa sur un coude pour contempler tout à loisir ses douces fesses tandis qu'elle s'éloignait vers le salon où ils avaient laissé leurs portables sur la table basse lorsqu'une séance de bisous avait *enfin* fini par les faire atterrir dans le lit.

Il avait été obligé de lui répéter des centaines de fois qu'il se sentait en pleine forme et paré à reprendre là où ils s'étaient arrêtés avant l'accident de voilier dont il s'était tiré avec un bras et des côtes cassés. Son bras allait beaucoup mieux. Les côtes lui faisaient encore mal, mais tant qu'il ne respirait pas trop fort, il pouvait être super performant. Il l'espérait en tout cas…

Il allait mourir de la désirer autant. Ces longues semaines de convalescence pendant lesquelles elle l'avait soigné avec tendresse et dévotion tout en lui lançant des regards torrides l'avaient laissé dans un état d'excitation permanente. S'il ne se passait quelque chose très bientôt, il allait prendre feu spontanément.

« C'est Tiffany, » dit-elle en lui tendant le téléphone. « Et Mac m'a laissé un message en te demandant de l'appeler. »

Il ne pouvait pas détourner le regard du balancement de ses seins, des tétons roses, de la marque de chaleur qu'il avait laissée sur sa peau blanche ni de la touffe de poils auburn entre ses cuisses. Sa bite était tellement dure qu'il aurait pu planter des clous avec à l'instant où il prit le téléphone.

« Elle a appelé six fois. C'est inquiétant, non ? »

Il la foudroya des yeux, insulté par ce qu'elle laissait entendre. « Ramène tes superbes fesses au lit, et ne pose pas de question stupide. »

Elle leva les yeux au ciel, mais lui obéit. C'était une première.

Quand elle eut repris sa place, lovée contre lui, il rappela Tiffany pour que Kara et lui puissent avoir la paix et finir ce qu'ils avaient commencé.

« Oh, Dan, heureusement que tu m'appelles. »

Le ton paniqué de son amie et cliente l'alarma. « Qu'est-ce qui ne va pas ? »

« C'est Jim. Il a entendu dire que Blaine emménageait avec moi, et il menace de demander la gare exclusive d'Ashleigh. »

« Hmm. »

« Mais encore ? »

« Ça veut dire qu'il risque d'avoir de bons arguments, Tiff. »

« Comment ? Pour quelle raison ? On est divorcés. Il n'a pas le droit de me dire avec qui je peux vivre et avec qui je ne peux pas. »

« Non, mais étant donné que vous avez la garde partagée, il a son mot à dire sur les personnes avec qui sa fille vit. »

« Tu te fous de moi, là. Et si j'avais l'intention de me remarier ? Il pourrait m'en empêcher aussi ? »

« Ce serait moins facile. »

« Alors c'est ce que je ferai. Je vais me marier. »

« Tiffany — »

« J'en ai plein le dos que cet enfoiré me dicte comment vivre ma vie. S'il veut la guerre, il l'aura. Est-ce que tu peux m'aider à répondre à la lettre qu'il m'a envoyée ? »

« Absolument. Je t'appelle demain matin pour qu'on en discute. »

« Je suppose que ça peut attendre jusque-là. »

Tant mieux parce qu'il ne sortirait pas de ce lit avant le lendemain matin, et Kara non plus. « Je te téléphone demain. Essaie de rester calme et de ne pas t'inquiéter. Tout ira bien. »

« Merci, Dan. Je suis désolée de t'avoir dérangé. J'espère que je n'ai pas interrompu quelque chose d'important. »

« Je ne faisais rien d'important, » dit-il en caressant la poitrine de Kara et en pressant sa bite dans la fente de ses fesses.

Elle rit doucement, comme il l'avait espéré.

« Merci encore, » dit Tiffany avant de raccrocher.

Dan éteignit son portable et le lança à l'autre bout du lit. « Alors, on en était où ? »

« Rien d'important, donc ? »

« Comment je pouvais savoir que tu aurais quelque chose à dire là-dessus ? »

Elle se retourna pour le regarder.

« Tu devrais déjà savoir qu'il n'y a rien de plus important que toi, » dit-il en l'embrassant. « Ni que ceci. Ni que nous. » Tout en accentuant son baiser, il la ramena dans ses bras, leurs jambes se mêlant, une main dans ses cheveux, l'autre sur son sein. En prévision de cette soirée avec Kara, il avait demandé l'assistance de son ami Grant McCarthy pour couper la partie du plâtre qui lui couvrait la main. Sa paume à présent réchauffée par cette chair souple et ce téton dressé, il remercia l'inventeur de la scie à métaux.

Et en un rien de temps, ils se retrouvaient dans la même situation dont ils se délectaient avant que le téléphone ne les interrompe, mais cette fois-ci, la sensation d'urgence devenait critique.

Kara eut un mouvement de recul, les lèvres enflées par leurs baisers. « J'ai si peur de te faire mal. »

Il lui prit la main pour la poser sur son érection, enroulant les doigts de Kara autour de son membre raidi. « C'est ça qui me fait mal pour l'instant, pas mes côtes. »

« Allez, Dan. Sois sérieux. »

« Je suis très sérieux. »

Le rire de Kara l'emplit d'une joie qu'il n'avait pas éprouvée depuis très longtemps. La perte de son frère en Afghanistan puis celle de sa fiancée avant leur mariage à propos d'un rendez-vous galant avec son garçon d'honneur avaient endurci Dan. Elles l'avaient isolé et fermé aux relations. Kara avait pénétré ce mur et s'était insinuée si profondément dans son cœur qu'il n'y avait plus de place pour l'amertume ou les regrets.

Il n'existait plus qu'elle. Il n'existait plus que l'instant présent.

Le portable de Kara se remit à sonner, et Dan grommela. « Je croyais que tu l'avais éteint. »

« Laisse tomber, » murmura-t-elle en le caressant de bas en haut puis en passant son pouce sur le gland humide.

« Ce serait une bonne idée d'y aller mollo si tu veux que je tienne plus de trente secondes. »

« Tu crois ? »

Allongé face à elle sur le même oreiller, il la contempla. « Mmm, je te désire comme un fou depuis des semaines. Mon infirmière sexy. À chaque fois que tu entres dans une pièce, je bande. À chaque fois que tu me touches, j'ai envie de toi. » Il glissa son doigt le long du bras de Kara et en sentit les muscles se tendre tandis qu'elle le caressait. « À chaque fois. »

« Merci de n'être pas mort dans l'eau. Je n'aurais pas aimé rater ce que tu viens de me dire. »

Dan n'aurait pas cru qu'il était possible de rire alors que son corps entier était en feu. « Crois-moi, je suis plus qu'enchanté d'avoir survécu et d'être rentré à la maison, près de toi. Je n'ai pensé qu'à toi tout le temps que ça a duré. Je savais que j'étais sérieusement blessé, et tout ce que je voulais c'était te revoir. Juste une fois. »

Le téléphone de Kara se remit à sonner.

Dan expulsa un long soupir frustré. Il avait tant de fois rêvé de se retrouver nu dans un lit avec elle, et à présent qu'ils avaient fini par y arriver, les interruptions n'arrêtaient pas. « Et si tu l'éteignais ? »

Malheureusement, elle le lâcha pour bidouiller le portable. « Je croyais que je l'avais éteint. » Elle jeta un coup d'œil à l'écran. « C'est ma mère. Elle a appelé deux fois en dix minutes. Quelque chose cloche. »

« Vas-y, rappelle-la » dit Dan, résigné sur son sort.

« Non, c'est bon. On est occupés. »

« Fais-moi confiance quand je te dis que je vais continuer de bander. »

Kara baissa les yeux vers sa bite, tellement dure qu'elle en devenait douloureuse même s'il ne le lui avouait pas. « Tu es sûr ? »

« Ouais, certain. » Il passa un bras autour d'elle avant de se blottir contre elle. Il n'avait besoin de rien d'autre que la sensation de sa peau contre la sienne pour maintenir son érection pendant qu'elle téléphonait à sa mère.

« Qu'y a-t-il, maman ? »

Dan était étendu si près de Kara qu'il pouvait entendre tout ce que disait sa mère.

« J'ai pensé que tu voudrais savoir que ta sœur a eu son bébé. »

« Tant mieux pour elle. »

Vu le ton méprisant de Kara, la sœur en question devait être celle qui s'était mariée avec l'ex petit-ami de Kara.

« Ne sois pas aussi brusque, Kara. C'est ta sœur tout de même. »

« Ouais, sur le papier. »

« Combien de temps tu vas te comporter de cette manière ? »

« C'est-à-dire ? »

« Je parle de cette animosité envers ta sœur pour quelque chose qui s'est passé il y a des années. Garder cette rancœur en toi ne te rendra pas heureuse. »

« Je suis très heureuse, » dit Kara en posant sa main sur celle de Dan qui recouvrait son sein. « Je vis sur un nuage, en fait. Mais je la déteste toujours pour ce qu'elle m'a fait, et ça ne changera jamais. »

« Je t'en prie, ne dis pas que tu la détestes. Et il ne faut jamais dire jamais. »

Kara n'avait rien à répondre à ça.

« Est-ce que tu te soucies un minimum de ton nouveau neveu ? »

« Bien sûr. Il ne m'a rien fait, lui. Je suis navrée qu'il hérite de parents merdiques, mais peut-être que le reste de la famille fera en sorte qu'il ne devienne pas aussi merdique qu'eux. »

« Kara... »

« Il faut que j'y aille, maman. J'ai bien mieux à faire que de parler d'eux. »

« Il s'appelle Connor, » dit sa mère. « Un petit Connor. »

« Toutes mes félicitations vont à ton nouveau petit-fils. On se reparlera bientôt. » Elle raccrocha sans laisser le temps à sa mère de répondre, et éteignit le téléphone. En se tournant pour faire face à Dan, elle tenta de lui sourire même si le cœur n'y était pas. « Bon, on en était où ? » Elle enroula ses doigts autour de son pénis.

Dan arrêta son geste à l'instant où elle allait se remettre à le caresser. « Ne prétends pas que tout va bien. Cette nouvelle t'a secouée. »

« Ils n'ont plus d'importance pour moi. Je refuse de me relaisser embarquer dans cette galère alors que je viens à peine d'en sortir. »

« Tu n'as pas à faire semblant avec moi, chérie. » Il repoussa une mèche de ses cheveux auburn. « Dis-moi la vérité. Je veux savoir ce que tu ressens vraiment. »

« Sincèrement je m'en fous. Tout le monde est content. Qu'est-ce que j'en ai à cirer ? »

« Ce que je vois c'est qu'ils te font encore souffrir malgré toutes ces années. »

« Ils ne me font pas souffrir. Je me fiche totalement d'eux. »

Sauf que ce n'était pas vrai. Elle ne s'en fichait pas du tout. Est-ce qu'elle croyait réellement qu'il ne voyait pas les efforts qu'elle faisait pour maîtriser ses émotions ?

« Ne me mens pas. Ne me mens jamais. » Il regretta immédiatement son intonation plus irritée qu'il ne l'avait voulu. Mais ça le mettait en boule qu'elle ait été manipulée de la sorte par l'homme qu'elle avait un jour aimé ainsi que par sa propre sœur.

Apparemment, son ton acerbe ne la toucha pas parce qu'elle caressa sa joue. « J'apprécie franchement que tu t'inquiètes de mon sort. Mais je n'ai plus rien à voir avec eux et ils ne peuvent pas me faire de mal sauf si je l'accepte. Et je choisis de ne pas l'accepter. »

« Il n'y a que peu de temps que j'ai appris ce qu'ils t'ont fait. C'est encore frais pour moi alors si ça te convient, on va dire que je ne l'ai pas encore digéré. »

Le sourire de Kara éclaira son visage et fit plisser de manière adorable le coin de ses yeux. « Ça me convient tout à fait. »

« Et le reste de ta famille… Ils en disent quoi de cette histoire ? »

« Mes parents ont réagi bizarrement depuis le début. On aurait dit que ça ne leur posait aucun problème que Kelly sorte avec mon petit-ami derrière mon dos. Ils se comportaient comme si «ce genre de choses arrive », et c'est tout. »

« Tu déconnes ? »

« Il faut savoir que c'est une famille qui ne recherche que la paix et l'harmonie. Le désaccord entre Kelly et moi a été très difficile pour eux parce qu'ils le considèrent comme un échec de leur part. »

« Quelqu'un devrait leur dire de cesser de faire l'autruche. »

« Ça, je n'y crois plus depuis longtemps. Quand mon père a accompagné Kelly jusqu'à l'autel du mariage élaboré qu'ils avaient organisé pour elle et Matt, j'ai eu comme une révélation. Si je restais à Bar Harbor, je croiserais ma sœur et son nouveau mari régulièrement. Voilà pourquoi je suis venue vivre sur l'île de Gansett. » Elle se pencha pour l'embrasser. « C'est la meilleure chose que j'ai jamais faite. »

« Tu le penses vraiment ? Même après tout ce que je t'ai fait subir ? »

« Je le pense vraiment. » En se rapprochant de lui, elle dit, « Tout en appréciant que tu prennes soin de moi, je ne veux plus parler d'eux. Pas après avoir attendu si longtemps d'être à nouveau avec toi comme ça. »

« Toi aussi, tu as attendu ? »

« Oh, oui. Cette première nuit qu'on a passé ensemble… Disons juste que je l'ai repassée dans ma tête des centaines de fois. »

« Moi aussi. Plutôt mille ou deux mille fois. »

« Heureusement que tu m'as pardonné d'avoir paniqué après. »

« J'étais paniqué aussi, tu sais — et pas simplement parce que tu as essayé de te débarrasser de moi comme d'une connerie faite la veille au soir. »

« Tu étais vraiment inquiet ? »

« Je n'ai jamais éprouvé ce que je ressens quand on est ensemble. C'est totalement différent avec toi et bien, bien mieux que tout ce que j'ai vécu avant. »

« C'est pareil pour moi. Et tu es l'une des principales raisons pour lesquelles je me fous de Matt et de Kelly. »

Dan savait qu'elle ne pouvait pas lui faire de plus grands compliments.

« Dans mes meilleurs moments avec Matt, ça n'a jamais été comme avec toi. »

« Tu me brûles le cœur, Kara Ballard. J'ai parfois l'impression d'avoir imaginé ce jour sur le quai où tu m'as dit que tu m'aimais. Je voulais tant entendre ces mots de ta bouche. »

« Tu ne l'as pas imaginé, et j'ai autant besoin de ton amour. »

« Il est à toi. Et depuis longtemps maintenant. » Attrapant

son sein pour passer son pouce sur son téton, il s'empara de ses lèvres en un baiser ardent et émouvant qui ranima un feu plus vif qu'il ne l'avait jamais été. Plus de côtes cassées ni de bras au plâtre. En cet instant, l'esprit de Dan était vide de tout ce qui n'était pas la sensation exquise de la peau de Kara sur la sienne, des ses jambes enroulées autour des siennes, de sa langue qui se mêlait à la sienne.

Vu la façon dont il bascula pour se retrouver sur elle, on aurait dit que ses blessures n'existaient pas.

Elle leva la tête, les yeux écarquillés. « Dan ! Fais attention ! Tu ne devrais pas te tortiller comme ça. »

« Kara ? »

« Quoi ? » demanda-t-elle d'un ton exaspéré.

« Tais-toi et embrasse-moi. »

Elle passa ses bras autour de son cou pour le ramener vers elle.

L'inquiétude qu'elle montrait pour lui l'émut alors qu'il se perdait déjà dans la douceur de ses lèvres et les caresses sensuelles de sa langue.

« Capote, » dit-il, en se demandant comment il avait encore la présence d'esprit d'y penser étant donné que chaque parcelle de son corps et de son cerveau se ruait vers son bas-ventre.

« Elles sont où ? »

« Sur la table de nuit. »

« Ne bouge pas. » Elle se décala avec précaution pour récupérer l'objet désiré, le déroulant ensuite sur lui avec une efficacité qui le laissa stupéfait. Sa nana ne lambinait pas. « Ça va ? » demanda-t-elle en le regardant.

« Donne-moi une minute. »

Sa répartie fit sourire Kara qui le prit dans sa main et le guida vers le seul endroit où il voulait aller. Le soulagement d'être enfin uni à elle après tant de semaines d'incertitude fut presque aussi bouleversant que la pression de ses muscles autour de lui. « Putain, » murmura-t-il. « ça va être fini avant de démarrer. »

« Pas de souci. »

Il s'enfonça en elle. « Redis-le-moi. »

Elle se cambra pour l'attirer plus profondément en elle, ses doigts glissant le long du dos masculin, et il sentit que même au plus fort de sa passion, elle avait peur de lui faire mal. « Je t'aime. Je t'aime. Je t'aime. »

C'était tout ce qu'il voulait entendre. Tout ce qu'il aurait jamais besoin d'entendre.

CHAPITRE 7

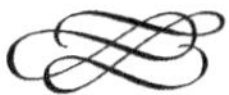

David vivait dans un vaste garage rénové en appartement à l'arrière d'une grande maison à l'ouest de l'île.

« À qui appartient la maison ? » demanda Daisy en examinant l'énorme demeure qui surplombait l'eau.

« À un type qui s'appelle Jared James. C'est un magnat de Wall Street qui ne met jamais les pieds ici sauf une semaine ou deux en été, alors il voulait quelqu'un dans l'appartement qui pourrait garder un œil sur la maison. »

« Tu t'imagines avoir une maison comme celle-là et n'y habiter qu'une ou deux semaines par an. »

« Je pense qu'il l'a achetée en pensant à sa retraite, mais il aime tellement travailler qu'il ne la prendra jamais. Il a du fric plein les poches d'après ce que j'ai entendu. »

« C'est triste, » dit Daisy tandis que David se garait devant le garage.

« Qu'est-ce qui est triste ? »

« De passer tant de temps au travail qu'on en oublie de vivre. De combien d'argent on a besoin en réalité ? »

« Ne le dis pas à Jared, » dit David avec un sourire désabusé en prenant son sac dans la voiture. Il l'escorta en haut des marches qui menaient à son appartement tout en tentant de se souvenir de l'état dans lequel il l'avait laissé deux jours plus tôt. Avec un peu de chance, il n'y aurait pas trop de désordre ni d'odeur. « Gagner de l'argent est une religion pour lui. »

« Il me faudrait une bonne dose de sa religion, » dit Daisy. « Si je rate ma période d'essai et que je n'obtiens pas le poste de responsable à temps plein, ce sera mon dernier été sur l'île. Je ne peux plus me permettre de rester au chômage saisonnier. Tout coûte trop cher. »

« Je suis sûr que tu auras cet emploi. Madame McCarthy serait folle de ne pas te le donner. »

« Elle est loin d'être folle, mais elle ne fera pas de favoritisme. Ce poste, je dois le mériter. Et ça me plombe d'avoir été obligée de me mettre en maladie une semaine alors qu'elle venait juste de m'offrir cette opportunité. »

Il ouvrit la porte avec sa clé et entra avant elle pour allumer. Heureusement, ça sentait le renfermé au lieu d'une mauvaise odeur. David ouvrit une fenêtre pour laisser entrer de l'air frais et alluma une lampe. Son appartement était d'un bon standing, avec de hauts plafonds et une vaste pièce qui servait de salon et de cuisine à la fois. Un couloir menait à une chambre et une salle de bains. L'endroit n'était pas très grand, mais bien assez pour lui, et il lui avait permis de partir de chez sa mère, ce qui était vital pour sa santé mentale. « Ce n'était pas de ta faute si tu as dû prendre une semaine de convalescence. Madame McCarthy le sait. »

« Oui, mais bon... Je n'avais vraiment pas besoin de ça. »

« J'espère que tu ne t'épuises pas juste pour lui prouver quelque chose. Il faut que tu y ailles doucement pendant encore un moment. »

« Ne te fais pas de souci pour moi, docteur Lawrence. Je vais bien. »

« Tu ne vas pas bien — pas encore. Ça va venir, mais en attendant, oui, je m'inquiète. »

« Au sujet de tous tes patients, ou moi en particulier ? » demanda-t-elle avec une expression taquine.

Attiré par son sourire et sa douceur, il posa les mains sur les épaules de Daisy. « Tous mes patients, mais certains plus que d'autres. » Il inclina la tête pour l'embrasser et adora le petit soupir qui s'échappa de ses lèvres.

Il dut faire appel à toute sa volonté pour ne pas oublier qu'elle était fragile et qu'avec elle, il ferait mieux de ne pas se précipiter. Les choses étaient allées trop loin l'autre soir, et une telle scène ne devait pas se reproduire jusqu'à ce qu'il soit certain qu'elle était prête pour ça.

« Tu me diras si ta patronne a besoin d'un mot du docteur, » dit-il avec une expression espiègle.

« Oh, je le ferai ! C'est cool d'avoir des amis haut placés. »

Avec énormément de réticence, il laissa retomber ses bras et fit un pas en arrière. « J'en ai pour une seconde. Assieds-toi, fouine si tu en as envie, c'est comme tu veux. »

« Je ne fouine pas, » dit-elle d'un ton indigné.

« Pas à moi, Daisy. Toutes les femmes fouinent. »

« De la part de toutes les femmes, je suis vexée. »

« Ben, voyons, » dit-il en se marrant tandis qu'il sortait du salon pour prendre une douche rapide et se raser. Il enfila une chemise habillée et un pantalon noir, glissa une ceinture dans les crans et chaussa des mocassins à toute vitesse. Tout en se mettant un peu d'eau de Cologne, il se dévisagea dans le miroir et s'encouragea à rester calme.

Il avait déjà avoué à Daisy ce qu'il avait fait de pire, et elle était toujours là. Au lieu de se sentir soulagé d'avoir franchi ce gros obstacle, il était plus nerveux que jamais. Il ne devait pas faire d'erreurs qui la feraient s'enfuir. Elle devenait importante pour lui, et il y avait très longtemps que rien ne lui avait paru important, mais il fallait qu'il n'oublie pas qu'elle se remettait encore d'un traumatisme physique et émotionnel.

Malgré sa résistance et son énergie, elle avait bien plus besoin de tendresse que de ce désir incontrôlable qu'elle faisait naître en lui. Tout arrivera en temps et en heure, se disait-il, du moment qu'il ne précipitait pas les choses et n'effrayait pas Daisy.

Quand il se sentit assez calme pour se comporter avec prudence, il quitta la chambre et retourna dans le salon.

Elle était sur le canapé en train de feuilleter un album de photos.

David fit la grimace en réalisant ce qu'elle avait découvert.

Elle leva les yeux sur lui. « Quoi ? Tu as dit que je pouvais fouiner. »

Il alla s'asseoir à côté d'elle. « Et il a fallu que tu choisisses celui-là ? » Les photos des années heureuses qu'il avaient passées avec Janey lui rappelèrent des souvenirs doux-amers.

« C'était le premier sur la pile. Tu l'ouvres de temps en temps ? »

« Je ne l'ai pas regardé depuis longtemps. Plus d'un an. »

« Ce n'est pas rien de passer treize années avec quelqu'un pour qu'au final, ça ne marche pas. »

« La rupture a été éprouvante, c'est le moins qu'on puisse dire. »

Elle le fixa un instant des yeux avant de reporter son attention sur les photos. « Elle te manque toujours ? »

« C'est l'amie qui me manque. Elle a été ma meilleure amie pendant très longtemps. Ça me manque parfois, comme quand j'apprends un truc marrant que je sais qu'elle apprécierait. Le côté romantique était déjà fini depuis un moment quand on a rompu. D'une certaine façon, notre relation était devenue plus une habitude que de la romance, si tu vois ce que je veux dire. »

« Oui. Ça t'ennuie que je te pose des questions sur elle ? »

« Pas du tout. Tu peux me demander tout ce que tu veux. »

Elle fit la moue comme si elle voulait savoir autre chose.

« Quoique ce soit, Daisy, demande-le-moi. Je te jure que ça ne me dérange pas. »

« L'infirmière avec qui tu as couché… Tu avais des sentiments pour elle ? »

David détestait penser à la nuit où il avait torpillé son avenir avec Janey. « Absolument pas. Ce n'était qu'une erreur idiote causée par une avalanche de stress et de peur. J'aurais beau me trouver toutes les excuses du monde, il n'en reste pas moins que j'ai merdé. Et bien comme il faut en plus. »

« Tout le monde se trompe, tu sais. Il est peut-être temps que tu te pardonnes. »

« C'est possible, mais je n'en suis pas encore là. »

Daisy referma l'album de photos et le posa sur la table basse. « Tu tiens vraiment à aller chez *Domenic* ce soir ? »

« Le but était de t'offrir un bon dîner, mais si tu n'en as pas envie, on peut y aller une autre fois. »

« J'aimerais mieux rester ici, commander une pizza et regarder la télé. »

« Tout me convient du moment que tu en as envie. »

« C'est dommage que *Mario* ne livre pas. »

« Tu es en compagnie du docteur qui a soigné le petit-fils de Mario lorsqu'il a eu la varicelle. J'y ai gagné la livraison gratuite de pizzas à vie. »

« Sérieux ? C'est génial. »

« C'est l'un des avantages d'être le seul médecin de l'île. Qu'est-ce que tu préfères sur ta pizza ? »

« Juste du fromage, et une salade si c'est possible. »

« C'est parti. »

Pendant qu'ils attendaient la livraison de la pizza, David versa du vin dans deux verres et ils zappèrent les chaînes de la télé à la recherche de quelque chose à regarder. Daisy refusa de voir le match des Red Sox, et David dit non à un programme de rénovation et de décoration d'intérieur.

« Je t'en *supplie.* J'adore cette émission. Ils arrivent à transformer totalement un espace de vie pour un prix ridicule. »

« Alors on échange. Une demi-heure de décoration pour une demi-heure de baseball. »

Daisy lui tendit la main. « Marché conclu. Moi d'abord. »

« Ouais, je vois ce qu'il va se passer, » ronchonna-t-il tout en lui serrant la main. Il était absolument ravi de l'avoir pour lui tout seul malgré la courte distance entre elle et lui sur le canapé.

Quand la pizza arriva, il en profita pour se rapprocher d'elle pendant qu'ils mangeaient devant la télé. Il dut admettre que le programme de rénovation était bien plus intéressant qu'il ne l'aurait cru. « Waouh, » dit-il une fois que le coût de l'affaire fut révélé, « c'est impressionnant ce qu'ils ont fait de cet endroit avec un budget de cinq cents dollars. »

« Je sais ! C'est pour ça que j'adore ces émissions. J'y puise un tas d'idées pour chez moi. » Alors qu'elle parlait, sa bouche se plissa.

« À quoi tu penses ? »

« Que l'endroit où je vis me manquera — et l'île aussi — si je dois déménager. Je suis ici depuis assez longtemps pour m'y sentir chez moi. C'est tellement bête que ce soit si difficile de gagner sa vie hors-saison. »

« Avec un peu d'espoir, tu obtiendras le poste à l'année à l'hôtel, et tu n'auras plus de souci à te faire. »

« Avec un peu d'espoir. »

Comme un nouvel épisode du programme de rénovation était sur le point de commencer, Daisy lui tendit la télécommande. « C'est ton tour. »

« Je regarde le score vite fait, et puis on se mate celui-ci aussi. »

« Tu es accro ! »

« Je n'ai jamais dit ça. »

« Mais tu l'es. Je le vois. »

« Je n'admets rien du tout. »

« Ne t'inquiète pas. Je garderai tes secrets. »

Ils s'installèrent plus confortablement pour regarder le deuxième épisode, et il la surprit à bâiller.

« Tu es fatiguée ? »

« Un peu. La journée a été longue. »

« Tu veux rentrer chez toi ? »

« Pas tout de suite. C'est la meilleure partie de ma journée. »

Il étendit un bras pour l'inciter à se rapprocher de lui puis le posa autour de ses épaules lorsqu'elle se blottit contre lui. Effleurant de ses lèvres les doux cheveux de Daisy, il dit, « C'est aussi le meilleur moment de ma journée. »

« Même alors que je te force à regarder une émission de décoration d'intérieur ?

« Tu ne me forces à rien. »

« Je suis bien mieux ici que si on était sortis. »

« Sans aucun doute, mais je ne veux pas que tu te fatigues trop. Je devrais te raccompagner chez toi. »

La main de Daisy, qui était posée sur le ventre de David, remonta le long de son torse et continua vers le haut jusqu'à sa mâchoire.

Le frôlement des doigts légers sur son visage l'affecta tellement qu'il eut du mal à respirer. « Daisy… Qu'est-ce que tu fais ? »

« Rien. »

« Ce n'est pas rien, ça. »

« Je ne peux pas te toucher ? »

« J'adore quand tu me touches, mais — »

« David ? »

« Oui ? »

« Tu veux bien m'embrasser comme tu l'as fait l'autre soir ? »

Il bougea pour se mettre face à elle, les yeux rivés sur ses lèvres bombées. « J'en ai plus envie que tu ne peux l'imaginer, mais je ne veux pas avancer trop vite. Je ne veux pas faire quoique ce soit qui puisse te bouleverser comme c'est arrivé l'autre soir. »

« C'est gentil de te faire du mouron, mais je vais bien, et j'ai aimé t'embrasser. »

« Moi aussi. Je n'ai pensé qu'à ça tout le temps que je suis resté à Boston. »

Un sourire étira le coin gauche de sa bouche. « *Tout* le temps ? »

Il fit oui de la tête, et se pencha lentement en gardant les yeux ouverts pour contempler la roseur des joues de Daisy, le frémissement de ses cils, et la pointe de sa langue sur sa lèvre inférieure. Elle bougea sa langue, ce qui déchargea en lui une onde de désir, mais il fit de son mieux pour ignorer la pression grandissante de sa bite contre la fermeture éclair de son pantalon. Il ne devait penser qu'à elle, à faire avancer les choses lentement pour elle, à prendre son temps pour éviter de l'effrayer.

Leurs lèvres se joignirent et elle ferma les yeux. David garda les siens ouverts pour s'assurer qu'elle était effectivement avec lui, dans l'instant, et pas en train de revivre des souvenirs qui feraient mieux de disparaître. Il adorait l'embrasser, et laisser son désir et sa passion prendre le dessus sur sa volonté serait si simple.

Il prit son temps, fermement décidé à ne pas perdre le contrôle comme il l'avait fait l'autre soir. Mais à cet instant-là, elle caressa sa langue de la sienne, et la réaction en chaîne qui s'ensuivit le fit grogner.

Apparemment encouragée par sa réaction, elle continua de titiller sa lèvre, encore et encore, jusqu'au moment où il oublia tout, y compris sa décision d'y aller lentement. Avant qu'il ne s'en rende compte, ils étaient renversés sur le canapé, face à face, leurs langues s'accouplant et vibrant de sensualité.

Leurs corps étant lovés l'un contre l'autre sur le canapé, ce n'était pas facile pour David de se retenir. Puis il sentit qu'elle tirait sur sa chemise, qu'elle la sortait de son pantalon. La main de Daisy sur son dos l'électrifia. Lorsqu'il lui avait dit qu'il aimait qu'elle le touche, il ne plaisantait pas.

Avec réticence, il cessa de l'embrasser pour câliner sa délicate mâchoire et son cou. Elle sentait si bon, comme un mélange de savon et de fleurs. Il lui serait facile de devenir accro à cette odeur, pensa-t-il en embrassant sa gorge puis le creux de son épaule.

Elle mit un bras autour de son cou, l'empêchant de laisser un espace entre eux.

Il savait qu'il devait tout arrêter avant d'aller trop loin, alors il laissa tomber sa tête sur l'épaule de Daisy en essayant de retrouver le contrôle qu'il avait perdu.

« Qu'est-ce qui ne va pas ? » demanda-t-elle.

« Rien. »

« Pourquoi tu t'arrêtes ? »

« Parce que je... »

« Ce n'est pas grave si tu n'es pas d'humeur. Je ne voulais pas être aussi directe. »

En riant doucement, il arqua ses hanches pour qu'elle puisse sentir la preuve de « l'humeur » dans laquelle il était vraiment.

« Oh. »

« Comme tu dis. Je suis d'humeur à cent pour cent. »

« Alors, qu'est-ce qu'il y a ? » Elle glissa ses doigts dans les cheveux de David, ce qui fit picoter son crâne.

Chaque parcelle de son corps était affectée par les frôlements de Daisy. « J'ai l'impression qu'on va trop vite. Tu as été gravement blessée, dans tous les sens du terme, et il faut que je sois patient avec toi. Pourtant... »

« Pourtant ? »

« Je ne peux pas me passer de toi. Quand je t'embrasse, j'oublie toute prudence. »

« Je ne suis pas fragile, David. Tu ne vas pas me casser. »

« Tu n'es pas fragile. Tu es forte et résistante, et c'est quelque chose que je respecte plus que tu ne le crois. Mais tu as été sérieusement blessée il n'y a que peu de temps. J'en mourrais si je te faisais mal. »

« Ce qui me ferait mal, c'est que tu te comportes différemment avec moi à cause de ce qu'il m'a fait. »

Il expira profondément, sans savoir quoi répondre.

« Je raffole de tes baisers, » dit-elle. « J'adore que tu me touches. Et quand je t'embrasse, je ne pense jamais à lui. En fait, j'arrive à peine à me rappeler mon prénom quand tu m'embrasses. »

Il sourit parce qu'il comprenait exactement ce qu'elle voulait dire. « J'ai quand même peur d'aller trop vite et d'angoisser. »

« Ça n'arrivera pas. »

« Et qu'est-ce que tu en sais ? »

« Parce que tu es toi, et que tu as été si extraordinaire depuis le début. Je n'ai jamais été dans une relation comme celle-ci. »

« Qu'est-ce qui la rend différente ? »

« Je n'ai pas tout le temps peur. Peur de dire le truc qui te fera péter un plomb, ou peur de faire la chose qu'il ne fallait pas puis d'attendre que tu exploses de rage. Je me sens en sécurité avec toi. »

« J'ai envie de le tuer de t'avoir fait subir tout ça. »

« C'était en partie de ma faute. »

« Mais comment tu peux dire un truc pareil ? »

« Je suis restée avec lui bien trop longtemps. Blaine et toi avez essayé de m'avertir dès la première fois où les choses se sont envenimées, mais j'étais convaincue qu'il m'aimait et qu'il ne me ferait pas vraiment de mal. Je serais morte si Blaine n'était pas arrivé à temps, alors oui, c'est de ma faute. J'aurais dû le quitter bien plus tôt. »

« Je n'aime pas que tu te fasses des reproches pour ce qu'il a fait. »

« La violence ne venait que de lui, ça, j'en ai conscience. Par contre, c'était à moi de prêter attention aux signes avant-coureurs. Le bon côté c'est que j'ai retenu la leçon, et que je ferai tout pour que ça ne m'arrive plus. »

« Je ne veux plus jamais que tu aies peur comme ça. »

« Moi non plus. » Il sentit la chaleur de sa paume sur sa joue. « David, il n'y a aucune raison pour que j'aie peur avec toi. Alors, comporte-toi avec moi comme avec n'importe quelle autre femme. »

« Tu n'es pas n'importe quelle autre femme, Daisy. Tu es spéciale. »

« Je me sens spéciale quand je suis avec toi. » Gardant sa main sur l'arrière de sa tête, elle le ramena vers elle pour un autre baiser.

Il avait prévu de rester sage, mais elle avait d'autres idées, le titillant de la langue jusqu'à ce qu'il n'ait d'autre choix que de lui céder et de se perdre dans sa douceur. Il descendit une main le long de son dos, sur les contours de ses fesses à travers sa robe. Il faillit craquer quand il entra en contact avec la peau soyeuse de sa cuisse.

Elle gémit tout en glissant sa jambe entre eux deux, l'incitant à la toucher de façon plus intime.

Il la voulait tellement. Il y avait très longtemps qu'il n'avait pas voulu une femme comme il la désirait, elle. Entre son corps souple plaqué contre le sien et sa langue qui le titillait, il était difficile de se souvenir d'une seule des raisons pour laquelle il avait choisi de restreindre son ardeur.

Il lui vint à l'esprit qu'ils pouvaient faire un tas de choses sans toutefois aller trop loin. Il insinua sa main le long de la jambe de Daisy à la seconde où elle appuya sur les muscles de son dos. Devait-il oser remonter plus haut ? Les rondeurs de son cul semblaient l'appeler, presque le défier de tout oser tandis que les geignements qui venaient d'elle lui disaient combien elle voulait qu'il continue.

Il referma ses doigts sur une fesse petite, mais souple, la serrant et la massant alors que leur baiser devenait plus intense.

En même temps, elle recula la tête et prit plusieurs inspirations profondes.

« C'était trop ? » demanda-t-il.

« Pas assez, » répliqua-t-elle en riant.

« Daisy, » grogna-t-il. « Tu ne me rends pas la tâche facile. »

« Tant mieux. Ne t'arrête pas. S'il te plaît, ne t'arrête pas déjà. »

Il pouvait maîtriser ses ardeurs jusqu'à un certain point, sans toutefois être un saint, et il n'avait pas eu de relation sexuelle depuis très longtemps. De ce fait, il ne lui en fallut pas plus pour continuer de caresser sa croupe pendant qu'elle se trémoussait contre sa verge érigée. Il ne lui en fallut pas plus pour insérer ses doigts sous l'élastique de sa culotte et se plonger dans la chaleur liquide entre ses cuisses.

« David, » dit-elle en hoquetant quand il trouva le centre de son désir.

« Tu aimes ? »

Elle opina et recommença à l'embrasser, se servant de ses lèvres et de sa langue pour le rendre fou. Puis elle défit sa ceinture, dégrafa le bouton de son pantalon et enroula sa main tiède et douce autour de sa queue. L'idée d'aller lentement s'évapora dans la brume de désir qui se déchaîna en lui.

Il glissa ses doigts en elle, la caressant à l'intérieur et à l'extérieur tandis qu'elle lui faisait la même chose. Elle frotta son pouce sur l'humidité qui s'était formée sur son gland, allant d'avant en arrière jusqu'à ce qu'il soit sur le point d'exploser dans sa main.

Interrompant le baiser, il appuya son visage dans le creux de son cou, respirant fortement de l'effort qu'il faisait pour se retenir. « Daisy... »

« Hmm ? »

« Mon dieu… Ne t'arrête pas. »

« Toi non plus. »

Même en cet instant passionné, elle le fit sourire. Plus que jamais déterminé à lui donner le plaisir ultime, il se concentra sur les nerfs palpitants qui se resserraient autour de ses doigts, les stimulant et les caressant jusqu'à ce qu'il la sente se durcir et trembler à la seconde où elle jouit.

La jouissance de Daisy déclencha la sienne, et elle l'accompagna, sa petite main serrée autour de lui alors qu'il se libérait de ses soucis et succombait à son désir.

Lorsque les répercussions vibrantes diminuèrent, il ressortit ses doigts d'entre ses cuisses et rajusta le bas de sa robe. « C'était torride, » murmura-t-il contre ses lèvres, « mais on a sali un peu. »

« Ça valait le coup. »

« Mmm, je suis entièrement d'accord. » Il se servit du bas de sa chemise pour nettoyer. « Je devrais te raccompagner chez toi. »

« Pas encore. »

Elle se lova contre lui, la senteur de ses cheveux effleurant son visage, et il se dit que bouger était bien la dernière chose dont il avait envie. Alors il se détendit et savoura le doux plaisir de la tenir près de lui. Il ferma les yeux en sachant qu'ils devraient bientôt partir. Mais d'abord, il voulait la garder dans ses bras un peu plus longtemps.

Une fois que la mère de Seamus fut installée dans sa chambre pour la nuit, Carolina sortit par la porte arrière et se dirigea vers le chemin de terre qui menait à la rive. Il fallait qu'elle sorte de cette maison avant de devenir dingue. Des heures à faire semblant que tout allait bien l'avaient éreintée.

Elle n'arrivait pas à croire qu'il lui avait fait ça — à elle et à sa mère. La pauvre femme avait été choquée de découvrir que Carolina était beaucoup plus âgée que son fils, un premier indice qui prouvait que Seamus n'avait pas été tout à fait honnête lorsqu'il avait parlé d'elle à sa famille en Irlande.

Carolina garda la tête baissée et hâta le pas, guidée par la lumière de la lune et la rage qui la poussait à s'éloigner le plus possible de la maison — et de lui.

Le bruit de pas lourds sur le chemin la fit virevolter tandis que sa fureur s'intensifiait. « Retourne à la maison. Je n'ai rien à te dire. »

« Moi, j'ai quelque chose à te dire. »

« Tu crois vraiment que tu peux arranger quoi que ce soit ? »

« Et si je te demandais pardon ? »

« Désolé. Tu es désolé. C'est super. Je suis ravie que tu sois désolé de m'avoir totalement humiliée devant ta mère, sans parler de la façon dont tu m'as fait me sentir quand tu l'as prise de court à peine débarquée du bateau. Tu as fait un beau gâchis, et tu es *désolé* ? » Elle leva les bras en l'air avant de se détourner pour reprendre sa marche parce qu'elle avait peur de lui balancer un autre coup de poing si elle ne s'éloignait pas de lui. Carolina Cantrell, qui n'avait jamais frappé qui que ce soit dans sa vie, se sentait des envies de violence à cause de l'homme qu'elle aimait. C'était le chaos complet.

« Caro, chérie, attend. Laisse-moi t'expliquer, s'il te plaît. »

« Je ne veux pas te parler, là. »

« Je sais, et je ne mérite pas mieux. Mais je t'en prie, est-ce que je peux te dire pourquoi j'ai fait ça ? »

Carolina aurait volontiers continué de marcher si la mère et le cousin de Seamus n'étaient pas censés être leurs invités pendant les deux semaines à venir. Dans ces conditions, il valait mieux faire la paix avec lui plutôt que de prendre le risque de se mettre sa famille à dos. « Bon. Dis-moi pourquoi tu nous as menti, à ta mère et à moi. »

« Je n'ai pas menti. Pas tout à fait. »

D'un air incrédule, elle dit, « Et tu appelles ça comment ? »

« Je... Je lui ai dit que tu étais plus âgée que moi. »

« En précisant de combien d'années exactement ? »

« Non. »

« Donc tu as menti. »

« Tu ne comprends pas. »

« Alors, fais-moi comprendre. »

« Maman est une femme charmante, mais quelquefois, elle peut être un peu… Comment dire ? Eh bien, elle peut émettre des jugements critiques. Donc j'ai pensé que si elle te rencontrait et qu'elle voyait à quel point je t'aime et tu m'aimes — ou en tout cas, à quel point tu m'aimais avant de te rendre compte que je ne l'avais pas mise au courant de notre différence d'âge… J'ai pensé que si elle nous voyait ensemble, elle verrait ce que je vois quand je te regarde. » Il posa ses mains sur les hanches de Carolina. « Je ne voulais pas qu'elle se pointe ici avec des idées préconçues. »

« Tu aurais dû me le dire pour que je puisse me préparer à sa réaction. »

« Tu as absolument raison. J'aurais dû te le dire, et je te demande pardon de ne pas l'avoir fait. Tu as insisté pour que nous l'invitions ici au moment où les choses entre nous prenaient un super tournant. Ton fils est au courant, et le ciel ne s'est pas effondré. On y arrivait enfin, Caro. Je ne voulais pas qu'elle vienne ici et qu'elle détruise tout en te rendant mal à l'aise à cause de ton âge ni de n'importe quoi d'autre. »

« Pourquoi tu ne m'as pas dit ça avant ? »

« J'avais peur, mon amour. »

« De quoi ? »

« Je pensais que si elle connaissait notre différence d'âge, elle se monterait tout un film dans sa tête avant même d'arriver, et que son séjour ici virerait à la catastrophe. Je voulais qu'elle te donne une chance. »

« J'étais très gênée au débarcadère du ferry. »

« Oui, et tu ne sais pas à quel point je suis désolé de t'avoir fait ça. C'était la dernière chose au monde que je voulais. »

« Tu aurais dû te douter de ce qui se passerait quand elle me verrait. »

« J'espérais que non. »

« Seamus... » Elle laissa tomber sa tête contre son torse parce que même quand elle était furieuse après lui, elle continuait de l'aimer.

« J'ai merdé, mon amour, et je déteste l'idée que je t'ai blessée. »

« Je suis plus en colère que blessée. Je n'aime pas que l'on me prenne de court. »

« Pardon. Ça n'arrivera plus jamais. Je te le promets. »

« Ne fais pas de promesse que tu ne tiendras pas. »

Dans la pâle lueur de la lune, elle discerna le petit sourire qui étirait ses lèvres. « Tu me pardonnes, mon amour ? »

« À une condition. »

« N'importe laquelle. C'est d'accord. »

« Tu ne veux pas l'entendre avant de l'accepter ? »

« Si ça signifie que tu me pardonnes, je ferai tout ce que tu veux. »

« Je veux que tu dises à ta mère que je n'avais rien à voir avec ton projet de l'entourlouper. »

« Hou, tu es sérieuse ? »

« Tu veux être pardonné ? »

« Sur ma vie, je te le jure. »

« Alors c'est ce que tu dois faire. »

Il resserra son étreinte tout en se plaquant contre elle. « J'ai déjà payé cette dette-là. Je lui ai dit que cette idée stupide ne venait que de moi, et que tu n'étais pas du tout au courant. Si ça peut te consoler, elle n'est pas non plus contente de mon attitude — et pas parce que tu es plus âgée que moi, mais parce que je ne lui ai rien dit avant son arrivée. Du coup, les deux femmes que j'aime le plus sont furieuses après moi. »

« Tu n'as que ce que tu mérites. »

« Je n'ai que ce que je mérite. Alors, je suis pardonné ? »

« Tu lui as vraiment dit que je n'y étais pour rien ? »

« Je te le confirme, et pour ce que ça vaut, elle te trouve charmante et elle n'a eu aucun mal à comprendre pourquoi je t'aime autant. »

« Là, tu inventes. »

« Pas du tout ! Elle l'a réellement dit. »

« Ta crédibilité en a pris un coup ce soir. »

« Mais tu sais toujours que je t'aime ? » demanda-t-il.

Elle haussa les épaules en sachant que son indifférence allait le rendre fou. « Je n'en suis pas sûre. Il va sans doute falloir me convaincre. »

« Oh, mon amour, tu sais ce qu'il se passe lorsque tu agites un chiffon rouge devant un taureau ? »

« Je suis certaine que tu serais ravi de m'expliquer ce qu'il se passe, mais pour ça, il faudra d'abord que tu m'attrapes. » Carolina s'arracha de ses bras et détala sur le chemin qu'elle avait parcouru toute sa vie.

Il aboya de rire et se précipita derrière elle.

Sachant qu'il était en train de la rattraper, elle courut plus vite puis se faufila dans les fourrés pour l'éviter. Elle gagna du terrain jusqu'à ce qu'elle se prenne le pied dans une racine et s'étale dans l'obscurité. « Merde, » murmura-t-elle, protégeant son visage avec ses bras lorsqu'elle atterrit dans un buisson d'épines qui lui lacéra la peau.

« Caro ? Tu es où, mon amour ? »

Elle se mit à geindre. Elle avait mal partout, elle était emmêlée dans des branches et n'osait pas bouger de peur que se blesser plus sérieusement.

« Oh, bordel, » dit Seamus en se servant de la lumière de son téléphone pour éclairer la scène. Il sortit un couteau de l'étui en cuir qu'il portait à la ceinture et commença à tailler dans les branches.

« Fais attention à tes mains ! »

« Je me fous de mes mains. Il faut que je te sorte de là. »

« Seamus... »

« Quoi, mon amour ? » demanda-t-il tout en découpant.

« J'ai mal. »

« Je sais, chérie. Je vais aussi vite que je peux. » Il taillada les branches jusqu'à ce qu'il l'ait libérée de l'enchevêtrement. « Vas-y doucement, » dit-il tandis qu'il prenait ses mains pour l'aider à se remettre debout. « Aïe, chérie, c'est un carnage. »

Carolina essaya de marcher, mais sa chair torturée protesta.

« N'essaie pas de bouger, Caro. Je vais te porter. Tiens-toi à moi. » Il la souleva sans effort et prit le chemin de la maison. « Ça t'apprendra à t'enfuir. »

« Je parie que c'est toi qui as mis ce buisson d'épines là pour me donner une leçon. »

Le reniflement amusé de Seamus la fit sourire malgré la douleur qui se répandait partout. « Je ne supporte pas de te voir dans cet état. » Une fois parvenus devant la maison, il donna un coup de pied dans la porte pour l'ouvrir et déposa Carolina avec précaution sur une chaise de la cuisine. « Je vais chercher la trousse de secours. »

Vu que respirer la faisait souffrir, elle resta aussi immobile que possible jusqu'au retour de Seamus. Il alluma pour mieux la voir.

« Oh, ce n'est pas vrai. »

De vilaines écorchures rouges, certaines profondes, lui couvraient les bras et les jambes. Heureusement, son short et son T-shirt avaient protégé le reste de son corps.

« On va devoir appeler le docteur David. »

« Non, pas de docteur. On peut désinfecter nous-mêmes. Passe-moi la gaze et la pommade antibactérienne. »

« Hé, hé, calme-toi, mon amour. Je vais soigner tes blessures. Après tout, c'est de ma faute si tu es là. »

Carolina osa bouger en dépit de la douleur pour toucher la mâchoire masculine, raidie par la tension. « Ce n'est pas de ta faute. J'ai été idiote de partir en courant comme ça. C'était de ma faute. Pas de la tienne. »

Ses mains de Seamus tremblaient un peu tandis qu'il appliquait la pommade sur la chair ravagée. « Tu ne te serais pas trouvée dehors si je ne t'avais pas poussée à chercher un refuge loin de moi. »

« Non, Seamus. C'est un accident bête. Ce n'est pas de ta faute. »

« De la tienne, non plus. »

« Pourquoi on se dispute là-dessus ? »

« Parce que. Je n'en sais rien. Ne bouge pas. » Il déborda de douceur pour nettoyer chaque éraflure et écorchure sur ses bras et ses jambes.

La douleur était atroce, pourtant Carolina resta immobile et silencieuse jusqu'au moment où il en arriva à la coupure la plus profonde sur sa cuisse. Dommage qu'elle n'ait pas porté un jean plutôt qu'un short.

« Celle-ci n'est franchement pas belle, mon amour. Il te faudrait un ou deux points de suture. »

« Il y a des bandes adhésives dans la trousse. Sers-t'en et puis on verra mon état demain. »

Carolina se mordit la lèvre et fit de son mieux pour ne pas crier quand il tamponna de la pommade dans la coupure. Elle essuya les larmes qui coulaient sur son visage.

« S'il te plaît, ne pleure pas. Je ne peux pas le supporter. »

« Désolée. Elle m'a fait super mal celle-là. »

« Je sais, mon amour. » Une fois que la bande adhésive fut collée sur sa cuisse, il épongea la terre qui collait à ses jambes, retira les feuilles plantées dans ses cheveux et sécha ses dernières larmes. « Maintenant tu vas au lit. » Il la souleva de la chaise et la porta dans sa chambre avant de la poser avec précaution. Après des mois de cohabitation, il savait où tout se trouvait et il lui dénicha un T-shirt pour dormir. Il l'aida à se déshabiller et à enfiler le T-shirt, l'accompagna dans la salle de bains puis la mit au lit.

Quand elle fut installée sous les couvertures, il s'assit au bord du matelas en la regardant.

« Je suis désolé que tu te sois blessée. Je suis désolé de cet accident stupide. Après t'avoir répété des dizaines et des dizaines de fois que notre différence d'âge n'a aucune importance, et après avoir insisté pour que tu parles de nous à Joe, je n'ai pas eu le courage de le dire à ma propre mère. » Il agita la tête d'un air dégoûté de lui-même.

« Ce n'est pas aussi facile qu'il y paraît. »

« Non. Pas du tout. » Il repoussa une mèche de cheveux du front de Carolina tout en l'observant, le tourment qu'il s'infligeait se reflétant dans ses yeux, dans la raideur de ses épaules et sur ses lèvres pincées. « Ça ne veut pas dire que je ne t'aime pas, ni que je ne te désire pas, ni autre chose d'ailleurs. »

« Je le sais, Seamus. Quand j'avais du mal à le dire à Joe, ça ne voulait pas dire non plus que je ne t'aimais pas. »

« Et maintenant, tu saignes et tu as des écorchures partout parce que je n'arrivais pas l'avouer à ma mère. »

« Je saigne et j'ai des écorchures parce que j'ai bêtement pensé que le chemin était à l'endroit exact où il se trouvait quand j'avais douze ans et que je me baladais dans ces bois. Il est clair que certaines choses ont changé depuis ce temps-là. » Malgré la douleur, elle leva un bras pour passer son doigt sur les lèvres pincées de Seamus. « Ne te culpabilise pas pour ça. Les écorchures guériront. Tout va bien. Ta maman va bien. Tout le monde va bien. »

« Tu le crois vraiment ? »

« Bien sûr. Tu l'as l'impression que je ne comprends pas combien c'est difficile d'annoncer de mauvaises nouvelles à ceux qu'on aime. »

« Je n'aurais pas dû te prendre au dépourvu. »

« Non, tu n'aurais pas dû, et tu ne le referas pas. »

« Non, mon amour. La leçon est retenue. J'aime à penser que tu peux m'aider à m'exercer. »

Carolina rigola. « Tu m'en diras tant. » Elle enroula ses doigts autour des siens. « Viens au lit. Je ne peux pas dormir sans toi. »

« Il vaudrait mieux que je dorme sur le canapé sinon je risque de te faire mal. »

« Ce qui me fera mal c'est que tu ne dormes pas avec moi. »

Il se pencha pour l'embrasser doucement, tendrement. « Je t'aime tellement, Carolina. »

« Je t'aime autant, même si j'ai envie de te tuer la plupart du temps. »

Sa réplique arracha à Seamus son premier vrai sourire depuis des heures. « Je dois te tenir en haleine. »

« Et tu le fais. Tu le fais. Allez, viens au lit qu'on puisse dormir. »

« J'arrive, mon amour. »

CHAPITRE 8

Daisy se réveilla en pleine nuit, incapable de se rappeler l'endroit où elle se trouvait jusqu'à ce qu'elle sente David respirer sous elle, ses bras autour d'elle.

Ils s'étaient endormis enlacés dans l'obscurité uniquement éclairée par la lueur de la télé. Elle attrapa la télécommande pour éteindre. Elle savait qu'elle devait le réveiller pour qu'il la ramène chez elle, mais elle n'avait aucune envie d'être ailleurs que dans ses bras, pelotonnée contre lui tandis qu'il dormait.

Du coup, elle reposa sa tête contre son torse et écouta les battements de son cœur vibrer dans son oreille.

« On s'est endormis, non ? » Le grondement de sa voix fatiguée la fit sourire. Elle adorait ce sentiment d'intimité partagée qui lui faisait découvrir le son de sa voix lorsqu'il émergeait d'un profond sommeil. Là, elle regretta de ne pas avoir laissé la télé allumée pour pouvoir distinguer aussi son visage.

« On dirait. »

« Tu veux rentrer chez toi ? »

« Pas vraiment. Cet endroit est super cool. »

Il effleura son front de ses lèvres et glissa ses doigts dans ses cheveux, la faisant soupirer d'aise. « Ça pourrait être mieux. »

« Comment ? »

« Il y a un super lit dans l'autre pièce. »

Sa suggestion fit battre plus vite le cœur de Daisy à la seconde où l'image d'un vrai lit lui fit frémir les hormones. « Bonne idée. »

Ils s'extirpèrent l'un de l'autre et se mirent debout.

Daisy attendit que David allume une lumière avant de le suivre dans la chambre où il lui tendit un T-shirt pour dormir. « Merci. »

« Vas-y. Sers-toi de la salle de bains en premier. »

« Tu n'aurais pas une brosse à dents de rechange par hasard ? »

« Je devrais pouvoir trouver ça. » Il alla dans la salle de bains et fouilla dans un placard.

Daisy profita de son absence pour regarder la chambre de plus près. Il n'y avait que peu de meubles, à part une commode et un immense lit recouvert d'un édredon bleu marine.

« Tiens, » dit-il en revenant avec une brosse à dents toujours dans l'emballage à la main.

« Merci. Je n'en ai pas pour longtemps. »

Daisy partit dans la salle de bains, enleva sa robe et la suspendit à un crochet derrière la porte. Elle se demanda un instant si elle devait garder son soutien-gorge, puis décida qu'elle dormirait plus confortablement sans. Elle le cala derrière sa robe sur le crochet, mit le T-shirt et se lava rapidement les dents.

« À ton tour, » dit-elle en sortant de la salle de bains et remarquant qu'il avait rabattu l'édredon.

Il en tenait un pan en l'air. « Viens là-dessous ou tu vas attraper froid. »

« Quel côté tu préfères ? »

« Ça m'est égal. »

Pendant qu'il allait dans la salle de bains et refermait la porte, Daisy se sentit grisée à l'idée de passer la nuit avec le docteur sexy. Partager le lit qui sentait son odeur, dormir à ses côtés et découvrir son espace de vie intime était quelque chose de si spécial.

Il sortit de la salle de bains vêtu d'un T-shirt et d'un caleçon puis se glissa près d'elle dans le lit en laissant la lampe de chevet allumée. « Tu es à l'aise ? demanda-t-il.

« Je pourrais être plus à l'aise. » Daisy se surprit elle-même de sa réponse effrontée.

« Comment ça ? »

« Si tu étais un peu plus près. »

Il se rapprocha d'un centimètre. « C'est mieux ? »

« Pas encore. »

Un autre centimètre. « Et là ? »

« Ça se réchauffe, mais tu n'y es pas tout à fait. »

Il vint se coller contre elle et passa un bras autour d'elle. « Et maintenant ? »

« Parfait, » dit-elle en soupirant de plaisir.

« On doit pouvoir faire mieux. »

« Comment ça ? » demanda-t-elle en fronçant les sourcils.

« Si tu te tournais vers moi. »

Daisy fit ce qu'il lui demandait. « Comme ça ? »

« Exactement comme ça, » murmura-t-il en l'embrassant.

Il avait le goût du dentifrice, d'un homme sexy et de David. Il l'entoura de ses bras tandis qu'il insérait une jambe entre les siennes.

La texture râpeuse de ses jambes poilues entre ses cuisses excita aussitôt Daisy alors que la langue de David explorait consciencieusement sa bouche. Il passa une main sous son T-shirt, lui caressant le dos par de légers mouvements qui durcirent ses tétons. Elle espérait qu'il viendrait les caresser, mais la main ferme restait obstinément sur son dos.

Daisy décida de partir à l'aventure elle aussi, insinuant ses doigts sous le T-shirt qui recouvrait les muscles rigides de son ventre. Elle lui arracha un halètement lorsqu'elle descendit jusqu'à l'élastique de son caleçon. Elle se mit à tirer sur le T-shirt. « Enlève-le. »

Il ne la lâcha que pour obéir à sa requête, et déjà il était en train de l'embrasser avec encore plus d'avidité qu'auparavant.

Elle fit courir ses mains sur son torse, se familiarisant avec chaque contour, le faisant trembler au passage. Enhardie par sa réaction, elle effleura son mamelon du bout de l'ongle, ce qui le fait tressaillir et maugréer dans sa barbe.

En riant, elle dit, « Je suis désolée. »

« Non, tu ne l'es pas. »

« Je te dis que je suis désolée. »

« Et je te dis que tu ne l'es pas. »

« Bon, d'accord. En fait, j'ai même envie de le refaire. »

« Avec grand plaisir. »

« Mais uniquement si tu me le fais aussi. »

« Daisy, » dit-il d'un ton grondeur. « Je fais tout ce que je peux pour aller lentement, mais tu me rends fou. »

« Pardon. Je ne suis pas aussi directe d'habitude. Je ne sais pas ce qui m'a pris. »

« Non. Ne t'excuse pas de demander ce qui te fait envie. Je ne veux en aucun cas que tu aies l'impression de ne pas pouvoir tout me dire. »

« Tu fais ressortir un aspect de moi que je ne connais pas. »

« Quel aspect ? »

« Celui qui me met dans tous mes états. »

« J'adore cet aspect de toi, » dit-il en souriant et en l'embrassant.

« Donc on fait quoi pour mon T-shirt ? »

« Tu es sûre que tu es partante ? »

« Absolument dès que ce maudit T-shirt ne me gênera plus. »

« Dans ce cas... Il l'aida à l'enlever puis la prit dans ses bras en respirant plus fort quand elle pressa ses seins contre son poitrail. «Putain, que c'est bon ! J'aime la sensation de ta peau. »

« Moi aussi. »

« Je ne me suis pas senti aussi bien depuis longtemps, » chuchota-t-il.

« Je ne crois pas m'être jamais sentie aussi bien. »

« Daisy... » Il la dévora de ses lèvres et de sa langue tout en saisissant son sein.

Elle émit un petit cri, électrisée par le pouce et l'index qui venaient de pincer doucement son téton sensible.

« Je t'ai fait mal ? » demanda-t-il d'un air inquiet.

« Pas du tout. C'est juste incroyable. »

« C'est toi qui es incroyable. Je veux te toucher et t'embrasser partout. »

Daisy lâcha un rire nerveux. « Ce n'est pas moi qui t'en empêcherais. »

Il l'embrassa, il la caressa, il la rendit à demi folle de désir avec ses doigts sur ses tétons, mais il n'alla pas plus loin.

Daisy se tortilla pour atteindre et câliner l'érection qui pulsait contre sa jambe, mais il arrêta son geste.

Elle grommela, déchirée par la frustration et le désir, en voulant plus, mais sachant qu'il avait décidé de prendre son temps. Tout en respectant ses scrupules, elle espéra qu'il se décoincerait avant que l'envie de lui ne lui fasse péter un plomb.

« Chaque chose en son temps, chérie, » souffla-t-il en joignant leurs mains.

« Combien de temps ? »

« Pourquoi ? Tu as un rendez-vous ? »

« Je sombre petit à petit vers la démence. »

« Pourtant je suis là. »

« Oui, mais pourquoi — »

Il l'embrassa pour la faire taire. « Tu me fais confiance ? »

« Bien sûr que oui. »

« Et j'en suis honoré. C'est beaucoup plus important pour moi que tu ne peux te l'imaginer. Je t'apprécie énormément, Daisy, et notre relation me plaît. Je ne tiens pas à la gâcher en allant trop loin, trop vite alors que tu te remets encore de tes blessures. Je te promets que quand on fera l'amour, tu me diras que ça valait la peine d'attendre. »

« C'est juste que je me sens... »

« Comment ? Parle-moi. »

« Je suis frustrée. »

Son rire doux arracha un sourire à Daisy.

« Ce n'est pas marrant. »

« Je sais. Je ressens la même chose. »

« On pourrait peut-être, tu sais, faire comme tout à l'heure ? »

Il descendit une main le long de sa cuisse pour venir la poser entre les cuisses de Daisy. « Comme ça, tu veux dire ? »

« Oui, » dit-elle, le souffle court. « Comme ça. »

Il fit un mouvement de va-et-vient sur sa culotte, se servant du tissu pour exciter l'endroit le plus sensible. En un rien de temps, elle se retrouva au bord de l'explosion. « Je te fais du bien ? »

« Tu pourrais m'en faire plus. »

Il appuya un peu plus fort. « Et là ? »

« Ce n'est pas encore tout à fait ça. »

« Tu es une femme exigeante, Daisy Babson. »

« C'est toi qui m'as dit que je devais demander ce que je voulais. »

« Et qu'est-ce que tu veux ? »

« Tes doigts. » Elle réalisa que la tête lui tournait quand sa respiration se mit à ralentir. « Dans ma culotte. »

Il fit ce qu'elle lui demandait, passant légèrement ses doigts le long des lèvres de son sexe. « Comme ça ? »

« *David !* »

Il sourit en l'embrassant. « Patience, mon cœur. »

« Là, j'ai déjà usé toute ma patience. »

« Ho, la dame me semble de plus en plus exaspérée. J'ai intérêt à m'occuper d'elle avant qu'elle ne se venge. »

« Tu es homme sensé, docteur Lawrence. »

Il lui donna exactement ce qu'elle attendait, se focalisant sur les zones qui palpitaient pour lui, enfonçant ses doigts en elle de la même manière qu'il l'aurait fait avec son pénis, l'amenant à un orgasme puissant qui la laissa en sueur, pantelante et vibrante sous les doigts qu'il continuait d'appuyer sur elle.

« C'était comment ? » demanda-t-il après un long moment de silence satisfait.

« Franchement top. »

« Je suis soulagé de ne pas t'entendre dire que ça aurait pu être mieux. »

En riant, elle dit, « Ça n'a jamais été mieux. C'est à mon tour, non ? »

« Tu as besoin de sommeil plus que moi de gâteries. »

« S'il te plaît ? »

« Hmm, j'ai une femme super chaude et sexy dans mon lit qui me supplie de la laisser me cajoler. Qu'est-ce que je suis censé faire ? »

« Tu penses vraiment que je suis chaude et sexy ? »

« Ce n'est pas une preuve suffisante, ça ? » demanda-t-il en plaçant la main de Daisy sur son érection. « Tu es très chaude et très sexy, et j'ai beaucoup de chance que tu sois dans mon lit. »

« Moi aussi j'ai de la chance. » Elle poussa sur les larges épaules pour le faire allonger sur le dos, puis elle se mit à genoux et se pencha sur lui, éparpillant de légers baisers humides sur sa poitrine et son ventre qui lui firent rapidement bander ses muscles. En tirant sur l'élastique de son caleçon, elle dit, « Enlève-le. »

« Daisy... »

« Tu fais ce que je te dis, on est bien d'accord ? » En dépit de ses paroles impudentes, ses mains tremblaient de nervosité. Même en sachant qu'elle était avec David et qu'il ne lui ferait jamais de mal, les souvenirs d'un autre homme alliés à la peur constante de le mettre en colère n'étaient jamais bien loin.

Il retira son caleçon, laissa ses mains retomber sur le matelas, et serra les poings. Elle se focalisa sur ce geste. Percevant ce qui venait de retenir son attention, il posa ses mains à plat sur son ventre. « Je ne te frapperai *jamais*, Daisy. Jamais, jamais, jamais. »

« Je le sais. »

« Vraiment ? Est-ce que tu comprends qu'il n'y a rien que tu puisses faire ou dire qui me pousserait à te blesser de cette façon ? »

« Oui, » chuchota-t-elle, touchée par son sens de l'intuition et sa tendresse. « Pardon. Je sais que tu ne le ferais jamais. C'est juste que... »

« Touche-moi. Embrasse-moi. Fais ce que tu veux de moi. Je suis tout à toi, et tu es en totale sécurité avec moi. »

Ses paroles gentilles lui firent monter les larmes aux yeux, sauf que ce n'était pas le moment. Pas alors qu'il était étendu devant elle dans toute sa perfection sensuelle. Son érection montait presque jusqu'à son nombril. Devant ses yeux, elle devint plus dure et plus longue. Daisy se lécha les lèvres en s'imaginant l'introduire en elle. Elle eut un peu peur aussi. Les tiraillements de désir entre ses jambes contredirent ses craintes tandis qu'elle la prit dans sa main et fit courir sa langue sur le gland humide.

« *Daisy,* » marmonna-t-il entre ses dents serrées tout en attrapant sa chevelure.

« Mmm. » Ses lèvres vibraient contre sa verge qui se durcit encore. Stimulée par sa réaction, elle passa sa langue du bas vers le haut puis se concentra sur la couronne sensible.

« Oui, Daisy… *Oh, merde.* »

Elle se mit à le lécher un peu plus. Il en souleva les hanches tandis qu'elle le caressait de sa main et de sa langue.

« Attends, Daisy, arrête-toi. » Il tira doucement sur ses cheveux, et se libéra de sa bouche un instant avant de jouir en grognant et en jurant. Sa respiration bruyante était à l'unisson de ses mains qui retombèrent sur le matelas comme s'il se retrouvait démuni et sans défense, ce qui la fit sourire. « Tu m'as vidé, bébé. »

Il utilisa son T-shirt pour essuyer son ventre, puis il le jeta sur le côté avant de se tourner vers elle pour l'embrasser. « Tu es si douce et si sexy. C'est une combinaison terriblement puissante. »

« Toi aussi. » Elle ponctua ses paroles d'une caresse sur le visage et d'un doux baiser. « Tu me redonnes de l'espoir. »

« C'est le plus gentil compliment que j'ai jamais reçu. »

« Ce n'est pas possible. Tu sauves des vies ! »

« Oui, mais toi, Daisy… J'ai la nette impression que tu as le pouvoir de sauver *ma* vie. »

Elle prit une brusque inspiration, abasourdie et ébranlée par ce qu'il venait de lui avouer.

Il l'enlaça, effleurant ses cheveux de ses lèvres, et elle colla ses seins contre son torse. En sécurité et heureuse dans ses bras, Daisy se laissa gagner par le sommeil, un sourire aux lèvres.

Le lendemain après-midi, suite à une longue journée de rendez-vous à la clinique, David était en train de mettre à jour des dossiers de patients quand Blaine Taylor s'encadra dans l'embrasure de la porte.

« Salut, Blaine. Ça va ? »

« Je ne te dérange pas ? »

« Pas du tout. Entre. »

« Merci. » Blaine s'installa sur l'une des chaises du bureau de David. « La réceptionniste m'a dit que tu n'étais pas avec des patients et que je pouvais venir. »

« Qu'est-ce qu'il t'arrive ? »

« L'assistant du procureur m'a dit qui représentait le ministère public dans l'affaire de Daisy. »

L'estomac de David se noua au rappel de l'agression et du

procès pour tentative d'agression sexuelle engagé contre l'ex-petit ami de Daisy. « Et ? »

« Il avait quelques questions à te poser à propos de ta déposition, et comme il n'a pas pu te joindre, il m'a demandé de venir te parler. »

« Je n'ai pas encore eu le temps de vérifier mes messages. Quelles questions ? »

« Les prélèvements consécutifs au viol ne sont pas concluants. Il n'y a rien qui incriminerait Truck. »

La plainte d'agression sexuelle était la plus grave et maintenait Truck en prison en attendant le procès. Sans elle, il pourrait être remis en liberté sous caution, et David n'en supportait pas l'idée. « À part le fait que tu l'as pris en flagrant délit pendant qu'il agressait Daisy et que les hématomes sur ses parties génitales étaient en accord avec des tentatives répétées de pénétration. Il n'a pas réussi à la violer uniquement parce qu'il était trop shooté pour y arriver. Tout le monde le sait. »

« Apparemment, l'avocat de Truck, notre héros local Jim Sturgil, prétend que ces bleus auraient pu être causés par un grand nombre de blessures sans rapport avec l'incident. Il a soumis à la cour plusieurs scénarios possibles incluants… » Blaine sortit une feuille de papier de sa poche. « Blessures faites en vélo, sexe avec consentement, accident de surf, accident du travail, etc. Il est en train de créer le doute et de remettre en question la validité de la plainte devant un tribunal. Il faudrait que tu réfléchisses à des détails que tu aurais pu omettre, et me les dire. »

David lutta contre un sentiment grandissant de panique. « Il est barjo s'il pense que les trucs sur ta liste ont pu créer de telles blessures. La seule cause c'est la rage et le pénis de Truck Henry. »

« Ça, on le sait tous les deux, mais sans preuve médicale attestant qu'il y a bien eu tentative de viol, au tribunal ce sera la parole de Daisy contre la sienne. »

David souhaita désespérément avoir trouvé plus de preuves médicales pour que Truck ne sorte jamais de l'endroit où il était à sa place : en taule. « Alors la plainte va être classée sans suite ? »

« Possible. Il ne s'est encore rien passé, mais Jim se bat comme un lion pour que les poursuites soient abandonnées. »

« Je n'ai jamais pu blairer cet enfoiré, mais là, je le déteste carrément. Comment peut-il faire ça à Daisy ? »

« Tu sais comment est Jim. Tout est une question d'argent avec lui — ça, autant que se pavaner devant tout le monde en montrant le pouvoir qu'il détient. » La voix de Blaine vibrait d'amertume. « En ce moment, il menace Tiffany. Il lui a dit que, si j'emménage avec elle, il obtiendrait la garde exclusive d'Ashleigh. »

« Tu déconnes ? »

« Non. Elle a pris deux emplois pour pouvoir payer les études de droit de Jim, ensuite il l'a abandonnée. Tu te doutes donc que maintenant, il ne va pas rester en retrait et la regarder trouver son bonheur avec quelqu'un d'autre. »

« Merde, ça craint. Et tu ne peux rien y faire ? »

« Je peux l'épouser, ce que j'adorerais faire, mais elle m'a dit qu'elle n'était pas prête si tôt après son divorce. Du coup il nous force à envisager le mariage avant qu'elle n'y soit prête. C'est le gros bordel, et le pire c'est la manière dont il se sert de cette pauvre Ashleigh comme d'un pion. Tu te rends compte que je passe plus de temps avec elle que son propre père ne le fait. Il n'a pas le droit de manipuler une enfant innocente. »

« Je suis navré de ce qu'il t'arrive. Si tu veux en parler, n'hésite pas à passer ta frustration sur moi. Je ne suis pas fana de ce type non plus. Je ne l'ai jamais été, et surtout pas à présent qu'il aide Truck à refaire souffrir Daisy. »

« J'ai entendu dire que vous sortiez ensemble. »

« Ouais. Elle est… elle reste incroyablement forte et résistante après tout ce qu'elle a enduré. Pourtant je ne sais pas ce qu'elle ferait s'ils relâchaient Truck. » Il ne voulait pas en imaginer la possibilité.

« S'ils le libèrent, il écopera d'une injonction restrictive qui l'obligera à rester loin, très loin de Daisy. »

« Ce n'est pas un morceau de papier qui la gardera en sécurité s'il recommence à se shooter. »

« Peut-être pas, par contre nous, oui. Nous la garderons en sécurité. »

« Oui, on le fera. » Il repensa à sa douceur, la nuit dernière dans son lit, et ressentit une poussée de désir inapproprié qui le força à s'éclaircir la gorge et à se vider l'esprit de scènes grivoises. « Elle est forte, mais aussi fragile d'une certaine façon. Hier soir, on s'embrassait et on faisait des trucs... »

« Des trucs ? » demanda Blaine avec un sourire entendu.

« J'ai serré les poings, et elle l'a remarqué. Ce n'était pas parce que j'étais en colère. »

« Évidemment que non. »

« Et pourtant... Elle a bloqué sur mes poings jusqu'à ce que je capte ce qui lui arrivait. Que je puisse lui faire du mal comme il le faisait lui a traversé l'esprit, et j'ai horreur de ça. »

« Elle sait que tu ne ferais jamais ça, David. C'est juste un réflexe instinctif. Il va lui falloir du temps, mais elle surmontera ses craintes. En attendant, tu as intérêt à y aller lentement si tu ne veux pas l'effrayer. »

« J'essaie, mais elle ne rend pas les choses faciles. »

Blaine renversa la tête en se marrant. « Elle en veut plus, donc ? »

« On peut le dire. »

« Tu as raison de prendre ton temps. Elle a vécu un cauchemar qui aurait terrassé pas mal de monde et qui ne leur aurait pas permis de refaire leur vie avec quelqu'un de nouveau. »

« Ce n'est pas le bon moment, je sais. C'est juste... arrivé. »

« Dans la vie, les meilleures choses arrivent quand on s'y attend le moins. C'est ce qui s'est passé pour moi en tout cas. »

« Tiffany ? »

Il fit signe que oui. « Et Ashleigh. Je les aime toutes les deux et je ferai n'importe quoi pour elles, y compris faire la guerre à son ex-mari pour qu'il nous foute la paix. »

« Tu sais, » dit David, « il existe des manières de lui pourrir la vie ici. En toute légalité ça va sans dire. »

Le petit sourire de Blaine indiquait que des idées similaires lui étaient venues en tête. « Ça va sans dire. » Il se leva et tendit un bras pour serrer la main de David. « Appelle-moi un de ces jours si tu as envie d'une bière. »

« Je le ferais. » Après des années passées à se sentir comme la brebis galeuse de l'île, c'était agréable de savoir qu'il avait quelques nouveaux amis. « Tu me tiens au courant en ce qui concerne Truck ? »

« Bien sûr. Je pars discuter avec Daisy maintenant. »

« Ne te déplace pas pour rien, je peux très bien lui en parler. »

« J'apprécie la proposition, mais je lui ai promis de lui donner chaque détail. Je ne veux pas la décevoir. »

« Je vois. » Étant donné qu'il ne voulait pas la décevoir non plus, David comprenait la position de Blaine. « Dis-lui que je ne vais pas tarder. » David allait écourter la paperasserie qu'il avait prévu de faire pour s'assurer qu'il serait là pour elle quand elle aurait besoin de lui.

« D'accord. Et ne te prends pas le chou. »

« Toi non plus. Bonne chance avec Sturgil. Appelle-moi si tu as besoin d'un complice. »

« C'est noté, » dit Blaine en rigolant et en lui faisant un signe d'adieu.

Pendant plusieurs minutes après le départ de Blaine, David regarda dans le vide, faisant aller et venir son stylo entre ses doigts tandis qu'il hésitait à se rendre chez elle tout de suite ou à attendre que Blaine ait fini de lui parler.

Voyant d'ici l'expression du visage de Daisy en entendant que Truck pourrait être libéré de prison, David lâcha le stylo, s'empara de sa veste et sortit à toute vitesse, angoissé à l'idée de ne pas être là lorsqu'elle apprendrait la nouvelle.

En revenant de l'hôtel cet après-midi-là, Daisy décida de faire un détour par la ville pour aller voir un magasin dont elle avait beaucoup entendu parler, mais dans lequel elle n'était jamais entrée. Après l'épisode de la veille au soir dans le lit de David, Daisy avait décidé qu'elle était la seule à pouvoir lui montrer qu'elle était prête à faire passer leur relation au niveau supérieur.

Et pour y arriver, elle avait besoin d'aide. Quel genre d'aide, elle n'en était pas sûre, mais d'après ce qu'elle avait entendu, *Coquine et Coquette* était l'endroit idéal. Des cloches tintèrent joyeusement lorsqu'elle entra dans une pièce dédiée à la décadence sexuelle. Il n'y avait pas d'autres mots.

Tiffany, la sœur de Maddie, lui fit signe qu'elle était au téléphone, alors Daisy se dit qu'elle prouvait jeter un œil toute seule. Le magasin étant petit, elle ne put qu'assister à la conversation de Tiffany, surtout quand celle-ci élevait la voix.

« Il ne *peut* pas faire ça, Dan. On doit l'en empêcher. Je ne veux pas être obligée de me marier plus tôt que prévu juste parce que Jim me harcèle. » Elle fit une pause en écoutant. « Je m'en fous. Qu'il m'envoie au tribunal. Blaine s'installera avec moi que ça plaise à Jim ou pas. Une centaine de personnes sur cette île témoigneront pour moi. Ils raconteront que c'est moi qui ai payé ses études de droit, et que c'est lui qui m'a plantée quand il a commencé à gagner du fric et que je ne l'intéressais plus. » Suite à une autre pause, elle dit, « Très bien. S'il cherche la bagarre, il va la trouver. Merci, Dan. J'apprécie ce que tu fais pour moi. »

Tiffany raccrocha et s'avança vers Daisy avant de la prendre dans ses bras. « Pardon pour ça. Mon abruti d'ex-mari joue au con. »

« Parce que Blaine vient vivre avec toi ? »

« Oui ! Tu le crois, toi, ce culot qu'il a ? *Il* me plante et ensuite il a l'audace de se plaindre quand je tombe amoureuse de quelqu'un d'autre et que je veux vivre avec lui. »

« Hé oui, c'est du culot. »

« Et Jim n'en manque pas, bien au contraire. Enfin, tu n'es pas là pour écouter mes problèmes, et je m'excuse encore que tu aies dû assister à ça. Ce n'est pas du tout professionnel de ma part de déverser ma bile au travail. »

« Ce n'est que moi, ne t'inquiète pas. Cela dit, je ne suis pas une fan de Jim depuis qu'il a accepté de défendre Truck. »

« Je suis contente que ce soit une amie qui ait entendu cette conversation. » Tiffany fit un pas en arrière et dévisagea Daisy.

« Quoi ? » demanda Daisy, se sentant comme d'habitude intimidée par la jeune et superbe sœur de Maddie. Avec sa soyeuse chevelure noire et son corps à tomber par terre, Tiffany était le genre de femmes que Daisy voulait être — amusante, intrépide, sexy et sûre de soi.

« Tu as l'air… différente. Tes joues sont roses et on dirait que tes lèvres sont gonflées. » Elle la détailla de la tête aux pieds. « Et ce n'est pas une rougeur de barbe mal rasée sur ton cou, là ? Oh, oh, ma fille ! Est-ce que tu me cacherais des choses ? »

Daisy porta la main à son cou en se demandant comment elle s'était débrouillée pour ne pas voir cette rougeur. « Ce n'est pas vraiment un secret. »

« C'est qui ? »

« David Lawrence. »

Les yeux de Tiffany s'élargirent, et elle fit une moue qui pouvait passer pour de l'inquiétude.

« Ne te fais pas de souci. Je connais déjà la litanie de ses péchés. »

« Comment tu l'as appris ? »

« Il me l'a raconté. »

« Vraiment ? Alors, bravo à lui pour cet aveu. »

« Il regrette profondément la façon dont il a fait souffrir Janey. »

« C'est important. »

« Oui. »

« Bon, et qu'est-ce que je peux faire pour toi ? »

« Depuis l'incident avec Truck, David a été super gentil et super patient avec moi. On a commencé par devenir amis, mais récemment on s'est mis à sortir ensemble et à s'embrasser et à faire des trucs. »

« Mmm, » dit Tiffany d'un air entendu. « J'adore les trucs. »

Daisy ne put pas retenir le rire qui s'échappa de ses lèvres. Tiffany était franchement incorrigible. « Quoiqu'il en soit, » dit Daisy, en se forçant à continuer en dépit de la gêne qu'elle ressentait à demander ce genre d'aide. « Il est très doux avec moi et il ne progresse que très, très lentement. Trop lentement, si tu vois ce que je veux dire. »

« Ah. » Une lueur de compréhension jaillit des yeux de Tiffany. « Tu as besoin d'un coup de pouce… pour faire avancer les choses plus vite. C'est ça ? »

« *Oui,* » dit Daisy, soulagée que Tiffany cerne le problème. « Je veux qu'il sache que je ne suis pas aussi fragile qu'il le croit. »

Tiffany tapota sa lèvre avec son doigt. « Laisse-moi réfléchir. » Elle observa Daisy d'un air rusé. « Il faut le rendre si excité qu'il ne pourra plus penser. Il ne pourra qu'agir. »

« Là, tu me fais un peu peur. »

Tiffany rit en prenant la main de Daisy. « Écoute-moi, ma fille, et je te garantis que cet homme te suppliera à genoux. »

Sans toutefois être sûre qu'elle voulait qu'il la supplie, Daisy fit confiance à Tiffany et la laissa la conduire dans la cabine d'essayage.

Elle quitta le magasin trente minutes plus tard vêtue d'une nouvelle robe sexy et de sous-vêtements carrément scandaleux. Pendant le trajet du retour, le string que Tiffany l'avait convaincue d'acheter érafla ses parties sensibles, l'obligeant à ralentir le pas au risque de faire une scène en pleine rue.

Le détour par le magasin avait pris plus de temps que prévu, et David devait bientôt arriver. Sa tenue neuve avait également coûté plus qu'elle ne pouvait se le permettre, mais elle n'avait pas encore fêté son nouveau travail, et ces vêtements étaient un investissement pour une bonne cause de toute façon.

Elle voulait tellement que David la voie en pleine forme et sûre d'elle plutôt que fragile et timide. Elle voulait qu'il voie une femme forte lorsqu'il la regardait, pas une fille effrayée. Cette époque-là était révolue. Le temps qu'elle avait passé avec David lui avait montré qu'une relation pouvait être saine, et à présent qu'elle avait trouvé un compagnon, elle comptait bien aller de l'avant comme n'importe quelle autre femme le ferait en rencontrant un homme à qui elle ne pouvait résister.

Par conséquent, elle portait ces sous-vêtements qui, pas à pas, l'amenaient vers l'orgasme tandis qu'elle pensait à David. S'ils avaient cet effet-là sur elle, il lui tardait de voir l'effet qu'ils feraient à David. Elle tourna au coin de la rue menant à sa maison et s'arrêta net en voyant le SUV de Blaine garé le long du trottoir. Il était appuyé contre le véhicule en train de discuter avec David qui était assis sur les marches de chez elle.

Comme David n'aurait pas dû être là avant vingt bonnes minutes, elle en conclut qu'il s'était passé quelque chose. Daisy eut envie de faire demi-tour et de détaler, sans entendre ce qu'ils étaient venus lui dire. Mais parce qu'elle avait renoncé à ses peurs, elle se força à marcher lentement sur le trottoir pour qu'ils ne se doutent pas de la vitesse des battements de son cœur ni de la force avec laquelle l'angoisse l'étreignait.

David la vit arriver et se releva d'un bond en la couvant d'un regard affamé qui ne laissait aucun doute sur la façon dont il appréciait sa nouvelle robe. Il lui tendit la main, et Daisy s'avança pour la prendre. « Qu'est-ce qu'il y a ? Pourquoi vous êtes ici tous les deux ? »

« Entrons chez toi, mon cœur, » dit David. « Blaine doit te parler. »

« Il est sorti de prison ? » demanda Daisy, incapable de bouger tant qu'elle n'aurait pas la réponse à sa question.

« Non, » dit Blaine.

Le soulagement lui donna l'impression que ses genoux se dérobaient sous elle. Le bras de David autour de sa taille l'aida à rester debout tandis qu'il la guidait vers la maison.

Une fois que David et elle furent assis sur le canapé effiloché qu'elle avait trouvé sur le bord d'une route deux étés auparavant et que Blaine se fut installé sur le rocking-chair qu'elle avait poncé et teinté après l'avoir récupéré dans un vide-grenier, Daisy s'arma de courage pour supporter ce qu'elle allait entendre. Elle appréciait grandement le bras de David autour d'elle ainsi que le soutien qu'il lui avait apporté durant l'épreuve qu'elle avait subie.

Avec gentillesse et sans précipitation, Blaine lui raconta ce que l'assistant du procureur lui avait dit au sujet des accusations de tentative d'agression sexuelle dont Truck faisait l'objet. C'était exactement ce qu'elle avait craint — qu'il s'en sorte grâce à un détail technique.

« Sans preuve qui le lie directement à la tentative de viol, » conclut Blaine, « la plainte pourrait être classée sans suite. Dans ce cas, le juge pourrait approuver la demande de caution et Truck serait libéré en attendant le procès. »

À l'idée qu'il se retrouve dehors et qu'il vienne chercher la femme qu'il rendait responsable de son séjour en prison, Daisy se mit à trembler. Elle avait cru laisser ses peurs derrière elle, et ce n'était pas du tout le cas puisque l'éventualité que Truck soit relâché la faisait frémir comme une colombe apeurée.

« Ça va aller, » murmura David en la serrant plus fort. « Il ne s'approchera pas de toi. Pas tant que je suis là. »

« On fera tout ce qu'on peut pour te protéger, Daisy », la rassura Blaine. « Et je te tiendrais au courant de tout ce qui se rapporte à cette affaire. »

« Merci. Ça m'a fait plaisir que tu viennes m'annoncer la nouvelle en personne. »

« Si tu as besoin de quelque chose, de quoi que ce soit, je veux que tu m'appelles, » dit Blaine. « Je serai disponible de jour comme de nuit. N'hésite pas, d'accord ? »

Daisy fit oui de la tête.

Blaine se mit debout.

« Tiffany est bouleversée à cause de Jim, » dit Daisy, prenant Blaine par surprise vu que chaque muscle de son visage se figea. « J'étais avec elle tout à l'heure. Elle parlait à Dan, et elle était contrariée. J'ai pensé que tu aimerais savoir qu'elle risque d'avoir besoin de toi. »

« Ah, oui, je tiens à le savoir. Merci, Daisy. Ne bouge pas, je connais le chemin. »

Quand la porte se referma sur Blaine, David se carra contre le dossier du canapé et ramena la tête de Daisy contre son torse. « Parle-moi. Dis-moi ce que tu ressens. »

« J'ai peur, et je ne veux pas avoir peur. »

« Je sais que c'est vraiment difficile, mais essaie de ne pas angoisser. Il est toujours sous les verrous, mais si ça change, tu as plein de gens sur cette île qui t'aiment beaucoup. On ne laissera rien t'arriver. »

« J'en ai marre d'être tout le temps effrayée. C'est épuisant. »

« Tu n'as pas à l'être. Je suis là, Daisy. Je suis là pour de vrai, et je n'irai nulle part. Tu n'es plus seule dans cette histoire. »

Ses paroles bienveillantes brisèrent le barrage qui retenait ses émotions. Un sanglot s'échappa de ses lèvres et des larmes coulèrent sur ses joues. Elle n'avait jamais eu un seul homme dans sa vie sur lequel elle avait pu compter, et lui était là, ce médecin sexy et extraordinaire qui lui proposait son aide.

« Je ne veux pas t'entraîner dans cette merde. »

« J'y suis déjà, bébé, et tu ne m'as pas entraîné. Je suis venu de mon propre accord. » Il essuya les larmes sur son visage d'un doux mouvement de doigts, puis il lui releva le menton pour l'inciter à croiser son regard. « Je suis là, et je serai là quoiqu'il se passe. Je te le promets. »

Daisy jeta ses bras autour de lui et s'accrocha à ce confort et cette sécurité qu'il lui offrait si volontiers. Avait-il la moindre idée de ce que ces sentiments signifiaient pour elle ? Savait-il qu'elle ne s'était jamais sentie à l'aise ni en sécurité avec un homme ?

« Est-ce qu'on peut discuter de cette robe, et de comment j'ai failli avaler ma langue quand je t'ai vue marcher dans la rue en ayant l'air si sexy ? »

Elle se mit à pleurer de rire tout en s'écartant un peu de lui et en se séchant les yeux. « Je voulais te faire une surprise. »

« Pour une surprise, c'en était une. Et tu me surprends tout le temps. » Il caressa sa joue et passa son pouce sur son visage. « Tu es magnifique. Encore plus que d'habitude. »

« Merci. »

« J'ai pu réserver une table chez *Domenic*, mais si tu n'as pas envie de sortir, je comprends tout à fait. »

Bien décidée à ne pas laisser l'éventuelle libération de Truck lui gâcher une autre soirée avec David, Daisy lui prit la main. « J'ai envie d'y aller. »

« Tu en es sûre ? »

« Certaine. »

« Chaque chose en son temps, » dit-il en l'attirant vers lui pour l'embrasser. « J'ai pensé à ça toute la journée. »

« Moi aussi, et à d'autres trucs aussi. »

Ses mots le faisant grommeler, il l'embrassa à nouveau, plus longtemps et plus profondément cette fois-ci, jusqu'à ce qu'ils soient tous les deux à bout de souffle et cramponnés l'un à l'autre.

Tout en le contemplant, il lui apparut comme une évidence qu'elle n'avait pas connu le véritable désir avant lui.

« On ferait mieux d'y aller si je ne veux pas détruire toutes nos chances de ravoir une réservation chez *Domenic.* »

« Tu as raison, » dit-elle en se débarrassant de la torpeur qui accompagnait son désir.

Il l'aida à se relever avant de l'enlacer. « Tout va bien se passer, Daisy. J'irai jusqu'au bout de l'affaire, d'accord ? »

Elle opina en s'agrippant autant à lui qu'à sa confiance en l'avenir.

CHAPITRE 9

Blaine partit de la maison de Daisy pour aller directement au magasin de Tiffany, anxieux de connaître les dernières nouvelles concernant la saga en cours de Jim le connard. Ce qu'il voulait vraiment c'était rendre visite à l'ex-mari de Tiffany et lui apprendre une ou deux choses sur la manière de traiter la mère de son enfant. Mais cela n'apporterait que des problèmes à Blaine, surtout par rapport au maire, et il n'avait pas besoin de ça en plus de tout ce que lui et Tiffany devaient prendre en charge.

Ce qui le stupéfiait c'était qu'elle était enfin heureuse. Ils l'étaient tous les deux. Il n'avait jamais été si heureux, il n'avait même jamais su que ce niveau de bonheur puisse exister. Quand quelqu'un menaçait ceux qu'il aimait, le premier réflexe de Blaine était de frapper. Mais ça n'aiderait pas Tiffany, et il ne devait que penser à ce qui était mieux pour elle. Même si fracasser la belle gueule de son moralisateur d'ex-mari pouvait lui faire un bien fou, ça risquerait d'amplifier la détermination de Jim de demander la garde exclusive d'Ashleigh — une idée qui déclenchait la peur dans le cœur de Blaine. Il s'était énormément attaché à l'adorable petite fille de Tiffany et il ferait tout son possible pour la garder avec eux.

Blaine se gara le long du trottoir du magasin avant d'entrer, les cloches auxquelles il s'était habitué annonçant son arrivée. Et elle était là, son amour, sa vie, sa femme. Son corps entier réagit en la voyant, comme ça avait été le cas la première fois qu'il avait posé les yeux sur elle à la clinique, dans la chambre de sa sœur, il y avait presque deux ans.

« Salut, bébé, » dit-il en s'approchant d'elle, ravi de voir la joie faire pétiller ses yeux. Elle était toujours tellement contente de le voir. Personne d'autre n'était jamais aussi content de le voir. « J'ai vu Daisy et j'ai appris que l'autre enfoiré te fait encore des ennuis. Qu'est-ce qu'il s'est passé ? »

« Viens me faire un gros et long bisou, et je te raconterai. »

« C'est mon truc gros et long. Je suis toujours à ton service. »

Le rire coquin de Tiffany lui alla droit au cœur. Il l'aimait tellement qu'il s'angoissait lui-même parfois en pensant à toutes les façons possibles de faire foirer la relation la plus parfaite de sa vie.

Il l'entoura de ses bras et respira la senteur de fraises qui émanait de ses cheveux et de sa peau. Ce parfum l'avait positivement ensorcelé dès le premier instant qu'il avait passé en sa présence. « On fait quoi ? »

« Il ne cède pas. Si tu t'installes avec moi, il me traînera au tribunal pour obtenir la garde exclusive d'Ashleigh. »

« Alors je n'emménage pas. »

Elle le serra si fort que de l'air s'expulsa de ses poumons. « Oh, si, tu t'installes. On ne va pas le laisser nous tyranniser. S'il me fait retourner au tribunal, je rameuterai tous les gens que je connais pour qu'ils disent au juge comment il m'a laissé prendre deux boulots pour payer ses études de droit et comment il m'a plantée dès que l'argent a commencé à rentrer. »

« Heureusement qu'il t'a plantée. C'est la meilleure chose qui me soit arrivée. »

Elle entoura son visage de ses mains avant de l'embrasser. « C'est aussi la meilleure chose qui me soit arrivée. Il est jaloux parce que nous nous aimons et qu'il n'a personne. Si on le laisse nous intimider maintenant, les quinze prochaines années jusqu'à la majorité d'Ashleigh seront un enfer. » Elle descendit les mains sur son torse tout en le regardant longuement et attentivement, ce qui le fit brûler de désir.

« Quoi ? »

« Je t'aime dans ton uniforme. » Elle s'éventa le visage. « Il fait chaud. »

« Je t'aime dans rien du tout. » Il câlina son cou et la fit rire en touchant l'un de ses endroits chatouilleux. « Tu as fini le boulot ? »

« Vu que je suis la propriétaire du magasin, je suppose que je pourrais fermer un peu plus tôt. Qu'est-ce qui te trotte dans la tête, Chef ? »

« Où est Ashleigh ? »

« Elle passe la nuit avec maman, Ned et Thomas. »

« On a la nuit pour nous tout seuls ? » Il avait envie de chanter alléluia.

« On dirait. »

« Bordel, je suis déjà aussi dur qu'un roc à l'idée d'une nuit entière seul avec toi. »

En souriant, elle dit, « Donc tu n'es plus en service pour avoir cette érection en béton ? »

« J'ai fini il y a vingt minutes. »

Et elle posa sa main sur son érection, et elle pressa dessus jusqu'à ce qu'il ait l'impression que ses yeux se renversaient dans leurs orbites. « On ne peut pas laisser perdre quelque chose d'aussi beau. » Ayant appuyé dessus une dernière fois, elle le relâcha et se décala pour positionner le panneau Ouvert sur Fermé et verrouiller la porte.

Quand elle se retourna vers lui, il la prit par la main et l'emmena directement dans la remise.

« Est-ce que je t'ai jamais dit que cet endroit est mon préféré du magasin ? » demanda-t-il une fois qu'elle se tint dans cette pièce relativement privée.

« Mais c'est le coin que personne ne voit jamais. »

« Exactement, » dit-il en capturant sa bouche en un baiser torride qui manqua de lui faire exploser la tête. S'emparant de ses fesses, il la souleva et la plaqua contre le mur. « Est-ce que je t'ai jamais dit, » demanda-t-il en effleurant le cou gracile de ses lèvres, « combien tu me rends fou de désir ? »

« Il me semble que tu me l'as dit une fois ou deux. »

Il adorait qu'elle incline la tête sur le côté pour lui offrir son cou tandis qu'elle appuyait ses parties chaudes contre son érection. « Je ne crois pas que tu réalises vraiment le degré de chaleur qui m'anime ? »

« De quel degré à peu près ? »

« C'est un brasier — le mélange d'un feu de forêt incontrôlable et de la surface du soleil. »

« Ah, oui, ça fait chaud. »

« Quelquefois j'ai l'impression qu'il va me consumer, et puis tu es là, et tu me tiens, et tu m'aimes et tout est parfait. Simplement parfait. »

« Je t'aime tant, Blaine. Ton amour me donne la force d'affronter Jim et de dire *ça suffit*, parce que je sais que quoiqu'il se passe, tu seras avec moi et nous nous occuperons de cette affaire ensemble. »

Terriblement touché par les paroles de Tiffany et honoré par son amour, il posa ses lèvres juste sous son oreille en respirant sa réelle senteur féminine. « Je t'aime plus que ma vie. Et j'aime autant Ashleigh. » Il s'écarta un peu pour voir son visage. « Épouse-moi. Reste avec moi pour toujours. Je prendrai soin de vous deux si tu m'en laisses la chance. »

Ses yeux s'emplirent de larmes et s'écarquillèrent de surprise. « Je ne veux pas qu'il nous pousse à faire une chose pour laquelle nous ne sommes pas prêts. »

« Ça n'a rien à voir avec lui. Il s'agit de toi, de moi et d'Ashleigh, et de combien je vous aime. C'est tout. »

Elle attrapa une poignée de ses cheveux tout en l'embrassant. Les caresses de sa langue lui donnèrent envie de la supplier de continuer.

« Épouse-moi, » chuchota-t-il contre ses lèvres, goûtant le sel de ses larmes.

Elle le regarda pendant un si long moment qu'il se sentit écartelé entre le paradis et l'enfer, tout en se rendant compte que sa vie se jouait sur les mots qu'elle allait dire. « Oui. Oui, je t'épouserai. »

Il se figea, persuadé que ses oreilles lui jouaient un tour. « Vraiment ? »

Elle se mordit la lèvre et fit signe que oui. « Vraiment. »

En poussant un hourra de soulagement, il la fit tourbillonner jusqu'à ce qu'ils se sentent tous les deux pris de vertige. Puis il la plaqua contre le mur et l'embrassa si sauvagement que ses lèvres s'engourdirent.

« Ça me plaît beaucoup que tu m'aies demandé en mariage ici, » dit-elle quand ils se séparèrent pour prendre un bol d'air indispensable.

« Je te l'ai demandé ici cette fois-ci. » Il lui avait déjà posé la question une fois alors qu'ils étaient au lit, et elle lui avait répondu qu'elle n'était pas prête parce que c'était trop tôt après son divorce.

« Il n'y a que cette fois-ci qui compte. »

« Faisons-le ce week-end, » dit-il, soudainement pris d'angoisse à l'idée de ne pas rendre leur relation officielle avant que quelque chose ne l'empêche.

« Tu es fou ? On ne peut pas organiser un mariage aussi rapidement. »

« Ta sœur fait bien un barbecue, non ? »

« Oui, mais — »

« Ce sera le lieu de la réception. » Il aimait de plus en plus cette idée à chaque seconde qui passait, et il n'avait aucun doute que la sœur de Tiffany et son grand pote Mac seraient enchantés d'apporter leur contribution. « Leur jardin est parfait pour ça. On se mariera sur la plage en famille et ensuite on ira à la fête. Maddie va adorer. Elle va s'occuper de tout. »

« Tu m'aimes, mais tu as perdu l'esprit ! »

« Je vous ai tout donné à toi et à ta petite fille, et je n'ai jamais été aussi heureux de ma vie. Alors, tu en dis quoi ? C'est jouable ? »

« Tu me jures que tu ne fais pas ça à cause de Jim et de ses menaces ? »

« À cause de qui ? Je n'ai jamais entendu ce nom. » Il appuya son front contre le sien. « Il n'est rien pour moi à part le père d'Ashleigh. *Toi*, tu es tout. Je te veux, je nous veux, je veux Ashleigh et un tas d'autres enfants qui ressembleront à leur mère. Non, attends, pas si ce sont des filles. Je n'arriverais pas à gérer plus d'une fille qui te ressemble. Sinon je ne les laisserai jamais sortir de la maison. »

Tiffany se mit à rire à travers ses larmes, les bras serrés autour de son cou.

« Ce week-end donc ? Oui ? Tu en parleras à ta sœur ? »

« Oui, je lui en parlerai, oui, je t'épouserai ce week-end. Je dis oui à tout, espèce de dingo amoureux. »

« Allons fêter ça dans un endroit plus confortable. »

« Blaine ? »

« Quoi, bébé ? »

« Même si tu as dit que ça n'avait rien à voir avec lui, je te remercie. »

« Et je te répète que ça n'a rien à voir avec lui, mais si ça peut te sortir du pétrin, c'est le moins que je puisse faire pour la femme qui m'a tout donné. » Il la laissa glisser le long de son érection.

« Viens, on rentre à la maison. »

Le parking de chez *Domenic* était bondé, et le hall d'entrée était plein de gens qui attendaient qu'une table se libère. Super… Oh, et mieux encore ! Parmi les couples de la file d'attente se trouvaient les parents de Janey. Génial. Ils étaient de dos à David et Daisy. *Espérons qu'ils ne se retournent pas.*

Daisy passa une main dans le creux de son bras. « Qu'est-ce que tu as ? »

« Rien. » Il était bien décidé à ne pas se laisser gagner par l'appréhension qui le menaçait. Bien qu'il ne soit pas la personne que le clan des McCarthy préférait, il avait sauvé leur petite-fille d'une mort certaine à la naissance. Il espéra qu'ils s'en souviendraient lorsqu'ils l'apercevraient, et non pas de la façon dont il avait trahi leur fille. Mais pourquoi se souciait-il encore de ce qu'ils pensaient de lui ?

« Pourquoi tu es aussi tendu ? »

« Je vois des gens que je connais dans la file. »

« Je me doute que tu connais la plupart des gens de cette île vu la nature de ton travail. »

« Oui, beaucoup. » Parce qu'il voulait être différent pour elle, parce qu'il voulait être meilleur, il dit, « Les parents de Janey sont là-bas. Je ne sais jamais vraiment comment ils vont m'accueillir. S'ils se montrent hyper froids envers moi, maintenant au moins tu sais pourquoi. »

« Ça te dérange qu'ils te traitent comme ça ? »

Intrigué par son intuition féminine, il tenta de répondre avec désinvolture. « Ils ont de réelles raisons de me traiter comme ça. »

« Mais ça te dérange quand même. »

« Je les ai toujours beaucoup respectés, eux et leur famille. »

« Ça te fait mal d'avoir perdu leur respect. »

« Je ne l'ai pas perdu sans raison. »

« Tu sens cette odeur ? »

« Laquelle ? L'ail ou le basilic ? »

« Non, les fleurs. » Elle pointa un doigt vers l'énorme composition de lys posé sur la table du hall d'entrée. Il ne l'aurait pas remarqué si elle n'avait pas attiré son attention sur le bouquet. « C'est mes préférés. Tu vois ceux qui sont rouges au centre ? Ce sont des lys orientaux. Ils sont beaux, non ? Ils embaument une pièce et j'adore cette odeur. Quand ils sont dans une maison, tu ne sens plus que ça. »

En l'écoutant, David souhaita remplir sa maison de lys orientaux pour qu'elle soit toujours entourée de son odeur favorite. Et il apprécia le fait qu'elle avait réussi à détourner son attention des parents de Janey dans la file.

« Je vois pourquoi tu les aimes. »

Elle serra son bras en posant sa tête sur son épaule.

Elle n'avait aucun problème à montrer publiquement qu'ils étaient ensemble malgré ce qu'elle savait sur lui, et il adorait ça. Pendant qu'ils attendaient que la file avance jusqu'au bureau de la réception, il se mit à écouter la conversation qui se déroulait entre le couple devant eux et monsieur et madame McCarthy.

David réalisa qu'il s'agissait de Jenny Wilks, la gardienne du phare, en compagnie de Mason Johns, le capitaine des pompiers. Alors que Daisy se pressait contre lui, il écouta ce qu'ils disaient tout en espérant que les McCarthy ne l'aperçoivent pas derrière le grand Mason. Il devait mesurer pas loin de deux mètres.

« Je comptais vous appeler, Monsieur McCarthy, » dit Jenny. « J'espérais que vous sauriez qui est censé tondre la pelouse au phare. Elle a beaucoup poussé et je n'ai vu personne venir s'en occuper. »

« C'est bizarre, » dit Grand Mac. « La famille Martinez est sous contrat avec la ville depuis des années, et Ned me disait justement ce matin que l'herbe à la mairie n'a pas été tondue non plus. Je leur téléphonerais demain matin pour leur dire de venir au phare. »

« Ce serait super, merci. »

Sans savoir que David se trouvait derrière eux, ils discutèrent du bébé de Joe et Janey, ainsi que de combien ils étaient enthousiasmés pour eux autant qu'à l'idée d'accueillir un nouvel enfant dans la famille. Puis ils lâchèrent une bombe que David ne vit pas venir. Janey avait décidé de laisser tomber l'école vétérinaire pour s'occuper de son enfant.

« Évidemment, on est ravis qu'elle, Joe et le bébé restent près de nous, » dit Madame McCarthy. « Mais on espère qu'un jour peut-être elle réussira à terminer ses études. Ça a toujours été son rêve. »

Ses paroles firent à David l'effet d'un couteau en plein cœur, étant donné que c'était à cause de lui si elle n'avait pas réalisé son rêve quand ils étaient ensemble. Les parents de Janey ne lui avaient jamais pardonné de l'avoir éloignée de l'école vétérinaire, et il ne pouvait à présent que constater son erreur.

À l'époque, il pensait avoir raison parce qu'il ne voulait pas qu'ils s'endettent pour le restant de leurs vies. Aujourd'hui, par contre, il comprenait comment son insistance à éloigner Janey de son rêve lui avait fait perdre quelque chose d'important pour elle.

Le portable de Madame McCarthy sonna, et elle s'excusa de prendre l'appel. « Oh, mon dieu, » dit-elle. « Elle va bien ? »

David retint son souffle en attendant de savoir ce qui n'allait pas, et si son programme de la soirée risquait de changer.

« Oui, bien sûr, » dit Madame McCarthy. « On arrive tout de suite. »

« Qu'y a-t-il ? » demanda Grand Mac.

« C'était Joe. Janey s'est évanouie. Elle va bien, mais ils se sont fait peur tous les deux. » Elle dit à son mari, « Je suis désolée pour le dîner, mais je veux aller la voir. »

« Moi aussi. »

« J'espère que ça ira, » dit Jenny. « Dites-lui bonjour pour moi. »

« On le fera, » dit Madame McCarthy. « Passez une bonne soirée. »

Alors qu'ils passaient devant Jenny et Mason, Monsieur McCarthy aperçut David. Il stoppa sa femme dans son élan. « David... »

« Monsieur McCarthy. Madame McCarthy. Je suis content de vous voir. »

Monsieur McCarthy avait l'air secoué, ce qui ne l'empêcha pas de remarquer Daisy suspendue au bras de David. « Oui, euh, moi aussi. Je me demandais… enfin, je veux dire, je sais que tu ne travailles pas à cette heure-ci, mais... »

David ne tenait pas à avouer qu'il avait espionné leur conversation avec Jenny. « Que puis-je faire pour vous ? »

« Merde, c'est gênant, mais Janey… Elle s'est évanouie. Est-ce que tu crois qu'on doit se faire du souci ? »

David se rappela ce que Victoria lui avait dit concernant la tension de Janey qui était un peu élevée au cours du rendez-vous. « C'est possible. Si ça convient à Janey, je pourrais venir et l'ausculter pour m'assurer que tout va bien. »

« Tu le ferais ? Vraiment ? »

« Bien sûr, sans problème. Deux précautions valent mieux qu'une, non ? »

« Merci beaucoup. Nous y allons tout de suite. »

« Janey a mon numéro si elle veut que je vienne. C'est à elle de décider — et à Joe. »

Monsieur McCarthy fit signe qu'il était d'accord.

« On espère qu'elle ira bien, » dit Daisy.

« Merci, Daisy, » dit Madame McCarthy en entraînant son mari vers la porte.

« Pardon pour ça, » dit David une fois qu'ils furent partis. Pendant qu'ils discutaient avec les McCarthy, Jenny et Mason avaient été placés à une table.

« Pas de souci. »

Un bras autour d'elle, il chuchota à son oreille. « Mon travail va souvent se mettre en travers de nos plans. J'espère que tu sais que je préférerai toujours être avec toi. »

Elle lui sourit, l'entourant de tant d'affection qu'il en fut subjugué. « C'est gentil à toi de me le dire. »

« C'est un avant-goût de ce qui arrivera et qui, avec un peu d'espoir, m'évitera des problèmes du genre aller m'occuper de mon ex-fiancée enceinte alors que je suis censé passer la soirée avec toi. »

« Je suis certaine que tu trouveras un moyen de te racheter, » dit-elle tandis qu'ils étaient escortés jusqu'à leur table.

Sa réponse osée et inattendue ramena David à la nuit précédente qu'ils avaient passée ensemble. Tout d'un coup, il avait faim d'autre chose que de nourriture.

Leurs entrées arrivèrent à l'instant où son téléphone vibra dans sa poche. En lançant un regard d'excuse à Daisy, David attrapa son portable et vit sur l'écran le numéro de Janey. Pourquoi, après tant de temps, son ventre se retournait-il à l'idée de lui parler ? Un mystère auquel il réfléchirait plus tard, lorsque Daisy ne serait pas assise en face de lui. « Salut. » Il pensa à se lever pour aller prendre l'appel dehors, mais il ne voulait pas que Daisy se dise qu'il avait quelque chose à cacher par rapport à Janey. Donc il resta à table, mais parla doucement pour ne pas gêner les autres convives.

« Salut, David. Je suis désolée de te déranger, mais mes parents et Joe flippent complètement parce que je suis tombée dans les pommes. Mon père m'a dit que tu avais proposé tes services. Pour ma part, je ne pense pas que ce soit nécessaire, mais eux oui. »

« Dis-moi comment tu te sentais avant de t'évanouir. »

« J'avais un peu la nausée, et j'ai eu mal à la tête une bonne partie de la journée. »

« Est-ce que tu as les bras ou les jambes enflées ? »

« Mes chevilles sont gonflées, et hier j'ai dû enlever mes bagues parce qu'elles me faisaient mal aux doigts. »

Déjà au courant de son problème de tension élevée, David n'aima pas ce qu'il entendit. « Je vais venir prendre ta tension et t'ausculter vite fait. Ça te convient ? »

« Oui. C'est juste que ça m'embête d'interrompre ta soirée. »

« N'y pense pas, Janey. C'est mon boulot et je suis content de le faire. »

« Hé bien, tu es un chic type. Merci. Tu sais qu'on a déménagé ? »

« Quelqu'un me l'a dit. C'est quoi ton adresse ? »

Elle la lui donna, et il la nota sur une serviette en papier. « Je ne vais pas tarder. »

« Merci, David. »

Il rangea son téléphone dans sa poche et tenta de se concentrer sur Daisy et sur son poulet marsala, mais son cerveau bloquait sur ce que Janey venait de lui dire. Il craignait qu'elle ne soit en danger de pré-éclampsie, une situation qui pouvait être grave aussi bien pour elle que pour le bébé.

« Pourquoi on ne se ferait pas faire un plat à emporter ? Comme ça, tu pourrais t'occuper de Janey, » proposa Daisy.

« Non, ça va. Une demi-heure de plus ne fera pas de différence. »

« David, c'est normal que tu t'inquiètes pour elle et que tu veuilles t'assurer qu'elle va bien. Tu as été attachée à elle pendant longtemps, et certains sentiments ne meurent pas juste parce qu'une relation s'est terminée. »

Soulagé qu'elle semble comprendre son dilemme sans qu'il ait à le mettre en mots, il prit sa main et la porta à ses lèvres, se délectant de la teinte rosée qui lui montait aux joues. « Je te remercie de ta compréhension. Je passe chez Janey puis je reviens chez toi pour qu'on se mate un film, ça te va ? »

« C'est parfait. »

« Pardon pour le dîner, » dit David tout en faisant signe au serveur. « Je te revaudrais ça. »

« Ce n'est pas la peine. »

« Mais j'y tiens, Daisy. Le travail m'oblige à annuler notre rendez-vous pour aller ausculter mon ex-fiancée qui a, ou n'a pas, une grossesse à risque. À ta place, la plupart des femmes réclameraient au minimum un bijou qui brille ou un truc dans le genre. »

Le rire de Daisy l'emplit de chaleur et de plaisir. Au moins pour un petit moment, il avait détourné son attention de ses problèmes personnels. « Bon, si tu penses qu'il me faut ça pour rentrer dans mes bonnes grâces, ne te retiens pas, docteur Lawrence. Mais le film m'aurait largement suffi. »

« Ah, moi et ma grande gueule, » dit-il en signant le reçu de sa carte de crédit.

Il la ramena chez elle et insista pour l'accompagner jusqu'à l'entrée de la maison, même si elle lui affirma que ce n'était pas nécessaire. « C'est nécessaire. » Il lui donna les deux boîtes contenant leurs plats à emporter. « Garde-les au chaud pour moi. Je reviens aussi vite que possible. »

Elle passa un doigt le long de la poitrine de David. « Je t'attends. »

Les paroles et le geste de Daisy lui asséchèrent la bouche de désir. « C'est pour t'assurer que je ne penserais qu'à toi pendant que je serais avec mon ex ? »

« Ce serait très sournois de ma part. »

Il pouffa légèrement, ce qui la fit sourire. « Crois-moi quand je te dis que je pense à toi tout le temps. »

« Je pense à toi aussi. Pratiquement tout le temps. »

« Au moins, on a ça en commun. »

Elle se dressa sur la pointe des pieds pour l'embrasser. « Prends soin de Janey, et ne t'inquiète pas pour moi. Fais ton travail. »

« À tout à l'heure. » Après un autre baiser, il la regarda entrer chez elle et attendit qu'elle verrouille la porte avant de retourner à sa voiture. Comme David ne savait jamais quand il serait appelé en urgence, il gardait toujours une trousse médicale dans sa voiture. Il avait tout ce qu'il lui fallait pour une auscultation sommaire. Sur le chemin de la maison de Janey, il essaya de penser à n'importe quoi sauf à l'endroit où il se rendait et à la personne qu'il allait voir. L'heure était à son travail, et à rien d'autre.

« Continue de te raconter des craques, » se dit-il tout haut, « Pareil que tu finiras par y croire le temps d'arriver là-bas. » Pour se changer les idées, il appela brièvement Victoria.

« Salut, David, » dit-elle comme si elle était essoufflée. « Ça va ? »

« Je voulais te dire que Janey McCarthy, euh, Cantrell plutôt, s'est évanouie ce soir. Je vais chez elle vérifier tout ça. »

« Aïe, situation délicate. Tu veux que j'y aille ? »

« Non, c'est bon. Je suis tombé sur ses parents, ils m'ont raconté ce qui s'était passé, et je me suis proposé. »

« Ah, c'est cool de ta part. »

« C'est mon boulot. »

« C'est ton ex. »

« Ça, je le sais. »

« Dis-lui qu'elle vienne me voir demain matin. Je lui ferais une place autour des 9 h 30. »

« D'accord. »

« Hé, j'ai rencontré un mec. Oh, mon dieu, il est *fantastique*. Il est irlandais et trop sexy. »

« Tu l'as rencontré où ? »

« Il est venu au Beachcomber, et on s'est plu au premier regard. Je crois que je suis amoureuse. »

« Sans déconner, Victoria, un type qui sortait juste du ferry ? »

« Il n'est pas juste un type. Il s'appelle Shannon et c'est le cousin de Seamus O'Grady. Miam, *miam.* »

« Je me passe volontiers des détails sordides. »

« Les détails sont, en effet, sordides, et je te garantis qu'ils le deviendront encore plus si j'ai mon mot à dire. »

« Lalala, il faut que je raccroche. »

Victoria se marrait quand il mit son geste à exécution.

Parfois elle le gonflait sérieusement en lui parlant comme s'il était sa meilleure amie, mais la plupart du temps elle était là pour lui et elle s'était révélée être une excellente collègue. David serait devenu fou il y a longtemps sans l'assistance qu'elle lui apportait à la clinique, notamment en matière de santé féminine et d'obstétrique. Ses autres patients lui demandaient déjà plus qu'il ne pouvait donner.

On aurait dit que toutes les lumières étaient allumées dans la maison contemporaine de Janey et Joe lorsque David se gara dans l'allée. L'endroit était sympa. Vraiment sympa. Cela étant, à quoi d'autre s'attendait-il ? En tant que propriétaire de la compagnie de ferrys qui desservait l'île, Joe s'en mettait plein les poches et la famille de Janey n'était pas pauvre non plus.

« Arrête tes conneries, » marmonna-t-il. « Qu'est-ce que ça peut te faire ce qu'ils gagnent ou l'endroit où ils vivent ? » Rien. Ça lui était égal. Janey faisait partie de son ancienne vie, et il était passé à autre chose. Il avait à nouveau de l'espoir, il se sentait heureux même depuis qu'il fréquentait Daisy. Il décida de se focaliser là-dessus plutôt que sur les erreurs qu'il avait commises tout en s'avançant jusqu'à la porte d'entrée illuminée par la lampe du porche.

Il appuya sur la sonnette et attendit.

Joe ouvrit la porte, la mine un peu exténuée — mais content de le voir, ce qui n'était pas arrivé depuis le jour où il l'avait frappé en plein nez. « Entre, David. Merci beaucoup d'avoir fait le déplacement. Nous t'en sommes tous reconnaissants. »

« De rien. » David suivit Joe dans le salon, la cuisine puis la véranda où Janey était allongée sur un transat. Même enceinte jusqu'aux yeux, elle était superbe, et de la voir ainsi ressuscita un tas de souvenirs qu'il pensait avoir complètement chassé de sa mémoire depuis le temps qu'elle et lui étaient séparés.

« Salut, » dit-elle d'un air gêné tout en lui souriant. « Je crains que tu ne te sois déplacé pour rien, mais je te remercie d'être venu. »

« Pas de souci. »

« Il ne s'est pas déplacé pour rien, princesse, » dit son père en se rapprochant du pied du transat. « Tu t'es évanouie. Ce n'est pas anodin. »

« Est-ce que je peux prendre ton pouls ? » demanda David à Janey.

Paraissant aussi mal à l'aise que lui, elle étendit son bras. Alors qu'il posait les doigts sur le point de pression, il repensa au nombre d'années qu'ils avaient passé ensemble, au nombre de fois où il avait tenu cette main-là ou s'était réveillé à côté de ce visage-là posé sur l'oreiller près du sien. Et un sentiment de tristesse s'insinua en lui. Comment avait-il pu agir avec autant de désinvolture devant quelque chose d'aussi précieux ?

« Ton rythme cardiaque est un peu rapide. Tu as fait des efforts ? »

« Non, pas vraiment. »

« On ne lui laisse pas faire grand-chose, » dit Joe en faisant les cent pas d'un côté à l'autre de la véranda.

« Joe, assied-toi, » dit Janey.

« J'aime autant être debout, si ça ne te dérange pas. »

« Joe. »

Il vint jusqu'au bout du transat et souleva les pieds de Janey pour pouvoir s'asseoir près d'elle. C'est là que David remarqua le gonflement de ses chevilles.

« Elles sont enflées comme ça depuis combien de temps ? »

« Deux jours, » dit Janey. « Depuis qu'il fait si chaud. »

« Tu as des maux de tête, des troubles de la vue, des douleurs abdominales ? »

« Quelques migraines ici et là, mais pas le reste. »

David lui posa le brassard de tensiomètre et attrapa son stéthoscope. Tout en appuyant sur la pompe pour activer le brassard, il la surprit en train de le regarder, et il lui fit un petit sourire pour essayer de l'apaiser.

« C'est marrant, » dit-elle.

« Quoi ? »

« De te voir en mode docteur. »

« Il était temps, non ? »

Elle sourit et resta silencieuse pendant qu'il prenait sa tension.

Merde, pensa-t-il, *14/9, beaucoup plus élevé que ça ne devrait l'être.* « Tu te souviens du résultat la dernière fois que Victoria a pris ta tension ? »

« 13/7, il me semble. »

Donc elle augmentait. « Quand tu t'es évanouie, tu t'es fait mal quelque part ? »

« Rien que mon coude et ma fierté. » Elle leva le bras pour qu'il puisse voir la couleur bleutée de la peau juste en dessous de l'os.

« Tu arrives à le plier comme il faut ? »

« Ouais. » Elle lui en fit la démonstration en remuant le bras.

« Tu ne t'es pas cogné la tête ? »

« Je l'ai rattrapée, » dit Joe.

« Tant mieux, » dit David. « Tu lui as sans doute évité une grave blessure. »

« Qu'est-ce qui a pu causer l'évanouissement ? » demanda Joe.

« Tu t'es suffisamment nourrie aujourd'hui ? » demanda David à Janey.

« J'avais un peu la nausée tout à l'heure alors j'ai zappé le repas de midi, » avoua-t-elle d'un air penaud.

« Merde, Janey ! » dit Joe. « Il ne faut pas que tu sautes des repas en ce moment. Et si je n'avais pas été là pour te rattraper quand tu es tombée ? »

Poussé du coude par sa femme, Grand Mac s'approcha de

Joe, et mit une main sur son épaule. « Allons prendre l'air dehors, fiston. »

« Je n'ai pas besoin d'air. Je veux savoir pourquoi elle saute des repas alors qu'elle ne devrait pas. »

« Joseph, » dit Janey d'un ton ferme, « va faire un tour avec mon père sinon tu auras affaire à moi. C'est toi qui choisis. »

Joe se renfrogna, mais laissa Grand Mac l'entraîner hors de la pièce.

David sourit à Janey.

« Hou, il me rend givrée à me tourner autour comme ça. »

« Il n'a pas tort, tu sais », dit David. « Il ne faut pas que tu sautes des repas à ce stade de ta grossesse. Le bébé puise des nutriments de ton corps, alors tu dois en absorber assez pour vous deux. »

« Je sais, mais je me sentais tellement mal que je n'ai pas réussi à manger. »

« Tu vas devoir le faire d'une façon ou d'une autre. »

« Oui, je ferais de mon mieux. »

« Bon, je veux regarder cette dilatation de plus près. » Il pressa son doigt sur sa cheville gauche et compta les secondes jusqu'à ce que les marques laissées par ses doigts disparaissent. Trois secondes à gauche et quatre à droite.

« Qu'est-ce que ça veut dire, David ? » demanda Linda McCarthy.

« C'est un simple test pour savoir si l'œdème — ou l'accumulation de liquide — est d'un niveau inquiétant. »

« Il l'est ? » demanda Janey.

« Je ne vais pas te mentir, Janey. Je n'aime pas beaucoup ce que je vois. La tension artérielle élevée, l'œdème, le fait qu'il a fallu quatre secondes pour que l'empreinte de mes doigts disparaisse et les nausées sont tous des signes potentiels de prééclampsie ou d'hypertension causée par la grossesse. »

« C'est dangereux, non ? » demanda Linda.

« Un traitement est obligatoire. Il nous faudra plus d'information avant que je puisse définitivement dire si l'état de Janey est inquiétant ou pas. Est-ce que tu peux venir à la clinique demain matin vers 9 h 30 ? J'aimerais faire une analyse d'urine et mettre le bébé sous surveillance pendant une heure ou deux juste pour m'assurer que tout va bien. »

« Bien sûr, » dit Janey avec hésitation. « Pas de problème. »

« L'étape suivante c'est que je veux que tu t'alites. Tu comprends ce que ça signifie ? »

Janey grogna et bascula la tête contre le dossier du transat. « Tu es sérieux, là ? »

« J'ai bien peur que oui. Pour l'instant, je t'autorise à te lever pour aller aux toilettes et prendre une douche rapide par jour, mais c'est tout. Le reste du temps, tu seras au lit ou sur ton transat, enfin là où tu te sens le plus confortable. Et j'aimerais que tu passes le plus de temps possible allongée sur ton côté gauche. Ça facilite la circulation du sang. »

« On est en été, et je ne vais *rien* pouvoir faire ? »

« Tu comptais faire quoi ? »

« Mac et Maddie organisent un barbecue ce week-end et il me tarde d'y aller depuis des semaines. »

« Si Joe te porte dans la voiture et que Mac a une chaise longue chez lui, je ne vois pas pourquoi tu ne pourrais pas y aller. Le but principal c'est que tu te fatigues le moins possible. »

« On peut y arriver, Janey, » dit Linda. « On t'aidera papa et moi, et tous les autres aussi. Si David pense que c'est ce qui est le mieux pour ton bébé et toi, alors on sera à tes petits soins pour que tu ne fasses rien. »

« Oui, je sais que c'est le mieux pour toi, » dit David, « sinon je ne te demanderais pas de le faire. »

Elle ferma les yeux et expira profondément.

« À quoi tu penses ? » demanda Linda.

« Que je vais devenir folle bloquée dans un lit pendant deux mois. »

« On ne te laissera pas devenir folle, ma chérie. On sera tous là pour te divertir. »

« Je sais. » Elle leva les yeux sur sa mère. « Tu peux me laisser seule une minute avec David ? »

Sa requête sembla faire hésiter Linda. « Oh, euh, oui. Je serai dehors avec papa et Joe. »

Une fois qu'ils se retrouvèrent seuls, David dit, « Pourquoi tu as fait ça, Janey ? Ton mari ne va pas apprécier que je sois ici rien qu'avec toi. »

« Tu es mon docteur. Pourquoi il s'y opposerait ? »

« Peut-être parce que je suis aussi ton ex-fiancé ? »

« C'était il y a bien longtemps. »

« Pas si longtemps que ça. »

« Mais assez pour que nos vies changent, non ? »

Comme il lui semblait que sa réponse serait vitale pour elle, il fit oui de la tête.

« Je veux que tu sois heureux, David. »

« C'est plus que je ne mérite d'entendre de ta part. »

« Ce que tu m'as fait ne m'a pas plu, mais il y a longtemps que je t'ai pardonné. Si j'y suis arrivée, il est sans doute temps que tu te pardonnes à toi-même. »

« Peut-être, » concéda-t-il.

« J'ai entendu dire que tu sortais avec Daisy. »

Étonné par sa déclaration brutale, il croisa son regard. « C'est vrai. »

« Je l'aime bien. Elle est parfaite pour toi. »

« Tu crois ? » demanda-t-il, plus ou moins embarrassé d'avoir cette discussion, avec Janey qui plus était.

« Oui. »

« Tu n'as donc rien d'autre en tête hormis ma vie amoureuse ? »

« Alors c'est de l'amour ? » Son sourire ravi rappela à David leurs anciennes joutes verbales. Elle avait toujours été un adversaire de qualité.

« Ça ne te regarde pas. Parlons plutôt de toi, du bébé et de ton alitement. »

« Je préférerais papoter sur ta vie amoureuse. »

Le froncement de sourcil de Janey le fit rire. « Je sais que ce sera très pénible, mais c'est dans ton intérêt et dans celui du bébé de bouger le moins possible. Pas d'activité énergique, rien qui fasse augmenter ton rythme cardiaque. »

« Ça élimine pas mal de choses qui me plaisent. »

David fit de son mieux pour ne pas se laisser envahir par les souvenirs de leurs ébats sexuels, mais certaines choses étaient difficiles à oublier. « Non, rien de tout ça. »

« Tu es un véritable rabat-joie, docteur Lawrence. »

« On me l'a dit plusieurs fois. On se voit à la clinique demain. Si tu me fais appeler en arrivant là-bas, je ferai en sorte que tu aies un fauteuil roulant à disposition. Il ne faut pas que tu restes debout. »

« Oh, un fauteuil roulant. Ça s'améliore de minute en minute. »

Il referma sa trousse et se releva. « Tout ira bien, Janey, tant que tu suis les ordres du docteur. »

« La première question de Joe sera de savoir si on doit partir tout de suite pour aller dans notre maison sur le continent. »

« Fais au mieux pour ton confort personnel, mais à mon avis, ce n'est pas nécessaire. Nous pouvons prendre bien soin de toi ici pendant le mois qui arrive puis te rapatrier sur le continent à temps pour l'accouchement. »

« Et je pourrais voyager ? »

« On ne peut être sûr de rien, mais à en juger par ce que je sais maintenant, ça ne devrait pas être un problème. »

« Je répéterais tout ça à Joe ce soir quand il fera nos bagages. »

« Alors, bonne chance. À demain. »

« David ? »

« Oui. »

« C'est la seconde fois que tu viens quand j'ai besoin de toi. Je veux juste que tu saches que ta générosité ne passe pas inaperçue. »

David laissa ces paroles le submerger, comme une douce pommade sur les blessures qu'il portait en lui. « Lorsque je pense à toi, Janey — et j'y pense souvent — j'essaie de ne pas me focaliser sur la façon dont ça s'est fini entre nous, mais plutôt sur les bonnes années que nous avons passé ensemble. Je viendrai toujours quand tu auras besoin de moi. »

« Tu vas recevoir une invitation de Mac et Maddie pour le barbecue ce week-end. J'espère que tu pourras venir avec Daisy. »

« J'espère aussi pouvoir venir. » Il se détourna pour quitter la pièce et se heurta presque à Joe. Vu l'expression houleuse sur le visage de Joe, il avait entendu que David avait promis d'être là à chaque fois qu'elle aurait besoin de lui. Bon. De toute manière, David ne regrettait pas de l'avoir dit.

« Je vous verrais tous les deux à la clinique demain, » dit David, impatient de sortir de là.

« Merci d'être venu, » dit Joe. Il surprit David en lui serrant la main.

« Pas de souci. » Il quitta la pièce, marcha jusqu'à la porte d'entrée et tomba sur les parents de Janey assis sur la balancelle du porche.

« Tout va bien ? » demanda Grand Mac.

« Pour l'instant, oui, mais il ne faut pas qu'elle reste debout pendant plusieurs semaines. »

« Rien ne peut arriver à ma petite fille, » dit Grand Mac, son timbre de voix s'élevant sur les deux derniers mots.

« C'est également la dernière chose au monde que je veux pour elle. »

Grand Mac se leva et vint vers lui, sa taille et sa stature aussi imposantes qu'elles l'étaient au début où David sortait avec

Janey qui n'avait que quinze ans. Il tendit la main à David. « Merci d'être venu la voir. »

David serra la main de l'homme plus âgé. « Avec plaisir. » Conscient de leurs regards sur lui, il descendit les marches et entra dans sa voiture. En se dirigeant vers la ville, il s'autorisa à se vautrer dans les étranges sentiments qu'il ressentait toujours après avoir vu Janey, bien qu'elle soit mariée à un autre homme et enceinte de son enfant.

Mais cette fois-ci, il éprouva moins de rancune que de tristesse pour ce qu'il avait eu et qu'il avait perdu, pour ce qu'il n'avait pas su chérir comme un trésor. Tandis que ses pensées se tournaient vers Daisy qui l'attendait en ville, il fut subitement pris par une envie irrésistible de la voir. Quand il était avec elle, il n'y avait ni rancœur ni regret. Avec elle, il trouvait l'espoir, le renouveau, et d'autres sensations qu'il n'arrivait pas encore à nommer.

Il décida de l'appeler pour s'assurer qu'il était toujours le bienvenu à une heure si tardive.

« Salut, » dit-elle en décrochant, sa voix semblant à la fois rauque et endormie.

« Salut. Je me demandais si tu n'étais pas encore au lit, ou si tu préférais qu'on reporte. »

« Non, je ne suis pas couchée et je n'admettrais aucun report ce soir. »

En souriant, il dit, « Je suis là dans quelques minutes. »

CHAPITRE 10

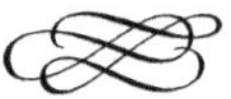

David ralentit puis se gara le long du trottoir devant sa maison dix minutes plus tard. Au moment où il grimpait les marches menant à son porche, elle ouvrit la porte et l'accueillit d'un large sourire agréable. Une profonde sensation de rentrer chez lui l'inonda, effaçant toute pensée sans rapport avec elle.

« Janey va bien ? » demanda-t-elle lorsqu'il passa le seuil.

Il opina en passant un bras autour de sa taille.

Elle enroula ses bras autour de son cou, puis passa ses doigts dans les cheveux de David qui avaient besoin d'être un peu raccourcis. « Et toi ? »

« Maintenant ça va. »

Le sourire qu'elle lui offrit la fit paraître angélique, jeune, superbe, et déterminée. À propos de quoi ? « Je peux réchauffer des restes. Tu as faim ? »

« Pas de nourriture. »

« Tu es d'humeur étrange. »

« Ah, bon ? »

Elle fit oui de la tête. « C'était dur de revoir Janey ? »

« Pas spécialement. » Il la rapproche de lui, la positionnant contre son érection qui se durcit au point de le faire souffrir lorsque ses seins s'appuyèrent contre son torse. Penchant la tête, il câlina son cou, il embrassa l'endroit où le pouls de Daisy palpitait contre ses lèvres. « Je suis un peu crevé. »

« Oh, » dit-elle en le relâchant. « Pardon. J'aurais dû te laisser rentrer chez toi — ».

Il l'embrassa, fourrant sa langue dans la bouche accueillante, se délectant des gémissements de plaisir qui sortaient de la gorge de Daisy tandis que sa langue s'accouplait à la sienne.

« Tu n'as pas l'air fatigué, » dit-elle quelques minutes plus tard. « En fait, » ajouta-t-elle tout en se frottant lascivement contre lui, « tu me sembles hyper réveillé. »

« J'espérais que tu me demanderais de rester. »

« Ah, oui ? Ouah, elle m'est passée loin celle-là. »

David rigola de l'expression déroutée de Daisy. « Je serai plus direct la prochaine fois. Je dirais un truc du genre «Daisy, de toute la journée, je n'ai pensé qu'à ma nuit avec toi hier, et je veux vraiment recommencer si tu es d'accord ». C'est assez direct, là ? »

« Oui, et j'aimerais beaucoup que tu restes avec moi ce soir. »

Il embrassa le pli qui s'était formé entre ses sourcils. « Mais ? »

Elle se mordilla la lèvre d'une façon qui la rendit adorable et hésitante. « Je ne veux pas qu'on s'arrête cette fois-ci. Je veux... »

Terriblement excité par le désir vibrant dans le regard qui l'observait fixement, il posa des baisers sur le bout de son nez et sur la pauvre lèvre mordillée. « Dis-moi ce que tu veux, Daisy. Dis-moi tout. »

« Je te veux. Je veux ce qui nous arrive. J'ai envie de me sentir comme une femme normale raide dingue d'un mec merveilleux et qui tient à lui montrer ce qu'elle ressent. »

« Tu ne te sens pas comme une femme normale avec moi ? » Cette idée le dérangeait au plus haut point.

« Si, bien sûr que si, mais c'est juste que... »

« Parle, ma chérie. Quoi que ce soit, tout ira bien. Je te le promets. »

« Je ne veux pas que tu me traites comme si j'étais fragile. Tu as pris ton temps jusqu'ici, et c'était super. Tu es très compréhensif et gentil. Mais maintenant... » Elle baissa les yeux vers le sol. « Non, c'est trop gênant. »

Il sourit en embrassant le dessus de sa tête. « Maintenant quoi ? Dis-moi. »

Sans lever la tête, elle dit, « Maintenant je veux que tu me traites comme n'importe qui. Je veux m'imaginer, juste pour ce soir, que rien de mal ne m'est jamais arrivé. » Elle finit par le regarder, le cœur au bord des yeux. « On peut faire ça ? »

« Je me détesterais si par malheur je te faisais peur ou si tu devais en souffrir. »

« Ce n'est pas possible. Rien en toi ne me fait penser à lui. »

« L'autre soir, chez Maddie — »

Elle posa les mains sur sa poitrine, percevant sans nul doute la galopade du cœur de David. « C'était la première fois. C'est tout. J'y suis préparée maintenant. S'il te plaît, je veux passer à l'étape suivante, et je n'y arriverai pas tant que j'aurais tout le temps peur de mon ombre. »

« Je ne veux pas que tu craignes quoi que ce soit. Je veux que tu sois heureuse. »

« Être avec toi me rend heureuse. » Elle lui tendit sa main.

Il s'en empara et referma ses doigts sur les siens.

« Viens au lit avec moi. »

Daisy verrouilla la porte et éteignit les lumières pendant que David attendait en observant ses moindres mouvements. En dépit de ses paroles courageuses et de sa décision d'aller de l'avant, elle espéra qu'il ne ressentirait pas combien sa main tremblait lorsqu'elle la reprit dans la sienne.

Il ne dit rien quand leurs doigts se joignirent et il la laissa monter les marches la première. Elle le conduisit jusqu'à sa chambre où elle avait allumé des bougies un peu plus tôt dans l'espoir de se retrouver ici avec lui.

« C'est très joli, » dit-il en découvrant la pile d'oreillers sur son lit et la lueur chaude des bougies.

« Ce n'est pas un peu trop ? » demanda-t-elle, regrettant son audace à présent qu'elle l'avait à l'endroit où elle le désirait.

« Non. C'est romantique et mignon, tout comme toi. »

Daisy lui lâcha la main et se mit à triturer ses propres doigts. « Quand on était en bas, j'ai dit tout ça parce que je voulais vraiment que tu restes, et je veux réellement… Enfin, je t'ai dit tout ce que je voulais. »

« Et maintenant tu te sens nerveuse. »

« Oui, et ça me donne l'impression d'être une idiote. »

Il repoussa des mèches de cheveux qui masquaient ses joues puis il prit son visage en coupe. « Ne sois pas nerveuse. On va simplement se mettre au lit sans se soucier de ce qui se passera ensuite. Ça te convient ? »

Il lui tapota la fesse. « Sers-toi de la salle de bains d'abord. Je reste ici en t'attendant. »

Daisy attrapa un des T-shirts trop grands pour elle avec lesquels elle dormait et traversa le couloir jusqu'à la salle de bains où elle se changea et se brossa les dents. Elle se donna aussi un coup de peigne et appliqua sur ses mains et son visage un peu de l'échantillon de senteur parfumée que lui avait donné Tiffany. En examinant son reflet dans le miroir, elle remarqua la teinte colorée de ses joues ainsi que son regard troublé. Elle expira profondément et repartit dans la chambre où elle le trouva assis sur le lit. Il avait ôté sa chemise, révélant un torse mince et musclé.

Elle avait envie de le toucher et de l'étreindre et de revivre les sensations qu'il lui donnait à chaque fois qu'ils étaient proches l'un de l'autre. Lorsqu'il passa à côté d'elle en allant à la salle de bains, il effleura son ventre, son geste déclenchant une tempête en elle qui la fit vaciller.

Il ferma la porte de la salle de bains et elle se mit au lit en remontant les couvertures jusqu'à sa taille. Elle fixa des yeux un endroit précis en face d'elle, un poster de Marilyn Monroe qu'elle avait acheté pour cacher une fissure du mur. Durant son adolescence, elle admirait le courage et la confiance en soi de Marilyn. Plus tard, elle découvrit la réalité derrière la façade et le désespoir de Marilyn la toucha de près. Les apparences sont très souvent trompeuses.

Étant donné que ce genre de réflexion avait tendance à la déprimer alors qu'elle ne voulait être qu'excitée par la nuit à venir en compagnie de David, elle chassa ses idées noires et l'accueillit avec un sourire assuré lorsqu'il revint. Elle évita de le regarder quand il enleva son pantalon, mais elle n'arriva cependant pas à détourner les yeux du roulis des muscles tandis qu'il se déplaçait dans la pièce.

Uniquement vêtu d'un caleçon bleu marine, il se glissa près d'elle dans le lit.

Daisy laissa la lampe allumée et se mit sur le côté pour lui faire face tout en s'allongeant pour poser sa tête sur l'oreiller.

Il posa une main sur son épaule, et la chaleur émanant de sa paume s'insinua à travers le fin T-shirt en coton. « À quoi tu penses ? »

« Ça me plaît que tu sois là avec moi. »

« Ça me plaît d'être là avec toi. »

« J'ai l'impression que tu me rends spéciale parce que tu veux passer beaucoup de temps avec moi alors qu'il y a tant d'autres femmes — » elle ne réussit pas à finir sa phrase parce qu'il bloqua les mots suivants par un baiser.

« Je ne veux être avec personne d'autre que toi, Daisy. » Il descendit sa main de son épaule à son poignet, puis il remonta, sa caresse lui donnant la chair de poule. « Tu te souviens m'avoir dit que je t'avais aidé à guérir ? »

« C'était vrai. Tu es venu me rendre visite tous les soirs alors que tu n'avais pas à le faire. Ça m'a énormément aidé. Et chaque jour, il me tardait que tu reviennes. »

« À moi aussi. Tu m'as également aidé. Pour la première fois depuis que tout s'était écroulé avec Janey, je reprenais espoir. Je ne me rendais pas compte de combien ce sentiment m'avait manqué jusqu'à ce que je l'éprouve à nouveau. Grâce à toi. Donc ne te dis jamais que c'était à sens unique. Nous nous sommes mutuellement soutenus, et de là est né quelque chose que ni toi ni moi n'avions prévu. »

Elle l'enlaça, le prenant contre elle pour échanger un baiser passionné, se cramponnant à lui comme elle le faisait depuis des semaines maintenant. Apparemment, il faisait la même chose. Elle appréciait le fait de savoir qu'elle l'avait aidé aussi.

Il la rapprocha encore plus près de lui sans interrompre leur baiser. Puis il glissa sa main sous le T-shirt de Daisy, et le long de son dos. Son doux mouvement la fit picoter de désir, d'envie d'avoir plus, encore plus.

Elle insinua une jambe entre eux deux, les poils de David titillant sa peau. À chaque fois qu'il la touchait, elle le sentait dans tout son corps.

« Ça va ? » demanda-t-il d'une voix essoufflée tout en s'écartant d'elle pour observer son visage.

« Super. Et toi ? »

Il se mit à rire, et elle réalisa qu'il ne se déridait pas assez souvent et que cela lui conférait une beauté de jeune garçon. « Je ne me suis pas senti aussi bien depuis très longtemps. »

Galvanisée par ses paroles autant que par l'émotion qu'elles renfermaient, Daisy se saisit de son T-shirt et le passa par-dessus sa tête.

Le regard de David s'assombrit lorsqu'il vit le soutien-gorge et la culotte en dentelle noire qu'elle réservait pour lui. « Mon Dieu, » dit-il en embrassant son cou puis ses seins, « tu es superbe, Daisy. Absolument magnifique. »

Elle s'était toujours imaginé être mignonne dans le meilleur des cas, mais quand il lui dit qu'elle était belle, elle le crut. Nichant sa tête contre son torse, elle oublia ses ennuis et ses peurs pour s'abandonner au désir qui bouillonnait entre eux depuis des semaines. Même à l'époque où elle était blessée, meurtrie et brisée, elle le trouvait déjà séduisant.

Mais elle ne s'était jamais inventé un scénario où il serait pratiquement nu dans son lit, ni en train de prendre ses seins dans ses mains larges, ni faisant aller et venir ses pouces sur ses tétons dressés sous le tissu soyeux de son soutien-gorge. Tiffany lui avait dit que ce soutien-gorge avait le pouvoir de vider le cerveau d'un homme de tout ce qui n'était pas sexuel.

Du point de vue de Daisy, le soutien-gorge provoquait effectivement l'effet désiré, pourtant elle n'avait qu'une idée en tête : le retirer. La sensation de la langue de David sur le contour de son sein la fit resserrer son étreinte pour qu'il reste juste là où il était.

Les doigts masculins triturèrent l'arrière du soutien-gorge, le dégrafant, libérant sa poitrine.

Elle faillit gémir de soulagement, puis elle gémit pour de vrai sous la chaleur de la bouche qui excitait et léchait son téton. Elle s'attendait à ce que la peur remonte à la surface, mais elle ne sentit qu'une envie irrésistible d'aller plus loin. Elle le toucha partout, caressant le dos ferme et glissant ses mains sous son caleçon pour empoigner ses fesses.

Son geste arracha à David un grognement torturé. Il colla son membre dur contre son ventre tout en décalant sa tête pour s'occuper de son autre sein avec tout autant d'attention. « Quelque chose me dit que tu es allée faire un tour chez Tiffany, » dit-il en lissant du plat de la main le petit triangle qui recouvrait son mont de vénus.

Le plaisir généré par le mouvement de sa main fut si intense qu'elle n'arriva pas à former des mots pour lui répondre.

« Daisy ? »

Elle s'obligea à se focaliser sur les yeux de David tandis qu'il la regardait avec un soupçon d'inquiétude. « Hmm ? »

« Respire, chérie. »

Elle aspira une goulée d'air en se rendant compte qu'elle avait retenu son souffle jusque-là.

Il descendit sa tête jusqu'au ventre de Daisy, ses lèvres déclenchant une tempête torride qui surgit d'entre ses jambes.

Elle n'avait jamais autant désiré quoi que ce soit auparavant, mais d'un autre côté, elle n'avait jamais connu d'hommes qui la plaçaient au premier plan comme le faisait toujours David.

« Tout va bien ? » demanda-t-il, des rides soucieuses barrant son beau front.

En lui faisant signe que oui, elle dit, « C'est tellement bon de te tenir comme ça. »

« J'adore ça aussi. Tu es sûre que tu veux continuer ? »

« Oui. Mais si toi... »

Il attrapa la main de Daisy et la posa sur son épaisse érection, qui se durcit encore sous la chaleur de sa main. « N'aies aucun doute sur ce que je veux — ni sur qui je veux. »

Elle le caressa de haut en bas, ce qui le fit hoqueter et souffler.

« Bordel, Daisy. »

Sa mâchoire se crispa, et de le voir lutter pour garder le contrôle de lui-même l'incita à le désirer encore plus. Elle tira sur le caleçon et fut soulagée lorsqu'il l'aida à l'enlever. Elle regarda son érection qui montait jusqu'à son nombril et qui semblait grossir à vue d'œil.

« Si tu me touches, je ne tiendrai pas, » dit-il d'une voix tendue.

« Alors on va garder ça pour une autre fois. »

« Très bonne idée. »

« Tu as ce qu'il faut ? Je n'y ai même pas pensé. »

« Moi, si, mais il me faut mon portefeuille. »

« Je vais le chercher. » Elle récupéra le pantalon par terre et sortit le portefeuille de la poche arrière. Quand elle se retourna vers lui, il la regardait le moindre de ses gestes avec tant d'attention qu'elle se sentit intimidée. Elle baissa les yeux et leva les bras pour cacher sa poitrine.

« Ne fais pas ça, » dit-il d'un ton grondeur.

« Ne fais pas quoi ? »

« Ne sois pas intimidée. Tu es splendide et j'adore te regarder. »

Il la connaissait déjà tellement bien, et il la comprenait mieux que quiconque. L'intuition sans égale de David lui facilitait la tâche. Elle baissa sa garde — et ses bras — puis lui tendit le portefeuille.

Elle l'observa attentivement tandis qu'il mettait le préservatif. Sa verge parut s'allonger et s'épaissir devant ses yeux. Ses lèvres s'asséchèrent d'un coup parce qu'un instant de peur s'agita en elle. Est-ce qu'elle serait capable d'aller jusqu'au bout ? Puis il l'attira vers lui, la prenant dans ses bras chauds, et le désir remplaça la peur, vidant son esprit de tout ce qui n'était pas lui ou les sensations qu'elle éprouvait.

Il était son monde depuis des semaines maintenant, et comme il l'avait fait quand elle était blessée, il s'occupa d'elle gentiment. « Parle-moi, » chuchota-t-il en effleurant son cou de ses lèvres et en caressant son dos de manière apaisante. « Dis-moi ce que tu penses. »

« C'est bon d'être dans tes bras et d'être touchée par toi. C'est différent avec toi. »

Il déplaça sa main de son dos à son sein et taquina son téton qui se dressa sous la caresse. « Pourquoi, à ton avis ? »

« Parce que tu es différent. Nous deux, c'est différent. »

« Pour moi aussi. »

« J'aimerais que tu me dises de quelle façon c'est différent. »

« Je le ferai, mais pas maintenant. » Il passa la jambe de Daisy sur sa hanche et appuya ses doigts sur son sexe en se servant, pour l'exciter, du tissu que Tiffany appelait une culotte.

« Non, » dit-elle en ahanant, « pas maintenant. »

« Dis-moi ce que tu veux, Daisy. Il faut que tu me le dises pour que je puisse te faire encore plus de bien. »

« C'est déjà bien. Tellement bien. »

« Je ne veux pas que tu aies peur de moi. »

« Ce n'est pas le cas. Ni là, ni jamais. »

Il retira le string et laissa le bout de ses doigts descendre au creux de ses jambes. « Ça pourrait arriver. Si je fais un geste qui te rappelle quelque chose que tu n'aimais pas, il se pourrait que tu aies peur. »

« Je ne veux pas avoir peur de toi. »

« Garde les yeux ouverts. Regarde-moi. Souviens-toi que tu es avec moi. N'oublie pas tout ce que nous avons partagé ni tout ce qui nous a poussés à devenir aussi proches. » Tout en parlant, il se positionna lentement au-dessus d'elle, la regardant de ses incroyables yeux sexy. « Tu te sens toujours bien ? »

Daisy soutint son regard tandis qu'elle opinait et posait ses mains sur ses épaules, ayant besoin de le tenir alors qu'il se plaçait dans le bon alignement.

Il l'embrassa doucement, détourant sa lèvre inférieure avec sa langue. « Ouvre les yeux, ma chérie. »

Elle ne s'était pas rendu compte qu'elle les avait fermés.

« Voilà. Regarde-moi. Tiens-toi à moi. »

Tout se passa bien, super bien, jusqu'à ce qu'il entre en elle. L'attaque de panique la heurta de plein fouet, si rapidement qu'elle n'eut pas le temps de se préparer au flash-back qui lui traversa l'esprit. Un autre homme, un homme brutal qui essayait de la forcer, de la pénétrer. Comme si quelque chose de lourd venait de lui tomber dessus, elle lutta pour respirer, elle se débattit pour se dégager, pour se libérer. Aveuglée par la terreur, elle réalisa soudain qu'elle était assise sur le bord du lit et qu'elle tremblait de tous ses membres. Oh, mon dieu, est-ce qu'elle l'avait *frappé* ? Non, par pitié, non.

« Daisy, mon cœur, tout va bien. » À vitesse ralentie, il posa une main légère sur son épaule, et elle tressaillit.

Être touchée, même par lui, était la dernière chose qu'elle voulait en ce moment. Des larmes coulaient sur ses joues, et ses épaules se soulevaient à cause des sanglots qui semblaient venir de son âme.

« Qu'est-ce que je peux faire ? » demanda David derrière elle.

Daisy remua la tête parce qu'il n'y avait rien que quiconque puisse faire pour l'aider si son cerveau torturé avait décidé de transformer David Lawrence en un monstre qui lui voulait du mal. « Tu… Tu n'es pas obligé de rester. Je comprendrais si tu veux t'en aller. » D'autres sanglots s'échappèrent d'entre ses dents serrées.

« Je n'irai nulle part tant que tu ne me diras pas que tu ne veux pas de moi ici. »

« Je veux que tu sois ici. » La boule dans sa gorge lui rendait la parole difficile. « Je ne sais pas ce qui s'est passé. Tout allait bien… »

« Crois-moi ou pas, je m'attendais à ce que ça arrive plus tôt. »

Choquée par ce qu'il venait de dire, elle pivota pour lui faire face et grimaça en découvrant le sang sur sa lèvre à l'endroit où elle l'avait frappé dans sa hâte de se libérer. Elle ne pouvait qu'imaginer de quoi elle avait l'air avec ses yeux ravagés de larmes. Elle devait faire peur… Pourtant la façon dont il la regardait… Doucement, gentiment, tendrement… Puis il l'émut lorsqu'il s'empara de son T-shirt, le remit à l'endroit et l'aida à l'enfiler.

Elle inspira en frissonnant. « Qu'est-ce que tu veux dire ? »

Il avança la main pour essuyer les larmes de ses joues, plus légèrement qu'une caresse sur sa peau. « Le dernier homme à qui tu t'étais attachée t'a fait profondément souffrir. De toutes les façons possibles. Comment pourrais-tu ne pas avoir peur de recommencer avec quelqu'un d'autre ? »

« Mais je n'ai pas peur, en tout cas pas avant... »

« Est-ce que je peux te parler en tant que médecin et pas en tant que petit ami ? »

Elle se mordit la lèvre inférieure en lui faisant signe que oui.

« Il a failli te violer, Daisy, » dit-il doucement en lui prenant la main.

Daisy s'agrippa à lui.

« Il n'y a pas si longtemps que ça. Tu n'es pas encore prête, et ça n'a pas d'importance. Je comprends tout à fait. »

« Tu as toujours été si gentil envers moi, c'est quelque chose que j'apprécie énormément, mais ce serait sans doute mieux si on arrêtait de se voir. Ce n'est pas réglo de ma part de te faire subir ça. »

« Qu'est-ce que tu me fais, là ? »

De nouvelles larmes tombèrent de ses yeux à l'idée déchirante de ne plus le voir. « Je t'envoie des signaux contradictoires. Oui veut dire non. »

Il sourit en remuant la tête comme si elle avait dit la chose la plus idiote qu'il ait jamais entendue. « Ce ne sont pas des signaux contradictoires. À moins que... »

« À moins que quoi ? »

« À moins que tu ne m'apprécies pas autant que je le crois. »

« Mais si, je t'aime beaucoup ! Vraiment beaucoup. Peut-être même que je t'aime. »

Il inspira fort et l'intensité avec laquelle il la regardait la fit fondre à l'intérieur. « Peut-être que je t'aime aussi, raison pour laquelle tu ne te débarrasseras pas de moi facilement. » Il s'installa contre l'oreiller et l'attira dans ses bras. Une fois qu'elle fut tout contre lui, quoique raidie, il posa un baiser sur son front et lui caressa doucement le dos. « Je n'irai nulle part. Que ça prenne un mois ou trois mois ou un an ou deux ans, on y arrivera. Mais uniquement quand tu seras prête. On fera ce que tu voudras quand tu le voudras, et j'attendrais parce que j'ai la nette impression que tu vaux le coup que j'attende. »

« C'est trop demander à qui que ce soit. »

« Tu ne me demandes rien. Je serai ravi de te donner autant de temps que tu le souhaites. »

« David... »

« *Daisy...* » Son intonation stricte la fit rire malgré elle.

« Personne n'a jamais été aussi gentil avec moi. »

« Et j'en suis désolé pour toi. Tu mérites le respect et l'affection. Toujours. En fait, tu mérites beaucoup plus. »

Son cœur se vrilla en lui coupant le souffle. « Et... »

« Et quoi ? »

« Toi. » Elle baissa les yeux vers son pénis, à présent mollement étendu contre son ventre. À un moment donné, il avait retiré le préservatif non utilisé.

« Quoi ? Moi ? »

« C'est comme si j'étais une allumeuse. On était prêts à l'action, et puis j'ai paniqué. »

« Ça m'est égal. Je te le jure. »

« Comment ça peut t'être égal ? Tu es un mec. »

Le rire de gorge de David résonna dans sa poitrine. « Qui n'est pas entièrement contrôlé par les caprices de sa bite. Je t'assure qu'elle et moi irons parfaitement bien tant que tu ne me fermes pas la porte au nez. C'est un truc que je n'arriverai sans doute pas à gérer. Je me suis attaché à toi. »

« Sérieux ? »

« Sérieux. » Il continua de bouger sa main le long du dos de Daisy, l'apaisant et la rassurant alors même qu'elle tremblait encore. « Ferme les yeux et essaie de dormir. »

« Je ne pense pas pouvoir y arriver. »

« Essaie. Ferme les yeux, pense à des choses heureuses et vide ton esprit de tout ce qui te fait souffrir. Je suis là. Je ne vais nulle part. »

En l'écoutant, Daisy ne put s'empêcher de se détendre un

peu. Il était là. Il n'allait pas la quitter parce qu'elle ne pouvait pas lui donner ce qu'il voulait. Il venait de dire qu'il l'aimait peut-être. Cette pensée amena l'ombre d'un sourire sur ses lèvres. Qu'est-ce que ce serait s'il l'aimait profondément ?

Elle aurait bien aimé le savoir, parce qu'après ce soir, après la façon dont il avait pris soin d'elle suite à sa crise d'angoisse, elle se voyait déjà tomber totalement amoureuse de lui.

En rentrant chez lui le lendemain matin pour prendre une douche et se changer avant d'aller travailler, David réfléchit à ce qui s'était passé avec Daisy la veille au soir. Il lui avait fallu longtemps, peut-être plus d'une heure, avant qu'elle ne finisse par se relaxer et s'endormir. Il était resté éveillé, ce qui lui avait permis de déterminer la seconde où l'épuisement avait fini par avoir raison d'elle. Elle était profondément endormie quand il était parti ce matin en lui laissant un mot pour qu'elle lui téléphone à son réveil.

Il ne pouvait pas s'empêcher d'être un peu en colère après lui-même pour se lancer dans quelque chose pour laquelle elle n'était pas prête. À l'école médicale, il avait suivi le stage traitant des troubles de stress post-traumatiques, et il en connaissait les symptômes. Pourtant il aurait tort de passer la journée à se sermonner étant donné que dans ce cas précis, il n'y en avait eu aucun. Les seuls signes qu'il avait reçus indiquaient qu'elle était tout aussi désireuse et prête à participer que lui.

Tout allait si bien pour eux jusque-là, ce qui était surprenant dans leur situation. Il atteignait enfin un bon passage dans sa vie.

Alors qu'il s'attendait à ce que sa rencontre avec Janey le bouleverse, il s'était produit l'effet inverse. Cette visite lui avait permis de tourner définitivement la page, ce dont il avait désespérément besoin. Ils étaient parvenus à se comporter comme des amis, et si elle restait sur l'île, elle aurait sans doute besoin de lui en ce qui concernait le bébé. Il serait là pour elle s'ils en arrivaient là. Mais même dans le cas contraire, il se sentait plus en paix avec lui-même qu'il ne l'avait été depuis que la fin de leur relation lui avait explosé au visage deux ans auparavant.

Pour la première fois depuis cette époque, il se sentait réellement prêt à s'engager dans une relation avec une autre femme. Mais si l'incident d'hier soir lui avait appris quelque chose, c'était que Daisy était loin d'être sur la même longueur d'onde. Bon, ce n'était pas grave. Comme il le lui avait dit, il attendrait.

Il aimait à penser qu'après ce qu'il avait enduré, il était à présent assez sensé pour reconnaître l'instant où quelque chose de spécial entrait dans sa vie. Et Daisy était spéciale, c'était indéniable.

Dans l'allée, il aperçut l'élégante Porsche avec laquelle Jared se baladait lorsqu'il venait sur l'île. Ses allées et venues demeuraient toujours mystérieuses pour David qui, la plupart du temps, ne voyait pas le propriétaire de son appartement pendant des mois.

Il grimpa les marches jusqu'à sa porte en pensant à Daisy, en espérant qu'elle irait bien aujourd'hui et en comptant les heures qui lui restaient jusqu'au moment de la revoir. En entrant chez lui, il s'arrêta net à la vue de sa mère assise sur le canapé, en train de siroter un café dans un gobelet en plastique et de feuilleter la *Gazette de Gansett*. Comment n'avait-il pas vu sa voiture dans l'allée ? Apparemment, la Porsche l'avait captivé.

« Bonjour, maman. Qu'est-ce que tu fais ici ? » Il lui avait donné un double des clés au cas où il s'enfermerait de l'extérieur, mais il n'avait pas pensé qu'elle s'en servirait.

« Je n'arrivais pas à te joindre et je me suis inquiétée. »

David sortit son téléphone de sa poche et vit les trois appels de sa mère qu'il avait manqués la veille au soir. « Quelque chose ne va pas ? »

« Non, à part que je ne sais pas ce que tu fais depuis plusieurs jours. »

« J'étais occupé, maman. J'ai un travail et une vie. »

« Trop occupé pour ne pas m'appeler de temps en temps ? »

Il eut envie de lui rappeler qu'il avait trente ans et donc plus besoin de lui téléphoner aussi souvent qu'il avait pu le faire par le passé, mais depuis son lymphome, elle s'était remise à le surveiller comme quand il était jeune. Vu qu'elle et ses sœurs l'avaient soutenu dans les pires moments de sa maladie et de son traitement, il se dit qu'elle avait le droit de le surveiller. Cela étant, elle poussait un peu en entrant carrément chez lui.

« Pardon de ne pas t'avoir contactée. » David passa dans la cuisine et entreprit de faire du café. « J'ai eu un boulot de folie. »

« Qu'est-ce que tu as à la lèvre ? »

David cessa de bouger tout en réfléchissant à une excuse qu'elle croirait. « Je me suis mis un coup de poing en tirant sur un truc. Ma main a glissé. »

Son haussement de sourcils indiqua sa réaction sceptique. « J'ai entendu dire que tu fréquentais quelqu'un. »

Ses muscles se raidirent et il sut qu'elle captait la tension qui l'habitait parce qu'elle avait un œil de lynx. « C'est possible. »

« Et tu avais l'intention de me dire que tu avais rencontré quelqu'un, David ? »

« Je n'en sais rien. Peut-être. À un moment donné. » Ses parents avaient été furieux — et honteux — de ce qu'il s'était passé avec Janey. Il espérait ne jamais leur donner une autre raison d'avoir honte à cause de lui, mais il avait quand même le droit d'avoir une vie privée, tout comme Daisy d'ailleurs.

« C'est qui ? »

« Je ne crois pas que tu la connaisses. »

« J'aimerais la connaître si elle compte pour toi. »

Elle comptait pour lui, et de plus en plus à chaque jour qui passait, ce qui ne voulait pas dire pour autant qu'il était prêt à l'amener chez ses parents pour qu'ils se rencontrent. « C'est noté. »

« Tu vas me dire son nom ? »

« Daisy. »

« Et je n'ai droit qu'à ça ? »

Bien qu'il ait super besoin de se laver et de se raser avant de se rendre au travail pour son rendez-vous de 9 h, il s'assit une minute sur le canapé. « Daisy Babson. Elle est responsable du service de l'entretien à l'hôtel des McCarthy. »

L'expression renfrognée de sa mère prouvait sa stupéfaction. « Elle travaille pour les parents de Janey ? »

« Oui. »

« Eh bien, tu ne fais rien de simple, je me trompe ? »

« Mon histoire ne regarde ni Janey ni ses parents. »

« On m'a dit que tu étais allé chez elle hier soir. »

« Putain ! C'est quoi cette île ! Est-ce que les gens n'ont rien d'autre à faire que de s'occuper des affaires des autres ? »

« Non, pas vraiment. Et tu ne devrais pas être surpris que les nouvelles se répandent très vite par ici. »

« Ils m'ont appelé à cause de ma profession. J'y suis allé à cause de ma profession. J'ai accompli mon devoir professionnel. »

« Et ton amie Daisy, elle en pense quoi de te voir filer t'occuper de ton ex-fiancée ? »

« Mon amie Daisy sait que je ne suis plus avec Janey depuis deux ans, et qu'en tant qu'unique docteur sur l'île, je suis obligé de soigner tout le monde, sans tenir compte des relations que j'ai eues ou n'ai pas eues avec mes patients. »

« Elle est très compréhensive. »

« Si elle ne l'était pas, je ne sortirais pas avec elle. »

Sa mère le scruta pendant un long moment durant lequel il essaya de ne pas gigoter. « Tu ne m'as jamais dit comment ça s'était passé à Boston. »

« Tout va bien. »

Sous ses yeux, le visage de sa mère s'affaissa de soulagement, et il regretta aussitôt de ne pas lui avoir annoncé que les résultats de ses tests étaient négatifs.

« Maman, tu sais que je t'aurais prévenue s'il y avait eu du souci à se faire. »

« Je me suis tellement inquiétée pour toi ces deux dernières années. »

« Je le sais, et je suis désolé de t'avoir donné une raison de plus, mais il faut me croire quand je te dis que tout va bien — physiquement et moralement. » En fait, il ne s'était jamais senti aussi bien depuis des années.

« Ça t'a fait bizarre de revoir Janey chez elle et enceinte ? »

« Je l'avais vue enceinte avant-hier soir. »

« Tu sais ce que je veux dire, David. »

« Pas aussi bizarre qu'on aurait pu le penser. Je me rends compte qu'on se retrouve tous les deux là où on devait être. Elle est heureuse avec Joe. Ils vont bien ensemble. Et je finis par comprendre un tas de choses. Lentement mais sûrement. » Il avait confiance en Daisy et lui — en leur couple — sans toutefois avoir envie d'en parler à sa mère. Cette relation était trop récente et depuis hier soir, trop fragile pour en discuter.

« Tu as bonne mine, » dit-elle en l'observant à nouveau avec attention.

« Je me sens bien. »

« C'est tout ce que je souhaitais entendre. » Elle lança le journal sur la table basse. « Tiens, garde-le. Je l'ai fini. »

Il l'accompagna jusqu'à la porte. « Et si on parlait de l'utilisation de ton double des clés ? » dit-il d'un ton léger.

« Tu ne voudrais quand même pas que j'attende dehors en pleine chaleur alors que je peux m'installer sur ton excellent canapé sous la clim ? Elle se haussa sur la pointe des pieds pour embrasser sa joue. «Viens à la maison avec ton amie Daisy un de ces jours. On serait enchantés de faire sa connaissance. »

« Au revoir, maman. »

Il referma la porte et remua la tête, amusé par la manière dont elle le manipulait gentiment comme personne d'autre ne savait le faire. Soit elle lui faisait péter un plomb, soit elle le faisait éclater de rire, mais sa dévotion était indéniable. Il souhaitait parfois qu'elle soit un peu *moins* dévouée. En fait, il avait failli refuser de devenir le docteur de l'île parce qu'il craignait la proximité avec sa mère.

Jusqu'aujourd'hui, elle avait respecté sa vie privée, mais il ne pouvait pas la blâmer d'être venue se rassurer puisqu'elle n'avait pas eu de nouvelles de lui depuis des jours.

Tout en se rasant, se douchant et s'habillant pour aller au travail, il lui vint à l'esprit qu'elle ne lui avait pas demandé d'où il venait à cette heure matinale. Nul doute qu'elle avait deviné qu'il avait passé la nuit chez Daisy. Sans être sûr qu'il désirait que sa mère en ait appris autant, et même si ça lui était égal qu'elle sache pour Daisy, il était content qu'elle n'ait pas posé la question.

De penser à Daisy et à ce qui avait failli se passer entre eux le fit bander sous la douche. Il envisagea de se soulager du problème séance tenante, mais finit par décider qu'il préférait attendre de le faire avec Daisy. Les deux années qu'il venait de passer à reconstruire sa vie avaient été mises à profit puisqu'il se sentait prêt maintenant à s'engager dans une relation avec elle. Et peu importait s'il fallait un peu plus de temps à Daisy pour en arriver au même point.

D'une certaine façon, il avait l'impression d'émerger d'un hiver long et sombre pour plonger dans un printemps rempli d'optimisme et d'espoir. Et c'était grâce à elle, grâce à sa douce personnalité, à sa manière d'apprécier les choses simples que les autres percevaient comme un dû, et au fait qu'elle avait accepté sans condition les erreurs et les échecs de David. Il espérait pouvoir lui rendre la pareille.

Il voulait la faire sourire comme elle l'avait fait la veille au soir avant que les choses ne tournent au vinaigre. Il voulait la faire rire. Il voulait la rendre heureuse. La rendre heureuse le rendait heureux.

Se remémorer l'excitation qu'il avait ressentie en lui tenant la main et en l'embrassant le fit bander et trembler. Il en voulait plus. Et il ne s'était pas senti comme ça depuis qu'il était tombé amoureux de Janey McCarthy, il y avait de cela une éternité.

CHAPITRE 11

Sur le trajet de la clinique, il appela le fleuriste de l'île et commanda deux douzaines de lys orientaux en précisant qu'ils devaient être livrés chez Daisy dans l'après-midi. Il aurait souhaité les lui envoyer sur son lieu de travail, mais un tel geste déclencherait des commérages dans toute l'île, et il ne voulait pas ça pour elle, notamment parce qu'elle travaillait pour la mère de Janey. Comme il comptait bien faire attention à ne pas rendre Daisy mal à l'aise, il réfléchit à quoi écrire sur la carte qui n'en dirait pas trop. Il aurait sans doute dû y penser avant de passer le coup de fil. « Mettez simplement, «Merci d'être toi. David. » »

« Très bien, docteur Lawrence. Nous nous en occupons. »

« Merci. » David rangea son portable dans la poche avant de sa chemise. « Merci d'être toi ? Putain, c'est naze. »

Il n'avait pas cessé de se houspiller lui-même lorsqu'il entra dans la clinique où Seamus O'Grady et Carolina Cantrell l'attendaient. On aurait dit que Carolina s'était battue avec un chat super colérique.

« Que s'est-il passé ? »

« Mon pauvre amour est tombée dans un buisson d'orties

hier soir, » dit Seamus. Il tenait Carolina contre lui qui avait l'air d'être énervé et de souffrir. « Elle dit qu'elle va bien, mais elle a de la fièvre et des écorchures partout. Je préfère qu'elle soit auscultée. »

« Allons dans la salle d'examen, Carolina », dit David en faisant signe à la réceptionniste. « On va arranger ça. »

« Merci, docteur, » dit Carolina. « Je me sens stupide de vous faire perdre votre temps pour quelques éraflures. »

« C'est moi qui décide si c'est une perte de temps, » dit David en souriant. Il était continuellement surpris par la façon dont ses patients s'excusaient de lui faire perdre du temps avec leurs soucis.

« Viens, mon amour, » dit Seamus en l'aidant à se lever.

« Voulez-vous un fauteuil roulant ? » demanda David.

« Absolument pas, » dit Carolina, alors même que chaque pas semblait la faire souffrir.

Une fois qu'il eût désinfecté les vilaines coupures de Carolina, il avait pris une heure de retard sur ses rendez-vous suivants. La matinée fila. Il soigna une angine, envoya un garçon sur le continent à cause d'une appendicite qui devait être traitée en urgence et ausculta trois personnes montrant des symptômes similaires à la grippe. Il espéra qu'une épidémie ne se déclencherait pas sur l'île.

Victoria le trouva dans son bureau, en train de manger un sandwich debout et de noter à toute vitesse des informations sur les patients de la matinée au cas où il oublierait de les ajouter à leurs dossiers plus tard. « C'est une matinée de folie, non ? » demanda-t-elle.

« Comme elles le sont souvent. »

« Janey est venue. Je l'ai surveillée sur les écrans pendant une heure. Le bébé a l'air en pleine forme, mais la tension de Janey est encore un peu trop élevée à mon goût. Tu as eu raison de lui ordonner l'alitement, même si ça ne lui plaît pas. »

« Elle le fera. Elle ne mettrait pas le bébé en danger ni elle non plus. »

« Je sais, pourtant c'est dur d'être coincée au lit tout l'été. »

« Ouais. Tu as fait une analyse d'urine ? »

« Le taux de protéines est également élevé. » Elle lui tendit le dossier.

« Merde, » dit-il en découvrant les chiffres. « J'espérais qu'il ne s'agirait pas de ce que je craignais. »

« Moi aussi. »

« Il va falloir la surveiller de très près pendant les deux prochaines semaines. Il faut qu'elle soit sur le continent à la trente-sixième semaine. »

« Je me doutais que tu dirais ça, donc je l'en ai informée. »

« C'est bien. Je suis content qu'on soit sur la même longueur d'onde. »

Il lui tendit deux autres feuilles de papier. « Les messages de ce matin. »

David jeta un coup d'œil aux messages, son cœur déraillant à la vue du nom de son oncologiste sur l'un des deux. Qu'est-ce qu'il pouvait bien lui vouloir ?

« Tout va bien ? »

« Oui. » Sachant que tous les résultats de ses analyses étaient bons, il mit de côté les éventuels ennuis de son oncologiste pour s'occuper d'une affaire plus urgente. « Est-ce que je peux te demander quelque chose ? »

« Je t'écoute. »

« J'ai envoyé des fleurs à Daisy. »

« *Ohhhh*, cette histoire devient sérieuse ! »

« Je lui ai envoyé des fleurs. Je ne l'ai pas demandé en mariage. »

« L'une entraîne souvent l'autre. »

« Depuis quand ? »

Le sourire de Victoria lui indiqua que, comme d'habitude,

elle s'éclatait à le faire tourner en bourrique. « C'est quoi ta question ? »

« Je crois que le message sur la carte est naze. »

« Qu'est-ce que tu as dit ? »

« Merci d'être toi. »

La grimace de Victoria confirma ses doutes. « Hmm. Ce n'est pas une insulte à proprement parler, mais tu aurais pu faire mieux. »

Le choix de son vocabulaire le fit sourire. Qu'est-ce qu'il pouvait entendre ça en ce moment !

« C'était pour quelle occasion ? »

« Occasion ? Il n'y a pas d'occasion. Je lui ai juste envoyé des fleurs. »

« Sans aucune raison ? »

Il n'aurait jamais dû la mêler à cette histoire, mais il avait désespérément besoin de l'avis d'une femme, et il avait celle-ci sous la main. « Il se peut qu'il y ait eu une... évolution... dans notre relation hier soir. »

Ses yeux sombres s'éclaircirent comme quand elle entendait un gros scoop.

« Ce n'est pas ce que tu crois, » dit-il dans l'espoir de la faire taire avant qu'elle ne s'excite encore plus. « Et c'est tout ce que j'ai à dire sur le sujet. »

« *Oh, mon dieu, tu l'as fait !* Vous avez tiré votre crampe, vous avez fait la danse horizontale, le mambo du matelas. » Elle roula des hanches de manière provocante pour faire passer le message alors qu'il n'avait franchement pas besoin d'un dessin.

« Victoria, je te jure que — »

Elle le prit complètement de court quand elle se mit à couiner tout en lui sautant dans les bras. Heureusement qu'il l'attrapa pour ne pas qu'elle perde l'équilibre, sinon ils auraient peut-être eu tous les deux besoin de soins médicaux. « Enfin ! Enfin, je te *retrouve* ! Ta période de deuil prolongé est enfin *finie* ! Merci, mon Dieu, et merci *Daisy*. »

À deux doigts de l'étrangler, il la reposa et recula. « Je vais te museler si tu ne la boucles pas tout de suite. »

Elle tapa dans ses mains tout en continuant à pouffer et à glousser tandis que David allait s'asseoir sur la chaise de son bureau en regrettant les dix dernières minutes de sa vie. « Nous n'avons pas tiré notre crampe comme tu le dis, mais nous avons fait d'autres trucs. »

« Dans ce cas, tu as raison. Ta carte est naze si l'on s'en tient à cette récente *évolution*. Tu dois faire mieux. Tu peux encore changer le message ? »

« Je leur ai demandé de livrer les fleurs en fin d'après-midi quand elle rentre du travail, donc je suppose que j'ai encore le temps. »

Elle s'assit sur la chaise des patients. « Il faut y réfléchir sérieusement. »

« Pas toi. Moi, j'y réfléchirais. »

Elle lui lança un regard horrifié. « Tout ce que tu as trouvé c'est «Merci d'être toi » et tu avais l'impression que c'était bien. »

« Oui, bon, tu n'as peut-être pas tort. » Le reniflement condescendant de Victoria lui arracha un sourire. « Alors, vas-y, épate-moi. Qu'est-ce que je devrais dire ? »

« Tu étais géniale hier soir, bébé ? »

« *Victoria...* »

« J'adore te prendre le chou. Ça me rend heureuse. »

« Je suis ravi d'avoir cet effet sur toi. »

« Que dirais-tu de «Il me tarde tant de te revoir. » »

David considéra la proposition. « Tu crois que ça conviendrait ? »

« Il te tarde de la revoir ou pas ? »

Alors que David se frottait le visage, la nuit presque blanche qu'il avait passée se fit soudain sentir. « On dirait que je suis tombé à pieds joints dans ton panneau, non ? »

Victoria se leva d'un bond. « Ça convient et apparemment c'est la vérité, donc appelle le fleuriste. »

« D'accord. Au fait, tu en es où avec l'irlandais ? »

« Je te raconterai, mais d'abord j'ai une chose à faire. »

« Laquelle ? » demanda-t-il d'un air perplexe en la voyant faire le tour de son bureau.

Elle se pencha vers lui et lui fit la bise sur la joue. « Bon retour parmi nous. Il est grand temps que tu te pardonnes à toi-même et que tu t'engages envers quelqu'un d'autre. »

« Je ne savais pas que je ne m'étais pas pardonné à moi-même. »

« Eh bien, si. En tout cas jusqu'à récemment. »

« Bon, merci de m'avoir mis au courant. J'apprécie ta perspicacité. »

« Je suis sérieuse. En tant que ton amie, ce n'était pas facile pour moi de te regarder te morfondre à cause d'une erreur que tu as commise il y a deux ans alors que pendant ce temps, Janey, Joe et leur entourage ont gentiment continué de vivre. »

« Je ne me morfondais pas, Vic. »

Les poings sur les hanches, la tête inclinée, elle tint tête aux conneries qu'il débitait sans dire un mot.

« Okay, peut-être que je me morfondais un peu. »

« Beaucoup. »

« Si tu le dis. »

« Je le dis. »

Il tritura le stylo sur son bureau. Bien que Victoria le gonfle de façon régulière, elle n'en était pas moins perspicace. Et c'était une femme, et il avait tellement besoin de connaître son opinion sur ce qui s'était passé la nuit dernière. « Alors, la raison pour laquelle nous n'avons pas… bref, elle a paniqué au moment crucial. Tu vois ? »

« Oh, non, tu déconnes. Qu'est-ce que tu as fait ? »

« J'ai essayé de la réconforter, mais la crise était sérieuse. Elle pleurait et elle tremblait tant qu'elle pouvait. » Rien que d'y penser, il se sentit mal d'être la cause de cette angoisse, tout en sachant logiquement qu'il ne l'était pas vraiment. Merci à Truck Henry pour les dégâts qu'il avait laissés dans son sillage.

Victoria l'observa d'un air pensif. « Il s'est passé quoi après sa crise de panique ? »

« On en a discuté et je suis resté avec elle. »

« Jusqu'à ce qu'elle s'endorme ou toute la nuit ? »

« Toute la nuit. »

« C'est bien. Tu as eu raison de rester avec elle. »

« Je suis parti parce que je devais venir bosser, mais j'y retourne après le boulot et demain soir et le soir suivant. »

Pendant qu'il parlait, Victoria hochait la tête. « C'est ce qu'il faut faire. Avec un peu d'espoir et au bout d'un moment, elle finira par ne plus associer l'acte à lui. »

Il lui jeta un coup d'œil. « Et si elle continue d'associer l'acte à ce connard ? »

« Non. Rappelle-toi que ça ne fait que quelques semaines. Ses blessures physiques ont guéri, mais il lui reste un bout de chemin à faire pour guérir les blessures internes. Tout comme les bleus se sont estompés au-dehors, ils s'estomperont aussi dedans — surtout si elle sait qu'elle peut prendre son temps. Ça, ce sera super important pour elle. »

« Je lui ai dit que je n'irai nulle part et que je voulais être avec elle. »

« Alors c'est ce que tu feras. Soutiens-la. Sois patient et compréhensif. Toutes ces choses l'aideront à guérir. »

« Tu n'en parleras à personne ? »

« Bien sûr que non. Je te fais tourner en bourrique sans relâche, mais tu sais que tu peux me faire confiance. En tout cas, je l'espère. »

« Oui, et j'apprécie tes conseils. Donc, on disait, à propos de cet Irlandais... »

Les mains sur son cœur, elle dit, « L'irlandais est divin. Mignon, sexy, et oh, cet accent. » Elle s'éventa de façon théâtrale. « Son accent me transporte. »

« D'où ça sort ce truc qu'ont les femmes d'avoir des vapeurs pour un accent irlandais ? »

« On ne peut pas s'en empêcher. Les vapeurs sont dans notre ADN. » En prenant un accent irlandais exagéré, elle dit, « Il suffit qu'on entende ces intonations mélodieuses irlandaises et on fond comme de la pâte. »

« Et il se passera quoi quand ton copain irlandais rentrera chez lui ? »

« Il a dit qu'il resterait peut-être plus longtemps que les deux semaines qu'il a prévues avec sa tante. Il se plaît ici. » Son sourire coquin laissait à penser que le cousin de Seamus se plaisait ici en grande partie à cause d'elle.

« Je n'aimerais pas que tu tombes amoureuse d'un mec qui vit de l'autre côté de l'océan. »

« Ce n'est pas le cas, » dit-elle comme si c'était la chose la plus ridicule qu'elle ait jamais entendue. « Je m'en sers pour le sexe. Et il est top dans ce domaine-là. »

« Ah, je vois. C'est bien qu'on ait tiré ça au clair. »

« Tout à fait. Bon, il faut que je me remette au boulot. »

« Hé, Vic ? »

« Ouais ? »

« Merci. »

Une main posée sur l'encadrement de la porte, elle dit, « De quoi ? »

« D'être mon amie. Je n'en ai pas eu beaucoup depuis cette histoire avec Janey, donc j'apprécie ceux que j'ai. »

Elle sourit. « Je suis contente que tu aies trouvé Daisy. J'espère que tu es heureux. Elle est très bien pour toi. »

« Oui, elle l'est. »

« Appelle le fleuriste. »

« Oui, madame. »

Elle s'éloigna, et il attrapa le téléphone. Une fois qu'il se fut occupé du message naze sur la carte, il passa un coup de fil à son oncologiste de Boston pour savoir ce qu'il lui voulait. Le temps que le docteur Garrity prenne l'appel, David avait dépassé le stade de la crise de panique.

« David. Merci de me rappeler. »

« Pas de problème, mais je dois vous dire que je transpire comme un veau, là. La semaine dernière, vous m'avez dit que tout allait bien... »

« Absolument. Mieux que bien même. La rémission est bien installée et il n'y a aucune raison de se faire du souci. »

David expulsa un soupir de soulagement tandis que ses doigts tremblaient sous la poussée d'adrénaline qui venait de le fouetter. Juste au moment où il remettait sa vie sur de bons rails, il n'avait vraiment pas besoin de mauvaises nouvelles sur sa santé.

« Je m'excuse si je vous ai rendu mal à l'aise, » dit Garrity.

« Mal à l'aise est effectivement l'expression exacte, » dit David en riant.

« En fait, j'appelais à propos de quelque chose qui pourrait vous intéresser. »

« Ah ? »

« Une place s'est libérée dans notre service, et nous avons pensé à vous pour occuper ce poste. Vous avez laissé une impression favorable après la fin de votre stage. De plus, votre expérience personnelle en tant que patient nous laisse à croire que vous seriez un excellent élément pour notre équipe. Ça vous intéresse ? »

« Euh, je... ouah, vous me prenez complètement par surprise. »

« Je m'en doute, étant donné que nous nous sommes vus la semaine dernière et que je ne vous en ai pas parlé. Mais un des physiciens de notre équipe a décidé d'être transféré ailleurs ce qui nous laisse un poste vacant. N'avez-vous jamais réfléchi à faire votre carrière dans l'oncologie, David ? »

« Pour être honnête, j'ai tellement de travail sur l'île en tant que médecin généraliste que j'ai à peine le temps de me nourrir, et encore moins de cogiter sur ma carrière. »

L'éclat de rire de Garrity rappela à David pourquoi il avait choisi ce médecin jovial et optimiste pour le suivre pendant son traitement. « Je me souviens de cette époque. Est-ce que je vous ai jamais raconté qu'au début de ma carrière, j'étais médecin généraliste dans une petite ville du Wyoming ? Je n'ai jamais travaillé aussi dur de ma vie. »

« C'est un métier très exigeant surtout dans un lieu isolé comme celui-ci. »

« Donc vous êtes en train de me dire, et corrigez-moi si je me trompe, que vous êtes bien installé et que vous ne cherchez pas à changer de voie. »

« Votre proposition m'a réellement pris de court, et je me demandais si je pourrais avoir un jour ou deux pour y réfléchir. »

« Absolument, mais pas plus longtemps. Nous avons besoin de quelqu'un dès que possible. Notre charge de travail est malheureusement plus lourde que jamais. »

« Je comprends. Je vous rappellerai le plus vite possible. Et merci pour votre offre. J'apprécie que vous ayez pensé à moi. »

« Vous êtes notre premier choix, David. La balle est dans votre camp. On se recontacte bientôt. »

David raccrocha et s'assit à son bureau pour envisager les conséquences de cet appel jusqu'à ce que Janice, la réceptionniste, tape à sa porte pour lui annoncer que ses rendez-vous de treize heures commençaient à arriver. « Je viens. »

Quelques semaines plus tôt, la proposition du docteur Garrity l'aurait carrément emballé. Il commençait à en avoir marre de se sentir comme un martyre dans sa propre ville et il souhaitait plus que tout un nouveau départ. Il n'aurait jamais deviné que ce nouveau départ prendrait la forme d'une jolie femme qui le faisait redevenir lui-même.

Comment penser à partir maintenant alors qu'ils venaient de

se trouver ? Le désastre de sa rupture avec Janey lui avait appris une chose certaine : il ne retenterait jamais d'avoir une relation à distance. Elles ne fonctionnaient pas pour lui, et il n'avait aucun désir de s'engager encore une fois dans cette voie.

Pour l'instant, il devait se focaliser sur ses patients pendant plusieurs heures. Il envisagerait quoi faire de sa vie plus tard.

TIFFANY DÉCIDA d'attendre Blaine avant d'aller travailler. Elle voulait d'abord téléphoner à Maddie pour lui demander la permission de réorganiser le barbecue.

Vêtu de l'uniforme qui l'enflammait à chaque fois qu'elle le voyait dedans, Blaine descendit l'escalier à pas lourds. Il était si torride, si sexy et si amoureux d'elle que parfois, elle avait envie de se pincer pour vérifier qu'il était bien réel, qu'ils l'étaient tous les deux.

Il l'enlaça, son grand corps musclé l'entourant, et Tiffany se détendit contre lui. Il était on ne peut plus réel, et elle pouvait le garder jusqu'à la fin des temps. Cette idée l'inonda d'un soulagement déraisonnable. Rien n'avait encore changé entre eux, et pourtant elle avait l'impression que tout changeait — et en mieux.

« À quoi tu penses, bébé ? » demanda-t-il en posant de baisers stratégiques le long du cou de Tiffany.

« Oh, à tout et à *rien.* » Elle appuya son bassin contre l'érection toujours présente lorsqu'ils se trouvaient ensemble.

Son rire masculin lui fit plaisir. « Tu n'en as toujours pas eu assez après la nuit qu'on vient de passer ? »

« Je n'en aurais jamais assez. »

« Et ça, tu vois, c'est l'une des mille raisons pour lesquelles je t'aime autant. »

« Il faudra que tu me parles des neuf cent quatre-vingt-dix-neuf autres raisons. »

« J'ai toute la vie pour ça, et pour en trouver de nouvelles. »

Tiffany se tourna pour lui faire face. « On le fait vraiment ? »

« Oh, que oui ! Quand est-ce que tu vas appeler Maddie ? »

« Ce matin. »

« Pourquoi tu te renfrognes comme ça ? » Il embrassa le pli entre ses sourcils. « Je t'ai dit que je ne voulais pas te voir faire ça. »

« Tu vas devoir me lâcher la grappe si tu t'attends à ce que je ne m'inquiète de rien et que je t'épouse dans deux jours. »

« Ne te soucie de rien, bébé. Ce sera super. Je le sais, parce que tu seras là, et Ashleigh sera là, et je serai là. Rien d'autre ne compte. »

« Et les autorisations pour se marier ? »

« Je m'en charge. Le maire me doit un service ou deux. »

« S'il ne se montre pas arrangeant avec toi, dis-le-moi. Il me doit également un service ou deux. »

Elle trouva son rictus comique. « Et quel genre de services il te doit exactement ? »

« Je ne peux pas te le dire. » Elle l'embrassa pour effacer l'indignation au coin de ses lèvres. « Secret professionnel de mes clients. »

« Si Upton ou sa femme font des achats dans ta boutique, je préférerais qu'on me crève les yeux avec des lances effilées plutôt que d'en connaître les détails. »

Tiffany éclata de rire. « Dis-moi ce que tu penses vraiment. »

« J'en serai ravi. » Il l'étreignit aussi fort qu'il le pouvait et posa ses lèvres sur les siennes. « Je t'aime. J'aime Ashleigh. Il me tarde de t'épouser dans deux jours. Et il me tarde de passer l'éternité avec toi. » Il l'embrassa encore puis lui mit une légère claque sur l'arrière-train avant de la relâcher. « Maintenant, appelle ta sœur, comme ça tu pourras arrêter de t'inquiéter au cas où elle dirait non alors que tu sais parfaitement que ton plan va l'exalter. »

« Oui, » dit Tiffany en souriant, « elle ne va plus en pouvoir. »

« Voilà qui est bien dit. Je veux voir plus de sourires et moins de froncements de sourcils. Tu m'entends ? »

« Je t'entends. » Elle l'attrapa par le col de la chemise sans se soucier de froisser le tissu. « Et j'ai l'intention de te garder ici. »

« Laisse-moi aller travailler, petite coquine. J'ai une famille à nourrir. »

« Attends. »

« Quoi ? »

Elle posa ses mains sur son torse et le regarda dans les yeux. « Je veux que tu saches que même si je suis un peu anxieuse à l'idée d'organiser un mariage en quarante-huit heures… Celui que j'épouse ? Là, je n'ai aucun doute. Je t'aime à la folie. »

« Oh, bébé, » dit-il en laissant reposer son front contre le sien, « tu sais exactement quoi dire à un homme. Je t'aime aussi. Je veux que tu te relaxes, que tu t'amuses et que tu acceptes que ce qui doit arriver arrivera. Si quelque chose ne se passe pas bien, on s'en carre. À partir du moment où on sera marié au coucher du soleil samedi, j'aurais tout ce que j'ai toujours voulu avoir. J'aurais plus que je ne l'aurais jamais cru possible. »

Elle lui sourit en sachant déjà qu'elle suivrait ses conseils et qu'elle se calmerait au sujet des détails. Il avait raison. Si la journée virait à la cata, qui s'en souciait ? Elle serait quand même sa femme, et c'était tout ce qui comptait. « Tu vas l'annoncer quand à tes parents que tu te maries samedi ? » Soit son imagination lui jouait des tours, soit il pâlit un peu.

« Heu, aujourd'hui, je suppose. »

« Bonne idée vu qu'ils auront peut-être déjà prévu autre chose. »

Il souffla. « Si c'est le cas, j'espère qu'ils changeront leurs plans. »

« Mais oui. Allez, file au boulot. On se voit plus tard. »

Après un dernier baiser, il la lâcha et se dirigea vers la porte. « Appelle ta sœur ! »

« Dis-le à ta mère ! »

Il se marrait encore en passant la porte.

Ce moment passé avec lui avait transformé sa nervosité en joie. Elle n'avait jamais rien fait d'aussi spontané de sa vie — si l'on omettait l'ouverture d'un magasin d'accessoires érotiques — pensa-t-elle en téléphonant à Maddie.

Sa sœur répondit à la première sonnerie. « Salut ! J'allais justement t'appeler ! Tu ne vas pas le croire, mais David a ordonné l'alitement à Janey jusqu'à la fin de sa grossesse. C'est pas pourri un truc comme ça ? »

« Super pourri. Comment elle va ? »

« Pas trop mal, mais sa tension est un peu élevée et il y a trop de protéines dans son urine. »

« Ce sont des symptômes de pré-éclampsie, » dit Tiffany en se remémorant les bouquins qu'elle avait lus durant sa grossesse.

« Ils veulent éviter qu'elle en arrive là et c'est pour ça qu'il lui a prescrit de rester au lit. Et toi, ça va ? »

« Hum, en fait, j'ai besoin d'un service. Mais c'est genre un méga service, alors ne te sens pas obligée de dire oui. »

« Crache ta valda, Tiff », dit Maddie en riant. « Quoique ce soit, tu sais que je le ferais pour toi si c'est possible. »

« Je me demandais... » Le cœur de Tiffany partit en vrille. « Ça t'ennuierait si Blaine et moi, enfin, si on s'occupait de ton barbecue ce week-end ? »

« C'est-à-dire ? Tu veux inviter du monde ? »

« Pas tout à fait. On espérait que ton barbecue pourrait également nous servir pour la réception du mariage. »

Maddie poussa un hurlement à glacer le sang qui obligea Tiffany à éloigner le combiné de son oreille.

« *Ohmondieu* ! Je crois que je vais manquer d'air. *Ce* week-end, genre *dans deux jours* ? »

« On dirait, oui. »

Maddie se tut tout à coup. Dans le silence à l'autre bout de la ligne, Tiffany entendit des sanglots.

« Tu pleures ? »

« Juste un peu. C'est tellement excitant ! Mais tu es sûre que tu es prête, chérie ? Je veux dire, tu viens à peine de divorcer, et je sais que tu es folle de Blaine, et vice versa — . »

« C'est sans doute trop rapide, mais on a un motif supplémentaire à cause de Jim qui nous cherche des noises par rapport au fait que Blaine veut vivre avec moi. »

« Pfft, quel connard celui-là. »

« Oui, du coup on s'est dit que si on était mariés, il n'aurait plus l'excuse qu'on vit dans le péché, et Dan est d'accord. C'est Blaine qui a eu l'idée de se marier ce week-end pour couper l'herbe sous le pied de Jim, et parce qu'il ne peut pas vivre sans moi. Blaine, je veux dire. » Tiffany émit un petit rire. Son plan lui paraissait ridicule à présent qu'elle le dévoilait à sa sœur.

« Oh, Tiff. C'est si romantique. Évidemment que tu peux le faire pendant mon barbecue. Éclate-toi ! C'est tellement excitant ! »

« Blaine a dit que tu serais à fond pour cette idée. »

« J'adore mon nouveau beau-frère. Il est si intelligent. Qu'est-ce que je peux faire ? Oh mon dieu ! Il me tarde de le raconter à Mac. Tu l'as annoncé à maman ? »

« J'irai leur rendre une petite visite tout à l'heure, » dit Tiffany, boostée par l'enthousiasme de Maddie.

« Et Ashleigh ? »

« Elle est restée chez maman hier soir et elle va chez Jim ce soir. On lui dira demain matin quand elle rentrera à la maison. »

« Je passe te voir dans la journée, et on organisera tout. Tu seras chez toi ou au magasin ? »

« Chez moi. Je viens de me rendre compte que je vais devoir laisser Patty tenir la boutique si j'espère préparer une telle réception d'ici samedi. »

« Ça va être génial. Attends de voir la tête des invités quand ils réaliseront qu'ils sont là pour un mariage ! Oh ! Frank, l'oncle de Mac, vient, et il est juge. Il peut vous marier ! »

« Tu crois que ça ne l'ennuiera pas ? Il me connaît à peine. »

« Il va adorer, j'en suis certaine. Mais bon, je vais dire à Mac qu'il le lui demande. »

« Maddie, tu n'as pas l'impression que c'est un projet fou ? »

« Je pense que c'est fou et merveilleux. Tu es avec un gars épatant qui te vénère et qui ferait n'importe quoi pour toi et ta fille. Qu'est-ce que tu veux de mieux ? »

« Rien, » dit doucement Tiffany. « Absolument rien. »

Au retour de la clinique, Seamus insista pour porter Carolina dans la maison, où sa mère faisait du thé dans la cuisine.

« Vous voilà tous les deux. Je commençais à me demander où vous étiez partis. » Ses yeux s'écarquillèrent lorsqu'elle vit les écorchures sur le visage de Carolina. « Pour l'amour de Dieu ! Que s'est-il passé ? »

« J'ai rencontré un buisson d'épines hier soir. J'ai trébuché et je suis tombée. »

« Oh seigneur ! Je peux faire quelque chose ? »

« Elle a besoin de se reposer, maman. Elle n'a pas beaucoup dormi cette nuit, et on rentre juste de chez le docteur. »

Sa mère les suivit dans le couloir qui menait à leur chambre. « Qu'est-ce qu'il a dit ? C'est grave ? »

« Ça va aller, » dit Caro, faisant bonne figure devant la mère de Seamus. « Ma fierté est plus blessée que quoique ce soit d'autres. »

« Ce n'est pas vrai, mon amour, » dit Seamus en la posant avec autant de précautions que possible. Elle grimaça de douleur et il eut l'impression que c'était lui le blessé. La voir souffrir le tuait. Et de savoir que c'était de sa faute si elle s'était blessée ainsi... ça, c'était le plus dur à supporter. « Tu t'es fait de sérieuses lésions, et tu dois obéir aux ordres du docteur. Repose-toi jusqu'à ce qu'elles commencent à cicatriser. »

Caro regarda la mère de Seamus. « Ce n'est pas du tout ce que j'avais prévu pendant votre visite. »

« Bah, ne vous faites aucun souci pour moi. Je suis débrouillarde. Seamus et moi allons nous occuper de tout, n'est-ce pas, mon fils ? »

Il se sentit tiraillé de tous côtés, en particulier parce que Joe l'avait appelé plus tôt pour lui raconter que Janey devait être alitée. Il était donc hors circuit et retiré du planning pour un temps indéterminé, ce qui signifiait que Seamus ne pouvait en aucun cas rester à la maison avec Carolina, alors qu'il ne voulait que ça.

Caro saisit sa main. « Qu'est-ce qui ne va pas ? »

« Je ne t'annonce pas ça par plaisir, mon amour, mais il faut que j'aille au boulot. Tu te souviens de l'appel que j'ai reçu à la clinique ? »

Elle hocha la tête.

« C'était Joe. Apparemment, ils étaient dans une autre salle d'examen pendant qu'on était à la clinique, et le docteur a ordonné à Janey de rester alitée jusqu'à la fin de sa grossesse. »

« Oh non ! Pauvre Janey. C'est affreux pour elle, surtout en cette saison. Et regarde-moi, tout amochée et incapable d'aller la soutenir. »

« Tu seras à nouveau sur pied dans peu de temps, le docteur David te l'a dit. Il suffit que tu ne fasses pas d'effort jusqu'à ce que les plus vilaines blessures cicatrisent. Tu ne voudrais pas qu'elles s'infectent, si ? »

Pendant qu'ils parlaient, Nora s'activait dans la chambre, pliant et rangeant des vêtements. Seamus savait que Carolina ne supporterait pas de voir sa mère nettoyer ou travailler au lieu de profiter de ses vacances. « Laisse ça, maman. »

Carolina lui offrit un sourire de remerciement. Nul doute qu'elle avait été sur le point de dire la même chose.

« Pas de problème. Allez, va travailler, mon garçon. Je reste avec ta Caro et je vais m'assurer qu'elle prend les choses en douceur. Vas-y, vas-y. Nous allons très bien nous débrouiller, n'est-ce pas, Caro ? »

« Bien sûr. » Carolina prit la main de Seamus et lui sourit. Mais il vit la tension nerveuse qu'elle tentait de lui cacher.

Il se pencha pour l'embrasser. « Je reviens dès que je peux. »

« Je sais. »

En baissant la voix jusqu'au murmure, il ajouta, « Je te dois un immense service pour ça. »

« Plus que tu le crois. »

Il aboya de rire puis l'embrassa encore. « Je t'aime. »

« Moi aussi. Fais attention en mer. »

Seamus se redressa en rassemblant les forces qui lui manquaient pour la quitter. Mais Joe comptait sur lui, et décevoir son patron était une chose que Seamus ne ferait jamais. Joe l'avait toujours très bien traité et s'était montré bien plus compréhensif que Seamus ne s'y attendait envers sa relation avec la mère de Joe. Diriger l'entreprise avec efficacité pour que Joe puisse s'occuper de sa femme enceinte était la moindre des choses que Seamus pouvait faire pour lui.

Sa mère le suivit jusque dans la cuisine. « Maman, je suis désolé que cette histoire soit arrivée alors que tu viens juste de débarquer. »

« Tu sais que je n'aime rien tant que de m'activer dans la maison de toute façon. Tout ira bien. »

« À ton avis, Shannon a passé la nuit où ? »

« Je suis sûre qu'il a trouvé un bon lit chaud et une femme encore plus chaude. » Elle fit claquer sa langue comme si elle désapprouvait. « Je désespère qu'il se mette en couple un jour, mais ceci étant, je disais la même chose de toi et regarde-toi aujourd'hui. »

« Je sais que tu as été surprise quand tu as rencontré Caro, mais j'espère que tu vois ce que je vois en elle et que tu lui donneras sa chance. »

« Ce que je vois c'est que vous êtes fou amoureux l'un de l'autre. J'ai bien l'intention de lui donner la chance de me montrer qu'elle est digne de mon fils. »

« Maman... »

« Ne prends pas ce ton avec moi, Seamus Padric O'Grady. Je suis toujours ta mère et tu as intérêt à ne jamais l'oublier. »

« Comme si c'était possible. » Seamus lui fit la bise. « Sois gentille avec elle aujourd'hui. Si tu fais quoi que ce soit pour l'éloigner de moi... »

« Si tu penses que c'est mon but, c'est que tu ne me connais pas du tout. Bon, tu pars le conduire ce bateau ? »

« J'y vais. Je serai de retour pour le dîner. »

Elle lui fit un signe du doigt pour qu'il s'incline et qu'elle puisse l'embrasser sur la joue. « Bons vents et bonne mer, mon chéri. »

« Merci, maman. Et merci de prendre soin de Caro. Elle fait sa courageuse, mais elle s'est sérieusement blessée. »

« Je m'en suis aperçue, et je vais bien m'occuper d'elle à ta place. »

Elle l'accompagna dans l'allée, ce qui rappela à Seamus le nombre de fois lorsqu'il commençait à conduire où elle avait marché à ses côtés jusqu'à la voiture tout en lui faisant la morale sur la sécurité au volant. Il n'avait pas pensé à ça depuis des années. Debout devant la camionnette de la compagnie que Joe lui avait confiée à ses débuts, Seamus ne s'était jamais senti aussi écartelé entre ce qu'il devait faire et ce qu'il voulait faire. Il se tourna vers sa mère.

« Je suis désolé de ne pas t'avoir parlé de la différence d'âge. »

« Moi aussi, mais uniquement parce que ta Caro a eu l'air gênée quand elle a compris que je n'étais pas au courant. »

« Oui. » Seamus passa ses mains dans ses cheveux. « On peut le dire. »

« Pourquoi tu ne m'as rien dit ? »

« Parce que je voulais que tu la rencontres, que tu la connaisses et que tu nous vois ensemble avant de décider qu'elle n'était pas faite pour moi. »

« Tu ne me fais pas assez confiance. »

« Peut-être pas. »

« Je ne nierais pas que je suis déçue du fait que tu laisses passer ta chance de devenir père un jour. Je pense que tu aurais été un père merveilleux, donc j'ai un peu de peine pour quelque chose qui n'arrivera jamais. Mais je sais reconnaître le véritable amour quand je le vois, Seamus. Et là, je le vois. »

« Vraiment ? »

« Vraiment. Alors ça suffit avec ta tête de déterré. Profitons-en plutôt pour s'amuser pendant que je suis là. »

En riant, Seamus la prit dans ses bras. « Ça me plairait. »

« Si tu aperçois ton cousin en ville, envoie-le à la maison. »

« Je le ferai. Il n'a pas changé d'un poil depuis la dernière fois que je l'ai vu. »

La mine soudain froissée de sa mère suggéra que la vérité était ailleurs. « Il ne s'est jamais remis de son histoire avec cette pauvre Fiona. Du coup, il pourchasse tout ce qui porte des jupes en se disant que d'une façon ou d'une autre, cette activité lui apportera l'apaisement et soignera sa souffrance. »

« C'est sa manière de survivre, » dit simplement Seamus.

« Oui, je le suppose en tout cas. Pourtant je passe mon temps à me demander jusqu'à quand il va continuer comme ça. »

Seamus lui fit la bise sur la joue. « Il continuera jusqu'à ce qu'il trouve quelque chose — ou quelqu'un — qui soulage sa douleur. À ce soir, maman. »

« Je serais là. »

Et cette courte phrase, pensa Seamus en démarrant, était réconfortante.

CHAPITRE 12

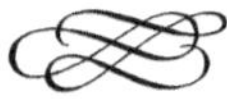

Carolina entendait le léger brouhaha de voix sans toutefois capter ce qui se disait. Elle se sentait de plus en plus mal à l'aise à l'idée qu'ils puissent discuter d'elle. Elle se tourna dans le lit, essaya de se redresser un peu pour trouver une meilleure position, mais à cause des profondes coupures sur l'avant et l'arrière de ses jambes, il ne pouvait y avoir de bonne position. La douleur lui fit monter les larmes aux yeux tandis qu'elle se tournait à nouveau.

« Ah, chérie, » dit Nora en entrant dans la chambre. « Pourquoi vous gigotez comme ça ? C'est le meilleur moyen de rouvrir ces coupures. »

« Je n'arrive pas à trouver une position confortable. J'ai mal partout, et je suis navrée d'avoir eu cet accident au moment où vous arrivez sur l'île. J'avais prévu plein de choses à faire et à vous montrer dans le coin et... » Les larmes qui glissaient sur ses joues rendaient sa situation encore plus pathétique qu'elle ne l'était déjà. Elle s'essuya le visage. « Et je ne cherche pas à ce que l'on me prenne en pitié. Ce n'est pas dans mon caractère. »

« Allons, allons. Je vois bien que vous n'êtes pas le genre de femme à chouiner. De ce que j'en sais, vous avez très bien élevé votre fils sans pratiquement aucune aide. Seamus a énormément d'estime pour lui, vous savez. »

« Oui, » dit doucement Caroline, sans trop savoir dans quelle direction partait cette conversation. « Je le sais. »

« Seamus ne respecte pas les gens qui ne l'ont pas mérité. »

« Je suis désolée qu'il ne vous ait pas dit… la vérité… à mon sujet… avant votre arrivée. »

Nora plia l'un des T-shirts de Seamus qu'il avait laissé par terre puis s'assit sur un coin du matelas. « Il m'a parlé de vous. »

« Il ne vous a raconté que la moitié de l'histoire. »

« C'est vrai. »

« Et vous avez été choquée en réalisant que la femme dont il est tombé amoureux est plus proche de votre âge que du sien. »

« Un peu surprise. »

Carolina attendit qu'elle ajoute quelque chose, mais elle resta silencieuse assez longtemps pour que Carolina ait envie de se tortiller. Si seulement le fait de bouger ne faisait pas si mal. « Vous êtes en colère ? »

« Non, je suis simplement triste parce qu'il ne sera jamais père. »

« Moi aussi. En fait, j'ai essayé pendant des mois de le convaincre de me quitter pour cette raison précise. »

« Et je connais mon fils. Plus on essaie de le convaincre, plus il se cramponne à ses positions. »

« Vous le connaissez bien. »

« C'est le moins qu'on puisse dire, et c'est la raison pour laquelle je confirme que je ne l'ai jamais vu regarder une femme comme il vous regarde. Il a l'air passionnément épris de vous. »

Carolina se maudit de ne pas pouvoir contrôler la chaleur qui lui monta aux joues en entendant les paroles sincères de Nora.

« Ce sentiment est-il partagé ? »

« Totalement. »

« Eh bien, ça me rassure un peu. En tant que mère, vous comprenez ce que signifie pour moi ce que vous venez de dire. »

« Tout à fait. » Elle lança un regard en coin à Nora. « Je vais devenir grand-mère cet été. »

« On me l'a dit. »

« Il m'a raconté que vous aviez perdu vos autres fils. Je suis tellement désolée. »

« Oui, ça a été terrible. Les deux fois. On dit qu'une mère ne devrait jamais avoir à enterrer ses enfants, et c'est vrai. »

« Seamus est le seul fils qui vous reste... »

« Je vois où vous voulez en venir, mais nous avons Shannon et d'autres neveux. La famille perdurera. »

« Est-ce que vous savez que lorsque j'ai commencé à fréquenter Seamus, j'ai pensé à vous ? »

« À moi ? Pourquoi ? »

« Parce que je suis une mère, et je me suis demandé comment je me sentirais si mon fils sortait avec une femme qui ne pourrait jamais lui donner d'enfants. »

« Comment vous sentiriez-vous ? »

« Je serai triste de ne jamais avoir de petits-enfants. De ce que j'entends, c'est la meilleure chose qui soit depuis l'invention des glaces. »

« Oui, c'est vrai, et même si je souhaite que Seamus vive cette expérience, j'ai d'autres enfants ce qui n'est pas votre cas. Je suppose donc que mon point de vue diffère un peu du vôtre dans ce sens-là. »

Carolina n'y avait pas songé.

« Vous l'aimez autant que, de toute évidence, il vous aime ? »

« Oui. Je l'aime énormément. »

« Aucune mère ne pourrait demander mieux pour ses enfants. »

La mère de Seamus savait tout à présent, et tout en ayant quelques réserves, elle ne semblait pas vouloir se mettre en travers de leur bonheur. Rien maintenant ne les empêcherait de vivre heureux ensemble. Pour la première fois depuis que cette canaille d'Irlandais avait déboulé dans sa vie, Carolina ressentit enfin un peu de sérénité.

Bien que sa peau la brûle et qu'elle ait mal partout, elle se mit à croire que sa relation avec Seamus avait des chances de fonctionner.

DAISY SE RÉVEILLA un peu sonnée et désorientée, inquiète aussi de ne pas avoir entendu le réveil. Mais un coup d'œil lui révéla qu'elle avait encore une heure avant d'aller travailler. Son corps entier la faisait souffrir, et elle eut l'impression d'avoir du gravier dans les yeux en se remémorant sa soirée désastreuse avec David après sa crise de panique.

Même si elle n'avait aucune envie de se rappeler ce qui s'était passé, elle se força à le faire. Un retour dans le passé où tout avait basculé de bon à mauvais en une fraction de seconde. La sensation de son érection contre elle avait déclenché un souvenir de la nuit où Truck avait tenté de la violer. Il n'avait pas réussi à la pénétrer heureusement, mais ses tentatives répétées lui avaient laissé des bleus et des meurtrissures dans la région la plus sensible.

Daisy tressaillit en revivant la façon dont David l'avait examinée à cet endroit-là après l'agression. Est-ce qu'il y pensait quand il la regardait ou la touchait ? Elle se frotta le visage avec les mains. Oh, elle espérait bien que non. Tout en se tournant sur le côté, elle aperçut un message de lui posé contre la lampe de la table de chevet.

Bonjour !

J'ai dû partir au boulot et je voulais te laisser dormir. J'ai adoré dormir près de toi cette nuit, et j'espère qu'on pourra le refaire ce soir et demain et le lendemain... Appelle-moi quand tu te réveilles — si tu as le temps. Sinon, on se voit ce soir.

David

Il était tellement gentil et adorable, et il avait traversé tant d'épreuves après sa rupture avec Janey. Il méritait une femme qui pouvait lui donner tout ce qu'il méritait, pas une qui se mettait à flipper lorsqu'il essayait de lui faire l'amour. Même si elle appréciait chaque minute passée avec lui, il était hors de question qu'elle fut celle qui l'empêcherait d'être heureux avec quelqu'un d'autre.

Daisy s'extirpa du lit et se traîna jusqu'à la douche où l'eau délaya les sanglots qui tombaient de ses yeux douloureux à l'idée qu'il puisse être avec quelqu'un d'autre.

Sarah, pensa-t-elle. *J'ai besoin de Sarah.* Elle effectua sa routine du matin à toute vitesse, laissa ses cheveux sécher naturellement, prit le chemin du travail vingt minutes plus tôt que d'habitude, et fonça vers l'hôtel Sand & Surf.

Pourvu qu'elle soit là, et pourvu qu'elle soit disponible, pensa Daisy en traversant la ville à grands pas. Elle avait caché ses yeux derrière une paire de méga lunettes de soleil pour que personne ne voie ses yeux à vif ni ses cernes. En approchant du Surf, elle fut choquée de voir une ambulance garée devant et une foule de gens rassemblés sur la terrasse.

Inquiète pour son amie, elle s'approcha de l'hôtel battu par le vent. « Que se passe-t-il ? » demanda-t-elle à une femme vêtue d'un polo du Surf.

« Laura a tellement de nausées à cause de sa grossesse qu'Owen a appelé les secours pour l'amener à la clinique. Il a peur qu'elle ne soit déshydratée. »

Les ambulanciers sortirent de l'hôtel en transportant sur une civière une Laura au teint blême. Derrière eux, un Owen au teint presque aussi blême fermait la marche. Sarah apparut à la porte tenant Holden dans ses bras, le bébé de Laura. À la seconde où l'ambulance démarra, Daisy grimpa les marches quatre à quatre pour se ruer vers Sarah. « Elle va bien ? »

« J'espère. Elle est si faible. Owen ne pouvait plus le

supporter et il a appelé les secours alors qu'elle lui avait dit de ne pas le faire. En général, je suis d'accord avec elle quand ils se disputent, mais cette fois-ci, je suis du côté d'Owen. »

Holden souleva sa main potelée et attrapa une mèche de cheveux de Daisy. Avant qu'il ne puisse tirer dessus et lui faire mal, Sarah parvint à la lui faire lâcher.

« Je peux faire quelque chose ? » demanda Daisy.

« Non. Monsieur Holden et moi-même nous occupons de tout pendant leur absence. » Elle dévisagea Daisy. « Qu'est-ce qui t'amène ? À cette heure-ci d'habitude, tu te précipites pour commencer le boulot. »

« C'est vrai, mais... » Daisy remua la tête. « Non, rien. Tu vas avoir de quoi faire aujourd'hui et tu n'as pas besoin que je me défoule sur toi. »

Comme seule une mère de sept enfants pouvait le faire, Sarah cala adroitement Holden sur sa hanche droite et prit le poignet de Daisy de sa main gauche. « Entre. Maintenant. »

Daisy la suivit dans l'hôtel où Sarah posa le panneau « Je reviens » sur le bureau de la réception et partit vers la cuisine située au fond de l'hôtel. Elle installa Holden sur sa chaise bébé et parsema le plateau de céréales. Il se jeta sur le casse-croûte avec des piaillements enthousiastes qui firent sourire Daisy en dépit du tourment qui la plombait.

Sarah fit du café, posa deux mugs fumantes sur le comptoir et fit signe à Daisy de s'asseoir sur l'un des tabourets. « Enlève tes lunettes. »

Avec réticence, Daisy les remonta sur sa tête.

Sarah sursauta. « Il t'a fait du *mal* ? »

« Mon Dieu, non. Jamais de la vie. C'était de ma faute cette fois-ci. On était, tu sais… On s'amusait, quoi. »

« Et ? »

« Et quand il a voulu… faire l'amour... » Daisy fixa son café des yeux comme si le drame refaisait surface. Comment avait-elle pu lui faire ça ? Comment avait-elle pu lui donner l'impression qu'il était comme Truck ? Comment avait-elle pu le *frapper* ? « J'ai pété un câble. Tout ce que j'ai enduré m'est revenu d'un coup à l'esprit comme si ça s'était passé hier au lieu d'il y a plusieurs semaines. »

« Ce n'est pas bien long des semaines, Daisy, surtout quand on n'a pas retenté l'expérience depuis. »

« Je sais, et je croyais vraiment que j'étais prête. Je ne pensais pas qu'un truc dans ce genre pouvait arriver, sinon je ne l'aurais pas laissé aller si loin. Le plus triste dans cette histoire, c'est que j'avais réellement *envie* de faire l'amour avec lui. »

« Ce n'est sans doute pas ce que tu veux entendre, mais ceux qui ont survécu à des viols peuvent continuer d'avoir des flash-back des années après. Par moments, je me demande... Est-ce que je serais jamais normale après ce que Mark m'a fait subir ? Pourtant je suis bien décidée à tout faire pour. Je refuse de le laisser me détruire donc je me répète souvent que j'ai droit au bonheur. »

« Ça me plaît. C'est comme ça que je veux réagir. »

« Il te faut plus de temps, Daisy. Ne te précipite pas. Vas-y lentement, et quand ce sera le bon moment, tu le sauras. »

« Mais est-ce que David sera toujours là ? »

« Il t'a dit quoi hier soir quand tu étais bouleversée ? »

« Tout ce qu'il fallait, mais bon… Dans une situation aussi lourde, c'est trop de demander à quelqu'un d'être patient. »

« Je commence à le connaître depuis le temps que je vis ici, et s'il est le genre d'homme que je crois, il est sincère. Il a des sentiments pour toi. Il ne va pas décamper au premier signal de détresse. »

« Je n'ai jamais connu un mec comme lui. Il est si... »

« Normal ? » demanda Sarah, son regard pétillant d'humour.

« Oui ! C'est exactement ça ! »

« Depuis que je suis avec Charlie, je découvre qu'il y a beaucoup à dire sur la normalité. J'ai vécu assez de drames pour toute une vie. »

« Comment ça va entre vous ? »

« Bien. Normal. Lentement… Comme toi, j'ai eu mes problèmes. Je n'aime pas trop que l'on me touche. Je garde espoir que ça changera, et il se montre extraordinairement patient et solidaire malgré le fait que je ne lui ai toujours pas tout raconté sur ce qui s'est passé avec Mark. »

« Une personne sensée m'a dit un jour quand ce sera le bon moment, tu le sauras. »

En souriant, Sarah souleva son mug de café. « Touché. »

« On forme une belle paire, tiens. »

« Nous sommes des survivantes, Daisy. Ne l'oublie jamais. On a traversé un brasier et on en est ressorties plus fortes et plus résistantes, mais blessées. Il n'y a rien de mal à être blessé. Ce n'était pas de notre faute, et il n'y a aucune honte à avoir. »

« Tu me donnes toujours de nouvelles perspectives qui ne m'étaient pas venues à l'esprit, et tu as raison. Ce n'est pas de ma faute. Ni de celle de David d'ailleurs. Il mérite d'être avec quelqu'un qui peut lui donner tout ce dont il a besoin. »

« Laisse-le décider de ce dont il a besoin ou pas. Si c'est trop pour lui, tu le sauras bien assez vite. D'ici là, fais de ton mieux pour le croire quand il te dit qu'il a l'intention de t'attendre. »

« Je vais essayer. Merci d'être toujours là pour moi. J'apprécie énormément ton soutien et je n'ai pas les mots pour le dire. »

« C'est tout aussi important pour moi d'avoir quelqu'un de proche qui est passé par là où j'en suis passée. »

« Je ferais mieux d'aller bosser. » Daisy se leva et rinça son mug dans l'évier, se pencha pour faire une bise sur la joue potelée d'Holden et étreignit Sarah avant de partir.

« Courage, chérie. Tu sais où je suis si tu as besoin de moi. »

« Toi aussi. »

Sarah et Holden lui firent au revoir de la main depuis la porte d'entrée du Surf, et tandis que Daisy prenait la route de l'hôtel du Port Nord, elle repensa aux conseils de Sarah. Continuer d'être en couple avec David n'était certainement pas la ligne de conduite appropriée, mais l'idée de se séparer de lui la rendait malade.

Une fois à l'hôtel, la matinée s'écoula rapidement dans un brouillard de mini-crises, de dossiers administratifs, d'inventaire et de course. Daisy ne se trouvait au deuxième étage que depuis dix minutes, et il était déjà 11 h. Alors que ses côtes s'échauffaient, elle accueillit avec soulagement un regain d'activité qui l'empêcha de trop ruminer sur son dilemme personnel.

Un peu avant midi, Maddie apparut à la porte, le regard scintillant et l'air excité. « Tu es occupée ? »

« Toujours, mais jamais trop occupée pour toi. » Daisy se leva pour enlever la pile de serviettes qui avait atterri sur la chaise des visiteurs. « Entre. »

« J'ai tellement de nouvelles que je ne sais pas par laquelle commencer. »

« Elles sont bonnes, j'espère. »

« Encore mieux que ça. Si tu es d'accord évidemment. »

La manière dont Maddie parla mit les nerfs de Daisy à vif. « Qu'est-ce que tu veux dire par là ? »

Maddie lui décocha un sourire penaud. « J'ai fait un truc... »

« Tu as fait quoi ? »

« Tu te souviens que la mairie avait décidé de se servir du terrain que Madame Chesterfield avait donné à la ville pour bâtir des logements à un prix abordable ? »

« Vaguement. J'en avais entendu parler, il me semble. Mais qu'est-ce que ça a à voir avec moi ? »

« Mac et son cousin Shane se sont mis en rapport avec une société qui bâtit des maisons destinées à des locataires à faibles revenus. Et ils viennent de recevoir l'autorisation de construire leur première maison. »

« C'est fantastique. Tout est tellement cher dans le coin. C'est génial si les gens qui gagnent peu ont la possibilité de bien se loger pour un loyer modéré. »

« Tout à fait d'accord. J'étais fauchée il n'y a pas si longtemps que ça, alors je sais ce que c'est de trimer sans jamais sortir la tête hors de l'eau. C'est pour cette raison que j'ai déposé une demande à ta place, et elle a été approuvée. Une de ces maisons sera pour toi, Daisy. »

L'esprit de Daisy n'était plus qu'un grand vide. Elle entendit les mots qui sortirent de la bouche de Maddie, mais elle ne les enregistra pas.

« Dis quelque chose. J'étais si nerveuse à l'idée de te l'annoncer parce que je pensais que tu n'apprécierais pas la raison pour laquelle je l'ai fait. »

« Pourquoi tu l'as fait ? » demanda Daisy en chuchotant. « Tu me prends pour ton œuvre de charité, ou quoi ? »

« Mais pas du tout ! Qui sait mieux que moi combien tu travailles dur et combien ça coûte de vivre ici ? Il y a quelques mois, tu m'as dit que tu n'arriverais sans doute pas à passer un autre hiver ici, et c'est pour ça que je l'ai fait. C'était la seule raison. Et aussi parce que tu as besoin d'un répit après tout ce que tu as enduré. »

Daisy essuya les larmes qui l'aveuglaient. « Je ne sais pas quoi dire. »

« Dis-moi que tu ne m'en veux pas d'avoir fait ça derrière ton dos. Je ne voulais pas que tu t'emballes au cas où le projet tomberait à l'eau. C'est pour ça que je ne t'ai rien dit. »

« Je ne t'en veux pas. Comment le pourrais-je ? Personne n'a jamais fait un truc pareil pour moi. Je te suis tellement reconnaissante, Maddie. Je n'ai jamais eu une amie comme toi. »

« Nos vies se ressemblaient tant avant que Mac McCarthy ne me fasse tomber de vélo. N'oublie jamais ça. »

« J'apprécie que tu ne l'aies pas oublié non plus. »

« Comment j'aurais pu ? J'ai vécu au jour le jour pendant des années. Je n'oublierai jamais d'où je viens ni la chance que j'ai aujourd'hui. »

« C'est incroyable, » dit Daisy sans pouvoir s'empêcher de

pleurer. Elle avait l'impression de n'avoir rien fait d'autre que sangloter depuis hier, mais ces larmes-là étaient de joie. « Ma maison à moi ! »

« Je suis si contente que tu le penses ! L'autre chose dont je voulais te parler c'est que Mac et moi organisons un barbecue demain après-midi, et on aimerait que tu viennes. Avec David, bien entendu. »

Daisy attrapa un kleenex pour endiguer le flot de larmes. « Ça me plairait beaucoup d'être là, mais je ne sais pas s'il viendra. »

« Comme on y a pensé, on en a discuté avec Janey et Joe. Ils sont tous les deux d'accord pour qu'il vienne. »

« Oh, alors... Vous leur avez vraiment demandé ? »

« Oui. »

« J'en parlerai à David. »

« Bon. Et je t'ai dit que ma sœur se marie et que le barbecue servira par la même occasion pour la réception du mariage ? »

La bouche de Daisy s'arrondit de surprise. « Tu es *sérieuse* ? Je l'ai vue hier et elle ne m'en a pas parlé. »

« Sans doute parce que ça s'est passé hier soir. »

« Ils se marient *demain.* »

« Ouais. »

« C'est à cause de Jim ? »

« Ah, tu en as entendu parler ? »

« Elle était au téléphone avec Dan quand je suis allée dans sa boutique hier. »

Le sourcil de Maddie se dressa d'un air interrogateur, et Daisy réalisa qu'elle en avait trop dit. « Mais dis-moi, tu faisais quoi dans le magasin de Tiffany ? »

Daisy fit un effort pour garder une expression vague. « Je n'y étais jamais entré, et j'ai fait ma curieuse. »

Le rire de gorge de Maddie se répercuta dans la petite pièce. « Tu n'as aucun talent pour le mensonge, Daisy Babson. Ne joue jamais, *jamais* au poker. J'espère que tu as acheté un truc sexy absolument scandaleux qui a fait baver David. »

Daisy ne put que reconnaître sa défaite. « Je ne sais pas s'il a bavé pour de vrai, mais c'est sûr qu'il a apprécié les goûts de Tiffany en matière de lingerie. »

« Donc les choses avancent bien ? »

« On peut dire ça. »

« Et tout se passe… enfin, tu sais… bien ? »

Maddie était tellement excitée à propos de la maison et du mariage de Tiffany que Daisy n'eut pas le cœur de balancer ses problèmes à son amie. « Avec un peu de temps, tout ira bien. Il est super avec moi. »

« C'est génial, Daisy. Je suis si contente pour toi. Pour vous deux même. Lui aussi mérite le bonheur. » Elle se mit debout. « On se voit demain ? »

« Je serai là. »

« Et tu vas essayer de convaincre David de venir ? »

Daisy déglutit en se souvenant que leur relation était un peu vacillante en ce moment. « Oui, j'essaierais. »

« Dis-lui qu'on aimerait qu'il soit présent. »

« D'accord. »

« Et dis-lui que c'est vrai. »

En riant, Daisy ajouta, « Okay. »

En rentrant chez elle plus tard cet après-midi-là, Daisy réfléchit à sa situation par rapport à la nouvelle maison. C'était l'une des aventures les plus palpitantes qui ne lui était jamais arrivée. Entre ça et son début de relation avec David, elle devait bien s'avouer que sa vie n'avait jamais été aussi excitante.

C'était en général à cet instant-là que tout tournait mal pour elle.

« Non, » dit-elle. « Ne pense pas comme ça. Ce sera peut-être différent cette fois-ci. » Jusqu'à la nuit dernière — l'incident y compris — elle avait vécu sa relation avec David de façon radicalement différente de tout ce qu'elle avait connu auparavant. D'abord, il était toujours gentil avec elle. Toujours. Il était un si parfait gentleman qu'elle ne l'avait encore jamais vu agacé, perturbé, ou quoi que ce soit d'autre. Depuis qu'ils étaient ensemble, elle n'avait jamais ressenti ni appréhension ni peur qu'il ne passe sa frustration sur elle.

Ce sentiment de sécurité était nouveau pour elle, et probablement l'aspect qu'elle préférait de la personnalité de David. En plus, il était évidemment super beau, ce qui ne gâchait rien. Cette idée la fit sourire tandis qu'elle grimpait les marches jusqu'à son porche puis déverrouillait la porte d'entrée. Avant l'incident avec Truck, elle n'avait jamais ressenti le besoin de verrouiller sa porte. À présent, elle ne supportait pas de la laisser ouverte.

Une fois à l'intérieur, elle se pelotonna sur le canapé et tenta de calmer le chaos dans son esprit. David lui avait dit qu'il voulait la voir ce soir, mais il faudrait qu'ils discutent de la marche à suivre. Et l'approche de cette conversation lui vrillait les nerfs en nœuds douloureux.

Pour une fois, David quitta la clinique à l'heure et ferma la porte de l'entrée des urgences à 18 h pile. L'après-midi s'était révélé relativement lent ce qui lui avait donné l'occasion de combler son retard au niveau des dossiers administratifs qui s'accumulaient sur son bureau en petites montagnes.

La proposition du docteur Garrity ne le quitta pas de la journée. Tout en passant dans la tiédeur ensoleillée de cette fin d'après-midi, David réfléchit aux implications de cette offre et se demanda si ce travail l'intéressait réellement.

D'un côté, une spécialité en oncologie l'intriguait. Ce stage avait été son préféré et lui avait donné l'occasion d'avoir un effet réel sur les patients qui se battaient pour leur vie. Après sa propre lutte contre le lymphome, il avait compris ce que les patients atteints d'un cancer enduraient, et cette expérience serait considérable dans son métier. Il s'entendait également très bien avec les autres médecins qui travaillaient avec Garrity. Ils étaient tous des physiciens hors pair qui feraient d'excellents mentors et collègues.

Pour toutes ces raisons, la proposition était alléchante.

Quand il était en couple avec Janey, ils avaient prévu de revenir sur l'île après ses études de médecine pour reprendre le cabinet du docteur qui soignait la population de l'île depuis qu'ils étaient enfants. Il n'avait jamais envisagé de faire quoi que ce soit d'autre. Après leur rupture, il avait pataugé dans le néant après la fin de son traitement, en essayant de réfléchir à l'endroit où il voulait s'installer.

En un sens, il s'était retrouvé médecin de l'île par hasard quand le docteur Cal Maitland était subitement parti au Texas pour s'occuper de sa mère qui avait fait un AVC. David était chez lui à ce moment-là, en train de se remettre de son traitement, et le départ de Cal lui avait offert la chance sur laquelle il comptait depuis toujours. Sans y réfléchir à deux fois, il avait accepté la proposition de la mairie et n'y avait plus jamais repensé.

Il avait l'impression de n'avoir fait que trébucher et tâtonner dans sa vie depuis sa rupture avec Janey, sans penser à sa carrière, et vivant au jour le jour. Maintenant, par contre, il était remonté à la surface, et il était grand temps qu'il regarde en face l'homme qu'il était ainsi que la carrière qu'il voulait.

Après ces quelques semaines avec Daisy, il lui était devenu impossible de méditer sur son avenir sans penser à elle et sans se demander comment elle intégrait sa vie. Il se sentait anxieux à l'idée d'en discuter avec elle, mais il hésitait également à lui donner des raisons de douter de leur si récente relation.

En passant en voiture devant le poste de police, il remarqua le SUV de Blaine garé devant, et décida spontanément de rendre une brève visite à son ami. Il avait besoin de parler de son dilemme à quelqu'un en qui il avait confiance, et Blaine était cette personne-là.

À l'intérieur, l'agent affecté au bureau d'accueil demanda à Blaine s'il était disponible pour recevoir un visiteur. Quelques minutes plus tard, David fut escorté dans le bureau de Blaine au fond du couloir qui partait du hall d'entrée. Blaine était debout, en train de parler au téléphone, mais il fit signe à David d'entrer.

« Tout va bien se passer, maman, » dit-il en levant les yeux au ciel tout en souriant largement à David. « Tu n'as qu'à te dire qu'on aurait pu s'enfuir ensemble. Ce n'est pas mieux comme ça ? » Le sourire de Blaine s'élargit encore tandis qu'il éloignait le combiné de son oreille.

De là où il se trouvait, David entendit les hurlements de madame Taylor.

« Il faut que j'y aille, maman. Je t'aime. À demain. Oui, je sais. Au revoir. » Il reposa le téléphone portable sur son bureau. « Bordel ! Il faut que je m'écrive un pense-bête qui dirait «N'annonce jamais à ta mère que tu te maries vingt-quatre heures avant la cérémonie. » »

David sentit ses lèvres s'entrouvrir de surprise. « Tu te *maries* ? »

« Demain. »

« Non, tu déconnes ! »

« Pas du tout, et je veux que tu sois là. On se passera la bague au doigt sur la plage, ensuite on transformera le barbecue de Mac et Maddie en réception de mariage. »

« Oh, ah, je ne sais pas si... »

« Allez, David. J'ai besoin de tous mes amis sur place. Ma mère pète un câble, et Tiffany est une boule de nerfs même si elle fait tout pour le cacher. »

« Pourquoi tant de précipitation ? »

« Ce n'est pas précipité. Je comptais en arriver là depuis un bon moment, mais à présent que son connard d'ex-mari l'emmerde parce qu'elle est avec moi, on s'est dit qu'on ferait mieux de prendre les devants. »

« C'est génial. Toutes mes félicitations. »

« Merci, » dit Blaine avec un sourire satisfait. « Je vais enfin avoir ce que je voulais, même si maman me fait un caca nerveux. Et toi ? »

« Rien de spécial. Peu importe. Tu as d'autres chats à fouetter. »

Blaine fit le tour du bureau et s'assit sur l'une des chaises réservées aux visiteurs tout en faisant signe à David de s'installer sur l'autre. « Tu n'es pas venu ici sans raison. Alors, mon pote, raconte-moi. »

David s'assit et se pencha en avant, les coudes sur les genoux. « On m'a offert un emploi à Boston. » Il donna les détails ainsi que les nombreux avantages qui venaient avec le poste. « C'est ma chance de me spécialiser et d'améliorer tout ce que je pourrais améliorer. »

« Tu n'as pas l'impression d'améliorer quoi que ce soit ici ? »

« Si, c'est juste que parce que j'ai eu un cancer, je pense être fait pour l'oncologie. C'est le stage que j'ai préféré durant mon internat. Et puis il y a Daisy… ça se passe vraiment bien entre nous, et elle se plaît dans son nouvel emploi à l'hôtel, donc elle ne voudra certainement pas déménager à Boston. »

« Waouh, » dit Blaine. « Je n'avais pas capté que vous en étiez arrivé au point où elle devient un facteur dans ta décision. »

« Moi non plus, jusqu'à ce que je me retrouve face à ma décision, et c'est à elle que j'ai pensé en premier, » répondit David avec un sourire en coin. « Elle est un facteur important. »

« J'ai l'impression que tu aimes exercer la médecine générale ici. »

« Oui. J'aime les deux. J'aime me sentir nécessaire ici. Ça me plaît de ne pas pouvoir quitter l'île sans m'assurer d'abord qu'un docteur du continent viendra me remplacer. Ça me fait sentir important. »

Blaine sourit. « Tu es presque le dieu local. »

« Je n'irais pas jusque-là. »

« Demande à quelqu'un comme madame Murtry si tu n'es pas presque Dieu. »

David avait sauvé la vie de cette dame plus âgée en effectuant une trachéotomie suite à une réaction allergique potentiellement mortelle.

« Ou Chris Allston. »

Chris s'était coupé un doigt en taillant sa haie. David avait conservé le doigt, organisé un transport en hélicoptère médical pour expédier le blessé dans un hôpital du continent. Il l'avait aussi empêché de se vider de son sang en attendant l'hélicoptère.

« Qu'auraient fait Paul et Alex Martinez sans toi depuis un an ? » Blaine leva un sourcil. « Tu veux que je continue ? Et Daisy ? Et Sarah Lawry ? Tu ne crois pas que ta présence a grandement amélioré leur vie ? »

« Oui, bien sûr. Et j'apprécie ce que tu es en train de faire. Je sais que mon travail améliore la vie des résidents de l'île. Mais est-ce que c'est ce que je veux faire pour le restant de mes jours ? »

« Il n'y a que toi qui peux le savoir. »

« J'en ai marre quelquefois de vivre dans la ville où tant de gens sont au courant que j'ai trompé Janey McCarthy, » dit David en atteignant le cœur du problème.

« Ce que je vais te dire est peut-être un scoop pour toi, mais tu dois être le seul qui y pense encore. Elle a refait sa vie — elle a trouvé son bonheur de ce que j'en vois quand je suis avec elle et Joe. Le reste de la famille McCarthy doit t'être reconnaissant de ce que tu as fait pour Mac et Maddie quand leur bébé est né, sans parler de la façon dont tu t'es occupé de leurs fils après leur accident de bateau. »

« Ils sont reconnaissants. »

« Alors, marche la tête haute sur cette île, David. Tu t'es

repenti, et pour ce que ça vaut, je pense que tu es un excellent médecin généraliste. Tu m'as rendu la tâche facile en plus d'une occasion. »

David se leva et tendit une main pour serrer celle de Blaine. « Merci pour ton soutien et tes paroles d'encouragement. Je sais que tu as plus important à faire. »

« Pas de problème. On se voit demain ? »

« Tu sais que j'aimerais beaucoup y aller. »

« Je l'espère en tout cas. »

« Bon, je vais y réfléchir. »

« Ça me va. »

« Et toutes mes félicitations, » dit David. « Je suis content pour Tiffany et toi. »

« Merci. Moi aussi. »

David ressortit du poste de police le sourire aux lèvres. Il lui tardait de voir Daisy et d'entendre ce qu'elle avait à dire sur la proposition d'emploi qu'il avait reçu.

CHAPITRE 13

Étant donné que Blaine devait travailler jusqu'à 20 h avant de pouvoir partir en week-end et qu'Ashleigh passait la nuit chez Jim, Tiffany décida d'aller voir sa mère qui habitait avec Ned Saunders pour leur annoncer la grande nouvelle en personne.

Francine et Ned venaient juste de s'attabler pour dîner lorsque Tiffany entra par la porte arrière.

« Bonjour, ma chérie, » dit Francine en étirant son cou pour embrasser Tiffany sur la joue. « Quelle bonne surprise. »

« Tu as faim, p'tite ? » demanda Ned en désignant un plateau de poulet barbecue qui fit grouiller l'estomac de Tiffany.

« Je suis censée manger avec Blaine quand il rentrera. »

Ned sauta sur ses pieds pour lui donner l'accolade puis revint avec une assiette et des couverts. « On lui dira pas qu' t'as déjà mangé si tu veux pas qu'il le sache. »

« Bonne façon de raisonner, » dit Tiffany à l'homme qui lui servait de père depuis qu'il s'était remis avec sa mère. En pensant à ce qu'elle devait leur annoncer — et à ce qu'elle comptait leur demander — une boule se forma dans sa gorge.

Elle fit un sourire de remerciement à Ned lorsqu'il lui versa un verre du vin qu'il réservait pour elle. « Merci. »

« Alors, qu'est-ce qui t'amène ? » demanda Ned en retournant s'asseoir.

« Une grande nouvelle que je tenais à vous révéler en personne. »

« Quoi ? » demanda Francine.

« Blaine et moi, nous nous marions. »

« Oh, ma chérie. » Les yeux verts de Francine s'embrumèrent aussitôt. « Quelle merveilleuse nouvelle ! Je suis si contente pour toi. »

« Je sais que c'est trop tôt après le divorce et tout ça, mais pour nous c'est le moment idéal. »

Francine recouvrit la main de Tiffany de la sienne. « C'est tout ce qui compte. »

« C'est pour quand l'grand jour ? » demanda Ned.

« Euh… demain ? »

Ses yeux s'écarquillèrent tandis que Francine fut prise d'une attaque de toux.

« *Demain ?* » dit Francine d'une voix suraiguë.

« Ça a l'air fou, je sais, mais Blaine a eu la super idée de se marier sur la plage et de faire la réception pendant le barbecue de Maddie. »

« Tu es sérieuse, » dit Francine.

Tiffany hocha la tête, espérant en dépit de tout que sa mère approuverait sa décision et la soutiendrait.

Francine lança un regard à Ned qui souriait de toutes ses dents. « Pourquoi tu souris comme ça ? Je n'ai jamais rien entendu d'aussi dingue ! »

« Ouais, mais c'est aussi la chose la plus adorable qu' j'ai jamais entendue. Blaine met la gomme à caus' des menaces de Jim, non, mon cœur ? »

Pas du tout étonnée que Ned ait capté toute l'histoire, Tiffany fit signe que oui. « C'est l'une des raisons, mais bien moins importante que le fait que je suis folle amoureuse de lui et que je veux être tout le temps avec lui. Et il aime Ash autant qu'il m'aime. » De dire ces simples mots lui fit monter les larmes aux yeux. « Il nous aime tellement toutes les deux. Je n'aurais jamais imaginé connaître un jour un amour comme celui-là. » Elle jeta un coup d'œil suppliant à sa mère. « J'ai besoin que tu le comprennes et que tu approuves mon choix. »

« Mais c'est évident, ma chérie. Comment je pourrais ne pas comprendre en ayant assisté à ce que tu as enduré avec Jim ? Ça fait si longtemps que je souhaite pour toi ce qui t'est arrivé avec Blaine. Je ne me mettrais jamais en travers de ton bonheur, même si ton plan est le plus foldingue que j'ai jamais entendu. »

Tiffany se mit à rire tandis que des larmes fraîches coulaient sur ses joues. Elle n'avait toujours pas touché à sa nourriture lorsqu'elle se leva pour prendre sa mère dans ses bras. « Merci beaucoup. Pour ça, et pour ta présence dans notre vie à Maddie et à moi. »

« Oh, arrête tout de suite, » dit Francine d'un ton un peu sévère tout en enlaçant sa fille.

« C'est la vérité. »

Les deux femmes s'étreignirent pendant un long moment empli de sanglots avant de se séparer. Elles riaient en séchant leurs larmes.

« À mon tour, » dit Ned.

Tiffany s'effondra dans les bras ouverts comme si elle avait couru vers lui toute sa vie.

Il l'embrassa sur la joue. « Si heureux pour toi, p'tite. Personne ne l'mérite autant. »

L'intonation douce de Ned généra de nouveaux pleurs. « Merci. » Il la lâcha, et elle essuya à nouveau ses larmes. « Pardon d'interrompre votre dîner et de chialer comme ça. »

« Pas de souci, » dit Ned. « On est toujours ravis de recevoir de bonnes nouvelles. »

Tiffany se tourna vers lui. « J'avais en tête… si tu n'as rien prévu demain, si tu voulais… Si je pouvais vous demander à tous les deux de… me conduire à l'autel. » Pour le restant de ses jours, Tiffany n'oublierait jamais l'expression du visage de Ned lorsqu'il comprit sa question.

Il cligna des yeux plusieurs fois comme s'il tentait de garder son sang-froid, et s'éclaircit la gorge. « J'en serai honoré, mon cœur. Réellement. »

Elle tapota son bras. « Merci. »

« Il est grand temps de fêter ça, » annonça Ned. Il partit dans le salon et revint avec une bouteille de champagne. Ils firent sauter le bouchon, mangèrent le dîner qui avait refroidi pendant qu'ils portaient des toasts et vidèrent la bouteille à eux trois, en s'amusant, en papotant et en tirant des plans sur la comète.

Ned avait dû téléphoner à Blaine à un moment donné parce qu'il débarqua après son service pour la ramener et lui éviter ainsi de conduire. Quand il apparut à la porte, Tiffany se leva d'un bond, se jeta dans ses bras et l'embrassa à pleine bouche.

« On se *marie* ! *Demain* ! »

« J'en ai entendu parler, » dit-il, amusé par son excitation. « Tu as un peu trop bu, bébé ? »

« Peut-être un peu. » Elle ne pouvait s'empêcher de dévisager celui qui était devenu le centre de son monde en si peu de temps. Elle sentait bien qu'elle aurait dû flipper parce que les choses se précipitaient, mais non. Elle n'avait absolument aucun doute qu'elle prenait la bonne décision. *Il* était l'homme qu'il lui fallait.

« Quoi ? »

Tiffany remua la tête. « Rien du tout. »

« Bon, qu'est-ce que je vais bien pouvoir me mettre pour aller au mariage de ma fille *demain* ? »

La question de Francine les fit tous rire.

À l'abri entre des bras musclés, Tiffany posa la tête sur l'épaule de Blaine et se détendit contre lui. À cette heure-ci demain, il serait son mari. Il lui tardait tant d'y être.

~

Daisy se réveilla quand son téléphone bipa. Un texto de David.

Il me tarde de te voir. Suis là dans vingt minutes.

Son cœur se mit à palpiter. Il tardait à David de la voir. Il arrivait. Chacune de ces petites déclarations était suffisante pour l'enthousiasmer, mais toutes ensemble la comblaient d'aise et d'une sensation frénétique d'anticipation. Puis elle se rappela qu'ils devaient discuter, qu'il fallait qu'elle le laisse partir s'il le souhaitait.

Ce n'était que justice. Qui pouvait dire quand elle serait prête à assumer une relation sexuelle, si elle l'était un jour, et ce n'était pas bien de l'enchaîner à elle s'il existait un autre endroit où il préférait être.

Un pique-nique, décida-t-elle. *On ira quelque part, et on en parlera en dînant.* Tandis qu'elle s'activait pour rassembler ce dont elle avait besoin, son cœur passa de vibrant à cognant. Il avait dit qu'il lui tardait de la voir. Quelqu'un lui avait-il déjà dit ça ? Pas dans son souvenir.

Un coup à la porte la fit sursauter si fort qu'elle en lâcha le panier qu'elle avait récupéré sur une étagère du placard. Immédiatement, son excitation s'évapora. Il était trop tôt pour que ce soit David. Suivant son intuition, elle attrapa la batte de baseball que le locataire précédent avait laissé dans le placard et la tint contre sa jambe tout en se dirigeant vers l'avant de la maison. Elle regarda par la fenêtre et vit un jeune homme qui portait une immense composition florale.

Se sentant ridicule de sa réaction exagérée, Daisy cala la batte contre le mur et ouvrit la porte.

« Daisy Babson ? »

« C'est moi. »

« Voilà pour vous. »

La senteur entêtante de lys orientaux lui emplit les narines et fit palpiter son cœur. Quel incroyable geste attentionné. « Merci. »

« J'aurais dû les livrer avant que vous ne rentriez chez vous, mais on est débordés aujourd'hui. Pardon pour le retard. »

David avait voulu que les fleurs soient là avant elle. Il avait pris la peine de lui faire un cadeau et de dépenser pour elle. Entourée par son odeur préférée et debout devant le livreur décontenancé, Daisy laissa s'ouvrir la porte de son cœur. L'afflux d'émotions lui fit peur. Elle n'avait jamais ressenti ça pour un homme auparavant, encore moins un homme qu'elle avait l'intention de quitter si c'était ce qu'il voulait.

Au moment où le livreur descendit les marches, David se gara le long du trottoir.

Totalement enchantée de le voir, Daisy l'attendit sur le pas de la porte. Il portait une chemise blanche immaculée et un pantalon kaki. Son arrivée déclencha en elle une ruée de souvenirs érotiques de la veille au soir qui provoquèrent des picotements sur toute sa peau. Avant que les choses ne tournent mal, la soirée se passait si bien.

« Elles n'arrivent que *maintenant* ? » demanda-t-il, visiblement mécontent.

« Il a dit qu'ils étaient débordés. »

« Je voulais qu'elles soient là avant que tu ne rentres. »

Avec délicatesse, Daisy posa les fleurs sur une table, se tourna pour mettre ses mains sur les épaules de David et se hissa sur la pointe des pieds pour l'embrasser. « Elles sont magnifiques, et je les adore. »

Il passa un bras derrière sa taille pour la serrer contre lui. « Tant mieux. »

« Tu gagnes de super, *super* points pour cette attention, la plus romantique qui soit. »

« La plus romantique ? » Son sourire éclaira son visage.

« La plus romantique. » Daisy l'embrassa à nouveau, prenant

son temps cette fois-ci pour lécher sa lèvre de la pointe de sa langue.

Le grognement qu'il poussa, allié au raidissement de ses muscles, la ravit. Elle adorait se rendre compte qu'elle l'affectait autant que lui. Il recula d'un pas avec une expression légèrement abasourdie tout en la regardant. « Ces points dont tu parles… Comment je peux faire pour les racheter ? »

« Qui vivra verra. »

« Ce ne sont pas de simples fleurs. Ce sont des *lys orientaux*. »

« Et le nombre de points accumulés reflétera exactement, parfaitement, ce que tu auras mérité. »

« Ça fait longtemps que je n'ai pas exactement, parfaitement, mérité quelque chose. »

Daisy lui sourit, contente qu'il soit assez à l'aise pour l'admettre. « Et bien aujourd'hui, tu en as gagné. » Son sourire s'effaça alors que lui revint en mémoire la conversation qu'ils devaient avoir.

« Qu'y a-t-il ? » demanda-t-il en glissant son doigt sur la lèvre de Daisy.

Malgré son intense désir de ne plus jamais mentionner l'incident de la nuit dernière, elle se força à croiser son regard. « Je voulais te parler d'hier soir. »

« Il n'y a rien à dire. »

« David — »

Il laissa son doigt contre ses lèvres pour l'empêcher de parler. « Je t'ai dit toute la vérité hier soir. Peu m'importe s'il te faut un mois, un an, deux ans ou plus. J'aime être avec toi. Je me sens bien quand je suis avec toi. Tu te rends compte de ce que ça représente pour moi alors que je me suis senti comme une grosse merde pendant si longtemps ? »

« Et si ça prend une éternité ? » demanda-t-elle, exprimant ainsi sa plus grande peur.

« Ça m'étonnerait fort, mais si c'est le cas, ça ne change rien. »

« Tu ne peux pas dire ça. Quel homme accepterait de vivre sans relations sexuelles pendant aussi longtemps ? »

« Je n'ai pas eu de relation sexuelle depuis deux ans, Daisy. C'est une preuve que je peux vivre sans, non ? Ce qui compte pour l'instant c'est toi et ce dont tu as besoin. Je prendrai tous mes repères par rapport à toi et je te donnerai ce que tu voudras quand tu le voudras. Je te promets que je n'exigerai rien d'autre. »

Elle remua la tête. « Je m'en veux d'être cynique alors que tu es si gentil, mais la vie m'a appris que quand c'est trop beau pour être vrai, c'est souvent le cas. »

« Pas dans ce cas. » En lui levant le menton, il l'obligea à le regarder droit dans les yeux. « Je me sens bien quand je suis avec toi. Je ne me déteste pas franchement quand je suis avec toi. C'est un énorme pas en avant pour moi, et c'est grâce à toi. Je te supplie de ne pas me repousser juste parce qu'on a eu une nuit difficile. On en aura sans doute des dizaines d'autres, mais ça m'est égal. Je suis là où je veux être, et quoiqu'il arrive, on s'en sortira. »

Daisy voulait plus que tout le croire. « J'ai eu des nouvelles incroyables aujourd'hui. »

« C'est marrant, moi aussi. Et si on en discutait en dînant ? »

« J'ai organisé un pique-nique, juste au cas où. »

Il fronça les sourcils d'une manière un peu confuse et adorable. Mince, n'était-il pas toujours adorable ? « Au cas où quoi ? »

« Où tu déciderais de rester avec moi. »

« Je n'ai pas le choix. »

« C'est-à-dire ? »

« J'ai des points à racheter, et comment je vais savoir ce qui aurait pu se passer si je détale ? »

Amusée et ravie de savoir qu'il ne prendrait pas la porte de sortie, elle lui sourit. « Et tu veux savoir ce qui va se passer ? »

« Plus que tout. Pas toi ? »

Daisy hocha la tête et réalisa qu'elle ne pouvait que le fixer des yeux. « Plus que tout. »

Il fit un pas vers elle, puis un autre. Il posa ses mains sur les minces épaules et fit glisser ses doigts le long de son bras pour joindre leurs mains. Puis il pencha la tête et l'embrassa.

Bouleversée par son lent et doux baiser, Daisy lui serra fortement les mains. À l'instant où elle approfondissait son baiser, il releva la tête. « Pourquoi tu t'arrêtes ? »

« Je ne veux pas que tu t'emballes. »

« S'il te plaît, ne te fais aucun souci. J'allais très bien jusqu'à ce que… tu sais... »

« Oui, je comprends ce que tu dis. » Il l'embrassa rapidement. « La prochaine fois que je t'embrasserai, je ferai mieux. Je te le promets. »

« Tu veux bien me promettre autre chose ? »

« Bien sûr. »

« Promets-moi que tu seras sincère avec moi si tu en as marre un jour d'attendre que je surmonte mes phobies. »

« Attendre me convient. »

« Oui, mais… tu promets ? »

Il l'enlaça et la pressa contre son torse. « Je le promets, mais je suis pratiquement certain que ça n'arrivera pas. »

Daisy s'accrocha à lui pendant un long moment, inspirant l'odeur familière et réconfortante de son eau de Cologne. « Prêt pour le pique-nique ? »

« Je dois d'abord faire un saut chez moi pour me changer. »

« Okay. Il n'y a pas le feu au lac, si ? »

« Pas que je sache, à part que je peux être appelé d'urgence n'importe quand. Ce sera un problème parfois. »

« On se débrouillera. » Elle fit mine d'avancer, mais la main de David glissa le long de son bras pour capturer ses doigts. « Quoi ? »

« J'aime comment tu as dit ça. On se débrouillera. Ça me

donne l'impression que *toi* non plus, tu n'iras nulle part sans moi. »

Elle revint vers lui et lui passa les bras autour du cou. « Où je pourrais bien aller vu que je ne pense qu'à une seule chose : quand est-ce que je vais te revoir ? »

« Tu ne penses qu'à ça ? »

Daisy crut pendant une seconde qu'elle en avait trop dit. Ce n'était pas son genre de s'exposer émotionnellement à un homme. La souffrance lui avait enseigné à taire ses pensées et ses sentiments. Mais quelque chose chez David, en plus du fait de le côtoyer depuis des semaines, lui donnait envie d'être honnête avec lui, malgré le risque envers son cœur fragile. « Pratiquement, oui. »

« Comment tu fais pour travailler, et t'occuper de tout le reste, si tu ne penses qu'à moi ? »

En souriant de sa réponse humoristique, elle l'embrassa dans le cou. « Ce n'est pas facile. » Daisy se recula pour attraper le panier du pique-nique et une couverture. En chemin vers la maison de David, ils papotèrent sur sa journée à la clinique et sur la famille de dix qui s'était installée à l'hôtel un peu plus tôt.

Elle l'attendit dans la voiture tandis qu'il fonçait chez lui pour se changer. Ce fut là qu'elle aperçut le rarement présent propriétaire de l'appartement de David, à l'instant où il sortit de la grande maison en ayant l'air d'émerger d'un tonneau de vin. Il était mal rasé, mais en dépit de ses yeux rougis et de ses cheveux blonds qui se dressaient tout seuls, Daisy remarqua la beauté exceptionnelle de cet homme.

David redescendit les marches de chez lui et eut l'air surpris de découvrir Jared sur la terrasse. Ils échangèrent quelques mots avant que David ne s'installe dans la voiture.

« Ouah, il a une sale tronche, » dit David.

« Qu'est-ce qu'il t'a raconté ? »

« Pas grand-chose. Juste «bonjour » et «ça va », mais d'habitude il a la tête sur les épaules et il est beaucoup plus propre sur lui. Ça fait bizarre de lui voir les cheveux en bataille. »

« Propose-lui de venir avec nous. »

David la regarda de biais. « À notre pique-nique sur la plage ? »

« On a largement de quoi manger, et on dirait qu'il a besoin d'un ami ou deux. »

« Tu es sérieuse ? »

« À moins que tu ne veuilles pas. »

« En fait, ça m'ennuyait de le laisser seul alors qu'il est clair que quelque chose ne tourne pas rond. »

« Et si on restait manger ici avec lui ? On pourrait découvrir ce qui ne va pas, ensuite on irait faire un tour sur la plage tous les deux. »

Il se pencha devant le tableau de bord pour l'embrasser. « Tu es une personne exceptionnellement bienveillante, Daisy Babson, et je t'apprécie beaucoup. »

Enchantée par le baiser autant que par le compliment, Daisy lui sourit. « Je t'apprécie aussi beaucoup. »

Ils sortirent de la voiture et firent le tour de la maison. Les yeux dans le vague, Jared se trouvait sur la terrasse arrière équipée de fabuleux meubles d'extérieur qui donnaient l'impression de n'avoir jamais servi. Des pots géants remplis de fleurs colorées étaient posés à chaque coin de la spacieuse terrasse.

Daisy se demanda si Jared avait remarqué qu'elle et David étaient en train de se décarcasser pour lui. Son travail à l'hôtel lui avait appris que les gens riches remarquaient rarement les petites choses si importantes pour elle.

« Je croyais que tu étais parti, » dit Jared à David.

« Je te présente ma petite-amie Daisy. » David mit son bras autour d'elle tandis qu'elle goûtait le simple plaisir de l'entendre l'appeler sa petite-amie. « Tu as l'air contrarié, alors on a pensé que tu aimerais avoir de la compagnie. » Il plaça le panier sur la table. « Tu as faim ? »

Jared haussa les épaules comme s'il ne savait pas quoi répondre à une question toute simple.

« Je ne sais pas à quoi je pensais quand j'ai empaqueté autant de nourriture juste pour nous deux, » dit Daisy d'un ton enjoué, ce qui lui valut un sourire reconnaissant de David. « Vous nous rendriez service si vous en mangiez une partie. »

« Euh, oui, pourquoi pas ? Merci. » Jared leur montra les chaises. « Prenez un siège. Il nous faut des couverts ? »

« Tout est dans le panier, » dit Daisy. « Mon amie Maddie m'a offert l'équipement complet pour mon anniversaire l'an dernier parce qu'elle sait combien j'aime pique-niquer. C'est la première fois que je vais m'en servir. » Daisy savait qu'elle parlait à tort et à travers, mais elle ne supportait pas la sensation de terrible mélancolie qui émanait de lui. Elle la reconnaissait étant donné qu'elle l'avait ressentie il n'y avait pas si longtemps.

Daisy déballa le poulet rôti, la salade de patates et la laitue qu'elle avait pensé partager avec David. Elle ne mentait pas en disant qu'il y en avait beaucoup trop. Sachant que le métier de David l'obligeait souvent à sauter des repas, elle avait forcé sur les doses au cas où il aurait été affamé.

« Tout ceci a l'air super bon, Daisy, » dit David, engouffrant sa première bouchée avec son enthousiasme habituel pour la cuisine maison.

« Servez-vous, Jared, » dit Daisy.

« Merci. »

Entre deux bouchées de poulet, David déboucha la bouteille de vin qu'elle avait incluse et en servit à tout le monde.

« Merci. » Daisy sirota un peu de vin. La saveur âpre lui fit exploser les papilles. « Vous voulez discuter de ce qui ne va pas, Jared ? Je sais qu'on vient à peine de se rencontrer, mais quelquefois il est plus facile de parler à un étranger qu'à un ami. »

Jared reposa sa fourchette en plastique rouge et s'essuya la bouche avec une serviette à carreaux rouges et blancs. « Il y a deux jours, j'ai demandé ma petite-amie en mariage, » dit-il d'une voix monocorde en regardant droit devant lui. « Elle m'a dit non. »

« Oh, » murmura Daisy. « Elle a dit pourquoi ? »

Jared baissa les yeux et passa ses doigts dans ses cheveux à plusieurs reprises. Il devait faire ce geste depuis pas mal de temps vu la façon dont ils étaient hérissés. « Elle ne veut pas la vie d'une personne publique. Elle dit qu'elle m'aime, mais elle déteste mon genre de vie. L'acharnement des médias, les commérages, les croqueuses de diamants, le luxe. Tout ça n'est pas pour elle. »

« Je suis désolé, mon pote, » dit David. « Ça craint. »

« À fond. Je n'ai pas pu rester en ville après ça en sachant que tout était fini entre nous. Il fallait que je me barre. »

« Vous avez eu raison de venir ici, » dit Daisy. « Changer d'air et prendre du recul vous fera du bien. » Elle regarda David sans plus savoir quoi dire.

« Daisy a raison. Tu adores cet endroit, si paisible et tranquille. »

« Tu sais à quoi je pense depuis que je suis arrivé ? »

« Non, » dit David.

« À comment faire pour me débarrasser de mon fric. Peut-être que si je n'avais plus d'argent, je pourrais lui donner la vie normale dont elle rêve. »

« Mais est-ce que c'est ce dont *vous* rêvez ? » demanda Daisy en regrettant immédiatement son audace devant quelqu'un qu'elle venait de rencontrer.

« C'est elle que je veux. C'est nous deux ensemble. Je n'ai jamais été amoureux de quelqu'un comme je le suis d'elle. Je ne pige pas pourquoi elle bloque sur les raisons qui font que ça ne marcherait pas entre nous sans voir aucune de celles qui font que ça marcherait. Putain, on était si bien ensemble. »

Lorsque les yeux de Jared s'emplirent de larmes, Daisy

détourna le regard. Elle avait l'impression de s'immiscer dans un moment intensément privé.

« Pardon, » dit Jared. « J'apprécie ce que vous essayez de faire pour moi, mais je suis de mauvaise compagnie ce soir. »

« On en est également passé par là nous deux, » dit David. « On comprend. »

« Ça t'est arrivé aussi ? » demanda Jared.

David jeta un coup d'œil à Daisy comme s'il voulait son autorisation de raconter à Jared ce qu'il avait vécu.

Sous la table, elle enroula ses doigts autour des siens. Quand leurs regards se croisèrent, elle sourit et hocha la tête.

David serra sa main. « J'étais fiancé à la petite-amie avec qui je suis sorti pendant treize ans et je me suis débrouillé pour tout faire foirer un an avant le mariage. Je comprends tout à fait comment tu te sens en ce moment, mais les choses s'améliorent. Avec le temps. »

« Combien de temps ? »

« Ça fait très mal pendant une assez longue période, » dit David. « Et puis un jour tu rencontreras quelqu'un d'autre, quelqu'un qui te redonne de l'espoir. » Il regarda Daisy. « Ce ne sera pas comme avant, mais il se peut que ce soit encore mieux. »

Il affichait l'expression d'un homme qui a parcouru un long et difficile chemin et qui a fini par arriver à destination content de son périple. Le regard tendre et caressant dont il l'enveloppa ainsi que les mots qui l'accompagnaient incitèrent Daisy à se sentir grandie parce qu'elle avait réussi à faire ça pour lui.

« C'est sympa à vous deux d'avoir passé un moment avec moi, » dit Jared. « Bon, profitez de votre soirée. »

« Jared, » dit David avant que l'autre homme ne puisse s'en aller. « Rends-toi service en ne prenant aucune décision importante pour l'instant. Ne donne pas tout ton argent à une œuvre de charité ou un truc dans le genre. Tu pourrais le regretter dans une semaine ou deux lorsque tes idées redeviendront claires. »

Jared hocha la tête et disparut à l'intérieur de la maison.

« Le pauvre, » dit Daisy.

« Le plus pauvre des mecs riches que tu n'as jamais rencontré. »

« L'argent ne fait pas le bonheur. »

« Non. Merci pour le pique-nique et la conversation avec Jared. »

« Je l'aime bien, et il me fait de la peine. »

« Il s'en remettra. D'habitude il est hyper confiant et c'est un peu un fanfaron. Je l'ai à peine reconnu ce soir. »

« Il a le cœur brisé, » dit Daisy en soupirant. « Il a tout ce que l'argent peut acheter, mais ça lui sert à quoi sans la femme qu'il aime ? »

David mit son bras autour des épaules de Daisy et posa un baiser sur son front. « Et si on allait ranger les restes de nourriture chez moi pour aller faire cette balade sur la plage que je t'ai promise ? »

« Super idée. »

Ils ressortirent de chez lui peu de temps plus tard, puis passèrent en voiture devant la maison sans lumière dans laquelle Jared se terrait.

« Ne t'inquiète pas, » dit David. « J'irai le voir demain. »

« Oui, s'il te plaît. »

Il lui prit la main et la garda dans la sienne jusqu'au parc de stationnement de la plage Carpenter du côté est de l'île. Daisy voulait lui parler de la maison et de ce que Maddie avait fait pour elle, mais décida d'attendre qu'ils soient à pied. Ils arrivèrent à la plage alors que le soleil se couchait sur la terre, brillant de mille feux rouge orangé qui illuminaient le ciel.

« C'est l'heure idéale, » dit David tandis qu'ils descendaient l'escalier menant à la plage. Elle était déserte mis à part un groupe de mouettes qui plongeaient dans les vagues à la recherche de poissons. Leurs mains enlacées, ils enlevèrent leurs chaussures au pied des marches et marchèrent jusqu'au bord de l'eau où des vaguelettes terminaient leur course sur le sable. Le reflet du soleil sur l'eau et la danse des oiseaux qui poussaient des cris perçants rendaient ce site merveilleux.

« Quelle belle soirée, » dit Daisy.

« Magnifique. » Il mit son bras autour d'elle. « Marchons un peu. »

« Il faut que je t'avertisse que je m'éclate à ramasser des trucs sur la plage. » Elle sortit un sac en plastique de la poche de son short et le lui montra.

« Tu cherches quoi ? »

« Je le sais quand je le vois, mais en général des coquillages sympas, des galets ou du bois flotté. J'adore le bois flotté. »

« Je m'en occupe. »

Ils ratissèrent la plage pendant une bonne demi-heure, remplissant le sac de diverses variétés de trésors. Daisy apprécia l'enthousiasme de David pour sa marotte et le complimenta à chaque fois qu'il trouva un coquillage, ce qui le fit rire.

Se divertir en compagnie d'un homme était amusant. Elle avait l'impression de se libérer rien qu'en partageant avec lui l'un de ses plaisirs simples et en ressentant qu'il se passionnait pour cette activité.

« Regarde, » dit-il en soulevant une étoile de mer.

« Elle est encore vivante ? »

« Possible. »

« Renvoie-la dans l'eau. Elle a peut-être encore une chance. »

Plutôt que de la lancer, David s'avança jusqu'au bord de l'eau et la plaça sur une vaguelette.

« Une autre vie sauvée, Docteur Lawrence, » dit-elle en riant.

« Je l'ajouterai à mon compte. »

« Tu as sauvé combien de vies exactement ? »

« Je n'en sais rien, » dit-il d'un air gêné par cette question. « Quelques-unes. »

« Je me disais que tu te souviendrais de chacune. »

« J'aimerais bien, mais les choses vont trop vite dans un

service d'urgence d'une grande ville. Il n'est pas possible de tout suivre. Celui-là, c'était mon stage le plus fou. »

« Lequel tu as préféré ? »

Le sourire de David s'estompa un peu. « L'oncologie. »

« Pourquoi ? »

« Je me suis très bien entendu avec les médecins qui travaillaient avec moi. J'ai beaucoup appris d'eux, et les patients étaient des gens très particuliers, gais et optimistes alors même qu'ils affrontaient une épreuve terrible. J'essayais de me remémorer leur courage pendant que je suivais mon traitement.

« Ça s'est passé comment ? »

« Ma dépression venait plus de la façon dont j'avais fait foirer ma vie personnelle que de la maladie. J'ai tenté de rester positif, mais j'avais trop de mal à m'enthousiasmer pour quoi que ce soit après avoir perdu Janey. Je sais réellement ce que ressent Jared en ce moment. J'espère que je ne revivrais plus jamais ça. Jamais. »

« Je l'espère aussi, » dit doucement Daisy en réalisant à cet instant-là qu'elle avait le pouvoir de le faire souffrir et vice versa. Elle espéra qu'ils avaient tous les deux tiré des leçons de leurs erreurs et que chacun d'eux ferait attention au cœur de l'autre. S'appuyant contre lui, elle passa un bras autour de sa taille et se délecta du poids du bras de David sur ses épaules. « Il s'est passé quelque chose aujourd'hui dont je voudrais vraiment te parler. »

« J'allais dire la même chose. »

« Toi d'abord. »

« Sûrement pas. C'est toujours les dames d'abord. »

Daisy s'arrêta de marcher pour se tourner vers lui. « Tu as entendu parler du terrain que Madame Chesterfield a laissé à la ville ? »

« Pourquoi ? »

« La mairie a décidé d'utiliser ce terrain pour des logements à prix abordables pour des gens comme moi qui bossent dans le service. J'ai découvert aujourd'hui que Maddie a mis mon nom sur la liste des maisons, et j'ai été acceptée. » Elle lutta pour retenir ses larmes. « Je vais avoir ma propre maison, David. »

Il la souleva de terre et la fit tournoyer. « C'est fantastique, Daisy ! Toutes mes félicitations. »

Elle s'agrippa à lui. « Je suis tellement heureuse de pouvoir rester ici. Je redoutais de devoir partir après la saison, mais mon loyer a augmenté et je n'ai plus les moyens de le payer. J'arrive à peine à régler ce que je dois en ce moment malgré l'augmentation de salaire que j'ai reçu en tant que responsable du service. »

« Là au moins, tu n'as plus à partir. »

« Là au moins, je n'ai plus à partir. »

Il la reposa, mais garda ses bras autour d'elle tout en se penchant pour l'embrasser. « Je suis si content que tu n'aies plus ce poids sur les épaules. »

« Moi aussi. Je ne me suis jamais sentie nulle part chez moi comme je le suis ici, et l'idée de partir me tuait. »

« Je suis hyper content pour toi. »

« Alors pourquoi tu as cet air chagriné ? »

Il laissa retomber ses bras, se baissa pour ramasser une pierre plate et l'envoya valdinguer sur la surface de l'eau. « On m'a offert un boulot à Boston aujourd'hui. »

« Oh. »

« Oui. C'est ironique, non ? Le même jour où tu obtiens ta chance d'assurer ton avenir ici. »

Daisy croisa les bras en observant l'horizon, et en essayant de tout absorber. « Quel genre de travail ? »

« L'occasion de me spécialiser en oncologie et de bosser avec les médecins qui m'ont guidé pendant mon stage, et qui m'ont suivi pendant mon traitement. »

« Le stage que tu as préféré. »

« Oui, et j'ai aussi de l'estime pour les docteurs de ce cabinet. J'ai appris un nombre incroyable de choses parmi eux alors forcément, c'est à eux que je me suis adressé quand mon diagnostic est tombé. »

« Donc tu veux ce poste. »

« Si j'avais l'intention de changer ma vie, je suppose que ce serait le poste idéal. »

« Tu n'es pas content de diriger la clinique ? »

« Je m'éclate à diriger la clinique autant qu'à être le seul docteur de l'île. Ça me fait du bien qu'on ait besoin de moi, tu vois ? »

« Oui. »

« Quand on m'a appelé pour me faire cette proposition tout à l'heure, tu sais à quoi j'ai pensé en premier ? »

« Non. Tu t'es dit quoi ? »

« Je me demande si Daisy voudrait emménager à Boston. »

« Ça a été ta première réaction ? »

« L'une d'entre elles. »

« Boston. Waouh. Je n'ai jamais pensé à retourner là-bas depuis que j'en suis partie. »

« Moi, j'adore. C'est un super endroit pour vivre. »

« La ville me plaisait bien quand j'y étais, mais je préfère être ici. »

« Moi aussi, la plupart du temps, mais je ne sais pas… Il est peut-être temps de changer. »

Daisy ne sut pas quoi répondre à ça, et un éventail de possibilités lui zébra l'esprit tandis qu'elle le suivit entre deux dunes puis l'aida à étaler la couverture.

Il s'allongea dessus et lui tendit le bras pour l'inviter à le rejoindre.

Nichée contre son torse, Daisy voulait lui poser un millier de questions. Il allait accepter ce boulot ? Et si elle ne le suivait pas là-bas ? Que deviendrait leur relation ? Pourquoi tant d'obstacles n'arrêtaient pas de se dresser entre eux ?

« Dis-moi à quoi tu penses. »

« J'aimerais mieux savoir ce que toi tu penses. Tu comptes accepter le poste ? »

« S'ils me l'avaient proposé il y a deux mois, j'aurais sans doute sauté sur l'occasion. Mais maintenant... »

« Maintenant quoi ? »

« Tout a changé, et je ne suis plus le seul en cause. »

« Il ne faut pas que tu prennes en compte ce qui se passe entre nous pour baser une décision importante pour ta carrière. »

« Et pourquoi non ? Tu prendrais un boulot dans une autre région sans penser à moi ni à ce que je pourrais ressentir ? »

« Non, mais c'est différent. »

« En quoi ? »

« Tu es *médecin*, David. »

« Ah, zut, j'avais oublié. »

Elle lui mit un coup de coude dans le ventre qui le fit sursauter.

En riant, il effleura de ses lèvres le front de Daisy. « Ton raisonnement est pourri, si tu vois ce que je veux dire. »

« Pas vraiment. »

« Ton travail, ta vie, tes rêves, tes buts ne sont pas moins importants que les miens. »

« Je comprends ce que tu essaies de dire, mais ta carrière est bien plus importante que la mienne. Aujourd'hui, par exemple, Laura McCarthy a été transportée à la clinique. Je me doute que tu as soigné sa déshydratation et ses nausées. »

« C'est possible. »

« Et j'ai entendu dire que Carolina Cantrell était tombée dans un buisson d'orties. Je suppose que tu l'as soignée aussi. »

« Ça se pourrait. Tu es terriblement bien informée. »

« J'étais sur place quand ils ont transporté Laura de l'hôtel à l'ambulance, et Madame McCarthy est une amie de Madame Cantrell, donc elle en a parlé au boulot. Elles vont bien toutes les deux ? »

« Elles vont s'en remettre. »

« Moi, j'ai commandé des produits de nettoyage, j'ai signalé au personnel de la lingerie qu'ils devaient laver le linge plus rapidement en cette période de l'année et j'ai préparé le planning de la semaine prochaine. Tu sauves des vies. Je gère des femmes de ménage. Ton travail est plus important. »

« Sans doute qu'il l'est pour des gens qui sont malades, mais le tien est plus important pour ceux qui veulent un lit propre et une rupture avec leur train-train quotidien. »

« Tu aurais dû être avocat. Tu as raté ta vocation. » Elle soupira et se redressa sur un coude pour le dévisager. « Si tu veux ce poste à Boston, tu devrais l'accepter. J'ai l'impression que c'est une occasion fantastique. »

« Peut-être. Je te manquerais si j'y allais ? »

« Oui, tu me manquerais. »

« Tu envisagerais de venir avec moi ? »

« Je ne sais pas. Je me plais vraiment ici. Et si je laissais mon job, mes amis et tout le reste pour partir avec toi et que ça ne marche pas entre nous ? Je ferais quoi dans ce cas-là ? »

« Je ne te laisserais jamais en plan, Daisy. Quoiqu'il arrive entre nous. »

« Oui, mais… Il faudrait que je reparte de zéro. Une fois de plus. Je ne sais si j'en ai la force. »

« Alors on ne part pas. »

« Tu n'as pas le droit de prendre ce genre de décision basée sur l'humeur d'une femme qui ne peut même pas avoir de relation sexuelle avec toi ! »

Et en plus il *éclata* de rire. Il se marra tellement qu'il en eut les larmes aux yeux lorsqu'il reprit sa respiration.

« Ce n'est pas marrant. »

« C'est *toi* qui es marrante. » Il pinça doucement le nez de Daisy. « Tu es heureuse ici. Je suis heureux avec toi. On ne va nulle part. D'autres opportunités se présenteront si on en a ras le bol un jour de vivre sur une île. »

Elle l'observa, incapable d'admettre qu'il basait une décision de cette importance sur ce qu'elle désirait plutôt que sur ce qui était mieux pour sa carrière à lui. « David, écoute-moi. Tu n'es pas dans ton état normal — ».

Il bascula sans prévenir, la faisant atterrir sur son torse et la plaçant en contact direct avec ses lèvres.

Bien qu'elle ait plein d'autres choses à lui dire, le baiser captura toute son attention quand la langue de David pénétra sa bouche tandis qu'il s'emparait de sa chevelure pour la plaquer contre lui. Lorsqu'il finit par desserrer son étreinte, elle avait oublié ce qu'elle comptait lui dire et elle se doutait qu'il l'avait fait exprès.

Il dévia vers son cou, embrassant sa gorge et son épaule tout en repoussant la bretelle de son débardeur.

« Je sais ce que tu es en train de faire. » Les baisers de David lui coupaient le souffle tandis qu'il la maintenait sur lui dans le soleil couchant.

« Je fais quoi ? » demanda-t-il en traçant une ligne avec sa langue le long de son cou.

Elle ne savait pas que cette caresse pouvait être aussi excitante. « Tu essaies de détourner la conversation pour que je ne te dise pas qu'il faut être fou pour baser l'avenir de sa carrière sur ce dont j'ai envie. »

« Pourquoi ? » Ses mains trouvèrent le chemin de ses seins, les entourant, les titillant.

« *David,* » gémit-elle. Incapable de soutenir sa tête, elle laissa retomber contre la poitrine masculine. « Tu veux bien m'écouter s'il te plaît ? »

« J'ai entendu chacun des mots que tu as prononcés. »

« Mais tu ne *m'écoutes* pas. »

« Bien sûr que si. Tu penses que c'est ridicule de baser mon avenir sur ce qui est mieux pour toi plutôt que pour moi. J'ai bon, là, non ? »

Elle releva la tête pour le regarder. Ses yeux pétillaient

d'amusement. « Oui ! »

« Bien. On peut recommencer à s'embrasser et à faire des trucs maintenant qu'on a réglé le problème ? »

« On n'a rien réglé du tout. »

« Là, j'ai l'impression que tu cherches à te débarrasser de moi. »

« Non. Tu sais bien que non, mais il faut que tu réfléchisses et que tu prennes la bonne décision. »

« J'y ai déjà réfléchi et je suis content de ma décision. Okay ? »

« C'est vraiment à cause de moi que tu refuses cette chance ? »

« Hum, j'exerce mon droit de ne pas répondre vu que je veux en finir avec cette discussion et reprendre ce qui m'amusait beaucoup plus. »

« Réponds à ma question. »

Il poussa un profond soupir et leva les bras au-dessus de son front pour passer ses mains dans ses cheveux.

Comme son érection durcissait contre le ventre de Daisy, elle tenta de rouler vers le sol. D'un mouvement rapide, il la rattrapa en l'empêchant de s'en aller. « Il y a plusieurs facteurs, mais le principal c'est toi. »

Daisy remua la tête. « Et tu ne vois pas que tu me mets la pression. »

« Pas de pression. Dis-toi que je me plais ici parce que tu y es. Ne cherche rien d'autre. »

« Rien d'autre, tu parles. »

« Bon, on peut s'embrasser ? »

« Est-ce que je peux te demander une dernière chose ? »

Il poussa un geignement dramatique. « Tant que ce n'est pas à propos de mon travail. »

« Tu es au courant que Tiffany et Blaine se marient demain ? »

« On peut le dire. Je suis passé voir Blaine après le boulot. »

« Tu viendrais avec moi ? »

« Vu que je laisse tomber un emploi à Boston pour rester avec toi, je suppose que je vais devoir t'accompagner de temps en temps. »

Elle le regarda avec attention et se rendit compte qu'un dépit de son ton taquin, il semblait plus détendu et plus à l'aise qu'il ne l'avait jamais été.

« J'ai un truc sur le visage, ou quoi ? »

« Tu es beau. »

« Et tu es belle, » dit-il en fronçant les sourcils malicieusement. « Assez belle pour que je t'embrasse, en fait. »

« Tu es toujours assez beau pour que je t'embrasse. Je me le dis depuis la première fois que je t'ai vu. Enfin, je veux dire, tu as l'air détendu. »

« Hé, attends… La première fois qu'on s'est rencontré, c'était il y a deux ans quand tu t'es fait piquer par une abeille qui t'a donné de l'urticaire. »

« Tu t'en souviens ? »

« Je me rappelle avoir remarqué combien tu étais jolie. » Tout en parlant, il tenta de se repeigner avec ses doigts.

« Même couverte d'horribles plaques rouges ? »

« Même comme ça. »

« Pourquoi tu ne m'as rien dit ? »

« Tu venais juste de te mettre avec Truck à l'époque. Je ne voulais pas m'immiscer dans tes affaires. »

« Mon Dieu, tu aurais dû. »

« Je sais. Je donnerais n'importe quoi pour t'avoir évité ce qui s'est passé avec lui. Je peux te demander un truc sur lui ? »

« Genre ? »

« Qu'est-ce que tu as vu en lui ? J'aimerais comprendre. »

Daisy y réfléchit pendant environ une minute, laissant son esprit vagabonder vers la période où elle avait rencontré Truck. « Il était marrant, et il avait l'air de m'apprécier vraiment. Je me sentais seule, et il était là. » Elle haussa les épaules, détestant la sensation d'avoir pu être aussi naïve — une fois de plus. « Il m'a caché ses démons pendant longtemps. »

« Je ne voulais pas te chagriner en te parlant de lui. »

« Ce n'est pas le cas. »

« Discutons plutôt de toi et de tes lèvres pulpeuses et de la façon dont tes yeux s'agrandissent quand tu es surprise et se rétrécissent quand tu es furieuse après moi. Discutons de débardeur outrageusement sexy qui me rend fou depuis la seconde où je suis arrivé chez toi. Et discutons de l'endroit où on va dormir ce soir. Chez moi ou chez toi ? »

Et aussi simplement, il la libéra du passé pour l'ancrer fermement vers l'avenir. « Chez toi. »

« D'accord. Tu veux y aller tout de suite avant que la nuit tombe ? »

« Mmm, » dit-elle en se penchant pour l'embrasser. « Dans une minute. »

Les bras masculins l'enveloppant, Daisy se perdit dans le baiser. Elle se tortilla sur lui, elle se colla à lui. Le grognement torturé de David ainsi que ses mains sur ses fesses la firent le désirer encore plus. Lorsqu'elle finit par se redresser pour le regarder, les dernières lueurs du soleil s'estompaient. « Je peux te demander quelque chose ? »

« Tout ce que tu veux. »

« C'est un peu bizarre. »

« Dis toujours. »

« J'essaie très fort de ne pas penser à la nuit où j'ai été agressée. » Elle s'humecta les lèvres et vit son regard suivre le mouvement de sa langue. « Mais quand j'ai été transportée à la clinique, tu as vu ce qu'il m'avait fait. Du coup, je me demande si tu penses à ce moment-là quand tu me touches à cet endroit-là. » Elle leva les yeux pour croiser son regard. « Tu vois ? Je t'avais dit que la question serait bizarre. »

« La réponse est non. Tout ce que je vois c'est que tu es sensuelle et chaude, que tu mouilles pour moi et que je te fais crever d'envie de jouir. Mais je ne pense jamais, jamais à ce que j'ai vu cette nuit-là. Je te le jure. »

Ses mots crus accélérèrent les battements de son cœur. Elle ne pouvait que l'aimer et le désirer. Il n'était pas parfait. Loin de là. Mais il devenait de plus en plus évident qu'il était parfait pour elle.

« Merci de m'avoir laissé poser la question. »

« Tu peux me demander tout ce que tu veux, à chaque fois que tu en as envie. »

Encouragée par ses paroles et par la tendresse qui brillait dans ses yeux, elle dit, « Tu as déjà fait l'amour sur la plage ? »

Il sourit, comme elle l'avait espéré. « L'acte en lui-même ? »

« L'acte en lui-même. »

« La plage est l'un des seuls endroits où j'avais des relations sexuelles avant de partir à l'université. Ça m'a même fait un choc la première fois que j'ai fait l'amour dans un lit. » Il prit un air affolé en se rendant compte de ce qu'il venait de dire. « Et tu n'avais pas besoin de savoir ça. »

« J'aime t'écouter parler de ta vie. »

« Mais pas quand il s'agit de mon ex. »

« Elle a fait partie de ta vie pendant longtemps. »

« Oui, et c'est terminé. Tu me crois quand je te le dis ? »

Daisy se mordilla la lèvre et lui fit signe que oui.

« J'adore quand tu fais ça, » dit-il en posant le bout de son index sur sa lèvre. « C'est trop adorable. » Il descendit son doigt de sa lèvre à son menton puis à son cou, ce qui la fit frissonner. « Bon, et toi ? Tu as déjà fait l'amour sur la plage ? »

« Non, mais je pense que ça me plairait. »

« On va le noter sur notre liste de choses à faire. En attendant, je veux t'emmener chez moi, prendre une longue douche chaude avec toi, si ça te branche, et te tenir dans mes bras toute la nuit. »

« C'est une idée paradisiaque. »

« Cool. Allons-y. »

CHAPITRE 14

David était piégé en enfer. La douche avec Daisy fut l'une des expériences les plus érotiques de sa vie. Regarder l'eau couler le long de ses courbes et s'accrocher à ses tétons rosis l'avait fait bander comme un taureau en rut. La plaquer contre la paroi et l'embrasser jusqu'à ce que ses lèvres s'engourdissent et que ses poumons privés d'air crient famine n'avait pas contribué à améliorer la situation. Encore moins lorsqu'ils s'étaient embrassés goulûment sur le lit après la douche.

Bien qu'aucun des deux n'en ait parlé, ils craignaient un retour de ce qui s'était passé la veille au soir. Ils gardèrent donc leurs mains et leurs bouches au-dessus de la ceinture, raison pour laquelle il était franchement éveillé près d'elle en train de rêvasser à des douches froides et des bains gelés.

Le drap qui effleurait sa bite était presque trop difficile à supporter, alors il se tourna pour trouver une position plus confortable et gémit lorsque le ventre doux de Daisy se pressa contre son érection.

« Ça ne va pas ? » demanda-t-elle d'une voix endormie.

« Si, si. Rendors-toi. »

« Tu n'arrêtes pas de t'agiter. »

« Pardon. Je ne voulais pas te déranger. »

« Dis-moi ce qui cloche. »

« Rien. Je me sens juste un peu… tendu. C'est tout. » Tendu était le terme idéal.

« Tu veux que je te masse les épaules ? » demanda-t-elle en bâillant.

« Non, ça va. » Il espéra qu'elle se rendormirait, mais elle se blottit contre lui et sa queue durcit au-delà de l'endurance.

Elle glissa sa main de son torse à son ventre.

Il essaya de la freiner, mais le désir ralentissait ses réflexes, et elle enroula ses doigts autour de lui sans qu'il puisse l'en empêcher. « Daisy, » dit-il dans un hoquet. « Si tu bouges un tant soit peu, je vais jouir. »

Il lui dit ça en pensant qu'elle le lâcherait, mais elle commença à resserrer doucement son étreinte puis à le caresser. « Ah, merde. Oh bordel. *Daisy...* » Il souleva ses hanches, s'unissant au rythme qu'elle avait instauré. Elle n'eut que peu d'effort à faire pour l'achever. « Waouh, » murmura-t-il lorsqu'il retrouva l'usage de la parole. « C'était… génial. »

« Ne souffre pas en silence. C'est déjà assez dur pour moi de me cogner mes phobies, je ne tiens pas en plus à ce que tu en subisses les conséquences. Tu dois me laisser prendre soin de toi aussi. »

« Tu as pris super soin de moi, » dit-il en la ramenant contre lui tandis son stress s'écoulait de son corps.

« Demain soir, après le mariage de Tiffany et de Blaine, je veux réessayer. »

David attendit de voir si elle allait ajouter autre chose.

« Je veux essayer de te faire l'amour. »

Sa voix vibrait de courage et de peur à la fois.

« Attendons un peu. Il n'y a pas d'urgence. »

« Je me connais, David. Tant que je n'aurais pas franchi cet obstacle, je ne penserais qu'à ça. S'il te plaît ? »

« Tout ce que tu voudras, chérie. Je ferai tout ce que tu voudras. »

« Merci, » dit-elle en se détendant contre lui.

David avait dit ce qu'elle voulait entendre tout en espérant ne pas faire une énorme erreur en cédant à la volonté de Daisy.

Les rayons de soleil filtrant par la porte-fenêtre qu'ils avaient laissée ouverte la veille au soir éveillèrent Tiffany. Nu, Blaine était collé contre son dos. Ils ne dormaient nus que les nuits où Ashleigh restait chez son père ou chez ses grands-parents, et qu'ils avaient la maison juste pour eux deux.

Avec la large, tiède et possessive main de Blaine posée sur son ventre, Tiffany soupira de contentement. Elle était en train de se rendormir lorsque ses paupières s'ouvrirent d'un coup. Bordel ! Ils se mariaient aujourd'hui ! Elle n'avait pas le temps de se prélasser au lit ! Il fallait qu'elle se lève, se douche, se fasse une coiffure. Et à quelle heure devait rentrer Ashleigh, et *oh, mon dieu* ! Ils se mariaient aujourd'hui !

Elle rejeta les couvertures et commençait à se lever quand il la ramena contre lui.

« Pas si vite. »

« J'ai tant de choses à faire ! »

« Il est 6 h 30, Tiff. Tu as largement le temps. »

« Ça c'est parlé comme un vrai mec qui prend sa douche, se secoue les cheveux, s'habille et se marie. »

« Pour ton information, j'ai également l'intention de me raser pour l'occasion. » Pour lui en fournir la preuve, il frotta son menton contre l'épaule de Tiffany qui en eut la chair de poule.

« Oh, non. Tu sais combien j'aime que tes joues piquent. »

« Si je ne me rasais pas le jour de mon mariage, ma mère ne me le pardonnerait jamais. »

« Si tu te rases, ta femme ne te le pardonnera jamais. »

« Ah, bébé, tu es une négociatrice exigeante. » Il souleva ses hanches pour appuyer son érection contre les fesses de Tiffany tandis qu'il lui caressait un sein.

Il l'avait si facile avec elle. Il lui suffisait de la toucher et elle prête à accepter tout ce qu'il avait envie de lui donner. Même en cet instant où pourtant, elle avait tant de choses à faire avant la cérémonie prévue à 14 h au phare.

Tandis qu'il titillait son téton, elle pensa à la vitesse à laquelle tout s'était enchaîné. Jenny leur avait proposé d'utiliser le phare pour le mariage, Mac et Maddie s'étaient chargés de la nourriture et des boissons ainsi que d'annoncer à tous les invités et amis que le barbecue leur réserverait une surprise spéciale.

Tiffany avait même trouvé la robe parfaite dans la dernière livraison à la boutique. Elle était faite d'un riche tissu en satin couleur ivoire avec de fines bretelles et une large fleur rouge orangé cousue sur la hanche. Une fente remontait le long de la robe en passant au centre de la fleur. Certes non conventionnelle, la robe était parfaite pour elle, et elle n'avait aucun doute que Blaine l'adorerait. Elle avait commandé des bouquets de marguerites Gerberas pour elle-même, Ashleigh et Maddie.

Il ne lui restait plus qu'à savoir si Ashleigh rentrait encore dans sa robe blanche brodée qu'elle avait portée à Pâques, ce qu'elle ne saurait que quand Jim la ramènerait tout à l'heure. Il lui tardait tellement d'annoncer à sa fille qu'elle se mariait, et Ashleigh en serait enchantée. Elle aimait Blaine autant que Tiffany l'aimait, d'où la raison pour laquelle Jim ne supportait pas que Blaine emménage avec elles. Il devait se sentir menacé par la présence d'un autre homme dans la vie de sa fille.

« À quoi tu penses ? » demanda Blaine en posant des baisers dans son dos.

« Si je te le disais, tu pourrais penser que je n'aime pas ce que tu es en train de faire. »

Il lui mordit la fesse, ce qui lui fit pousser un cri aigu. « Raconte. »

« Je me disais que Jim est furieux que tu t'installes avec nous parce qu'il a sans doute compris qu'Ashleigh te préfère à lui. »

« Ce n'était pas mon but. »

« Je sais, mais tu agis si bien avec elle. Quand tu es avec elle, tu lui accordes toute ton attention. Jim n'a jamais fait ça. Il a toujours le nez sur son téléphone ou il regarde un match ou il fait des trucs qui n'intéressent pas la petite. C'est pour ça que je n'aime pas qu'elle passe la nuit chez lui. Je m'inquiète toujours qu'elle se fasse mal et qu'il ne s'en rende même pas compte. »

« Il est comme il est, mais il l'aime, Tiff. Il ne laissera jamais rien lui arriver de mal. »

« Je sais. Tu as raison et pourtant, je préfère de loin quand elle est ici avec nous. »

« Moi aussi. Mais je dois bien avouer que j'aime les nuits où on dort nus. Je les adore carrément. »

« Tiffany se mit à rire en entendant son intonation libidineuse et poussa ses fesses contre lui, ce qui le fit grogner.

« Je veux faire l'amour à ma fiancée. Étant donné que ce sont les fiançailles les plus brèves de l'histoire, on n'a même pas eu le temps d'en profiter. »

« Okay, mais seulement si on le fait de dos. Tu n'es pas censé me voir le jour du mariage. Ça porte malheur, et j'en ai déjà eu assez. »

« Ta chance est en train de tourner, bébé. Je te le garantis, fais-moi confiance. »

« Est-ce que je t'ai déjà dit aujourd'hui que je t'aime tellement, tellement ? »

« Il ne me semble pas. »

« Alors, c'est fait. Et je suis super excitée à l'idée de cette journée avec toi, et de toutes les suivantes. »

« Moi aussi. Il me tarde franchement que tu deviennes officiellement ma femme. »

« Oh, mon Dieu ! Blaine ! Et les alliances ? »

« Je m'en suis occupé. Ne t'inquiète pas. »

« Comment tu t'es débrouillé pour faire ça en deux jours ? »

Il étira un bras pour la caresser entre les jambes. « Mmm, ça me plaît que tu sois toujours prête pour moi. »

« Il te suffit de me regarder et je suis prête. »

« C'est bon à savoir. J'ai la ferme intention de te regarder quand nous serons mariés. »

Il la faisait rire. Il la faisait sourire comme une adolescente amoureuse pour la première fois. Il la faisait se sentir en sécurité, désirable et sexy. Il lui faisait ressentir tellement de choses au cours d'une journée qu'elle n'arrivait pas à tout enregistrer. Mais plus important que tout, il lui donnait l'impression qu'elle comptait plus que quoi que ce soit au monde. Il était tout pour elle, et il le serait toujours.

Une fois qu'il l'eut amenée au bord de l'orgasme, il la retourna pour qu'elle se retrouve à genoux et il la pénétra. Comme d'habitude, il la remplit si bien qu'elle faillit mourir de désir et qu'elle ne pensa à rien d'autre qu'à la façon exquise dont Blaine lui faisait l'amour.

« Putain, j'adore ton cul, » dit-il d'un ton bourru tout en caressant les fesses de Tiffany, « et ta manière de te donner à moi à chaque fois que j'en ai envie. Je dois être le gars le plus chanceux de la planète. »

Les mots qu'ils disaient, le mouvement de ses mains et les poussées de sa bite raidie la firent exploser en un orgasme de classe mondiale qui sembla durer une éternité. À l'instant où elle pensait que c'était fini, il faisait rouler ses tétons entre ses doigts ou il se pressait contre son clitoris ou il l'empalait avec sa queue pour toucher cet endroit sensible au fond d'elle qui déclenchait une nouvelle vague de plaisir.

« Blaine, » dit-elle en ahanant.

« Quoi, bébé ? »

« Tu me tues. »

« Mais non, » dit-il en riant. « Tu es résistante. »

« Oui, mais là, je ne peux plus. »

« Encore un orgasme, et je te libère. »

« Je viens d'en avoir quatre ! » Tiffany avait appris grâce à lui que les orgasmes multiples existaient réellement.

« Le dernier. C'est mon cadeau de mariage rien que pour toi. »

« Donc je n'aurais pas à refaire ça plus tard ? »

Pour cette répartie, elle reçut une fessée sonore qui la fit remonter dans les tours.

« Là, je te retrouve. Tu n'as pas idée de comment tu mouilles quand je te corrige, et j'adore ça. » Pour prouver ses dires, il lui mit une autre fessée qui fit bouillir le sang de Tiffany et la ramena au bord de la jouissance. « Allez, bébé. Fais-moi sentir combien tu es étroite autour de moi. Fais-moi déplomber. »

Il plongea brusquement en elle, ses à-coups augmentant en vitesse et en puissance.

« Tu frimes encore… avec ton endurance… de dingue, » dit-elle.

En émettant un bruit entre le rire et le grondement, il se lâcha totalement, s'emparant des hanches féminines et martelant Tiffany jusqu'à ce qu'il obtienne ce qu'il voulait d'elle. Une fois qu'elle eut joui, il se laissa aller en elle.

Ils atterrirent sur le matelas l'un sur l'autre, en sueur, respirant fortement et palpitant encore des répercussions de leur plaisir. Et bordel, il se remettait à bander en elle. Comment faisait-il ça ?

« Ça va être le plus fantastique mariage dans l'histoire des mariages fantastiques, » dit-il d'une voix rauque tout en plantant des baisers le long de son épaule qui la firent frissonner.

« Si tu ne sors pas de moi puis de ce lit, je vais avoir l'air d'une vieille sorcière quand tu m'épouseras. »

« Impossible. Cela dit, je vais te laisser du temps pour te

pomponner du moment que tu me promets que tu ne seras pas en retard, même pas d'une minute. »

« Je serai là-bas à l'heure. Rien ne pourra m'empêcher d'être avec toi aujourd'hui — ou n'importe quel jour d'ailleurs. »

Il se tortilla et sa bite grossit en elle.

« Blaine ! »

En faisant claquer sa langue, il se retira d'elle. « C'est bon. J'y vais. »

« Gardes-en pour le voyage de noces. » Tiffany enfonça son visage dans l'oreiller pour ne pas être tentée de le regarder se balader dans la pièce, si beau quand il était nu. Alanguie après cette frénésie orgasmique, elle resta immobile pendant qu'il se douchait et s'habillait.

Posant une main de chaque côté d'elle, il s'inclina et embrassa sa nuque. « Quand on se reverra, ce sera pour la vie. »

« Je n'en peux plus d'attendre ce moment. »

« Moi non plus. J'ai l'impression d'avoir espéré cet instant toute ma vie. »

Tiffany saisit la main de Blaine et embrassa sa paume. « Va-t'en avant que je ne sois tentée de t'attirer à nouveau dans ce lit. »

« Mmm, ça me donne plus qu'envie de rester. »

« Va-t'en ! »

« Je ne ressens pas ton amour, là. »

« Je t'en redonnerai plus tard. »

« Oh, que oui, » dit-il en laissant traîner sa main jusqu'aux fesses de Tiffany. « Et merde. » Il se pencha en avant pour poser sa tête sur son dos. « Je n'arrive pas à croire que tu vas vraiment m'épouser. J'ai l'impression de vivre un rêve. »

« Moi aussi, » dit-elle doucement, émue jusqu'aux larmes.

« Je sais déjà qu'aujourd'hui sera l'un des plus beaux jours de ma vie, mais avant que la folie ne démarre, je veux que tu saches que le plus beau jour de ma vie a été celui où je t'ai vu pour la première fois, assise sur le lit de Maddie à la clinique. J'ai su à cette seconde que tu m'étais destinée. » Il embrassa son dos puis sortit de la pièce à grands pas.

Tiffany se servit de l'oreiller pour sécher ses larmes. Elle entendit la porte se refermer en bas et se leva pour attraper un peignoir. Premier job de la journée : boire un café. Parvenue au milieu de l'escalier, le son de voix sonores venant de l'allée et filtrant par la fenêtre ouverte la fit se ruer jusqu'à la porte arrière. Elle l'ouvrit d'un coup et aperçut Jim qui regardait Blaine de travers. Ashleigh les observait tous les deux avec une mine de colombe effrayée.

« Salut, Ash, » dit Tiffany. « Viens voir maman. »

Ashleigh lâcha la main de Jim et se précipita vers sa mère.

Tiffany la souleva dans ses bras. « Bonjour, mon bébé. »

« Papa est en colère après Blaine. » Son menton tremblant donna envie à Tiffany de blesser son ex-mari pour avoir déclenché une dispute devant leur fille.

« Tu veux bien me rendre un énorme service ? Va dans ta chambre et défais ta valise. » La chambre d'Ashleigh se trouvant à l'autre bout de la maison, la petite serait loin des ennuis qui risquaient d'arriver en plain milieu de l'allée. « Je t'y rejoins tout de suite et j'ai une grande surprise pour toi. »

« D'accord, maman. »

Tiffany lui fit une bise sur la joue avant de la reposer par terre. « Tu es gentille. »

Ashleigh entra dans la maison en traînant derrière elle sa petite valise de Dora l'Exploratrice.

À la seconde où la porte se referma derrière elle, Tiffany se tourna vers Jim. « C'est quoi ton problème ? »

« Je t'ai dit que je ne voulais pas de ce type dans les parages, » dit-il en lançant un regard noir à Blaine qui semblait se retenir de sauter à la gorge de Jim, ce qu'il ferait sans souci.

« Avec qui je passe mon temps ne te regarde plus. Tu as eu exactement ce que tu voulais. Tu n'es plus marié avec moi. Alors s'il te plaît, occupe-toi de tes affaires et arrête de te mêler des miennes. »

« Tes affaires sont les miennes quand elles ont des répercussions sur ma fille. »

« Contrairement à toi, je fais *toujours* ma fille en premier et je continuerai jusqu'à la fin de ma vie. Tu t'es servi de moi comme d'un truc qu'on jette à la poubelle, alors ne viens pas te pavaner maintenant en pensant que tu as ton mot à dire sur la façon dont je vis ma vie. »

« Tu vas sérieusement le regretter si tu ne fais pas ce que je te dis. »

« Non, mais tu *déconnes*, là ? » Blaine s'approcha de Jim pour lui mettre un coup de doigt sur la poitrine. Jim tituba en arrière, mais reprit aussitôt son équilibre. « Ne me dis pas que tu viens de la *menacer* devant moi ? Tu as une idée des problèmes que je pourrais te causer si je le décidais ? Est-ce que tu sais que ta magnifique fille est *l'unique* raison pour laquelle je n'ai pas encore transformé ta vie sur l'île en enfer ? J'ai trop de respect pour *elle* pour déclarer à tout le monde quel trou du cul son père est. Mais tu ferais mieux de m'écouter quand je t'affirme que je n'hésiterai pas à faire tout ce qui est en mon pouvoir pour te détruire si tu ne fous pas la paix à ton ex-femme. Ton attitude est à la limite du harcèlement, et si on en arrive à ma parole contre la tienne, *personne* ne te croira. Alors, barre-toi, et va vivre la vie que tu voulais sans elle. À part ta fille, il n'y a plus rien pour toi ici. »

Le visage de Jim avait viré au cramoisi, pourtant il agit prudemment en tournant les talons et décampant. Si seulement Tiffany arrivait à croire qu'il allait retenir la leçon.

Blaine attendit qu'il ait quitté la propriété avant de se tourner vers Tiffany. « Ça va ? »

Elle réussit à lui sourire. « Tu n'étais pas censée me voir avant le mariage. »

Il vint vers elle et se posta sur la marche d'en bas pour se retrouver au même niveau qu'elle. « N'ajoute pas foi à toutes ces superstitions. Ta chance va tourner pour le meilleur. »

Elle passa ses doigts dans les cheveux rebelles de Blaine, tentant d'y mettre un peu d'ordre. « Elle a tourné. » Elle l'embrassa. « Et comme un sort a déjà été jeté sur notre mariage, si on allait annoncer la nouvelle à Ashleigh ensemble ? »

Il porta la main de Tiffany à ses lèvres. « Excellente idée. »

Daisy faisait le plus féerique des rêves. Elle faisait l'amour avec David, et c'était incroyable. Rien ne l'effrayait ni ne l'incitait à s'éloigner de lui. Mieux encore, elle voulait se rapprocher. Elle en voulait plus. Elle voulait tout ce qu'il avait à lui donner. Tout en sachant qu'elle rêvait, elle regarda la scène érotique se dérouler sous ses yeux comme si elle en était spectatrice.

Juste à l'instant où les choses la faisaient monter au ciel, elle se réveilla, le sexe palpitant, et subjuguée d'envie de finir ce qu'ils avaient commencé.

Elle adorait se réveiller avec, sous les yeux, le visage de David posé sur l'oreiller à côté du sien. Non content d'être déjà superbe après la douche et rasé de près, il était indécemment sexy affalé dans le lit avec sa barbe naissante. L'ombre de ses poils qui repoussaient la fascinait tant qu'elle ne put s'empêcher de passer un doigt le long de la mâchoire de David.

Comme il ne montrait aucun signe d'éveil, elle s'enhardit et continua son exploration, faisant glisser son doigt le long de sa lèvre inférieure.

Il bondit tout en mordant légèrement le doigt de Daisy.

Elle hurla puis éclata de rire. « Tu m'as fait super peur. »

Sans ouvrir les yeux, il sourit et continua de grignoter son doigt. « Quelqu'un s'est réveillé tôt. » Il insinua une main sous le T-shirt de Daisy avant de la poser sur son ventre. Son geste lui donna chaud.

Elle s'approcha de lui, désireuse de sentir sa peau contre la sienne, mais frustrée par la présence de son T-shirt. Elle aperçut son air surpris lorsqu'elle le retira puis le balança de l'autre côté de la pièce. La façon qu'avait David de la regarder était l'une des choses les plus sexy qu'elle ait jamais connues. « David... »

« Quoi, mon cœur ? » Il l'enlaça et l'attira assez près de lui pour que ses seins effleurent les poils de son torse.

Elle ne savait pas jusqu'à cet instant combien des poils pouvaient être émoustillants, et le frisson entre ses jambes s'intensifia et déclencha son désir. « Je me sens si… si... »

« Dis-moi. »

« Désespérée, » dit-elle, échappant le mot qu'elle n'avait pas eu le temps de retenir. Elle eut honte, mais il recouvrit son sexe de sa main et le cerveau de Daisy se vida pour ne laisser qu'une femme terriblement excitée.

« Ici ? »

« Oui. Je ne me suis jamais senti comme ça avant. »

« Comme quoi ? »

« Effrontée, exigeante, en manque de sexe. »

« Tout ce que j'aime. J'adore te voir effrontée. J'adore que tu aies besoin de moi. Et j'aime, j'aime, j'aime quand tu me demandes ce que tu veux au lit ou ailleurs. » Il captura le lobe de son oreille entre ses dents et le mordilla juste assez fort pour qu'elle le ressente dans tout son corps. « Dis-moi ce que tu veux, » dit-il, pressant ses doigts sur le sexe de Daisy, les retirant, puis recommençant encore et encore.

Elle s'agrippa à ses épaules comme si elle allait mourir. « Je… Je veux… Je te veux. Je n'ai jamais autant voulu quelqu'un. »

« Tu m'as. Totalement. Maintenant, dis-moi ce que tu veux que je fasse. »

Elle ne savait pas ce qui éveillait le plus son désir — les doigts de David sur sa région la plus sensible ou la manière dont il essayait de lui faire dire des mots qu'elle n'avait jamais prononcés devant aucun homme. « Je veux jouir. »

« Comment tu veux que je te fasse jouir ? Avec mes doigts, ma langue ou ma bite ? Tu peux avoir les trois si tu en as envie. Mais dis-le-moi pour que je sois certain de te donner ce que tu veux. »

« Je veux tes doigts. »

À travers sa culotte, il fit rouler son clitoris entre ses doigts. Le plaisir intense qu'elle en retira la fit crier.

« Et ta langue. » Elle n'arrivait pas à croire qu'elle venait de prononcer ces mots-là, mais à présent qu'ils étaient sortis, David obéit aussitôt, enlevant sa culotte et s'installant entre ses jambes qui tremblaient d'anticipation.

« Détends-toi, mon cœur. Ouvre-toi pour moi. »

Sans savoir comment, Daisy parvint à écarter ses pieds, cependant pas assez au goût de David. Il se servit de ses épaules pour lui faire encore plus écarter les jambes.

Une vague de chaleur s'empara de son corps quand il posa sa langue sur son sexe et lécha l'humidité qui s'était formée.

« Oh, merde, tu as un goût sucré. J'en étais sûr. » Il continua pendant un bon moment, titillant, léchant, aspirant, asticotant, enflammant chaque nerf de son corps jusqu'à ce qu'elle se mette à transpirer sans cesse.

Il savait exactement ce qu'il faisait, l'amenant vers l'orgasme, et quand il enfonça ses doigts en elle, sa jouissance fut telle que toutes les autres pâlirent en comparaison. Elle avait l'impression d'être en feu.

Elle avait dû crier, mais elle n'en était pas entièrement certaine. Un peu plus tard, alors qu'il la caressait pour la calmer, Daisy sentit des élancements dans sa gorge. « J'ai crié ? »

« Bien plus fort que tu ne crois, » dit-il en souriant fièrement. Il embrassa la ligne entre son ventre et ses seins.

« C'était incroyable. »

« C'était incroyable à voir. »

L'embarras reprit possession d'elle. Elle détourna le regard, mais le doigt de David sur son menton la ramena vers lui. « C'était sexy et magnifique, tout comme toi. »

Elle passa sa main sur le torse poilu puis caressa l'érection qui se dressait le long de son ventre.

Sans cesser de regarder David, elle s'assit sur lui, s'empara de sa queue et la guida jusqu'au bord de son sexe.

Il saisit ses hanches, ses yeux s'écarquillant de surprise. « Qu'est-ce que tu fais ? »

Elle se mordit la lèvre puis se baissa pour faire entrer en elle son membre rigide. « Ça. »

« J'aime beaucoup. Et toi ? »

Parce que les mots lui manquaient, elle hocha la tête.

« On a besoin de se protéger ? »

« Je suis en sécurité et protégée, si tu l'es aussi. »

« Oui. »

Elle posa ses mains sur son torse tout en le laissant doucement entrer en elle. Pendant ce temps, il maintint son regard rivé sur elle, sans doute à l'affût d'un quelconque signe annonçant une crise de nerfs. Mais c'était différent cette fois-ci. Il n'y avait que du plaisir, un plaisir d'une intensité que Daisy n'avait jamais connu, sauf dans ses rêves.

« Soulève-toi un peu, » dit-il d'une voix rude et sexy. « Maintenant, redescends. Oui, *oui*. Comme ça. Refais-le. »

À chaque fois qu'elle se soulevait, elle retombait plus loin que la fois d'avant jusqu'à ce qu'il soit entièrement en elle. En voyant l'expression tendue de David, elle comprit qu'il faisait tout pour se retenir. Il lui donnait tout ce dont elle avait besoin sans qu'elle ait à le lui demander. Il lui laissait le contrôle.

« Regarde-moi, Daisy. »

Elle se noya dans les yeux superbes qui l'observaient avec attention, préoccupation et affection.

« Ne regarde pas ailleurs. Je veux que tu gardes à l'esprit que tu es avec moi. »

« Ça te fait du bien ? » demanda-t-elle.

« Trop de bien. »

« Comment ça peut être trop bien ? »

« Tu vas t'en rendre compte dans environ trente secondes, si je tiens jusque-là. »

Daisy ne s'attendait pas à ce qu'il rie tout en faisant l'amour, parce que ça ne lui était jamais arrivé. Et ça aussi, comme tout le reste, c'était différent.

« On peut changer de position ? Sur le côté ? »

« Je n'ai jamais fait ça. On fait comment ? »

« Tiens-toi à moi, et ne regarde pas ailleurs. »

Une fois qu'il l'eut enlacée, il les fit légèrement bouger pour qu'ils se retrouvent face à face, mais toujours unis. Elle trembla sous la caresse de leurs corps.

« Ne te retiens pas, David. » Elle s'accrocha à lui et remua les hanches. « Je vais bien. Je te le promets. »

Les paroles de Daisy semblèrent détruire son sang-froid, et il lui donna tout ce qu'elle voulait par de profondes poussées qui la firent crier de plaisir.

« Hé, » dit-il en respirant aussi fort qu'elle, « regarde-moi. »

Elle se força une fois de plus à ouvrir les yeux, battant des paupières pour éclaircir sa vue, son cœur se mettant à sautiller lorsqu'elle découvrit l'expression terriblement excitée de David, ses cheveux noirs tombant sur son front et son regard enfiévré tandis qu'il se donnait à elle.

Il prit sa fesse dans une de ses larges mains pour la rapprocher de lui. Le changement de position l'envoya plus profondément en elle, ce qui déclencha une réaction en chaîne de sensations qui éclataient en elle comme des mini orages. Les poils du torse de David frottèrent ses tétons, provoquant une nouvelle série de réactions qui la firent s'agripper à lui à l'instant où il la pénétrait plus fort. Elle explosa.

« *Oui,* » murmura-t-il, « lâche-toi. Je te tiens. » Il la serra dans ses bras sans toutefois cesser de la regarder tandis qu'il la rejoignait, montant et descendant en elle jusqu'à ce qu'il se mette à trembler violemment avant de s'écrouler à côté d'elle.

Alors qu'il continuait à palpiter en elle, Daisy le tint contre elle, respirant son odeur masculine tandis que sa barbe naissante effleurait sa poitrine. Elle bascula une jambe par-dessus la sienne pour le garder-là plus longtemps.

« Ça va ? »

« Impeccable. Et toi. »

« C'était spectaculaire. »

« Plutôt d'accord. »

Son rire rauque la fit sourire. « Plutôt. Du coup, on va devoir le refaire pour que je sois bien certaine avant de te donner une réponse définitive. »

« Ce serait irresponsable de ta part de prendre une décision aussi importante sans connaître tous les faits. »

En la tenant enlacée, il la tourna tout en riant, et l'expression légère et joyeuse de son visage la stupéfia. C'était la première fois qu'elle lui voyait cet air.

« Quoi ? » demanda-t-il en la replaçant sur lui.

« Tu as l'air super heureux. »

« Je suis super heureux. »

« Tant mieux. C'est ce que je voulais pour toi. »

Il cala une mèche de cheveux derrière l'oreille de Daisy. « Je le veux pour toi aussi. »

« J'y arrive. »

« On y arrive ensemble. »

Elle posa sa tête sur son torse et relâcha un long soupir fait de soulagement et d'anxiété. Rien d'aussi fantastique ne pouvait durer. Pas pour elle. Refusant de laisser cette idée gâcher son sentiment de bien-être, elle ferma les yeux et tenta de calmer son esprit agité en profitant de l'instant présent.

Là, tout était parfait.

~

Quand elle se réveilla, David se déplaçait dans la pièce. Il avait revêtu un short écossais et un polo bleu marine. Lorsqu'il vit qu'elle ne dormait plus, il vint s'asseoir sur le bord du lit. Il repoussa une mèche de cheveux qui tombait sur le visage de Daisy et l'embrassa sur le front. « Je me demandais si tu allais te réveiller un jour. »

« Quelle heure est-il ? »

« Presque 11 h. »

« Ouah, ça ne m'est pas arrivé depuis le lycée. »

« Tu étais épuisée. Tu travailles trop. »

« En parlant de boulot, je devrais y aller. »

« Je croyais que tu étais en repos le samedi. »

« Oui, mais... »

Il se pencha pour l'embrasser. « Alors, prends la journée. »

« Tu es aussi en repos ? »

« Je fais des visites à domicile le samedi matin, en général pour des personnes âgées qui ont du mal à se rendre à la clinique. Je suis libre cet après-midi, à moins d'une urgence. »

Daisy joignit leurs doigts. « C'est cool que tu fasses des visites à domicile. »

Il haussa les épaules comme si ce n'était rien alors qu'elle se doutait que c'était très important pour ses patients. « Ça fait partie du boulot. »

« Bien sûr que non. Tu te fais payer pour ces visites ? »

« Pas vraiment. »

« Tu es un mec formidable, David Lawrence. »

« Shhh, ne le dis pas trop fort. Tu vas pourrir la réputation que j'ai ici. »

« J'espère quand même que tu sais que la plupart des gens se souviennent bien mieux de ta gentillesse envers eux et envers les membres de leur famille que de ce qui s'est passé avec Janey. »

« Tu crois ? »

« Mais tu rougis ? »

« Je ne rougis jamais. »

« Hum, si, tu rougis. »

« Ça te dirait de m'accompagner voir Marion ? C'est la seule visite que j'ai aujourd'hui. »

« Avec grand plaisir. J'ai le temps de prendre une douche ? »

« Oui. J'y vais un peu quand je veux. » Il la surprit en passant ses bras autour d'elle puis en posant sa tête sur sa poitrine. « Merci. »

Daisy passa les doigts dans les cheveux épais et doux de David. « De quoi ? »

« De m'avoir fait comprendre que je suis plus important que mon histoire avec Janey. »

« Et bien plus encore. Il est grand temps que tu le réalises. »

« J'aime me voir à travers tes yeux. »

Il dit ça à voix basse et cette affirmation détruisit ses dernières défenses. « C'est moi qui devrais te remercier. »

« De quoi ? »

« Pour ce qui s'est passé tout à l'heure. Je ne pense pas que j'aurais réussi avec un autre que toi. »

« J'espère bien que non. Tu as intérêt à ne pas faire ça avec qui que ce soit d'autre, ou tu découvriras mon moins attirant côté jaloux. »

« Tu as un côté jaloux ? demanda-t-elle en se délectant de leur prise de bac amusante. Elle n'avait jamais connu ça non plus dans ses relations avec un homme.

« Uniquement en ce qui te concerne. »

« Il ressemble à quoi ton côté jaloux ? »

« Il est vilain et soupçonneux et focalisé sur quiconque ose regarder ma copine. »

« Mmm, ta copine », dit-elle en soupirant. « J'aime ce mot. Bon, et si tu me laissais me doucher pour qu'on puisse aller voir Marion et faire tout ce qu'on a à faire. On aura peut-être un peu de temps avant la fête pour… apprendre à se connaître mieux ? »

Le rire de David la traversa. « Je dis que c'est une brillante idée. »

Daisy prit son temps sous la douche, utilisa le savon qui sentait comme lui et laissa les jets d'eau massants travailler ses muscles endoloris.

La porte de la salle de bains s'ouvrit. « Tu comptes rester là-dedans toute la journée ? »

« J'y réfléchis sérieusement. »

« Tu veux de la compagnie ? »

« J'aimerais bien, mais tu es prêt pour partir. »

Il ouvrit la porte de la cabine, nu comme un ver. « Alors ? »

La vue de cet homme au cœur de la vapeur d'eau rendit ses jambes flageolantes. Elle lui tendit la main.

Il entra dans la douche et l'enlaça presque aussi rapidement qu'il s'était dévêtu. « C'est bien de savoir que tu peux te déshabiller aussi vite. »

« Ça dépend de ma motivation, et tu me motives grandement. » Les mains et les lèvres de David étaient partout, leur glissement l'embrasant. « Tu l'as déjà fait dans la douche ? »

Elle se contenta de remuer la tête parce qu'elle n'arrivait plus à parler correctement.

« Il y a une première fois à tout, » dit-il, la plaquant contre le carrelage et la soulevant pour qu'elle noue ses jambes autour de sa taille. « Tu es bien là, Daisy ? »

Tandis que l'eau chaude cascadait sur eux, elle enroula ses bras autour de son cou. « Je suis très bien. »

Il l'effleura du bout de son érection. « Et là ? Toujours bien ? »

« Très, très bien. »

Basculant ses hanches, il entra en elle. « Et là ? » demanda-t-il en parsemant son cou de baisers mouillés qui lui firent bouillir le sang.

« Très, très, très bien, mais ça pourrait être mieux. »

La façon rocailleuse dont David pouffa la fit sourire alors même qu'il la laissait glisser sur sa queue.

« Toujours bien ? »

« Mmm, merveilleux. Mais... »

« Si tu me dis que ça pourrait être mieux, je te mets la fessée. »

Ses paroles bruissèrent contre son oreille, envoyant des décharges érotiques dans tout son corps.

« Pardon, Daisy. Je n'aurais pas dû dire ça. Je t'ai promis que je ne te frapperai jamais, et je ne mentais pas. »

« Je sais que tu l'as dit pour t'amuser, et ça me plaît. »

David grommela et resserra sa prise. « Bon dieu, Daisy, tu me rends fou. »

« Sois fou, » dit-elle. « Je t'assure que tout se passe bien. » Elle empoigna ses cheveux en l'embrassant comme jamais puis le laissa l'entraîner dans une tempête de passion dévorante. Alors qu'ils étaient tous les deux plaqués contre la paroi de la douche, il lui montra ce qu'elle avait manqué avec les mecs qui n'étaient pas lui.

Elle le serra très fort tandis qu'il les amena à un finish explosif.

Il l'embrassa tout le temps et ne s'écarta d'elle que pour la laisser respirer quand elle n'en pouvait plus. « Waouh, » murmura-t-il, posant sa tête sur l'épaule de Daisy tout en continuant à se pousser en elle à petits coups qui déclenchèrent un deuxième orgasme un peu moins puissant. « C'était incroyable. Tu es incroyable. »

« Toi aussi. »

Il releva la tête pour croiser son regard. « On est assez incroyables ensemble. »

En hochant la tête, elle l'embrassa à nouveau. En cet instant de tendresse, toute une variété d'émotions lui traversa le cœur. Le sentiment prédominant était l'amour, si pur et si réel qu'elle le reconnaissait à peine. Elle aimait David.

Ils ne se séparèrent que lorsque l'eau se rafraîchit, s'amusant de leur hâte à éviter les jets froids.

David attrapa des serviettes et l'enveloppa dans l'une des deux avant d'enrouler l'autre autour de sa taille. « De chaud à froid en moins de deux secondes. »

« Au moins ce n'est pas arrivé une minute plus tôt. Ça aurait pu gâcher un moment agréable. »

Il mit ses mains sur les épaules de Daisy et l'embrassa encore. « Rien n'aurait pu gâcher ce moment. »

Elle l'entoura de ses bras et le serra fort. « Tu t'es effectivement assuré que je n'oublierai jamais ma première relation sexuelle sous la douche. »

« Cool, alors mon boulot est terminé. Pour l'instant. » Une dernière caresse et il la relâcha pour qu'ils puissent s'habiller.

Daisy, d'habitude mal à l'aise de se retrouver complètement nue devant un homme, laissa tomber sa serviette comme si elle l'avait toujours fait. Après cette matinée torride, il lui semblait parfaitement naturel d'être nue devant lui.

Il l'observa avec attention, faisant descendre son regard de son visage à ses seins puis remontant à nouveau. « Tu sais, Marion reste chez elle toute la journée, et si on y allait un peu plus tard, ce ne serait pas un drame. »

Daisy lui mit une petite claque sur les mains lorsqu'il tenta de toucher ses seins. « D'abord Marion. Le reste ensuite. »

« Pourquoi ? »

« On est propres et on a vidé toute la réserve d'eau chaude. »

« Et ? »

Elle se mit à ramasser les affaires qui traînaient par terre, les fourra dans les bras de David et le poussa vers la porte.

« Tu n'es pas marrante, » dit-il depuis l'autre côté de la porte fermée.

« Mais si. »

« Je te dis que non. »

« Je te le prouverai dès qu'on sera revenus de chez Marion. »

« Toujours des promesses. »

Daisy sourit tout en enfilant ses vêtements. Elle sourit en se brossant les dents, ce qui n'était pas aussi facile qu'on aurait pu le croire, et elle sourit en prenant son petit-déjeuner composé de toasts, d'un bol de céréales et de café. Il la faisait rire, il la faisait réfléchir, il la faisait se sentir en sécurité et précieuse, et il lui donnait envie de vouloir toutes les choses qu'elle ne pensait pas obtenir un jour.

CHAPITRE 15

L'humeur euphorique de Daisy ne la quitta pas pendant le trajet en voiture jusqu'à chez Marion. David ne lâcha pas sa main, comme s'il ne pouvait pas supporter d'être près d'elle sans pouvoir la toucher. Elle aimait ça. Elle aimait David. Elle avait envie de le lui dire, mais elle n'était pas sûre qu'il était prêt à l'entendre — ou qu'elle était prête à l'avouer. Il n'y a pas d'urgence, se dit-elle. Ils avaient tout le temps du monde.

David entra dans le complexe Martinez Lawn & Garden situé à la pointe nord de l'île. Ce samedi matin de fin de printemps avait attiré une foule de gens qui se baladait dans la zone commerciale et qui achetait des plantes et des fleurs pour leurs jardins. Derrière l'aire réservée à la vente se trouvaient des serres bien entretenues et des hectares de champs cultivés. Il tourna à droite derrière les serres et suivit un chemin de terre pendant plus d'un kilomètre jusqu'à ce qu'apparaisse un vaste ranch.

« C'est impressionnant, » dit Daisy. « Je ne savais pas que leur domaine était si immense, et je n'arrive pas à croire qu'elle ait marché jusqu'en ville. »

« Je sais. Ils dirigent une grande compagnie. C'est difficile de croire que Marion gérait encore tout il y a à peine un an. Paul travaillait ici avec elle, mais Alex avait un boulot fantastique au Jardin botanique des États-Unis à Washington. Il a tout laissé tomber là-bas pour revenir s'installer ici quand sa mère est tombée malade. »

« Elle a de la chance de les avoir. »

« C'est sûr, même s'ils s'en voient les pierres. Je ne sais pas combien de temps ils font pouvoir tenir à ce rythme. »

« Que c'est triste. Elle n'est pas si âgée que ça en plus. »

« Non. Ils sont dans une situation difficile, surtout en vivant sur une île et en étant tributaires de leur compagnie. »

« Tu dois leur apporter un grand réconfort. »

« Je n'en sais rien. Je fais ce que je peux, mais je n'ai jamais l'impression d'en faire assez. »

« Venir la voir à domicile est déjà bien plus que ne le feraient la plupart des docteurs. »

« C'est le moins que je puisse faire pour aider Paul et Alex. J'ai grandi avec eux, et je jouais au baseball avec Paul. »

« Tu as tissé des liens ici que tu n'auras jamais ailleurs. »

« Est-ce que tu essaies de me rappeler que je vais refuser un poste à Boston ? » demanda-t-il en serrant sa main d'une façon qui fit comprendre à Daisy qu'il plaisantait.

« Je précisais simplement les avantages qu'il y a à travailler sur ton lieu de naissance. »

« Et le fait que tu sois ici n'a rien à voir avec ma décision, c'est ça ? »

« C'est ça. »

Il pouffa de rire. « Bien entendu. » Il se gara devant le ranch et éteignit le moteur. En sortant de la voiture, ils aperçurent Marion assise sous le porche sur un fauteuil à bascule. Ses pieds blessés reposaient sur un petit tabouret et un grand verre d'eau glacée était posé sur une table. Les cheveux gris de Marion, qui avaient été lavés et coiffés depuis la dernière fois que Daisy l'avait vue, la rendaient jolie.

Alex émergea de la maison, ses traits s'éclairant en voyant David et Daisy. « Salut, vous deux. Venez. »

« On voulait voir comment va ta mère, » dit David. « Bonjour, Marion. Je suis le docteur Lawrence. Je viens voir comment vous vous sentez et je vous ai amené votre nouvelle amie Daisy. »

« Bonjour, Marion, » dit Daisy.

« Daisy, » dit Marion, les yeux brillants de plaisir. « Viens t'asseoir près de moi. J'ai demandé à mes garçons tout à l'heure si tu pouvais passer un moment avec moi, mais ils m'ont répondu qu'ils ne voulaient pas te déranger. »

« Ils peuvent m'appeler quand ils veulent. Je serai toujours contente de venir vous voir. »

Marion étendit un bras vers Daisy. « C'est si joli ici, tu ne trouves pas ? C'est mon George qui a planté ces rosiers. »

Daisy prit la main offerte et s'assit sur le fauteuil à côté de celui de Marion. « Ils sont superbes. Parlez-moi de George. »

« Oh, il est *merveilleux.* »

DEBOUT PRÈS D'ALEX, David regarda Daisy tisser sa magie sur Marion qui parla de son mari avec joie et affection, ce qui remit en mémoire à David la femme qu'elle avait été avant que la démence ne ronge son esprit.

« Pas croyable, » maugréa Alex. « On dirait qu'elle se souvient à peine de nous la plupart du temps, mais quelqu'un qu'elle vient de rencontrer a un impact énorme sur elle. »

« Ce doit être très difficile pour toi. »

Alex se dirigea vers l'autre bout du long porche, loin de la conversation animée de Daisy et Marion. « Je ne sais pas combien de temps je vais tenir, David. On dirait un effet boule de neige. C'est notre période la plus chargée de l'année — la saison où ça passe ou ça passe qui nous permet de vivre le reste de l'année. On ne s'en sort pas. La dame qui vit au phare nous a dénoncés à la mairie parce qu'on n'a pas encore eu le temps d'aller tondre sa pelouse. Et le pire, c'est qu'elle a raison. On aurait déjà dû y aller plusieurs fois, mais un de nous deux doit toujours rester ici avec maman. C'est juste que... »

David posa sa main sur l'épaule de son ami. « C'est beaucoup. Ce serait difficile pour n'importe qui de diriger une compagnie comme la tienne tout en s'occupant d'un parent souffrant. Vous vous débrouillez sacrément bien, Paul et toi. »

« Pourquoi je pressens un «mais» ? »

« Il faut que tu penses à ta santé et à ton stress. Tu ne seras d'aucune aide à ta mère ou à ta compagnie si l'un de vous deux tombe malade. »

« Tu crois qu'on devrait faire quoi ? » demanda Alex d'un ton désespéré. « On ne peut pas la mettre dans une structure d'accueil sur le continent et la laisser là-bas sans personne pour aller la voir pendant qu'on sera ici. »

« Est-ce que tu peux te permettre d'embaucher quelqu'un ? »

« Oui, mais elle a fait fuir les deux dernières personnes qu'on avait engagées pour rester avec elle la journée. Elle n'est pas forcément sympa quand elle est désorientée. »

« Il faut que tu embauches un expert — un professionnel médical qui vivrait ici et s'occuperait d'elle la journée pendant que Paul et toi êtes au boulot. Tu as toujours la maison d'invités derrière le ranch ? »

« Oui, » dit Alex, son désespoir semblant s'alléger en entendant cette idée.

« Tu pourrais la rénover et la proposer gratuitement à l'éventuel employé. Un logement gratuit sur cette île — ou n'importe où d'ailleurs — inciterait fortement quelqu'un à accepter cet emploi. »

« Tu penses vraiment qu'on déciderait quelqu'un à emménager ici ? »

« Je crois que tu ne le sauras pas tant que tu n'essaies pas. On serait heureux de t'aider à interviewer des postulants, Victoria et moi. »

« Tu dis ça comme s'il allait s'en présenter plusieurs — ce serait trop de chance. »

« On ne sait jamais. Les gens arrivent ici en masse pour passer leurs vacances, non ? »

Alex hocha la tête et se frotta le menton. Les filles craquaient totalement pour lui au lycée, le pourchassant sans cesse. David et ses amis taquinaient Alex à ce sujet depuis des années. Aucun d'eux ne l'avait jamais rattrapé — jusqu'ici en tout cas.

« Prends contact avec des cabinets d'infirmiers sur le continent. Je parie que tu susciteras plus d'intérêt que tu ne le penses. Je t'aiderai à créer le profil de l'emploi pour que tu obtiennes quelqu'un de qualifié. »

« Ce serait super, David. Merci. Je vais en parler à Paul, mais je sais qu'il sera d'accord. On aura bien un retour à un moment donné. »

« Je n'arrive pas à croire que vous ayez tenu si longtemps sans une assistance régulière. »

« On n'aurait pas réussi sans ton soutien, et on sait tous les deux combien tu as été formidable avec nous. C'est précieux de pouvoir s'appuyer et compter sur quelqu'un qui nous connaît, et qui connaissait maman avant. »

Le compliment d'Alex scella la décision de David de garder son travail actuel, où il parvenait à changer la vie de famille comme celle de son ami. « Content de pouvoir aider. J'aimerais jeter un coup d'œil aux pieds de ta mère pour m'assurer que ses plaies cicatrisent après son périple de l'autre jour. »

« J'ai l'impression qu'il y a du mieux, mais c'est toi l'expert. »

Ils détournèrent le regard vers les deux femmes en grande

conversation et qui ne paraissaient pas s'apercevoir de leur présence.

« Alors, Daisy et toi ? » Le sourcil dressé et le large sourire d'Alex rappelèrent bien plus à David le gars avec qui il avait grandi que celui qui se désespérait un instant plus tôt.

« Daisy et moi. »

« Je l'aime bien. Elle a été si gentille avec maman l'autre soir. »

« C'est un amour de fille. »

« J'ai entendu parler de ce que Truck lui a fait. Ce type n'a toujours été qu'un trou du cul, mais taper sur quelqu'un comme Daisy de cette façon… Il a explosé le record des trous du cul. »

« Tout à fait. »

« Mais elle va bien ? Après un tel truc ? »

« Elle va s'en sortir. »

« Tant mieux pour vous deux, » dit Alex en donnant un coup de poing espiègle dans l'épaule de David. « Ça faisait longtemps que tu n'avais pas eu l'air aussi bien. »

« Ça faisait longtemps que je ne m'étais pas senti aussi bien. »

« C'est cool qu'on te retrouve enfin. »

Les murs qu'il avait érigés deux ans auparavant pour s'isoler de tout le monde s'écroulèrent. « Ça fait du bien d'être de retour. »

« COMMENT ÇA SE fait qu'il soit déjà 13 h 30 ? » demanda Tiffany à sa sœur.

« Le temps file quand on organise un mariage en deux jours, » répondit Maddie. Elle était superbe dans sa robe en mousseline orange qui flattait ses courbes avantageuses.

Une vague d'excitation et des offres d'aide étaient venues des résidents de l'île lorsque la rumeur se répandit au sujet d'un mariage impromptu. Chloé Dennis, la propriétaire de Curl Up and Dye, le salon de coiffure du centre-ville, se tenait pour l'instant derrière Tiffany et mettait la touche finale à la coiffure élaborée qu'elle avait également réalisée pour une Ashleigh frénétiquement excitée.

Le fleuriste local avait apporté de magnifiques bouquets de marguerites Gerberas et des fleurs estivales pour Tiffany, Ashleigh et Maddie, ainsi que des boutonnières pour Blaine, Mac, Thomas et Ned. Il avait même confectionné un petit bouquet attaché au poignet de Francine. Evan McCarthy avait fourni la musique, Frank McCarthy allait les marier, et Jenny avait offert son phare comme lieu idéal pour un mariage en bord de mer. Toutes les pièces s'étaient remarquablement bien assemblées.

« À quoi tu penses ? » demanda Maddie.

« Je ne le dis pas, sinon je vais pleurer comme une madeleine et ruiner mon maquillage. »

« Pas de larmes, » dit Chloé d'un ton sévère, ce qui fit rire les deux sœurs. Aujourd'hui, les cheveux en constante évolution de Chloé étaient blond-platine avec des extensions.

« J'ai du mal à croire que tout a été si bien organisé aujourd'hui, » dit Tiffany.

« Le destin, c'est le destin. »

« Je me demande si Jim a entendu des rumeurs. »

« Et si c'est le cas ? »

« J'ai peur qu'il ne débarque pour faire une scène. »

« Ton fiancé y a pensé et il va poster des agents au phare et chez nous pour refouler les importuns. »

Sidérée, Tiffany leva les yeux vers Maddie. « Comment tu sais ça ? »

« Parce qu'il nous a demandé la permission de poster des flics à la maison. Évidemment, on est ravis de faire tout ce qui sera nécessaire pour que le jour de ton mariage soit merveilleux. »

Tiffany saisit la main de sa sœur. « Tu es la meilleure sœur aînée que n'importe qui aurait adoré avoir, et je t'aime. Tout le temps, mais jamais autant qu'aujourd'hui. »

« Hé, mince, » dit Chloé. « Là, c'est moi qui vais chialer. »

« Pas de larmes ! » dirent Maddie et Tiffany à l'unisson.

« C'est l'heure, » dit Maddie. « On ne peut pas faire attendre ton fiancé. »

« Non, » dit Tiffany, frissonnant à l'idée de la manière dont Blaine la « punirait » et combien il aimait lui infliger ce genre de sanction. « Je l'aime tant, Maddie. » Sa voix ne se réduisait plus qu'à un murmure en pensant à lui et à l'aventure dans laquelle ils s'engageaient ensemble. « Je n'ai jamais imaginé qu'il m'arriverait un truc pareil un jour. »

Maddie la prit dans ses bras avec précaution. « Je suis si heureuse que ce soit le cas. Personne ne le mérite autant. »

« Qu'est-ce qu'j'entends à propos d'un mariage ? » La voix de Ned résonna dans l'escalier de la maison de Tiffany.

« On arrive ! » cria Maddie. Elle dit à Tiffany, « Prête ? »

« Tellement prête. Allons-y ! »

« À tout à l'heure à la fête, » dit Chloé. « Tu es splendide. »

« Merci d'être venue à la dernière minute. »

« J'adore faire partie d'un si bel événement pour un couple qui le mérite autant. Merci de m'avoir invitée. »

Ashleigh fermant la marche, Maddie et Tiffany sortirent de la maison où Ned et Francine les attendaient près d'une ancienne Rolls-Royce couleur argent et avec un intérieur en cuir. Ned portait un costume en tissu gaufré, et chacun de ses cheveux blancs avait été lissé. À côté de lui, Francine rayonnait dans une robe fleurie qui la rajeunissait énormément. Bien entendu, l'amour était le moteur principal de l'apparence pimpante de leur mère en ce moment.

« Où as-tu déniché cette voiture ? » demanda Tiffany à Ned.

« Tu sais c'garage derrièr' chez moi où personne n'a droit d'aller ? »

Alors que les sœurs hochaient la tête d'un air abasourdi, Ned dit, « C'est pour ça qu'vous avez pas l'droit, » dit-il en remuant un doigt taquin vers Ashleigh qui pouffa de rire. « J'veux pas d' doigts collants sur ma bell' voiture. »

Tiffany ne sût pas quoi répondre. « Mais… je... »

« Ferme la bouche, chérie, » dit Francine en riant. « J'ai appris qu'avec lui, il vaut mieux ne rien prendre au pied de la lettre. »

« En effet ! » Maddie fit entrer Tiffany et Ashleigh dans la voiture où se trouvait un siège rehausseur pour la petite fille. Ned avait vraiment pensé à tout.

« Où tu l'as trouvé ? » demanda Maddie.

« Elle faisait partie d'la succession d' Madame Chesterfield après son décès l'an dernier. J'l'ai achetée en m'disant qu' ce serait bien pour une occasion comm' aujourd'hui. »

« Elle est superbe, » dit Tiffany.

« Content qu'tu l'penses. »

Ce ne fut que rires et bonne humeur durant le trajet jusqu'au phare. Trépidante à l'approche de la cérémonie, Tiffany regarda défiler le paysage jusqu'au phare où Blaine l'attendait. Plus ils approchaient de leur destination, plus son cœur semblait battre vite.

« Inspire, expire », dit Maddie en se penchant par-dessus Ashleigh pour attraper la main de Tiffany.

Tiffany s'agrippa à sa sœur, comme elle l'avait fait toute sa vie. Même dans les périodes où elles ne s'entendaient pas, Maddie avait toujours été là pour elle, et Tiffany avait essayé de lui rendre la pareille, surtout depuis qu'elles étaient devenues mères. Elle n'aurait pas survécu aux premières années avec Ashleigh sans Maddie pour compatir avec elle, et elle savait que Maddie ressentait la même chose. Et là, elles étaient sur le point d'ajouter Blaine à leur famille, et Tiffany n'en pouvait plus d'attendre.

Sur le long trajet menant au phare, ils croisèrent une voiture de police dans laquelle l'agent Wyatt patientait en compagnie de sa petite-amie Patty, qui était également l'assistante de Tiffany à la boutique. Ils lancèrent des pétales de rose à l'instant où la Rolls passa devant eux, et Ned klaxonna en signe de remerciement pour ce geste sympathique. C'était rassurant de savoir que l'agent Wyatt ne laisserait passer que les invités, et Tiffany fut à nouveau reconnaissante envers Blaine de s'être chargé de ce détail.

En ce début d'après-midi, le soleil était haut dans le ciel quand ils arrivèrent au phare. Ned roula en plein milieu de l'herbe qui n'avait pas été tondue puis fit le tour du phare jusqu'à l'endroit où Blaine, Mac, Thomas, la famille de Blaine et le juge McCarthy les attendaient. Pas très loin d'eux, Evan était assis sur un tabouret avec sa guitare.

« C'est parti, » dit Maddie. « Tu es prête ? »

Tiffany hocha la tête et Ned sortit de la voiture pour leur ouvrir la portière. Maddie descendit la première puis aida Ashleigh.

Ned et Francine firent le tour de la voiture et ouvrirent la portière de Tiffany. Ned lui offrit son bras pour l'aider à sortir de la voiture.

Tiffany leva la tête vers lui tout en saisissant sa main et lui sourit en voyant des larmes dans ses yeux. Elle serra sa main et tendit un bras vers sa mère.

Evan joua « Make You Feel My Love » pendant qu'ils suivirent tous les trois Maddie et Ashleigh jusqu'à l'endroit où se trouvaient les hommes.

Craignant de s'effondrer, Tiffany évita le regard de Blaine tant qu'elle ne fut pas près de lui. Mac se tenait à côté de Blaine et Thomas était devant Mac. Le petit regardait la scène de ses grands yeux bleus. Après de longues tergiversations, Maddie avait décidé de laisser bébé Hailey à la maison avec Linda.

Alors qu'Evan continuait de chanter, Tiffany finit par s'autoriser à regarder Blaine. Il était grand et magnifique dans son costume beige et sa chemise blanche à col ouvert. À sa demande, il ne s'était pas rasé, même au risque d'enrager sa mère. Tiffany n'avait jamais rien tant aimé que la façon dont il l'observait tandis qu'elle venait vers lui au bras de ses parents.

Il lui tendit la main, lui demandant sans un mot de parcourir le reste du chemin avec lui.

Tiffany embrassa sa mère et Ned puis prit la main de Blaine en souriant quand ses doigts s'enroulèrent autour des siens. Et il scella son destin en attrapant la main d'Ashleigh. Les sanglots que Tiffany avait retenus toute la journée emplirent ses yeux en voyant ce simple geste qui lui montra tout ce qu'elle devait savoir au sujet de l'homme qu'elle épousait.

Ressentant sa lutte contre ses émotions, Blaine porta la main de Tiffany à ses lèvres et l'effleura.

Lorsqu'Evan joua les dernières notes, Maddie s'approcha pour prendre le bouquet de Tiffany.

« Blaine et Tiffany, » dit le juge McCarthy, « c'est un grand honneur pour nous d'être réunis aujourd'hui pour assister au commencement de votre nouvelle vie. Chacun de vous deux a effectué un long et sinueux périple avant d'arriver à destination. À compter de ce moment, vous prendrez la route ensemble, dans la joie comme dans la peine, dans la richesse et dans la pauvreté, pour le meilleur et pour le pire. Vous allez vous engager l'un envers l'autre. Est-ce librement et sans contraintes ? »

« Oui. »

« Tiffany, voulez-vous prendre Blaine pour époux et promettez-lui de lui rester fidèle, dans le bonheur ou dans les épreuves pour l'aimer tous les jours de votre vie ? »

« Oui. »

« Et vous, Blaine, voulez-vous prendre Tiffany pour épouse et promettez-lui de lui rester fidèle, dans le bonheur ou dans les épreuves pour l'aimer tous les jours de votre vie ? »

« Oui. Plus que tout. »

Sa réponse provoqua une vague d'amusement parmi les

invités et atténua la tension nerveuse de Tiffany. Il avait cet effet-là sur elle. N'était-il pas merveilleux ? Elle lui sourit, plus heureuse en cette seconde qu'elle ne l'avait jamais été, sauf peut-être le jour de la naissance d'Ashleigh. Mais c'était encore mieux maintenant parce qu'elle avait Ashleigh et Blaine. Et elle savait sans l'ombre d'un doute que ce mariage durerait toujours.

Mac sortit les alliances de la poche de son veston et les tendit à Blaine.

Le juge McCarthy lui fit signe de les prendre.

« Tout d'abord, » dit Blaine en lui glissant au doigt une bague en diamant, « nos deux jours de fiançailles ne m'ont pas laissé le temps de faire le tour des bijouteries. J'espère que celle-ci te plaît. »

Lui plaire ? Elle était incomparable ! Large et rond, le diamant scintillait au soleil. Avant qu'elle ne puisse apprécier sa beauté, il lui glissa une autre bague au doigt, un anneau en diamants.

« Par cette alliance, » dit-il, « je t'épouse. » Il posa un baiser sur le dos de la main de Tiffany puis la retourna pour y déposer quelque chose. Un anneau pour lui. Il avait vraiment pensé à tout.

Les mains de Tiffany tremblèrent lorsqu'elle glissa l'alliance en platine au doigt de Blaine. « Par cette alliance, » dit-elle, « je t'épouse. » Elle fit comme lui en posant un baiser sur le dos de sa main.

« Et, » dit Blaine en faisant signe à Mac de lui donner une autre bague. « Celle-ci est pour toi, Ashleigh. »

« J'en ai une aussi ? » demanda-t-elle en regardant tour à tour Blaine et sa mère, ses grands yeux pétillants de joie et d'émerveillement.

« Bien sûr, » dit Blaine. « Je t'aime, et je te promets d'être le meilleur beau-papa du monde entier. » Il lui passa la petite bague en or au doigt et se pencha pour la prendre dans ses bras tandis que Tiffany séchait ses larmes.

Ashleigh embrassa Blaine sur la joue. « Je t'aime aussi. »

Il la souleva et la tint sur un bras tout en s'emparant de la main de Tiffany.

« Avec le pouvoir dont je suis investi par l'état du Rhode Island, » dit Frank, « je suis honoré de vous déclarer mari et femme. Blaine, vous pouvez embrasser la mariée. »

Il passa Ashleigh à Maddie avant de prendre en coupe le visage de Tiffany et d'embrasser ses lèvres. « Je t'aime tant, bébé. »

« Je t'aime encore plus. »

En souriant, il remua la tête. « C'est impossible. »

« Mesdames et messieurs, » dit le juge McCarthy, « place à Monsieur et Madame Blaine Taylor. »

Les invités applaudirent et acclamèrent le couple qui se tournait vers eux. Tout le monde les félicita et les embrassa, y compris la maman de Blaine qui souriait largement lorsqu'elle salua sa nouvelle belle-fille.

Après avoir réussi à dire bonjour à tous, Blaine offrit son bras à Tiffany.

Elle posa ses doigts au creux de son coude et lança un coup d'œil à Maddie pour s'assurer qu'elle s'occupait d'Ashleigh. Maddie tenait la main d'Ashleigh et Mac celle de Thomas.

« Vas-y, » dit Maddie en agitant sa main. « Je garde la petite. »

« Merci. »

Alors que Blaine la menait vers la voiture, Ned hâta le pas pour leur ouvrir la portière.

« Oh mon dieu, » dit Tiffany. « Devine ce qu'on a oublié ? »

« Quoi ? » demanda Blaine.

« Le photographe ! On n'aura pas de photos. »

Il tendit un doigt. « Regarde, chérie. »

Comment n'avait-elle pas vu Grace, Stéphanie et Jenny armées d'appareils photo ? « Mais d'où vous sortez ? »

« On est là depuis le début, » dit Stéphanie. « C'est toi qui ne vois que Blaine. »

« C'est normal, non ? » dit Tiffany. « Regarde-le. »

Ses amies pouffèrent de rire et mitraillèrent le couple qui montait dans la belle voiture de Ned. Une fois qu'ils furent installés à l'arrière, Ned fit le tour pour tenir ouverte la portière de Francine.

Grâce à la vitre baissée, ils entendirent l'exclamation de Mac, « Allons faire la fête ! »

Tout en commençant à rouler, Ned augmenta le son de la radio et une interprétation de la formation orchestrale Big Band emplit l'habitacle, donnant ainsi un peu d'intimité aux nouveaux mariés.

Blaine passa un bras autour des épaules de Tiffany et s'avança pour l'embrasser. « Hé, Madame Taylor, tu es encore plus superbe que d'habitude aujourd'hui. Cette robe... Waouh. Extraordinaire. »

« Toi aussi. » Elle posa une main sur son torse. « C'était fantastique, et merveilleux, et très *nous*. Merci de tout ce que tu as fait pour qu'on se marie aussi vite. Et les alliances ! Comment tu t'es débrouillé ? »

« J'ai rameuté mes sœurs. Elles ont bien choisi ? »

« Incroyablement bien. »

« Je leur ai décrit exactement ce que je voulais, et elles sont revenues avec quelque chose d'encore mieux que ce que j'avais imaginé. Et elles se sont éclatées à dépenser mon argent. »

« C'est trop. »

« C'est loin d'être trop. »

« Je me sens si chanceuse et si heureuse de porter tes bagues à mon doigt. »

« Je me sens si chanceux et si heureux d'avoir le reste de ma vie pour vous aimer, toi et Ashleigh. »

« Merci de ce que tu as fait pour elle et aussi pour qu'on ne soit pas interrompus par des importuns. »

« Après la scène qu'il a faite ce matin, il était hors de question que je lui laisse la moindre chance. » Un doigt sous le menton de Tiffany, il dit, « Rien que des pensées agréables aujourd'hui. »

« Et tous les jours. »

Blaine sourit, hocha la tête et l'embrassa jusqu'à ce qu'ils arrivent à la maison de Maddie.

Ned emprunta la route la plus longue qui faisait le tour de l'île.

David et Daisy débarquèrent en plein chaos. Dans la maison de Maddie, les gens couraient dans tous les sens en transportant de la nourriture et des chaises, et sur la pelouse un groupe était en train de s'installer sous la direction d'Evan McCarthy. Apparemment, les mariés n'allaient pas tarder.

« On peut donner un coup de main ? » demanda Daisy à Grant McCarthy alors qu'il passait en portant deux grandes poches de glaçon.

« Il faut voir avec Maddie, » dit-il avec sa bonne humeur naturelle. « C'est elle le sergent instructeur qui aboie des ordres sur la terrasse. »

Ils le suivirent sur la terrasse où Maddie était effectivement en train de commander tous ceux qui se trouvaient aux alentours.

« Donne-moi un truc à faire, » dit Daisy quand Maddie fit une pause pour respirer.

Elle colla Hailey dans les bras de Daisy en disant, « Occupe-toi du bébé, s'il te plaît », et descendit les marches jusqu'à l'endroit où des tables et des chaises avaient été disposées.

« Bon, d'accord, » dit Daisy à Hailey qui lui offrit en réponse un sourire baveux où ne brillaient que deux dents.

« Day, Day, » dit Hailey.

« Elle vient de dire Daisy, non ? » demanda David en laissant le bébé s'emparer de l'un de ses doigts.

« Non, elle doit avoir des gaz. »

« Moi, j'ai entendu Daisy. »

Daisy cala le bébé au creux de son cou et lui tapota le dos, espérant qu'elle s'assoupirait en dépit de l'activité qui régnait autour d'elle.

« C'est inné chez toi, » dit David.

« Tu trouves ? »

Il lui fit un signe de tête affirmatif. « Est-ce que c'est difficile de tenir le bébé de quelqu'un d'autre après ce qu'il t'est arrivé ? »

« Avant oui, mais Thomas et Hailey m'en ont guérie. Je les connais depuis leur naissance et passer pas mal de temps avec eux m'aide à surmonter ma perte. Pourtant, c'est toujours là. Je me demande à qui il ressemblerait aujourd'hui, et ce qu'il aimerait faire. C'est dur à croire, mais il aurait presque dix ans.

« Alors tu savais que c'était un garçon ? »

« Oui. »

Il ne lui demanda rien d'autre, et elle lui en fut reconnaissante. Même tant d'années plus tard, elle avait du mal à penser au bébé qu'elle avait perdu bien qu'il ait été conçu dans des circonstances bien moins qu'idéales. Il avait quand même été à elle, la seule autre personne qui lui ait jamais appartenu.

Les gens continuaient d'arriver. Luke et Sydney Harris, l'agent Wyatt et sa petite-amie Patty, Sarah et Charlie Grandchamp avec Owen et Laura, qui avait meilleure mine que la dernière fois où Daisy l'avait vue allongée sur un brancard devant le Surf, et Shane, le frère de Laura. Laura était pâle et avait les traits tirés, mais elle semblait heureuse de retrouver ses amis.

Adam McCarthy vint avec sa petite-amie Abby Callahan, suivi de Mason Johns, Dan Torrington et Kara Ballard.

Alors que tout ce petit monde se rassemblait sur la terrasse, ils saluèrent Daisy et David chaleureusement, et elle le sentit se détendre lorsqu'il se rendit compte que personne n'était contrarié de le voir là.

Victoria sortit sur la terrasse, la main dans la main avec un extrêmement bel homme que Daisy ne reconnut pas. Des cheveux auburn en bataille, de diaboliques yeux verts et un sourire à damner n'importe quelle femme. Victoria poussa un cri de joie en voyant David qui lui donna l'accolade.

« Je te présente Shannon O'Grady, » dit Victoria. « Shannon, voici mon plus-ou-moins-patron David Lawrence. Docteur David Lawrence. »

« Je suis le plus-ou-moins-patron, » dit David en riant tandis qu'il serrait la main de Shannon. « C'est un plaisir de vous rencontrer. »

« De même, docteur. Vic a une très haute opinion de vous. »

« Vraiment ? » dit David en lançant un regard inquisiteur à Victoria. « Vic ? »

Son sourire penaud était communicatif. « Je dis des choses très agréables sur toi quand tu n'es pas là. »

« Ça, je veux bien le croire, » dit David en riant.

Tout en berçant Hailey, Daisy se divertit des plaisanteries entre David et Victoria, qui de toute évidence l'adorait. C'était bien de savoir qu'il avait de vrais amis qui prenaient soin de lui — pas autant qu'elle ne le faisait — mais assez pour ancrer David sur cette île qu'elle aimait.

« Viens, » dit Victoria en tirant le bras de Shannon. « Allons boire un coup. Je suis d'humeur à faire la fête. »

« Super, » dit Shannon avant de suivre Victoria au bas des marches où Grant et Adam s'occupaient du bar planté sur la pelouse.

« Il est trop craquant, » dit Daisy. « C'est sérieux entre eux ? »

« Apparemment, elle ne s'en sert que pour le sexe. »

« Tu crois ? »

« C'est ce qu'elle m'a dit. »

« Ce n'est pas possible qu'elle t'ait raconté ça. »

« Elle me dit *tout,* à mon grand désarroi. »

« Elle t'apprécie énormément. »

« Elle me rend chèvre, mais je n'y arriverais pas sans elle. »

Daisy se tourna pour que David puisse voir le visage de Hailey. « Toujours éveillée ? »

« À peine. Continue de faire ce que tu fais. Tu vas l'endormir. »

Joe remonta les marches et sembla momentanément surpris de les voir, puis il se reprit. « Salut, vous deux. Comment ça va ? »

« Bien, » dit David en serrant la main que Joe lui tendait. « Comment va Janey ? »

« Pas trop mal. Elle est en train de faire la sieste en haut, mais elle sera prête pour l'arrivée des nouveaux mariés. Je devrais aller la réveiller pour l'aider à descendre avant qu'ils ne rappliquent. »

« Elle reste allongée le plus souvent possible ? »

« Oui, mais pas sans râler et se plaindre, » dit Joe en souriant.

« Je ne m'attendais pas à autre chose. »

« Bon, je vais la chercher. »

David le regarda partir d'un air mélancolique.

« Ça va ? » demanda Daisy.

« Bien sûr. En pleine forme. »

« Ce n'est pas un crime d'admettre qu'il n'est pas facile d'accepter qu'elle soit avec quelqu'un d'autre maintenant. »

« Tu ne veux pas m'entendre dire ça parce que ça pourrait te faire penser que je ne suis pas enchanté d'être avec toi maintenant. Pourtant, je le suis. Enchanté. D'être avec toi. »

« Ah, c'est agréable à entendre. »

Il s'appuya contre la rambarde qui entourait la terrasse. « Parfois, j'ai un temps d'arrêt lorsque le passé me gifle en plein visage, mais je n'ai pas ressenti le besoin de remonter le temps depuis de longues semaines. En fait, » dit-il, faisant glisser son doigt le long du bras de Daisy, « Pour la première fois depuis très longtemps, j'envisage l'avenir avec espoir. »

Elle était toujours en train de lui sourire quand Maddie revint chercher Hailey qui venait de s'endormir.

« Je ne sais pas comment tu fais, » dit Maddie en prenant le bébé des bras de Daisy. « À chaque fois, tu endors le bébé qui ne s'endort jamais avec moi. »

« Là, elle me paraît carrément endormie, » dit David en faisant un clin d'œil à Daisy.

« Que veux-tu que je te dise ? » dit Daisy, secouant son bras engourdi. « C'est mon talent spécial. »

Un cri venant de l'intérieur captura leur attention.

« David ! *David,* viens vite ! » Les cris paniqués de Joe firent se précipiter David à l'intérieur. « Je n'arrive pas à réveiller Janey. Elle ne se réveille pas ! »

« Appelle les secours, » dit David à Owen tout en fonçant vers l'escalier.

Les yeux écarquillés, Joe s'empara du bras de David et l'entraîna dans la chambre des invités. « Elle ne se réveille pas. »

Les cheveux blonds de Janey étaient étalés sur l'oreiller. Elle avait le teint pâle et les lèvres presque blanches.

Tandis que son cœur faisait des dératés, David chercha le pouls de Janey et fut soulagé en sentant la cadence rapide sous ses doigts. Son pouls battait plus vite qu'il ne l'aurait dû, pensa-t-il, s'inclinant juste au-dessus d'elle pour ressentir son souffle contre sa joue. Puis il rabattit les couvertures et tressaillit en voyant la mare de sang entre ses jambes.

Son intuition lui intima de s'occuper de Joe, et il pivota sur lui-même à l'instant où Joe manqua de s'évanouir à la vue d'autant de sang. Il guida Joe jusqu'à une chaise et lui fit poser la tête entre les genoux. « Respire. »

Joe prit de longues inspirations tout en sanglotant. « Ne la laisse pas mourir, David. Je t'en supplie, ne la laisse pas mourir. »

« Elle ne va pas mourir, » dit David avec plus d'assurance qu'il en éprouvait. « Mais il faut faire sortir ce bébé le plus vite possible. »

Joe leva les yeux vers lui. « C'est trop tôt ! »

« Je ferai tout mon possible pour tous les deux. »

« Je peux t'aider ? Je ferai tout ce que tu diras. »

Mason et Victoria entrèrent dans la pièce en trombe.

« Oh merde, » dit Victoria en apercevant Janey et le sang.

« Il faut la transporter à la clinique d'urgence, » dit David.

« On peut prendre mon SUV, » dit Mason. « Allons-y. »

Joe se remit debout et marcha jusqu'au lit. « Je vais la porter. » Il souleva sa femme inerte et se dirigea vers la porte.

David se saisit du dessus-de-lit et stoppa Mason avant qu'il ne suive Joe vers l'escalier. « Roule à fond la caisse. Chaque minute compte. »

« Compris. »

« Je pars avec elle, » dit David à Victoria tandis qu'ils dévalaient l'escalier. « Suis-nous. »

« Oh, mon dieu, » cria Linda McCarthy tout en traversant le salon. « Prends soin d'eux, David, je t'en prie. »

« Je le ferai. »

« Mets-toi devant, » dit David à Joe avant de s'installer tant bien que mal à l'arrière avec Janey. Il se servit du dessus-de-lit pour lui soulever les hanches et réduire la perte de sang. Un flot d'adrénaline le fit grimacer alors qu'il passait en revue tous les scénarios éventuels qui avaient pu causer l'état actuel de Janey.

Il s'agissait le plus probablement d'un décollement du placenta, qui pouvait se produire n'importe quand lorsque le placenta se séparait de la paroi de l'utérus. Cette possibilité expliquerait le saignement important et l'inertie. Dans le cas d'un décollement total, les chances que le bébé survive étaient quasi nulles, et la vie de Janey serait également dans la balance.

La clinique n'était pas équipée pour une urgence de cette gravité, mais il se débrouillerait avec ce qu'il avait. David n'avait jamais pratiqué de césarienne seul, mais il avait assisté et aidé à bon nombre pendant son internat, et il savait quoi faire. En revanche, il ignorait s'il était capable de faire face à des complications éventuelles. L'idée que Janey puisse mourir sur sa table d'opération était si inimaginable qu'il n'avait pas le droit d'en arriver là. Quoiqu'il se passe, il devait lui sauver la vie. Et celle du bébé… Joe avait raison. C'était trop tôt.

Il tapa sur la vitre qui le séparait de l'avant du SUV.

Mason la fit coulisser. « Comment elle va ? »

« Elle s'accroche. Tu peux demander une évacuation par hélico avec une unité de soins néonataux ? Et du sang. Il va nous falloir du sang. Elle est O. positif. » C'était l'une des choses qu'il connaissait d'elle après treize années passées avec elle.

« C'est déjà fait, docteur. »

« Bien. »

« Elle va s'en sortir, David ? » demanda Joe.

« Je… J'espère. » Il ne pouvait envisager un scénario dans lequel Janey n'irait pas bien, donc il refusait d'y penser. Il s'exerçait depuis dix ans pour à des situations comme celle-ci. Cependant, se trouver sur une île isolée quand un désastre frappait n'avait pas fait partie des cours qui se déroulaient toujours dans les hôpitaux hyper équipés des grandes villes. Là, par contre, il n'allait pouvoir compter que sur son intuition et son savoir. La vie de Janey et du bébé était entre ses mains, et même au cœur du drame, l'aspect ironique de la situation ne lui échappait pas.

Mais il lui en devait une. En fait, il lui devait sans doute bien plus que ça. Elle méritait qu'il fasse de son mieux pour elle et pour l'enfant, et c'était bien ce qu'il avait l'intention de faire.

Victoria était juste derrière eux quand ils se garèrent sur le parking de la clinique. Il sortit à toute vitesse de sa voiture et déverrouilla l'entrée des urgences. Mason la suivit. Ils ressortirent quelques secondes plus tard en poussant un brancard où ils déposèrent Janey. Puis ils l'emportèrent à l'intérieur pour la préparer à l'opération.

« Joe, » dit David en empêchant Joe de se précipiter à leur suite. « On va lui faire une césarienne et sortir le bébé. Si on ne le fait pas, on pourrait les perdre tous les deux. Je veux que tu saches… Si je n'arrive pas à arrêter l'hémorragie, je risque de devoir pratiquer une hystérectomie. Tu comprends ? »

Choqué, le teint blême, les mains, les bras et la chemise tachés de sang, Joe lui fit signe que oui.

« Je te donnerai des nouvelles dès que je saurais ce qu'il se passe. » David se dirigea vers la double porte qui menait aux salles d'examen.

« David ! »

David se retourna pour dévisager l'homme qui un jour avait été son rival et qui devenait à présent son allié. Tous les deux voulaient sauver la femme qu'ils aimaient.

« Si tu dois choisir, sauve Janey. » Un sanglot étrangla sa voix. « S'il te plaît, sauve Janey. »

David hocha la tête et partit en courant.

CHAPITRE 16

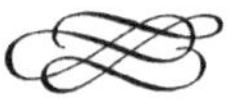

Dans la salle d'opération, Victoria effectua une échographie. Elle montra l'écran. « Décollement partiel, mais elle perd beaucoup de sang. »

« Je m'en doutais, » dit David. « On y va. »

En quelques secondes, ils lui posèrent un cathéter, l'intubèrent et installèrent une perfusion pour lui administrer anesthésie et solutés. « L'hélico est à combien ? » demanda David à Mason.

« Vingt minutes. »

« Ça risque d'être trop long pour le bébé. » Un sentiment d'impuissance le submergea quand il se rendit compte qu'ils pourraient bien perdre le bébé avant que l'hélicoptère n'arrive.

« Je vais leur dire de se dépêcher. »

Victoria passa un antiseptique iodé sur le ventre distendu de Janey. « Tu as déjà fait ça ? » demanda-t-elle d'un ton sérieux, son regard rivé sur sa patiente.

« Pas tout seul. »

« Oh, bordel. »

Ils prirent sur le temps qu'ils n'avaient pas pour se désinfecter et enfiler leurs tenues vu qu'en plus du reste, Janey ne résisterait pas à une infection virulente.

Mason revint dans la pièce. « Ils seront là dans douze minutes. »

« C'est mieux. Va dans mon bureau. Dans le tiroir du haut de mon meuble de classement, tu trouveras un formulaire de consentement au traitement. Fais-le signer à Joe. »

« Ce n'est pas obligatoire en cas d'urgence, » lui rappela Victoria.

« Je la veux quand même, » dit David sans ajouter *au cas où*.

« Je m'en charge, » dit Mason.

Par chance, une récente collecte de sang sur l'île leur en avait fourni suffisamment pour pouvoir opérer Janey. S'il n'y avait pas de complications, ils en auraient assez, donc il devait faire en sorte qu'il n'y ait pas de complications.

« Est-ce qu'on a attendu assez longtemps pour que l'anesthésie soit effective ? »

« Je n'en sais rien, » dit David, tentant désespérément de se souvenir des détails de son stage en anesthésie. « Mais on n'a plus le temps. Il faut le faire. Tu t'occupes du bébé, moi de Janey. Tu es prête ? »

Victoria hocha la tête, ses yeux paraissant plus grands au-dessus de son masque.

David passa le scalpel sur le bas-ventre de Janey tout en visualisant la procédure qu'il avait vue réaliser des douzaines de fois. Il se récita les étapes comme il l'aurait fait s'il avait été interrogé par un médecin pendant son internat. Inciser la peau, inciser l'aponévrose, écarter les muscles, inciser le péritoine, faire attention à la vessie, inciser l'utérus, sortir le bébé, couper le cordon ombilical, extraire le placenta, suturer l'utérus, administrer ocytocine et solutés rapidement, s'assurer que le patient est stabilisé. Lorsqu'il l'est, refermer dans l'ordre inverse.

Il connaissait toutes les étapes. Pourtant réciter et effectuer étaient deux choses distinctes, surtout quand la patiente sur la table avait possédé son cœur pendant presque toute sa vie adulte.

Une fois les incisions terminées, ils s'empressèrent de délivrer le fils de Janey, de couper le cordon ombilical et de suturer son utérus. David se focalisa complètement sur l'extraction du placenta tout en évitant l'hémorragie.

En plus d'aider David à aspirer le sang de l'utérus de Janey, Mason surveilla ses signes vitaux. « Sa tension est à 10/7. »

Beaucoup trop basse, pensant David en travaillant plus vite.

Le vacarme du moteur de l'hélicoptère qui se posait sur l'héliport du parking le soulagea. De l'aide était arrivée pour le bébé. Mais Janey ne pourrait pas être transportée tant qu'il n'aurait pas l'hémorragie sous contrôle.

David perdit la notion du temps tandis que son monde se réduisit à la tâche qu'il accomplissait. La sueur lui collait au front et il avait des crampes dans les doigts et au cou, mais il continua à faire des efforts pour sauver l'utérus de Janey et éviter l'infertilité.

« Comment va le bébé ? » demanda-t-il à Mason.

« Ils ne m'ont rien dit. Ils l'ont emmené dans l'hélico. »

« Au moins, ils ont l'équipement adapté. »

« Ouais. »

« Il respirait ? »

« Je n'en sais rien. »

David pria en silence pour le bébé et pour Janey, et continua de travailler.

Victoria revint dans la salle d'opération. « Comment va-t-elle ? »

« Elle s'accroche. Le bébé ? »

« Pareil. C'est un bagarreur. Il pèse deux kilos cent. Ils l'ont intubé et ils le gardent au chaud dans l'hélico. Joe est avec lui. »

« Bon. Ça fait combien de temps qu'on a démarré ? »

« Presque quarante minutes. »

Il avait l'impression que des heures s'étaient écoulées.

« Le docteur de l'hélico veut savoir si tu as besoin d'aide. »

« Je m'en sors, et je préférerais qu'il reste avec le bébé. »

« Joe et ses parents sont à deux doigts de la crise de nerfs. Ils veulent savoir comment elle va. Est-ce que je peux leur dire quelque chose ? »

« Dis-leur qu'elle est stabilisée, mais qu'elle n'est pas encore sortie de l'auberge. »

« Je reviens. »

David continua à travailler, suturer, prier.

« Je crois que vous êtes en train de gagner la guerre, docteur », dit Mason. « Les saignements ont diminué et sa tension remonte. »

David l'avait déjà remarqué, pourtant l'heure n'était pas encore à la fête. Il leur restait un long chemin à parcourir avant de célébrer quoi que ce soit.

UNE FOULE morose était restée chez Mac et Maddie après le départ en urgence de Janey. Mac avait emmené ses parents à la clinique, et Grant, Evan et Adam les avaient suivis dans la voiture d'Adam. Stéphanie, Grace et Abby avaient choisi de rester chez Mac et Maddie pour ne pas surcharger la petite salle d'attente de la clinique, et parce que Tiffany était une amie proche.

« Je… Je ne sais pas ce que je suis censée faire à présent, » dit Maddie. « Je veux être là pour Janey, Joe et Mac, mais Tiffany… c'est son mariage. Elle sera là d'une minute à l'autre, et on doit faire semblant que tout va bien parce qu'elle mérite cette journée. »

« Elle ne s'attendrait pas à ce que tu fasses semblant que tout va bien, » dit Daisy. « Elle comprendra que c'était une urgence. »

« Oui, oui, tu as raison. »

« Hé, » dit Grace. « Ils sont là. »

Daisy fit un pas en arrière pour regarder entrer Tiffany et Blaine qui irradiaient de bonheur. Leur enthousiasme se refroidit quand ils entendirent ce qui était arrivé à Janey.

« Il faut que tu ailles là-bas, » dit Tiffany à sa sœur. « Tu dois être avec Mac. » À Grace, Abby et Stéphanie, elle dit, « Vous devez toutes y aller. Il s'agit de votre famille. »

« Je garderai les enfants, » dit Daisy. « Allez la voir. »

« Merci, Daisy, » dit Maddie. « Tu m'apportes une grande aide. Tiffany, tu es sûre que ça ne te dérange pas ? »

« Bien sûr que non. Ce n'est pas le moment de faire la fête. »

« C'est pas nécessairement vrai, » dit Ned depuis la porte. « Même si on aimerait tous débarquer à la cliniqu' et faire un's-cène, c'est pas d'ça qu'Janey ou l'docteur David ont besoin. Sa famille est avec elle, et le mieux qu'on puiss' faire c'est d'rester ici et d'manger tout' cette nourriture et d'célébrer les nouveaux mariés. J'connais ma p'tit' Janey, » dit-il la voix tremblante, « et elle aimerait pas être responsable du gâchis d'ce mariage. »

« Je ne me sentirais pas bien si je m'amusais pendant que Janey se bat pour sa vie, » dit Tiffany.

« Ned a raison, chérie », dit Blaine. « On ne peut rien faire pour Janey et son bébé, à part prier, donc autant rester ici et se tenir compagnie jusqu'à ce que l'on ait des nouvelles. »

« Tu as sans doute raison, » dit Tiffany. Se tournant vers Maddie, elle ajouta, « Va voir Mac. »

Maddie prit Tiffany dans ses bras. « Je suis désolée de te laisser tomber, un jour comme aujourd'hui en plus. »

« Tu ne me laisses pas tomber. Il est ta famille maintenant. Il a plus besoin de toi que moi. »

Maddie la serra. « Je t'aime, et je suis si heureuse pour toi. »

« Je veux avoir des nouvelles dès que tu sais quelque chose. »

« Bien sûr. On t'appellera aussitôt. »

Une fois que Maddie et les autres furent partis, Tiffany se tourna vers Daisy et Blaine. « Je suis tellement inquiète pour

Janey et le bébé. Je n'ose même pas imaginer dans quel état Joe doit être. Et les parents de Janey... »

Blaine passa un bras autour de ses épaules et embrassa son front.

« Toutes mes félicitations, » dit Daisy en souriant. « Il paraît que la cérémonie était belle. »

« Elle l'était, » dit Tiffany, les yeux embués de larmes. « Mais ça maintenant... »

« Les choses ont pris une tournure catastrophique aujourd'hui alors qu'on aurait dû tous se réjouir, pourtant je pense que Ned a raison », dit Daisy. « Janey ne voudrait pas être celle qui gâche ta journée spéciale. »

Tiffany hocha la tête et ferma les yeux, prit un instant pour rassembler ses esprits puis regarda Blaine. « Allons dire bonjour à tout le monde et manger un bout. On verra ensuite ce qu'on peut faire. »

« Très bon plan. » Il lui tendit la main.

Leur bonheur palpable interpela Daisy. À présent, elle attendrait avec impatience le jour où, elle aussi, trouverait les réponses à toutes les questions qu'elle se posait. Puis lui revint en mémoire la façon dont David avait bondi hors de la pièce pour aller s'occuper de son ex-fiancée, sans dire un seul mot à Daisy.

Il ne faisait évidemment que son boulot, et il se serait comporté de la même manière pour n'importe qui en danger de mort. Mais il s'agissait de Janey et qu'il ait filé sans un seul coup d'œil dans sa direction la faisait se sentir rejetée, donc égoïste. Janey luttait pour survivre. De quel droit Daisy se permettait-elle d'éprouver de la jalousie générée par la façon dont David avait réagi en temps de crise ?

« Tu n'es qu'une conne, » se murmura-t-elle à elle-même tout en montant l'escalier. Hailey était toujours endormie. Daisy passa dans la chambre suivante où les draps ensanglantés lui rappelèrent aussitôt la gravité de la situation.

Ils ne doivent pas voir ça en rentrant, pensa-t-elle. Déformation du métier oblige, elle enleva les draps et l'alèse qui avait sauvé le matelas, rassembla le linge taché et enfourna le tout dans la machine à laver avant d'y ajouter une bonne dose de javel et de détachant.

S'activer l'aida à ne pas ressasser le fait que David l'avait planté là pour aller s'occuper de Janey. Ni sur celui qu'il n'avait pas pensé à elle une seule seconde en l'abandonnant ici. Ni sur le moment où elle le reverrait. Et elle évita également de penser à ce qu'il endurait tandis qu'il essayait de sauver la femme qu'il avait aimée un jour.

FRANK MCCARTHY s'installa en compagnie de son fils Shane, de sa fille Laura, du fiancé de celle-ci Owen, de sa mère Sarah et de Charlie Grandchamp sur les chaises réunies sur la pelouse, tout en tentant de comprendre ce qui avait bien pu arriver à sa nièce.

« Tu as eu des nouvelles de la clinique ? » demanda-t-il à Laura qui lui avait annoncé le drame après la cérémonie.

« Pas un mot. » Elle posa sa main sur son ventre distendu. « Ça me fait tellement peur, papa. Et si... »

« N'y pense pas, ma chérie, » dit Owen. « Elle est jeune, forte et en pleine forme. Elle ira bien. C'est obligé. »

Laura et son cousin avaient toujours été proches, d'abord quand ils étaient enfants puis adultes. L'idée que quelque chose puisse arriver à l'un d'entre eux était insupportable.

Tiffany et Blaine descendirent les marches de la terrasse, leur bonheur troublé par l'épreuve qu'affrontaient Janey et son bébé.

« J'ai de la peine pour eux, » dit Owen. « C'est dur ce qui se passe le jour de leur mariage. »

« Ils feront contre mauvaise fortune bon cœur, » dit Frank. «

Qu'est-ce qu'ils pourraient faire d'autre ? Janey est déjà entre de bonnes mains. »

Il avait à peine fini de parler qu'un hélicoptère avec une croix rouge sur le côté passa au-dessus de la maison. Le vacarme du moteur fit lever la tête à tout le monde.

« Les secours sont là, » dit Frank.

« Merci, mon dieu, » répondit Laura. Elle enfouit son visage dans ses mains.

Owen lui passa la sienne dans le dos, et Frank fut pris de l'envie subite de se lever, de bouger, de marcher, de faire n'importe quoi sauf rester ici à ruminer sur ce que la famille de son frère subissait en ce moment.

Frank se mit debout. « Quelqu'un veut boire un coup ? »

Ils déclinèrent son offre. Il se dirigea vers le bar où le pilote et ami de la famille, Slim Jackson, se tenait.

« Qu'est-ce que ce sera, Monsieur le Juge ? »

« Tu peux m'appeler Frank, et je prendrais un whisky. Sec. »

« C'est comme si c'était fait. »

Frank se détourna du bar et remarqua Betsy Jacobson qui descendait les marches depuis la terrasse. Son verre à la main, il partit dire bonjour à l'invitée de son frère, qu'il avait rencontré lors de sa dernière visite sur l'île. Aujourd'hui, ses cheveux noirs et bouclés étaient coiffés en queue de cheval qui la faisait paraître plus jeune que ses quarante-huit ans. Les cernes sous ses yeux s'étaient estompés, et son léger hâle accentuait sa bonne mine.

« Bonjour, Frank, » dit-elle avec un sourire chaleureux avant de lui donner l'accolade. « J'ai entendu dire que tu étais de retour sur l'île. »

Bien que surpris par son accueil spontané, il en profita pour l'étreindre rapidement. « J'ai promis à Laura que je séjournerais au Surf cette fois-ci, mais j'espérais bien te voir ici. »

« J'ai du mal à croire ce qui arrive à Janey. J'en suis vraiment navrée. Mac et Linda doivent être dans tous leurs états. »

« Oui. J'aimerais être avec eux, mais les garçons sont déjà là-bas, et ceux d'entre nous qui sommes restés ici résistent à la tentation de les envahir. »

« Ils savent que vous pensez tous à eux. »

« Je voudrais juste qu'on nous donne des nouvelles. »

« Je me doute qu'elle est entre de bonnes mains. »

« Les meilleures possible. Le docteur est son ex-fiancé. Il ne laissera rien lui arriver de mal s'il a son mot à dire. »

« Ah, c'est bien… Quelle chance. »

« Et toi, ça va ? »

« Mieux, » dit-elle alors qu'ils partirent se balader le long de la propriété de Mac qui donnait sur l'océan où Steve, le fils de Betsy, s'était tué dans l'accident de voilier. « Être ici m'aide, quoique Mac et Linda doivent en avoir marre de moi maintenant. »

« Ils adorent t'avoir ici. »

« Tu sais ce qu'on dit des invités et des poissons ? »

« Non, c'est quoi ? » demanda-t-il, amusé par son sourire enjoué et les étincelles dans ses yeux sombres.

« Ils commencent tous à sentir mauvais au bout de trois jours. Donc, là je pue carrément. »

Sans comprendre ce qu'il lui prenait, Frank se pencha assez près d'elle pour respirer son odeur attrayante. « Si c'est ça que tu appelles puer, je veux savoir où je peux en acheter un flacon. »

Son rire de gorge déclencha en lui un sentiment qu'il n'avait pas éprouvé depuis des années. Le désir.

« Je cherche à louer un endroit ici pour cet été. »

« Tu devrais en parler à Ned. La moitié de l'île lui appartient et il doit pouvoir te dénicher quelque chose. »

« Ned le chauffeur de taxi ? » demanda-t-elle, les yeux écarquillés de surprise. « Ned, l'ami de grand Mac ? »

« Lui-même. »

« Ah, ben, merde alors. Je ne m'en serais jamais douté. »

« Son identité secrète en tant que propriétaire terrien fait partie du mystère qui plane autour de lui. » Il lança un coup d'œil à Betsy. « Tu peux garder un secret ? »

« Bien sûr. »

« Je lui ai dit que je comptais acheter une propriété ici. »

« Vraiment ? »

Frank hocha la tête. « Je prends ma retraite en septembre, et comme mes deux enfants se sont installés ici, j'aimerais vivre au même endroit, surtout que je vais avoir deux petits-enfants. »

« Tant mieux pour toi. Tout ceci est très excitant. »

« Il me tarde à présent. Mon travail a été ma vie pendant trop longtemps. Il est temps que j'aie des compensations, et le lieu où vivent mes enfants a facilité ma décision. »

« La ville ne va pas te manquer ? »

« Non. C'est bien mieux ici. »

« Gansett a quelque chose de spécial. Je vois pourquoi tout le monde s'y plaît autant. »

« Je vais faire pas mal d'allers-retours cet été. J'aimerais bien te voir ou, hum, t'inviter à dîner ou à faire autre chose. » Il n'avait pas invité une femme à sortir depuis des années, et il était visiblement rouillé comme en témoignait sa phrase maladroite.

« Ou autre chose ? » demanda-t-elle d'un blagueur et en souriant.

Sa réponse lui plut. *Elle* lui plaisait. « Un dîner. Commençons par un dîner. »

« Avec grand plaisir. »

À LA MINUTE où David termina de suturer l'incision et d'y poser un pansement, les ambulanciers la sortirent rapidement de la salle et foncèrent vers l'hélico. David les suivit, donna des instructions au médecin de bord puis recula quand l'hélicoptère décolla avec Joe, Janey et le bébé à bord.

Alors qu'il virait d'un coup avant de se diriger vers le centre de traumatologie du continent, les poussées d'adrénaline qui l'avaient fait tenir jusque-là s'évanouirent. Il se plia en deux et posa ses mains sur ses genoux. Il avait fait tout ce qu'il pouvait pour elle. Elle était entre les mains de Dieu à présent ainsi que celles des médecins qui la soigneraient à Providence.

« David. » La main de Grand Mac sur son dos extirpa David de sa réflexion, et il se redressa pour faire face au père de Janey.

Le regard de grand Mac ayant pris en compte tout le sang étalé sur la blouse de David, il déglutit avec peine. « Elle est... »

« Elle devrait se remettre. La convalescence risque d'être difficile, mais j'ai réussi à sauver son utérus. »

« Et le bébé ? »

« Honnêtement je n'en sais rien, Monsieur McCarthy. Il n'a que trente-deux semaines. J'aimerais vous rassurer, malheureusement on ne peut qu'attendre et espérer. »

« Vous avez fait tout ce que vous avez pu, et je n'aurais jamais les mots qui conviennent pour vous remercier de ce que vous avez fait deux fois pour ma famille. »

« J'ai fait mon travail. J'aurais agi de même pour n'importe qui sur cette île, mais je suis content d'avoir été là quand Janey et son fils ont eu besoin de moi. »

« Merci. »

David acquiesça.

Linda les rejoignit et prit David dans ses bras. « Merci de tout cœur. Quoiqu'il se passe, nous vous serons toujours reconnaissants de ce que vous avez fait ».

« J'espère simplement que ce sera suffisant. »

« Tu as eu Carolina ? » demanda grand Mac à sa femme.

« Oui. Elle est bloquée au lit à cause des blessures qu'elle s'est fait en tombant, donc elle ne pourra pas aller sur le continent ces jours-ci. Je lui ai promis de lui donner des nouvelles. »

« Allons chercher Slim et partons à Providence. »

Monsieur et Madame McCarthy s'en allèrent, mais leurs

quatre fils attendaient David pour lui serrer la main et le remercier des efforts qu'il avait faits pour leur sœur. Il les accompagna dehors puis retourna à l'intérieur où Victoria et Mason nettoyaient la salle d'opération.

« Merci à tous les deux pour votre aide, » dit-il.

« Tu as été incroyable, David, » dit Victoria. « Absolument incroyable. S'ils ont une chance de s'en sortir, c'est grâce à toi. »

« Grâce à nous. Je n'aurais pas réussi sans vous deux. »

« On t'a assisté, » dit Victoria, « mais tu étais la star. Je suis si fière de toi. »

« Merci. Je, euh, il faut que... » David s'échappa pour se rendre dans son bureau dont il verrouilla la porte. Cette dernière heure remplie d'émotion venait de le rattraper, et il voulait être seul lorsque le tsunami déferlerait sur lui. Il s'assit sur le canapé, la tête entre les mains, et finit par laisser sortir la peur intense qu'il avait réfrénée pendant tout le temps où Janey avait le ventre ouvert sur la table d'opération.

« Janey… mon dieu... » Lorsqu'il s'autorisa à envisager tout ce qui aurait pu mal tourner, il se mit à trembler violemment. Il n'aurait jamais dû réaliser une opération chirurgicale dans ces conditions, qui plus était sur Janey. « Janey... » Il se colla au dossier, les doigts enfouis dans ses cheveux et tenta de calmer les battements effrénés de son cœur.

Pour la première fois depuis que Joe avait hurlé son nom chez Mac et Maddie, David pensa à Daisy et fit la grimace en se rappelant comment il l'avait quitté en trombe sans un regard en arrière. À quoi pensait-elle en ce moment ? Tout d'un coup, la seule chose qui importait était de la rejoindre. Il se leva, retira sa blouse ensanglantée, et remit la tenue de ville avec laquelle il était arrivé.

À nouveau boosté par une poussée d'adrénaline qui lui traversait les veines, il ouvrit la porte de son bureau.
« Victoria ! »

Alarmée par son cri, elle sortit de la salle d'opération.

« Quoi ? »

« J'ai besoin d'emprunter ta voiture. »

Elle n'hésita pas avant de répondre, « Je vais chercher les clés. »

David fut dans tous ses états jusqu'à ce qu'elle revienne en lui tendant les clés.

« Tout va bien ? »

« Oui. Bientôt, » dit-il, la surprenant en lui faisant la bise sur la joue puis se précipitant dehors.

La vieille voiture de Victoria démarra à la troisième tentative, et David sortit du parking aussi vite qu'il l'osa et se rendit directement à la maison de Daisy au cas où elle serait rentrée chez elle pendant qu'il opérait. Il n'avait pas envie de faire tout le trajet jusqu'à chez Mac si elle n'était plus là-bas et vu qu'il n'avait plus son téléphone sur lui, il ne pouvait pas l'appeler.

Il se gara devant sa maison quelques minutes plus tard et s'inquiéta en trouvant sa porte grande ouverte. « C'est quoi ce bordel ? » La nouvelle porte que Mac venait d'installer était à moitié arrachée de ses gonds et il y avait des échardes partout. En courant, il grimpa les marches et entra dans la maison qui avait été saccagée. Le bouquet de lys était dispersé par terre, le vase brisé en éclats. « Daisy ! » La senteur puissante des lys s'insinua dans son nez, et il hurla son nom tout en passant d'une pièce à l'autre en écrasant des tessons de verre. « Daisy ! »

Se rendant compte qu'elle n'était pas là, il dévala l'escalier et s'élança dans la rue où des voisins s'étaient rassemblés pour savoir d'où venaient ces cris.

« Appelez la police, » dit-il en entrant dans sa voiture. « La maison de Daisy a été vandalisée. »

« Où est-elle ? » demanda une femme.

« Je vais la trouver. »

Il roula plus vite que jamais jusqu'à chez Mac, espérant et priant pour qu'elle soit toujours là-bas, qu'elle ne soit pas rentrée chez elle pour se faire agresser une fois de plus. Truck

Henry avait-il été libéré ? Pourquoi personne n'en avait été averti ? Ou peut-être que si, admit-il en se demandant où il avait laissé son putain de téléphone. David avait la tête remplie de questions en tournant sur la route de la Ferme des Douces Prairies. Il fit crisser les pneus de la voiture dans l'allée de Mac en s'arrêtant puis monta les marches à fond la caisse tout en appelant Daisy.

Tout le monde se figea lorsqu'il déboula dans la maison en ayant sûrement l'air d'un aliéné. « Où est Daisy ? »

Elle apparut en haut de l'escalier, la mine étonnée par son comportement.

Là, en voyant son beau visage et en réalisant qu'elle était en sécurité, David eut l'impression de tomber d'une falaise et d'atterrir dans un lagon d'amour. Il courut vers elle, gravit les marches quatre à quatre et la prit dans ses bras. Il l'entraîna, cherchant un endroit privé pour ce qu'il avait à lui dire. Lorsqu'ils furent parvenus dans l'une des chambres, il ferma la porte d'un coup de pied.

« Qu'est-ce qu'il y a ? C'est Janey ? Elle est, non elle n'est pas… David ! »

Il insuffla à son baiser toute la peur, l'amour et le désir qu'il ressentait pour elle en espérant qu'elle ne l'oublierait jamais. « Je suis vraiment désolé, » dit-il après plusieurs baisers qui calmèrent ses nerfs et confirmèrent sa volonté de s'engager de façon permanente envers cette adorable et belle femme. « Je suis parti d'ici en courant sans rien te dire. J'en suis navré. Et puis je suis allé chez toi, et… est-ce que Truck est sorti de prison ? »

« Comment ? Qu'est-ce que tu dis ? »

« Est-ce qu'il a été libéré ? »

« Si c'est le cas, personne ne m'en a informée. » Elle prit son téléphone dans la poche de son short. « Oh mon dieu ! Il y a un tas d'appels de providence et plusieurs de la police de Gansett. J'avais mis mon portable en mode silence pendant que Hailey faisait la sieste. Comment tu l'as su ? »

« Ta maison, chérie. Quelqu'un était là-bas. La porte a été défoncée, et je n'arrivais pas à te trouver… alors j'ai pensé… Bordel, Daisy, je suis si content que tu sois ici et que tu ailles bien. Et je t'aime. Je t'aime. »

Elle inclina la tête comme si elle n'avait pas bien entendu. « Tu... »

« Je t'aime. Je suis amoureux de toi. Ça fait un bon moment que je le suis, mais quand je n'ai pas pu te trouver, j'ai su que je devais te le dire. Parce que s'il t'arrivait quoi que ce soit et que tu ne sais pas que je t'aime... »

Elle passa les bras autour de son cou et l'attira contre elle. « Je vais bien. Je suis là, je vais bien et je t'aime aussi. J'ai entendu dire que tu avais sauvé Janey et le bébé. Je suis tellement fière de toi. »

Tout le corps de David trembla à l'instant où il expira. « Je t'ai laissée ici comme si tu ne comptais pas, et ce n'est pas du tout la vérité. »

« Tu as fait ce qu'il fallait en cas d'urgence. Je m'attendrai toujours à ce que tu agisses ainsi envers n'importe quel patient. »

« J'ai tant de chance de t'avoir rencontrée, et de m'être débrouillé par je ne sais quel mystère pour que tu tombes aussi amoureuse de moi. »

« C'était facile de tomber amoureuse de toi, » dit-elle avec un sourire qui fit pétiller ses yeux. « C'était plus compliqué de me convaincre que notre histoire pouvait durer. »

« Et tu en dis quoi à présent ? »

« Je me sens bien. »

« Ça t'a gonflé que je file à l'anglaise tout à l'heure ? »

« Gonfler, non. J'étais... »

« Un peu blessée ? »

« Peut-être un peu, mais j'ai aussitôt eu honte de moi étant donné ce que traversait Janey — et ce que tu as enduré en essayant de la sauver. »

« Pardon, ma chérie. Je te jure que je ne le referais plus. »

Elle posa un doigt en travers des lèvres de David. « Ne fais pas ce genre de promesses. Il y a tant de gens qui comptent sur toi. Il faudra parfois que tu les fasses passer avant moi, mais du moment que tu promets de venir me retrouver après de la même manière que tu l'as fait aujourd'hui, tout ira bien entre nous. »

Alors qu'il l'embrassait à nouveau, un sentiment de paix qui ne lui était pas familier descendit sur lui. Même dans ses meilleurs instants avec Janey, il n'avait jamais éprouvé cette sensation de bien-être qu'il ressentait avec Daisy. Elle le calmait et elle le rassurait. Elle était au courant de ce qu'il avait fait de pire et elle l'aimait quand même.

« Allons chercher Blaine et réfléchir sur ce qui a pu se passer avec ton ex, ensuite je veux rentrer et dormir pendant un an — après t'avoir fait l'amour. »

Le sourire coquin de Daisy le soulagea, sachant les mauvaises nouvelles qu'il lui avait apportées à propos de sa maison. Ils trouveraient une solution à ce récent problème, puis ils commenceraient leur vie ensemble.

Blaine les rejoint à mi-escalier. « Je venais vous chercher. Je viens enfin d'écouter mes messages. »

« C'est vrai, alors ? » demanda Daisy. « Truck a été relâché ? »

« Comment tu le sais ? »

« Il est déjà allé chez elle, il a démoli la porte et il a saccagé la maison, » dit David.

« Cette espèce d'enflure, » marmotta Blaine en tapotant son portable. « Ici le Chef Taylor. Je veux que toutes les unités se mettent à la recherche de Truck Henry. Postez une voiture au domicile de Daisy Babson, route du Port, au cas où il y retournerait. » Il raccrocha et observa son téléphone. « J'ai raté dix appels de Providence pendant que je me mariais. Je suis vraiment désolé. »

« Ne le sois pas, » dit Daisy. « Tu as le droit d'être en repos le jour de ton mariage. »

« On le trouvera et on le renverra là où il devrait être. En attendant — ».

« En attendant, » dit David en la serrant contre lui, « elle restera chez moi. »

Blaine approuva d'un signe de tête. « Bonne idée. Comment va Janey ? »

« Sa condition est stable. Elle est en chemin vers Providence. »

« Et le bébé ? »

« Pareil. Il faut voir ce qu'il va se passer ces prochains jours. »

« Ils ont eu beaucoup de chance que tu sois sur place quand c'est arrivé, » dit Blaine.

« Je sais que Janey se sentira coupable d'avoir gâché la fête de ton mariage, » dit David.

« On est plus que désolés de ce qui lui est arrivé, mais c'était quand même super aujourd'hui. En fait, » ajouta Blaine en levant un sourcil espiègle, « je crois qu'il est temps que je récupère Madame Taylor et qu'on parte en lune de miel. »

En riant, ils le suivirent jusqu'en bas et trouvèrent Tiffany entourée de ses amies en train d'admirer ses nouvelles bagues. L'atmosphère s'était considérablement allégée depuis que tous savaient que la condition de Janey et du bébé était stable et qu'ils seraient bientôt à Providence.

En dépit du fait qu'il était épuisé et émotionnellement vidé, chacun voulut serrer la main de David et le remercier de ce qu'il avait fait pour Janey et le bébé. Frank, l'oncle de Janey, lui donna l'accolade, tout comme ses cousins Laura et Shane. Tout le monde étant revenu de la clinique, Grace, Stéphanie, Jenny, Maddie et Sydney se mirent en quatre pour lui apporter de quoi manger ainsi qu'une bière, qu'il descendit facilement après une journée aussi éprouvante.

Tiffany et Blaine se virent obligés de danser sur « Make You

Feel My Love » à nouveau interprété par Evan, de couper le gâteau et de lancer le bouquet avant que Maddie ne finisse par les autoriser à partir. Avant leur départ, toutefois, Blaine alla voir David et Daisy pour leur promettre de rester en contact avec eux jusqu'à ce que Truck soit appréhendé.

« On peut y aller aussi ? » demanda David à Daisy. « Je suis crevé. »

« Bien sûr, laisse-moi juste prévenir Maddie qu'on y va. »

Dans la cuisine, Maddie s'était nichée dans les bras de son mari.

« Oh, pardon, » dit Daisy. « Je voulais te dire qu'on s'en va. »

Maddie se détacha de Mac, essuya ses joues mouillées de larmes et se retourna pour étreindre Daisy. « Merci beaucoup d'avoir surveillé les enfants pendant qu'on était à la clinique. »

« Il n'y a pas de quoi. Ça m'a fait plaisir d'aider et je suis contente que Janey aille bien. »

« Nous aussi, » dit Mac. « Je décrète un moratoire sur les bébés de cette famille. Tout ce stress est trop difficile à gérer. »

« Ah, bon ? » dit Maddie. « Alors, réfléchis encore parce que je t'annonce de source officielle que j'ai du retard, mon amour. »

L'expression de Mac tandis qu'il absorbait la nouvelle était impayable.

« Il me faut un grand verre, » murmura-t-il en sortant de la cuisine où les deux femmes rigolaient.

« Tu crois que tu es enceinte ? » demanda Daisy à son amie.

Elle haussa les épaules. « Je fonctionne comme une horloge, donc probablement. J'ai à moitié envie de le tuer pour m'avoir mise enceinte si vite après la naissance de Hailey, mais je l'aime trop pour le tuer. »

Daisy la serra brièvement dans ses bras. « Tiens-moi au courant. »

« Oui, et merci encore, Daisy. » Maddie baissa le ton. « Ton beau docteur m'a l'air carrément entiché. »

« Il est amoureux, » chuchota Daisy.

« Ah, oui ? »

Daisy hocha la tête.

« Et toi ? »

« Raide dingue de lui. »

« Oh, je suis si contente pour toi ! Tu mérites tellement d'être heureuse après tout ce qui s'est passé. »

« Apparemment, ce n'est pas encore terminé. » Daisy raconta à Maddie que Truck avait été libéré et qu'il était soupçonné d'avoir vandalisé sa maison.

« Tu restes avec David, d'accord ? Jusqu'à ce qu'ils le trouvent ? »

« Il ne me lâchera pas des yeux. Ne te fais pas de souci. »

« Je m'inquiéterai jusqu'à ce que Truck soit à nouveau derrière des barreaux. »

« Ils vont le trouver, » dit Daisy d'un ton confiant tandis que Maddie l'escortait dehors. « Il est difficile à rater, surtout quand il est shooté et furieux. »

Quand ils furent dans la voiture, David attrapa sa main. « Je ne le laisserai pas s'approcher de toi, alors détends-toi. »

L'homme qu'elle aimait lui tenait la main, et il l'aimait aussi. De quoi pourrait-elle bien s'inquiéter ?

La première pensée consciente de Janey fut qu'elle avait mal partout. Elle lutta contre la confusion, essayant de rendre cette douleur logique. Ses paupières étaient trop lourdes pour qu'elle puisse les ouvrir, et sa bouche était pâteuse et sèche, tellement sèche. « Joe. »

« Janey ! Janey, parle-moi. Oh mon dieu, ma chérie. S'il te plaît, parle-moi. »

« Que s'est-il passé ? »

« Je n'arrivais pas à te réveiller, et tu saignais. »

À cette nouvelle, elle se força à soulever ses paupières et à cligner des yeux. Il ne ressemblait à rien, et est-ce qu'il *pleurait* ? « Le bébé. » Elle tenta de bouger les bras pour toucher son ventre, mais ils refusaient de coopérer. On aurait dit qu'ils étaient remplis de plomb. « Où est le bébé ? »

« Notre fils est dans l'unité néonatale. J'ai passé l'après-midi avec lui. »

« C'est trop tôt ! Sa voix se brisa en sanglots étranglés. «C'est trop tôt. »

« Il est beau, Janey. Les docteurs disent qu'il va s'en sortir. Il va rester ici jusqu'à ce que ses poumons se développent plus, mais il va aller bien, et toi aussi. » Des larmes coulèrent sur ses joues tandis qu'il se penchait vers elle, embrassant son front et caressant ses cheveux. « Tu m'as foutu une de ces trouilles. Je n'ai jamais eu si peur de toute ma vie. J'ai eu tellement peur de te perdre. »

« Je ne comprends pas ce qu'il s'est passé. On est allés chez Mac tôt. Tu voulais m'installer avant que les autres n'arrivent. J'étais fatiguée... »

« Oui, » dit-il, ses lèvres contre le visage de Janey. « Tu es allée faire la sieste, et quand je suis venu te réveiller pour que tu puisses assister à l'arrivée de Tiffany et de Blaine après le mariage, je n'ai pas réussi à te réveiller. Tu ne te réveillais pas. Heureusement David était là, et il a su quoi faire. Il t'a transportée à la clinique et a pratiqué une césarienne. »

« Pourquoi je saignais ? »

« David a dit que ton placenta s'est partiellement décollé, ce qui est très rare, mais arrive d'un coup. »

« Est-ce que j'ai fait un truc qu'il ne fallait pas pour en arriver là ? »

« Non, chérie. Ce n'était pas de ta faute. L'une des infirmières m'a raconté qu'elle avait vu des cas où la maman et le bébé ne survivaient pas au décollement. On a eu tellement de chance que David ait été là et qu'il ait su quoi faire. »

« David... Il faut que je lui parle, que je le remercie. »

« Tu auras tout le temps quand tu auras repris des forces. »

« On est où, là ? »

« À Providence. L'hélicoptère nous a transportés ici en urgence. Tes parents viennent avec Slim. Je leur ai parlé deux fois depuis qu'on est arrivés ici, mais je sais qu'ils meurent d'envie de te voir. »

« Ils doivent être si inquiets. »

« On l'était tous. »

« Je veux voir le bébé. »

« Tu ne peux pas te lever encore, mais j'ai pris des photos pour toi. » Il alluma son téléphone et lui montra la série de photos qu'il avait prise du bébé à travers la couveuse.

« Il est si petit. »

« Mais il est parfait. Tu vois ses petits doigts et ses orteils ? Et son nez ressemble au tien. »

« On peut en avoir d'autres ? »

« Normalement, oui. Les docteurs d'ici disent que David a fait un travail remarquable. »

« On lui doit une fière chandelle. »

« On lui doit tout. » Il lui fit un bisou sur le nez et les lèvres et les larmes sur ses joues.

Elle essaya encore de bouger, mais la douleur lui fit monter les larmes aux yeux. « Mal. »

« Tu as mal où ? » demanda-t-il, alarmé.

« Partout. »

« Je vais chercher l'infirmière. »

Il revint une minute plus tard avec une infirmière qui rectifia la dose et lui montra comment se servir de la pompe à morphine pour un soulagement immédiat.

Une fois qu'ils furent à nouveau seuls, elle serra fort la main. « Joe. »

« Je suis là, ma chérie. »

« Maintenant que j'ai vu les photos, je sais comment je veux l'appeler. » Ils en discutaient depuis des semaines sans avoir réussi à choisir un prénom. « Peter Joseph, comme ton père et toi. On l'appellera P.J.. Qu'est-ce que tu en penses ? »

« Je pense que P.J. Cantrell est le plus joli nom que j'ai jamais entendu, juste après celui de Janey McCarthy. Merci beaucoup pour mon fils et merci de rendre honneur à mon père et de n'être pas morte et de ne pas m'avoir laissé seul pour l'élever. Je n'aurais jamais pu faire face au restant de ma vie sans toi. »

« Je vais être là pour te chagriner pendant encore très, très longtemps. »

« Et j'en suis enchanté. »

Les parents de Janey entrèrent brusquement dans la pièce et s'arrêtèrent net en la voyant parler avec Joe.

« Oh, merci, mon Dieu, » dit Linda en éclatant en sanglots.

Janey n'avait aucun souvenir de sa mère en train de pleurer comme ça — ni de son père qui sanglotait tout autant. « Je vais bien, » dit-elle alors que Joe se reculait pour les laisser la voir. « Et le bébé aussi. Il s'appelle P.J. Peter comme le père de Joe et son deuxième prénom est Joseph. Ça vous plaît ? »

« C'est un joli prénom, » dit Linda.

Grand Mac approuva d'un signe de tête. « P.J. Cantrell. Bienvenue dans la famille, P.J. »

« Je voulais l'appeler McCarthy, mais Joe et moi avons décidé qu'il y avait assez de Macs dans cette famille. »

« C'est bien possible, » dit Linda.

« Cependant, je me réserve le droit d'utiliser ce nom dans l'avenir, » ajouta Janey.

« Donc tu pourras avoir d'autres enfants ? » demanda Linda.

« C'est ce qu'ils ont dit à Joe, mais on va attendre un peu. Ce qu'on a eu a déjà dépassé toutes nos attentes, n'est-ce pas, Joe ? »

« Oui, absolument. » Sa voix se brisa sur le dernier mot. « Je... ah, je vais faire un tour. »

« Papa, va avec lui, » dit Janey.

Grand Mac se baissa pour embrasser Janey sur la joue. « À tes ordres, princesse. »

CHAPITRE 17

Sur le point de craquer, Joe se précipita hors de la pièce et alla prendre l'air dans le couloir. Mais rien ne put stopper le flot de larmes ni le soulagement intense de savoir qu'elle allait bien. Ils allaient bien tous les deux. Lorsque Grand Mac sortit de la chambre, Joe fit de son mieux pour sécher ses larmes.

« Viens là, fiston, » dit Grand Mac en ouvrant ses bras à Joe.

Tout comme il l'avait fait la première fois où il avait rencontré cet homme costaud qui avait été le meilleur ami de son père, Joe s'élança vers lui malgré l'embarras qu'il ressentait d'avoir été pris en train de chialer comme un bébé par l'homme qu'il idolâtrait.

« C'est un grand jour pour n'importe quel homme accueillant son premier enfant, mais ça… C'est trop pour qui que ce soit. Tu as bien tenu la distance. Tu t'es bien occupé de ta famille, et je suis fier de toi. »

« En fait, » dit Joe, « c'est David Lawrence qui s'est bien occupé de ma famille. »

Grand Mac sourit. « Heureusement qu'il se trouvait sur

place quand c'est arrivé. On dirait que la vie a une drôle de façon de boucler la boucle. »

« On peut le dire. »

« Il a fait le gros du travail évidemment, mais tu as gardé ton sang-froid pour eux, et c'est important aussi. »

« Tout ce qui compte c'est qu'elle aille bien, et le bébé aussi. J'ai failli piquer une crise de nerfs aujourd'hui à l'idée de passer ma vie sans elle. Je ne sais pas ce que j'aurais fait... »

« Je sais exactement ce que tu ressens. Je suis passé par là moi aussi. »

« Tu aimerais rencontrer ton nouveau petit-fils ? »

Le sourire de grand Mac éclaira son visage basané. « À ton avis ? »

Joe jeta un coup d'œil vers la chambre de Janey.

« Sa mère est avec elle. Elle est entre de bonnes mains. »

Joe acquiesça et suivit le couloir avec le bras de Grand Mac autour de ses épaules, heureux de présenter son fils à son grand-père.

Après avoir mis Thomas et Ashleigh au lit, Maddie redescendit et alla dans la cuisine en ayant envie d'un verre de vin, mais en se contentant d'eau glacée au cas où elle serait enceinte.

Quelle journée ! Tiffany et Blaine étaient mariés, le bébé de Janey était né dans des circonstances dramatiques, et ses meilleurs amis étaient encore autour du barbecue à ressasser les événements du jour.

Alors que Maddie versait de l'eau dans un verre, Mac entra dans la cuisine. « Ils sont au lit ? » demanda-t-il.

« Oui, ça y est. Ils étaient tellement excités par le mariage et le bébé. Je ne pensais pas réussir à les calmer, du coup je leur ai promis de les amener à la plage demain s'ils étaient gentils et qu'ils s'endormaient. Je crois que ça a marché. »

Il posa un baiser sur le front de Maddie. « Bien joué, maman. »

« Toi, ça va ? »

« Pas mal. Mais j'aimerais que mes mains cessent de trembler. »

Maddie reposa son verre et lui prit les mains qui, effectivement, tremblaient. « Qu'est-ce que je peux faire ? »

« Me prendre dans tes bras. »

« Tu n'as même pas besoin de demander. »

Il fit un pas en avant pour qu'elle lui passe les bras au cou et il la serra fort. « Je n'en peux plus de toutes ces emmerdes qui arrivent aux gens que j'aime. Mon père tombe du quai, tu accouches en pleine tempête, l'accident de voilier et maintenant Janey… ça commence à faire carrément beaucoup. »

« Je sais. »

« Et là, tu es peut-être à nouveau enceinte, et bien que j'adorerais avoir un autre enfant de toi, je ne supporte pas d'envisager tout ce qui pourrait mal se passer. On devrait peut-être déménager sur le continent. Je pourrais venir ici pour le boulot et — »

Maddie l'embrassa de tout son cœur, avec tout son amour. « Notre maison est ici. » Elle désigna la terrasse et le jardin. « Notre famille et nos amis sont ici. Allons les rejoindre et penser à autre chose pendant un moment. » Elle savait qu'il n'était pas loin du pétage de plomb et qu'il aurait préféré en finir avec cette journée, pourtant il la suivit jusqu'au jardin où ses frères et tous leurs amis proches avaient formé un cercle autour du barbecue. Comme d'habitude, Evan s'amusait avec sa guitare pendant que les autres discutaient, rigolaient, s'envoyaient des insultes et des réflexions enjouées.

« On pariait justement pour savoir si vous batifoliez tous les deux pendant qu'on est dans votre jardin, » dit Evan. « Mais même toi, Mac, tu n'es pas aussi rapide. »

« Andouille, » grommela Mac. « J'ai des enfants. Je peux être rapide quand il le faut. »

« Mac ! »

L'exclamation outrée de Maddie déclencha des rires tandis que le cercle s'agrandissait pour leur faire de la place.

« On a des nouvelles de Providence ? » demanda Stéphanie, assise sur les genoux de Grant.

« Mes parents sont là-bas, Janey s'est réveillée et ils ont un fils magnifique. Son prénom est Peter Joseph, mais on l'appellera P.J. »

« Je suis bien soulagée, » dit Grace.

« Il n'y a pas que toi. » Adam enlaça Abby avant d'enfouir son visage dans ses cheveux. Il donnait l'impression d'avoir besoin d'un instant pour digérer les bonnes nouvelles concernant sa sœur.

« Comment va-t-elle ? » demanda Grace.

« Elle a mal, mais elle pose plein de questions et elle veut voir le bébé. Il est dans l'unité néonatale. Ils disent qu'il faut que ses poumons se développent, alors il va y rester quelque temps, mais sinon il va bien. »

« Oh, tant mieux, » dit Sydney.

« J'adore son prénom, » dit Stéphanie.

« Peter était le prénom du père de Joe, » dit Mac. « Il est mort quand Joe avait sept ans. »

« C'est gentil d'avoir prénommé le bébé comme lui, » dit Maddie. « Ça me plaît beaucoup. »

« Ça plaira aussi à Carolina, » dit Mac.

« J'espère sincèrement que Janey pourra avoir d'autres enfants, » dit Laura en posant une main sur son ventre qui s'était développé dès le début de sa grossesse.

« Je parie que ce soir, personne ne parle du prochain, » dit Evan.

« Tu m'étonnes, » répondit Mac. « Je décrète un moratoire

sur les bébés de cette famille. » Il annonça ça en jetant un regard entendu à sa femme. « Fini. »

Maddie lui tira la langue et tapota doucement son ventre, ce qui fit lever des sourcils autour d'elle.

« Mec, » dit Owen, « tu es en plein milieu de ce qui pourrait être le plus grand baby-boom potentiel de toute l'histoire de l'île de Gansett. »

Le grognement de Mac fit rire tout le monde. Ils en profitèrent pour lui balancer des canettes de bière vides dessus. « Arrêtez vos conneries ! Vous êtes en train de me mouiller. »

« Et tu t'y connais dans le mouillé, » dit Adam, ce qui lui valut un geste obscène de la part de son frère aîné.

« Si tu le permets, on aimerait mettre une clause à ton moratoire, » dit Luke, ce qui lui valut un sourire chaleureux de la part de Sydney.

« Je vous l'accorde à tous les deux, » dit Mac, « vous autres, par contre, vous êtes prévenus. »

« Mais ouais, » dit Evan. « Toujours à jouer le grand frère autoritaire. »

« Et ne l'oubliez pas, » dit Mac.

« Tant qu'on est tous là, » dit Sydney, se frottant les mains et portant son attention sur Jenny, « raconte-nous comment s'est passé ton rendez-vous avec Mason. »

L'expression de biche apeurée de Jenny en fit pouffer de rire plus d'un. « Il le faut vraiment ? »

« Oh, oui, » dit Abby. « Allez, accouche. »

« C'était… sympa. Il est très sympa. »

« Après un rendez-vous, aucun mec ne veut s'entendre dire qu'il était «sympa », » l'informa Shane McCarthy. « C'est comme de dire d'une fille qu'elle a un caractère sympa. »

« Qu'est-ce qui vous dérange dans le mot sympa ? » demanda Jenny.

« Tu comptes le revoir ? » demanda Grant.

« Je… euh, enfin... »

« Et voilà, » dit Grant. « 'Sympa' est voué à l'échec quand il s'agit de sortir avec quelqu'un. »

« Ne les écoute pas, » dit Kara à Jenny. « Les gars sympas ont des avantages. J'aimerais bien m'en trouver un d'ailleurs. »

« Hé ! » dit Dan tandis que les autres éclataient de rire. « C'est très mal élevé ce que tu viens de dire. »

« Quoi ? Sympa n'est pas du tout le mot que j'utiliserais pour te décrire. Irritant, agaçant, tenace... »

« Charmant, sexy, un dieu au lit, » finit Dan à sa place.

« Extrêmement imbu de lui-même, » Kara le contrecarra en provoquant une nouvelle vague de rires.

Dan l'attrapa par derrière et l'embrassa dans le cou.

« Donc, qui d'autre va-t-on trouver pour Jenny ? » demanda Stéphanie.

« J'ai une super idée, » dit Jenny. « Pourquoi on n'en parlerait pas une autre fois ? »

« Rien ne vaut l'instant présent, » dit Laura, en jetant un regard en coin à son frère.

Tous les yeux se tournèrent vers Shane qui leva les mains en un geste de défense. « Ne me regardez pas. Je suis beaucoup trop *sympa* pour elle. »

« Très amusant. » Jenny lui lança un marshmallow. « Ce que je veux, c'est ça, » dit-elle avec mélancolie tout en observant Dan et Kara. « Je veux ce que vous tous avez. Je veux ce que j'avais avec Toby. »

« Ça viendra, Jenny, » dit Sydney. « Sans doute quand tu t'y attendras le moins. C'est ce qui m'est arrivé. Reste simplement ouverte aux possibilités. »

« Je sais. Tu as raison. » Jenny eut l'air de faire un effort pour se débarrasser de cette nostalgie qui ne lui ressemblait pas. « Bon… On arrête de parler de moi. » Elle se tourna vers Abby. « Où en est le déménagement ? »

« On y arrive. *Il* a des tonnes d'affaires. » Abby montra Adam du doigt. « Comment je suis censée caser *quatre* ordinateurs dans cette petite maison ? »

« Tu m'as, donc tu as mes ordis avec, » dit Adam.

« Merde. » Mac se redressa un peu. « Ça me fait penser à Janey et son zoo. Il faut que quelqu'un aille là-bas pour les nourrir et leur faire faire un tour. »

« On s'en charge, » dit Adam en se levant en même temps qu'Abby. « Je suis rodé en ce qui concerne sa ménagerie. »

« Je m'occuperai d'eux demain matin, » dit Mac.

« On se relaiera tous jusqu'à leur retour, » dit Evan.

« On ferait mieux d'y aller nous aussi. » Owen aida Laura à se mettre debout. « Nos journées débutent tôt avec Holden. »

« Et les vomissements, » dit Laura. « N'oublions pas les vomissements. »

« J'aimerais bien pouvoir oublier les vomissements, » dit Owen en faisant la grimace.

« J'espère que tes nausées vont bientôt s'arrêter, Laura, » dit Maddie. « Tu dois te sentir mal comme tout. »

« C'est affreux. Il me tarde d'en avoir fini avec ce trimestre et, avec un peu d'espoir, de commencer à me sentir mieux. Je suis quand même contente d'avoir pu venir aujourd'hui alors qu'hier encore j'étais à la clinique. J'aurais détesté rater le grand jour de Tiffany et Blaine. »

« Appelle-nous si tu as besoin de quoi que ce soit, » dit Grace. « Je serai ravie de m'occuper un peu de Holden. »

« Merci, Grace, » dit Laura. « Je risque de te prendre au mot. Heureusement que Sarah est avec nous. Je serai perdue sans elle. »

« Tu devrais faire attention que mon père ne te la vole pas sous le nez, » dit Stéphanie avec un sourire taquin.

« Fais gaffe à ce que tu dis ! » dit Laura.

Tandis que le groupe se dispersait, Mac et ses frères éteignirent le barbecue et ramassèrent ce qui restait des canettes vides et des verres. Mac et Maddie les accompagnèrent jusque dans l'allée pour leur dire au revoir puis rentrèrent dans la maison en éteignant les lumières au passage.

« Si le désordre est un indice, cette fête a encore été un succès, » dit Maddie en regardant la montagne de plats dans l'évier.

Mac la prit par la main, éteignit la lumière de la cuisine et l'entraîna vers l'escalier. « Ce sera encore là demain matin. »

« Je vais me dire que des fées magiques vont venir pendant la nuit pour tout nettoyer. »

« Tu me diras si ça marche. »

« Ah, demain tu seras mon homme de ménage numéro un. »

« *Super.* »

Ils allèrent voir les enfants. Ashleigh avait déserté son matelas gonflable par terre pour se nicher dans le lit de Thomas. Les tout-petits dormaient profondément, leurs bras potelés enlacés.

« Comme ils sont mignons, » chuchota Maddie.

« Les meilleurs amis du monde. »

Après s'être assurés que Hailey dormait aussi, ils allèrent dans leur chambre et se préparèrent pour la nuit.

C'était la meilleure partie de la journée de Maddie — ces instants où elle avait Mac pour elle seule une fois qu'elle s'était occupée de tout le monde. C'était leur moment, et elle chérissait chaque minute passée avec lui. Il l'attendait lorsqu'elle se mit au lit, épuisée par cette journée chaotique et riche en émotion.

Comme toujours, il l'accueillit contre lui, l'entourant de ses bras qui ne parlaient que d'amour. « Tout a été super aujourd'hui, ma chérie. Tu as organisé une fantastique fête de mariage. »

« Je me serais volontiers passé du départ en urgence suivi de la césarienne, mais la seule chose qui compte c'est qu'ils aillent bien tous les deux. »

« Et on a un nouveau neveu. P.J. Cantrell. Maman a dit qu'il était petit, mais mignon. Il me tarde de le voir. »

« Je te parie qu'il deviendra le meilleur ami de Hailey. »

« C'est fort probable. »

« Mac, je veux que tu saches que je t'ai bien entendu tout à l'heure quand tu parlais de déménager sur le continent. »

« J'avais besoin de lâcher de la pression. On ne serait pas heureux là-bas, bien qu'étant plus proches des grandes structures médicales, ce qui n'est pas de trop dans cette famille. »

« C'est vrai, » dit-elle, souriant tout en embrassant son torse.

« En tant que mari, père, oncle, fils et frère, ça me rend fou de savoir que je ne peux pas contrôler la plupart des choses. » Il passa ses doigts dans la chevelure de Maddie tout en parlant. « Durant mon enfance ici, je me souviens m'être senti tellement confiné, et à présent c'est l'isolement qui m'affecte. Quand je pense que toi, ou l'un des enfants, ou n'importe quel membre de la famille, pourriez avoir besoin de quelque chose que je serai impuissant à... » Son profond soupir acheva sa pensée.

« Il faut avoir la foi. Quoiqu'il se passe, on trouvera une solution, et on fera de notre mieux parce que c'est tout ce qu'on peut faire. Nos enfants grandiront avec leurs cousins, tous leurs amis et les gens qui les aiment. Je préfère les entourer d'amour plutôt que les mettre à l'abri pour leur sécurité. »

« Redis-moi ça. »

« Je préfère les entourer d'amour plutôt que de les mettre à l'abri pour leur sécurité. C'est ça que tu veux entendre ? »

« Oui. »

« Tu es d'accord ? »

« Absolument. Tu as raison. » Il continua de jouer avec ses cheveux en la regardant. « Ma vie était tellement plus simple quand je vivais seul à Miami. »

« Tu veux que j'aille relouer ton ancien appartement ? » demanda-t-elle d'un ton espiègle.

Il remua la tête. « Même si tu me payais, je n'y retournerai pas. Sauf si tu venais avec moi. Et nos enfants. »

« On se plaît bien ici, et on aime bien t'avoir avec nous. »

« Juste «aimer bien » ? »

Elle se pelotonna contre lui pour pouvoir embrasser la moue qui plissait les lèvres de Mac. « Quand on s'est mariés, je croyais que j'avais tout compris à l'amour parce que tu m'avais montré ce que j'étais censée faire. Mais j'ai découvert que ce n'était que le début de ce que je ressentirais pour toi. Je t'aime tant. J'aime notre famille et nos amis et notre maison et notre vie ici. J'aime tout, mais toi, tu en es la meilleure partie parce que tu es à moi. Peu importe ce qu'il se passe dans la journée, quand elle se termine il y a cet instant. Je vis pour ça. »

« Je vis aussi pour cet instant, toi et nos enfants. Je vous aime tous tellement. Mais toi... Tu crois que je t'ai montré l'amour que tu étais censée me donner alors que c'est toi qui m'apprends tout. Chaque jour. Je pense souvent à ce jour, en ville, où j'aurais pu te laisser filer sur ton vélo et j'aurais raté la meilleure chose qui me soit jamais arrivée. »

« Heureusement qu'on ne regarde jamais en bas avant de sauter. »

« Heureusement. »

« Si tu te sens dépassé, tiens-toi à moi. »

« Tu crois que je fais quoi en ce moment ? »

Elle ferma les yeux en libérant un soupir de contentement. « Ne me lâche pas. »

« Jamais. »

SUR LE CHEMIN de son dernier retour vers l'île pour la journée, Seamus reçut un appel de Carolina. Il n'avait pas souvent son portable sur lui quand il était à la barre, mais comme il savait qu'elle était blessée et seule à la maison avec sa mère... Il avait préféré garder son téléphone près de lui aujourd'hui.

« Seamus ! »

La connexion était mauvaise, et il n'arriva à capter que sa voix, des reniflements et des craquements sur la ligne avant que la liaison ne soit rompue. Il essaya de la rappeler deux fois sans y parvenir.

Lorsqu'il finit par sortir en trombe du parking et rouler vers la maison à tombeau ouvert, il était dans tous ses états, angoissé à l'idée de ce qui avait bien pu se passer. Si sa mère avait dit un truc de nature à offenser Carolina, que Dieu lui vienne en aide, mais il allait massacrer sa mère.

Quand il se gara dans l'allée en faisant crisser les pneus, il eut l'impression que toutes ses soupapes étaient sur le point d'exploser. Il descendit de la camionnette et se rua vers la maison si vite qu'il faillit bousculer sa mère en déboulant dans la cuisine. Elle était en train de préparer le dîner.

« Tu as manqué une journée mouvementée, » dit-elle.

« Caro… Elle va bien ? »

« Va la voir. »

Il se précipita dans la chambre où il la trouva assise sur le lit, souriante et les yeux pétillants. Il fut si soulagé de la voir en pleine forme et vraiment contente qu'il s'arrêta dans l'embrasure de la porte pour retrouver ses esprits.

« Hé, viens ici. » Elle lui tendit une main recouverte de bandages.

Peu désireux de lui faire mal à la main à cause de la puissance des émotions qui le traversaient, il évita son bras tendu et alla s'asseoir avec précaution sur le bord du lit. « Enfin, qu'est-ce qu'il se passe ? »

Elle posa sa main sur la cuisse de Seamus. « On est grands-parents ! Janey a eu son bébé. »

« Attends. Comment ? Ce n'est pas trop tôt ? »

Les yeux humides, Carolina lui raconta l'histoire de la césarienne en urgence de Janey et l'arrivée dramatique de P.J. Cantrell tout en lui montrant les photos que Joe lui avait envoyées. « Ils l'ont prénommé comme Pete, » dit-elle doucement. « C'est merveilleux, non ? »

« Oui ; mon amour. C'est un bel hommage. » Il se pencha pour l'embrasser.

Elle mit une main derrière le cou de Seamus et ne bougea plus, le regardant dans les yeux.

« Tu es la grand-mère la plus sexy que j'ai jamais rencontrée, » murmura-t-il.

En riant, elle dit, « Ben, tiens. Écorchée, entaillée et ensanglantée. C'est trop *sexy*. »

« Mais oui. Félicitations, Carolina. Ton fils t'a rendue très fière aujourd'hui. »

« Plus que fière. J'aimerais pouvoir être là-bas avec eux. »

« À la seconde où tu pourras voyager, mon amour, je t'y emmènerai. Je t'emmènerai voir ton garçon et sa famille. »

« Notre famille. La tienne et la mienne. »

Bordel, son cœur manqua un battement lorsqu'elle dit ça. « D'accord ? »

« D'accord. »

Il se redressa pour mieux l'observer. « Qu'est-ce que tu es en train de me dire, Caro ? »

« Tu m'as demandée en mariage il y a quelque temps, mais je ne pouvais pas te donner la réponse que tu souhaitais. Maintenant par contre... »

« Quoi maintenant ? » Tout d'un coup empli d'un espoir irrationnel, il osa à peine respirer en attendant ce qu'elle allait dire.

« Je craignais la réaction de Joe par rapport à notre couple, et on dirait qu'il s'y est habitué. Je craignais ce que ta mère en penserait, mais on a eu une conversation intéressante aujourd'hui. Elle m'a dit être triste parce que tu ne seras jamais père, mais quand je lui ai répondu que tu serais là en tant que grand-père pour le bébé de Joe et Janey… Tu le seras, dis ? »

Il déglutit le nœud qui lui bloquait la gorge. « Bien sûr que oui. Il me tarde de rencontrer ce petit enfant et de le gâter. »

« Elle et moi sommes d'accord sur le fait que tu seras un merveilleux grand-père. Tu veux qu'il t'appelle comment ? »

En se raclant la gorge, il dit, « Les enfants de ma sœur appellent mon père Paps. »

« Mamie et Paps, » dit-elle comme si elle en testait la sonorité. « Ça te plaît ? »

Il hocha la tête en disant, « Ça me plaît. »

« Ce serait plus simple à expliquer à P.J. si sa mamie et son paps étaient mariés, non ? »

« Je suppose que ce serait un bon exemple pour ce petit, » dit-il, admirant l'étincelle d'humour dans les beaux yeux de Carolina tandis qu'elle continuait à l'amener là où elle le voulait depuis le début.

« Donc... »

« Ho, ho, c'est à ton tour de te débrouiller. Je te l'ai demandé, et demandé, et tu m'as rejeté encore et encore. L'égo fragile d'un homme a des limites. »

« Bon, d'accord. » En l'observant rassembler le courage de poser la question dont elle connaissait déjà la réponse, il l'aima encore plus que d'habitude. « Seamus Padric O'Grady, veux-tu s'il te plaît et pour l'amour de Dieu, m'épouser et faire de moi une honnête — »

Il l'embrassa de toutes ses forces.

« — Femme ? »

« Oui, mon amour. Ce sera un honneur pour moi de t'épouser et de faire de toi une honnête femme, tant que tu me laisseras me faufiler derrière toi en plein de la journée et te prendre sur la table de la cuisine à l'occasion. »

Ses joues s'empourprèrent comme cela arrivait lorsqu'il lui disait des cochonneries. « On devrait pouvoir s'arranger en ce qui concerne la table de la cuisine. »

« Je t'aime, Caro. Je t'aime, j'aime Joe et Janey, et j'aimerai P.J. comme s'il était de ma chair et de mon sang. »

« Je le sais. Pourquoi tu crois que je t'ai demandé d'être son grand-père ? » Elle lui tendit les bras, et il s'avança doucement et prudemment pour poser sa tête contre sa poitrine.

Quand elle lui mit les bras autour du cou, il lâcha un profond soupir de satisfaction.

« Merci de m'avoir accordé le temps de démêler tout ça dans ma tête. »

« Ça valait largement la souffrance et l'agonie que tu m'as fait endurer. »

Elle lui tira une poignée de cheveux d'un coup sec.

« Oh, mon amour, tu ne voudrais pas que ce soit un grand-père vieux et chauve qui te pourchasse autour de la table de la cuisine, si ? »

« Je veux juste que tu me pourchasses autour de la table de la cuisine. »

« Avec plaisir. Une fois par jour, et deux fois le dimanche, mais uniquement si tu es une bonne petite fille. »

Le rire de Carolina se déversa sur son cœur tandis qu'un mot passait en boucle dans son esprit : enfin, enfin, *enfin*.

NED DÉPOSA Tiffany et Blaine chez eux et klaxonna en repartant dans sa Rolls-Royce. Bras dessus, bras dessous, ils descendirent la longue allée qui menait à la maison.

« Il va se prendre une amende s'il roule comme ça sur l'île. »

Tiffany tenait dans la même main ses chaussures à talons hauts et son bouquet de mariée — que Grace lui avait rendu après l'avoir attrapé. « Son nouveau gendre va lui arranger le coup. »

Il mit son bras autour d'elle. « C'est pour ça que tu t'es mariée avec moi ? Pour que je sorte ta famille des emmerdes ? »

Elle posa sa tête contre lui. « Il faut bien que quelqu'un le fasse. »

« Je le savais. Tu n'en as qu'après mon uniforme. »

« C'est grâce à lui que tu me séduis. »

« Mmm, fais-moi penser à ne jamais prendre ma retraite. »

« Quelle journée on a passée. »

« Comme tu dis. Heureusement que Janey et le bébé vont bien, et qu'on a quand même réussi à fêter notre mariage malgré le drame. »

« Je n'arrive toujours pas à croire qu'on a réussi à tout organiser en deux jours. »

« Ça t'apprendra à ne jamais sous-estimer ton nouveau mari. »

« Comme si j'allais le faire. Avec toi, j'ai retenu cette leçon depuis le début. Tu te souviens ? Les ventilateurs de plafond ? »

Sa remarque tira de Blaine un grondement amusé. « En parlant de ventilateurs... » Les mots moururent sur ses lèvres alors qu'ils passaient le coin de la maison amenant à la terrasse et qu'ils découvrirent Jim Sturgil assis sur les marches.

Les cheveux hirsutes et les pans de sa chemise dépassant de son pantalon, il ne ressemblait guère à l'avocat impeccable et raffiné qu'il était devenu depuis leur retour sur l'île.

« Jim ? » Tiffany s'arrêta et sentit Blaine se raidir. « Qu'est-ce que tu fais ici ? »

« C'est ma maison, tu t'en souviens ? »

« Il faut vraiment qu'on recommence à discuter de ça ? »

« Tu veux quoi, Sturgil ? » demanda Blaine.

« J'aimerais parler à ma femme, si ça t'est égal. »

Le regard de Tiffany croisa celui de Blaine, et elle hocha la tête, lui faisant ainsi savoir que cela ne la dérangeait pas de répondre aux questions de Jim.

« Sauf qu'elle n'est plus ta femme. C'est la mienne à présent, depuis 14 h 30 aujourd'hui. Donc tu vois bien que tu n'as rien à faire ici. Cette maison appartient à Tiffany, pas à toi. Et elle est ma femme, pas la tienne. Tu as eu tout ce que tu voulais, et nous aussi maintenant. Si tu comptes éviter les ennuis — et je parle de gros ennuis —, tu ferais mieux de rentrer chez toi. »

Jim les observa, la lumière du porche illuminant le choc inscrit sur son visage. « Vous vous êtes mariés. »

« Tu l'as entendu, Jim. On te demande tous les deux — aussi poliment que possible — de t'en aller s'il te plaît. »

Il se leva lentement, et Tiffany retint sa respiration en attendant de voir ce qu'il allait faire et en espérant qu'il ne ferait rien d'affreux.

« Tu n'as pas perdu de temps, dis donc. »

« Et je n'en perdrais plus jamais, » dit Tiffany.

« Ouais, je suppose que j'ai mérité cette réflexion. »

Tiffany décida de profiter du moment de faiblesse de Jim. « Je ne veux pas me disputer avec toi au sujet d'Ashleigh. Ce n'est pas ce qui est le mieux pour elle. Il est temps d'arrêter de se disputer et de passer à autre chose, Jim. Quand c'est trop, c'est trop. »

Après un long moment sans rien dire, il se détourna et descendit l'allée, les mains dans les poches, les épaules voûtées.

« Hé, au fait, Sturgil, » dit Blaine en élevant la voix, « Tu as fait libérer Truck Henry sur un point de procédure. Bon boulot. Je pense que tu entendras parler de lui ce soir. »

« Pourquoi ? »

« Il s'en est déjà pris à Daisy Babson. On l'a remis en détention provisoire. A peine douze heures hors de prison et il y est déjà retourné. C'est clair que tu les choisis bien. Tu devrais peut-être te demander ce que ta fille pensera de toi un jour quand elle découvrira que tu gagnes ta vie en défendant des types qui tabassent les femmes. »

« Va te faire foutre. Ne t'avise pas de parler de ma fille. »

« Quelqu'un doit le faire. »

Par chance, Jim décida de laisser le dernier mot à Blaine. Il se détourna et repartit, sans doute en chemin pour s'occuper de son client rebelle. Tiffany poussa un profond soupir, soulagée qu'il soit enfin parti.

« Tu trembles, chérie. Je n'aime pas qu'il ait cet effet sur toi. »

« Espérons que c'était la dernière fois. » Elle se força à

sourire pour lui faire plaisir. « Bon, on en était où avant d'être interrompus ? »

« Je crois, » dit-il en embrassant des points stratégiques sur son cou, « qu'on parlait de ventilateurs de plafond. »

« Ah, j'adore ces ventilateurs. »

« J'avais remarqué. » Ils montèrent les marches jusqu'à la porte arrière, et lorsqu'elle fit mine de passer devant lui, il la retint. Il la souleva dans ses bras et la fit tournoyer, déclenchant ainsi son hilarité. « On doit faire ça bien, bébé. » Alors qu'elle lui passait les bras autour du cou, il l'embrassa passionnément, la possédant comme lui seul savait le faire, comme il serait pour toujours le seul à le faire.

Leurs lèvres soudées, il passa le seuil en la portant, donna un coup de pied à la porte pour la refermer et se dirigea directement à l'étage, la posant sur le lit et s'allongeant sur elle.

« *Ça*, c'était plutôt sexy, » dit-elle lorsqu'il finit par cesser de l'embrasser pour porter son attention sur le cou de Tiffany.

« Tu trouves ? »

« Mmm, je pense que tout ce que tu fais est sexy, y compris la façon dont tu m'as convaincue de nous marier il y a deux jours. »

« C'était l'une de mes meilleures idées, non ? »

« Oui. »

« Donc à partir de maintenant, à chaque fois que j'aurais un projet farfelu, tu seras d'accord parce que j'ai prouvé que j'avais toujours raison. »

« Attends un peu... »

Il se marra tout en l'embrassant. Il avait les mains partout, tirant sur la fermeture éclair qui descendait le long de sa robe puis saisissant le bas pour la remonter et la lui passer par-dessus la tête, ne lui laissant que sa combinaison en dentelle couleur ivoire.

« Oh, merde, Tiffany. Tu me coupes le souffle. Tu es tellement belle. Et maintenant tu es ma magnifique femme, et je suis si heureux. »

Ses mots déclenchèrent en elle un désir urgent. « Enlève-le, » dit-elle en tirant sur son veston et sur les boutons de sa chemise.

« Doucement, chérie. On a toute la nuit. Et tout demain. Et la nuit suivante. »

Ashleigh passait le week-end chez Mac et Maddie pour qu'ils puissent avoir du temps seuls tous les deux. « J'aimerais que tu accomplisses ton devoir de mari immédiatement. »

Étonné par son ton directif, il la dévisagea tandis qu'un sourire étirait ses lèvres. « Alors c'est comme ça va être, hein ? »

« Ouais. Allez, envoie la sauce avant que je ne devienne grognon. »

« On ne voudrait pas que ça arrive. » Il se mit debout, alluma les bougies qu'ils gardaient sur la table de nuit et enclencha le ventilateur de plafond puis le régla sur leur vitesse préférée — rapide. « Écarte les jambes, » dit-il d'un ton bourru en virant son veston et en commençant lentement — trop lentement de l'avis de Tiffany — à déboutonner sa chemise.

Tiffany écarta ses pieds.

La chemise ouverte, il se pencha au-dessus du lit et l'attrapa par les hanches, la positionnant de façon à ce qu'elle reçoive tout l'air du ventilateur. Il fit glisser ses doigts le long de sa combinaison en dentelle jusqu'à ce qu'il trouve les boutons-pression entre ses jambes et les fit sauter.

La bouffée d'air sur sa peau sensible eut le même effet que d'habitude, la faisant se tortiller sur le lit pendant qu'il continuait de se déshabiller lentement.

« Je sais ce que tu es en train de faire, » dit-elle entre ses dents serrées.

« Je fais quoi ? »

« Tu laisses le ventilateur faire tout le boulot à ta place, comme ça tu n'arrives qu'à la fin et tu t'attribues toute la gloire. »

En riant, il mit sa main autour de son érection, se caressant tout en la regardant avec intensité. « Ah, tu crois ? J'ai plutôt l'impression que je me coltine toujours *tout* le boulot. »

« Idiot, tu ne peux pas te coltiner quelque chose qui se trouve entre tes jambes. Allez, ramène-toi et fais l'amour à ta femme. »

Remuant la tête de l'audace qu'elle montrait, il s'abattit sur elle. « Et tu attends maintenant, une fois que tu as la bague au doigt, pour me révéler cet aspect de ta personnalité ? »

Tiffany sourit, plus amoureuse de lui qu'elle ne l'aurait cru possible. « J'avais peur que tu ne veuilles pas de moi si je t'avais prévenu que tu n'es pas le seul à être autoritaire et exigeant au lit. »

« Commande-moi, bébé. Exige tout ce que tu veux. Je suis ton esclave. »

Elle l'entoura de ses bras et de ses jambes. « Aime-moi. Aime-moi tout simplement. »

« Je t'aime, » dit-il en entrant doucement en elle, prenant son temps parce qu'il savait que ça la rendrait dingue. « Je t'aime plus que tout, et je t'aimerai toujours. »

« Prouve-le-moi. »

Il lui obéit, encore et encore et encore jusqu'à ce qu'ils n'aient plus d'autre choix que de dormir.

DAVID GARDA la main de Daisy dans la sienne jusqu'à chez lui. « J'ai vraiment besoin d'une douche, » dit-il lorsqu'ils entrèrent.

Elle se pelotonna sur le canapé, fatiguée, mais contente après les péripéties dramatiques de la journée. « Prends ton temps. »

Il vérifia que la porte était verrouillée avant de se rendre dans la salle de bains. Qu'il fasse autant attention à ce qu'elle se sente en sécurité avec lui constituait une raison de plus de l'aimer. Et qu'il l'aimât… ça, c'était la chose la plus fantastique au monde.

« Il m'aime, » murmura-t-elle à la nuit tranquille uniquement troublée par le son de l'eau de la douche qui coulait dans l'autre pièce. En temps normal, l'idée que Truck était sorti de prison et qu'il la cherchait aurait été sa seule pensée. Mais ce soir, consciente que David était dans la pièce à côté, prudemment enfermée chez lui, sachant qu'il l'aimait autant qu'elle l'aimait… Il n'y avait plus de place dans son esprit pour quelqu'un qui avait déjà obtenu beaucoup trop de son temps et de son attention qu'il n'en avait jamais mérité.

David entra dans la pièce vêtu d'une serviette autour de sa taille, le torse encore humide, les cheveux plaqués sur son crâne à la va-vite. Ils se connaissaient depuis des semaines, et durant toute cette période où ils s'étaient rapprochés, elle ne l'avait jamais vu aussi animé, aussi engagé envers elle, aussi heureux. Il rayonnait en s'asseyant sur la table basse en face d'elle.

« Je veux te dire quelque chose, et tu vas me prendre pour un fou. Mais j'apprécierais que tu m'écoutes jusqu'à la fin avant de me traiter de taré. D'accord ? »

Daisy se rendit compte qu'elle aimait cette version euphorique de David encore plus qu'elle n'aimait l'homme réservé, attentionné et patient qu'elle avait appris à connaître. Elle hocha la tête, ayant envie en cet instant de lui accorder tout ce qu'il lui demanderait.

« Je marche dans le brouillard depuis deux ans. Ça fait comme si tu traînais les pieds dans des sables mouvants, tu vois ? J'avais beau faire tout ce que je pouvais, je n'arrivais pas à m'en sortir. Ce n'était même plus à cause de Janey. Notre histoire était finie depuis longtemps. C'était à cause de moi et du fait que je ne parvenais pas à trouver ma voie. Malgré tous mes efforts, je n'ai pas réussi à trouver la sortie jusqu'à ce que je te rencontre. »

Il s'empara des mains de Daisy et posa un baiser sur chacune d'elles. « Aujourd'hui, je réalise que j'ai un but, un vrai. Je suis là, sur cette île où j'ai grandi, pour sauver les gens qui comptent pour moi. J'ai sauvé la vie de Janey. J'ai sans doute sauvé son bébé aussi. J'étais destiné à être ici pour pouvoir faire ça pour elle aujourd'hui. J'étais destiné à être ici le jour où Chris Allston s'est coupé un doigt en taillant sa haie et quand Madame Murtry a fait une réaction allergique. J'étais destiné à être là pour aider Paul et Alex à s'occuper de leur mère et pour qu'ils puissent la garder à la maison le plus longtemps possible. J'étais destiné à être là le soir où Sarah Lawry a été battue comme plâtre et quand Hailey McCarthy est née, bleue et inerte. »

Profondément émue par ses paroles et par l'émotion qu'elles contenaient, Daisy dit, « Tu étais destiné à être là la nuit où j'ai atterri dans ta clinique après la tentative de Truck de me tuer. »

« Oui, et j'étais destiné à être avec toi presque chaque soir depuis ce moment-là. Quand je suis allé chez toi tout à l'heure et que j'ai vu ce qu'il avait fait, je n'ai plus pensé qu'à te rejoindre. Le brouillard s'était dissipé, mon état d'hébétude s'était évanoui, et ce qui compte pour moi, *la personne* qui compte pour moi m'est apparue très, très clairement. »

Elle refoula ses larmes. « David... »

« Quand je t'ai dit que je t'aimais, j'espère que tu m'as cru. Je ne l'ai pas dit parce que je pensais t'avoir fait du mal en t'abandonnant pour m'occuper de Janey. » Il posa la tête sur leurs mains jointes. « Je l'ai dit, parce que quand j'ai compris que tu aurais pu être blessée ou pire… Rien ne comptait plus que toi et d'être avec toi et de te protéger et de faire en sorte que personne ne te fasse plus jamais de mal. »

Sans réfléchir à ce qu'elle faisait, elle vint s'asseoir sur ses genoux, le prit dans ses bras, et attira sa tête mouillée cintre sa poitrine.

« Ne prends pas cette maison, Daisy. Installe-toi ici avec moi jusqu'à ce que nous ayons les moyens de nous acheter un endroit à nous. Je veux me réveiller près de toi tous les matins, et que tu sois là quand je rentre le soir et… et j'ai besoin de toi. J'ai besoin de *toi*. Rien que de toi. »

Elle n'arrivait pas à croire ce qu'il était en train de dire.

Il leva les yeux vers elle. « J'ai besoin que tu tiennes ce brouillard éloigné de moi. J'ai besoin que tu me montres la bonne voie. »

« Mais cette maison… C'est ma sécurité pour l'avenir. »

« Quand on achètera une maison pour nous deux, on la mettra à ton nom. Si ça se passe mal entre nous, tu la garderas. »

« Tu ne peux pas faire ça ! Tu sais que la majeure partie de l'apport d'argent pour l'acheter viendra de toi. »

« Je veux que tu te sentes protégée et en sécurité. Je veux que tu te sentes entièrement chez toi où que nous soyons. Peu importe ce que j'aurais à faire pour en arriver là. Tout ce que je veux c'est être avec toi. » Il la regarda d'un air implorant. « Je t'aime, et je veux avancer dans la vie avec toi à mes côtés. Veux-tu venir avec moi et vivre avec moi et être avec moi ? » Il ponctua ses mots doux de baisers encore plus doux.

Elle savait qu'elle avait intérêt à réfléchir avant de franchir le pas, mais il venait de lui offrir tout ce qui était le plus important pour elle. Comment dire autre chose que « Oui, je viendrai avec toi. » Posant une main sur le visage de David, elle l'embrassa.

Sans interrompre le baiser, il la prit dans ses bras, la souleva et l'emporta dans la chambre. À l'instant où il la posa sur le lit, son portable sonna, le faisant grogner de frustration. « Je te jure que si c'est à propos d'un gamin qui renifle un peu, je ne serai pas responsable de mes actes. »

Daisy rigola et le lâcha pour qu'il puisse répondre au téléphone.

« Docteur Lawrence. » Il l'observa tout en écoutant son interlocuteur. « Oui, elle est avec moi, et je lui transmets la nouvelle. Merci de nous avoir tenus informés. » En raccrochant, il plaça le téléphone sur la table de nuit et se mit à ramper sur le lit jusqu'à elle. « Ils ont remis Truck en détention provisoire. La police a essayé de t'appeler, mais comme ils n'ont pas pu te joindre, Blaine leur a dit de m'appeler. »

« J'ai mis mon portable sur vibreur pendant que je surveillais Hailey, et j'ai oublié de le remettre sur sonnerie. » Elle le regarda. « Ils l'ont vraiment chopé ? »

« Vraiment. La police de l'état arrivera demain pour l'embarquer. Sa mise en liberté sous caution a été révoquée douze heures après sa sortie de prison. »

« Il y en a qui ne retiennent jamais la leçon, tu ne crois pas ? »

« Et d'autres, si. Ils apprennent ce qui est réellement important dans la vie, et ils font tout ce qu'ils peuvent pour le préserver. »

Daisy tendit un bras pour essayer de mettre un peu d'ordre dans les cheveux de David.

Il tourna la tête, parsemant sa main et son poignet de baisers chauds.

« Tu veux savoir à quel moment je me suis rendu compte que je t'aimais ? » demanda-t-elle.

« Oui. »

« Le jour où tu m'as envoyé les lys. Tu m'as écouté quand je t'ai dit que je les aimais, et ça m'a beaucoup touchée. Là, j'ai su que j'étais dans la panade. »

« Tu veux savoir quand j'ai su ? »

« Ce n'était pas aujourd'hui quand tu as cru que Truck m'avait retrouvée ? »

Il remua la tête. « Ça, c'était la cerise sur le gâteau. »

« Tu en parles comme si c'était super romantique, » dit-elle en riant.

« C'est arrivé quand tu as décidé que ta mission était de me nourrir. Tu m'as montré chaque jour combien tu prenais soin de moi, et j'avais envie de passer tout mon temps avec toi. »

« Maintenant tu peux, » dit-elle, en ayant encore du mal à croire ce qui se passait.

« Maintenant je peux. » Il s'appuya sur un coude. « Ça te va, là ? » demanda-t-il en s'approchant tout près d'elle.

« Ça me va, mais ça pourrait être mieux. »

Un sourire étira les lèvres de David tandis qu'il l'embrassait doucement au début puis plus rapidement puisqu'elle lui montrait autant d'ardeur. Lorsqu'il s'allongea sur elle, Daisy ne pensa pas un instant à s'inquiéter, à avoir peur ni à s'angoisser parce que l'homme au-dessus d'elle était David. Son David, et il l'aimait.

Les événements émouvants de la journée enflammèrent leur passion, et Daisy avait l'impression de n'être jamais assez près de lui. Elle tira sur la serviette nouée autour de sa taille pendant qu'il l'aidait à retirer sa robe en reluquant la deuxième paire de sous-vêtements qu'elle avait achetés chez Tiffany — celle-ci bleu clair avec des fioritures en dentelle.

« Je veux t'embrasser partout, » chuchota-t-il contre son oreille, ce qui déclencha une myriade de sensations en elle.

« La prochaine fois, » dit-elle, toujours intimidée à l'idée de dire ce qu'elle voulait qu'il lui fasse.

« Tu ne serais pas pressée ce soir ? »

« Très pressée. » Elle saisit son érection et la caressa. « Toi aussi, d'ailleurs. »

David éclata d'un rire qui se transforma vite en grognement. Il caressa les seins de Daisy à travers le soutien-gorge en soie puis fit courir sa main jusqu'à son pubis, faisant descendre sa culotte le long de ses jambes. Une fois installé entre ses jambes, il la regarda d'un air amoureux. « Ça va, là ? »

« Ça pourrait être mieux, » répondit-elle avec un sourire malicieux, soulevant ses hanches pour lui montrer ce qu'elle voulait.

Il se mordit la lèvre pour se retenir de rire à l'instant où il entra en elle, s'enfonçant un tout petit peu puis reculant avant de recommencer le même mouvement.

« David ! Stop ! »

Il se figea. « Tout va bien ? »

« Je veux dire, arrête de me titiller. »

« Oh, d'accord. Tu m'as fait peur pendant une seconde. »

C'était si important pour elle qu'il ait peur de l'effrayer. « Je vais très bien. Je ne me suis jamais sentie aussi bien, et je te veux maintenant. »

Gardant tout le temps les yeux ouverts et rivés sur les siens, il lui donna exactement ce qu'elle attendait, l'entraînant dans une chevauchée sauvage qui la fit s'envoler plus d'une fois avant qu'il ne s'enfonce en elle pour la dernière fois en relâchant un cri qui sortait de son âme.

Il s'effondra sur elle et resta là un court instant avant de sembler se rendre compte de ce qu'il faisait. Puis il tenta de basculer sur le côté.

« Ne t'en va pas, » dit-elle, resserrant ses jambes autour de lui.

« Tu es sûre ? »

« Tout à fait sûre. »

« Alors, c'était comment ? » Elle ressentit le sourire sur les lèvres de David tandis qu'il posait un baiser sur le haut de son sein.

« Ça n'aurait pas pu être mieux. »

« Oh, ça reste à voir. »

Daisy frissonna de désir et d'impatience à l'idée de ce que l'avenir leur réservait, à elle et à son docteur sexy.

Merci beaucoup d'avoir lu Quand Vient le Temps de l'Amour !

AUTRES LIVRES DE MARIE FORCE

L'ile de Gansett

Livre 1: Quand on est fait pour l'amour *(Maddie & Mac)*

Livre 2: Quand on est fou d'amour *(Joe & Janey)*

Livre 3: Quand on est prêt pour l'amour *(Luke & Sydney)*

Livre 4: Quand on rencontre l'amour *(Grant & Stephanie)*

Livre 5: Quand on espère l'amour *(Evan & Grace)*

Livre 6: Quand vient la saison de l'amour *(Owen & Laura)*

Livre 7: Quand on aspire à l'amour *(Tiffany & Blaine)*

Livre 8: Quand on attend l'amour (*Adam & Abby*)

Livre 9: Quand Vient le Temps de l'Amour (*Daisy & David*)

Les séries de Rester à Flot

Livre 1: Rester à Flot *(Jack & Andi)*

Série Quantum

Livre 1: Virtuous *(Flynn & Natalie)*

Livre 2: Valorous *(Flynn & Natalie)*

Livre 3: Victorious *(Flynn & Natalie)*

Livre 4: Rapturous *(Addie & Hayden)*

Livre 5: Ravenous *(Jasper & Ellie)*

Livre 6: Delirious *(Kristian & Aileen)*

Livre 7: Outrageous *(Emmett & Leah)*

Cinq Ans Sans Lui

Un An Plus Tard

ABOUT THE AUTHOR

Marie Force est l'auteur de *New York Times* bestsellers en romance contemporaine, suspense, historique et érotique. Ses séries comprennent Gansett Island, Treading Water, Butler, Vermont et la série Quantum, publiées de façon indépendante, ainsi que la série Fatal de Harlequin Books.

Ses livres, traduits en plus d'une douzaine de langues, ont été vendus à plus de 9 millions d'exemplaires dans le monde entier et sont apparus plus de trente fois sur la liste des bestsellers du *New York Times*. Marie est aussi sur la liste des meilleures ventes de *USA Today* et du *Wall Street Journal* ainsi que de *Spiegel* en Allemagne, et présente fréquemment lors de conférences et ateliers sur la publication.

Ses buts dans la vie sont simples—finir d'élever deux jeunes adultes heureux, en bonne santé et productifs, continuer à écrire des livres aussi longtemps que possible et ne jamais prendre un vol qui fera la une des journaux.

Inscrivez-vous sur la liste de diffusion de Marie Marie's mailing list *http://marieforce.com/subscribe/* pour être avertis quand de nouveaux livres sont disponibles et recevoir des nouvelles de ventes et événements dans votre région. Suivez-la sur Facebook *http://facebook.com/MarieForceAuthor* et Instagram *http://instagram.com/marieforceauthor/*. Devenez membre de l'un de ses nombreux groupes de lecteurs reader groups *https://marieforce.com/contact/*. Contactez Marie par mail à l'adresse *marie@marieforce.com.*

www.ingramcontent.com/pod-product-compliance
Lightning Source LLC
Chambersburg PA
CBHW070740190726
48292CB00002B/359